Susannah Nix

Dating and other Theories

Wenn der präziseste Plan

zum romantischen Verhängnis wird

atb aufbau taschenbuch

SUSANNAH NIX

Dating and other Theories

**Wenn der
präziseste Plan zum
romantischen
Verhängnis wird**

Roman

Aus dem Amerikanischen
von Katharina Naumann

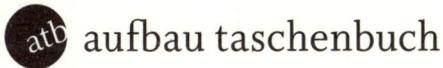

 aufbau taschenbuch

Die Originalausgabe unter dem Titel
Dating and other Theories
erschien erstmals 2017 bei Pan Books und wurde dort 2023 neu
aufgelegt. Pan Books ist ein Imprint von Pan Macmillan, einer Abteilung
von Macmillan Publishers International Limited.

ISBN 978-3-7466-4091-4

Aufbau Taschenbuch ist eine Marke
der Aufbau Verlage GmbH & Co. KG

1. Auflage 2024
Satz Greiner & Reichel, Köln
Druck und Binden CPI books GmbH, Leck, Germany

Printed in Germany

KAPITEL EINS

Der Trockner war voller Klamotten.

Verdammter Mist.

Esther Abbott blies sich die Ponyfransen aus der Stirn, stemmte die Hände in die Hüften und starrte die Wäsche an. Sie *hasste* es, anderer Leute Klamotten zu berühren. Wäschewaschen war schon unangenehm genug, ohne die schmuddeligen Socken und die versiffte Unterwäsche eines Fremden auseinanderpulen zu müssen. Aber entweder, sie riss sich zusammen, oder sie würde darauf warten müssen, dass der Besitzer die Wäsche selbst abholte. Und sosehr sie es hasste, anderer Leute Zeug anfassen zu müssen, schätzte sie ihre eigene Zeit und Bequemlichkeit über alle Maßen.

Sie schob ihre Hände in den Wäschetrockner und verzog das Gesicht. Uah. Die Wäsche war nicht einmal mehr warm, was bedeutete, dass sie schon eine ganze Weile hier drin sein musste. Immerhin war es trockene Wäsche. Nasse Wäsche, die den ganzen Tag in der Waschmaschine gelegen hatte, wäre noch weit ekliger.

Esther wusste genau, wer der Schuldige war. Die vielen karierten Hemden waren ein todsicherer Hinweis. Es gab nur eine Person im ganzen Haus, die so oft Flanellhemden trug.

Jonathan Brinkerhoff.

Der Typ aus Apartment sechs, direkt neben ihrem. Der Typ mit den nervigen Windspielen auf seinem Balkon, die sie wachhielten, wenn auch nur ein kleines Lüftchen wehte. (Spoiler: In Los Angeles war es *immer* windig.) Der Typ, der gern auf besagtem Balkon saß und rauchte, so dass giftige Rauchschwaden in ihre Wohnung drangen, wenn sie die Balkontür offen stehen ließ. Der Typ, der es nicht schaffte, seinen bescheuerten Lexus innerhalb der Linien seines Parkplatzes abzustellen, so dass sie ihren Prius nur noch mit übermenschlicher Geschicklichkeit in ihre Lücke manövriert bekam.

Alles an Jonathan ging ihr auf den Wecker, von den albernen Strick-Beanies über die altmodische Brille bis hin zu seinem bescheuerten Drei-Tage-Bart. Aber ganz besonders hasste sie, dass er seine Klamotten stundenlang im Trockner vergaß, als wäre er der Einzige auf der Welt, der ihn benutzen musste. Als wohnte er nicht zusammen mit den Bewohnern von achtzehn weiteren Wohneinheiten in einem Haus, die sich alle dieselben zwei Maschinen teilen mussten.

Eine der anderen, *netteren* Mieterinnen – vielleicht Mrs. Boorstein, die circa fünfzigjährige Sachbearbeiterin aus der Zwölf – hätte Jonathans Kleider vielleicht gefaltet und sie in ordentlichen Stapeln auf dem Tisch liegen lassen. Aber Esther war nicht nett. Jedenfalls nicht zu Leuten, die es nicht verdienten. Sie hatte keinerlei Toleranz für Inkompetenz oder Egoismus. Wer die unausgesprochenen Wäscheraumregeln brach, würde nicht auch noch zur Belohnung für sein schlechtes Benehmen die Wäsche zusammengelegt bekommen. Der Typ sollte gefälligst froh sein, dass sie seine Klamotten nur auf die schmutzige Oberfläche der Maschine legte, statt sie direkt auf den Fußboden zu werfen. Und wie sehr hasste sie es, dass sie jetzt wusste, welche Unterwäschemarke er trug? Sehr. Sie hasste es sehr.

»Oh, hey, das sind meine«, sagte Jonathan, der genau in dem Moment hereinkam, als Esther einen Arm voller Boxershorts an ihre Brust gedrückt hielt.

Natürlich.

Sie spürte einen Anflug von Verlegenheit, und das machte sie nur noch ärgerlicher. Es war schließlich *seine Schuld*, dass sie seine Unterhosen in den Armen hielt. Wenn man seine Wäsche stundenlang liegen ließ, verdiente man es, dass Fremde darin herumwühlten. So lauteten nun mal die Gesetze hier unten. Das wusste ja wohl jeder.

»Lass mich sie dir abnehmen«, sagte Jonathan und trat einen Schritt näher.

Esther ließ die Unterhosen auf den Trockner plumpsen und ging aus dem Weg, damit er sein Zeug einsammeln konnte.

»Ich war so mit Schreiben beschäftigt, dass ich sie völlig vergessen habe«, erklärte er und ließ eine Socke zu Boden fallen, als er die Sachen aus dem Trockner holte. Er hatte keinen Korb mitgebracht, daher umschlang er den Wäscheberg umständlich. Was war nur mit ihm los? Wie konnte man so unfähig sein? »Ich habe an einem Drehbuch gearbeitet, und wenn ich so richtig in etwas vertieft bin, verliere ich jegliches Zeitgefühl.«

Esther biss die Zähne zusammen. Dass er Drehbuchautor war, wusste sie bereits, weil er es in *jede einzelne* Unterhaltung mit ihr hatte einfließen lassen. Und dabei war es ja nicht so, dass sie ständig miteinander redeten. Sie hatten vielleicht ein halbes Dutzend Mal ein paar Worte miteinander gewechselt, und jetzt hatte er schon zum dritten Mal erwähnt, dass er Drehbuchautor war.

Esther war Raumfahrtingenieurin – *buchstäblich* Raketenwissenschaftlerin –, aber sie redete nicht bei jeder Gelegenheit mit irgendwelchen wildfremden Leuten darüber, die sie zufällig traf. Obwohl Raumfahrtingenieurin natürlich viel cooler war als Drehbuchautor. In Los Angeles wimmelte es nur so von Drehbuchautoren. Man konnte kaum ein Kaugummi ausspucken, ohne gleich zwei von ihnen zu treffen.

Er war noch nicht einmal ein *richtiger* Drehbuchautor, sondern nahm nur am Graduiertenprogramm an der University of California teil – eine Tatsache, die er bereits *zweimal* erwähnt hatte – und war also im Prinzip ein Student. Wenn er je ein Drehbuch verkauft hätte oder sogar ein Film von ihm im Kino gelaufen wäre, hätte er es mit Sicherheit bereits erwähnt. Vermutlich mehrmals.

»Die Maschine gehört ganz dir«, verkündete er, als wäre es besonders großzügig von ihm, dass er nicht mehr den gesamten Waschkeller in Beschlag nahm. Er sammelte seine restlichen Kleider auf, ließ dabei eine weitere Socke fallen und machte sich auf den Weg zur Tür.

»Du hast da was fallen lassen«, bemerkte Esther.

Er blieb stehen, drehte sich um und schaute hilflos von dem riesigen Wäschehaufen in seinem Arm zu der einsamen Socke auf dem Fußboden. »Meinst du, du könntest vielleicht, äh …?«

Sie bückte sich, hob die Socke vom Boden auf – igitt – und legte sie auf den Wäscheturm, den er balancierte.

»Danke«, sagte er. »Du weißt, dass du keinen Weichspüler benutzen solltest?«

»Wie bitte?«

Er wies mit dem Kinn auf die Flasche mit dem Weichspüler. »Das Zeug verhindert, dass der Stoff Feuchtigkeit aufnehmen kann. Ich benutze ein chemiefreies Waschmittel, das biologisch abbaubar ist und keine Rückstände hinterlässt.«

Unglaublich. Dieser Typ, der nicht einmal die Grundregeln des Wäscheraums kannte, hielt ihr einen Vortrag über Weichspüler.

Sie lächelte ihn schmallippig an. »Du weißt, dass alles Chemie ist, oder? Sogar Wasser. So etwas wie chemiefrei gibt es nicht.«

Er runzelte die Stirn, so dass sich seine Brauen zusammenzogen. »Ich meinte natürlich schlechte Chemie. Das Zeug, das sie in kommerzielle Waschmittel tun.«

»Okay.« Wenn das so weiterging, würden Esthers Backenzähne bald nur noch die Größe von Tic Tacs haben. »Danke für den Hinweis.«

»Man sieht sich«, sagte Jonathan, der ausgesprochen zufrieden mit sich wirkte, als er ging.

Sie verdrehte die Augen, säuberte das Flusensieb des Trockners – denn *natürlich* hatte er das nicht getan – und holte ihre nasse Ladung aus der Waschmaschine. Dann steckte sie vier Münzen in den uralten Trockner, und als er rumpelnd zum Leben erwachte, stellte sie einen Handy-Timer auf eine Dreiviertelstunde. Denn *sie* nahm Rücksicht auf die Leute, mit denen sie die Maschine teilte, und sie wusste, wie man einen verdammten Timer stellte.

Während sie wieder hinauf zu ihrer Wohnung ging, begann ihr Handy »Pocketful of Sunshine« zu plärren, den Klingelton, den sie ihrer besten Freundin zugewiesen hatte.

Jin-Hee Kang, die allen außer ihren koreanischen Eltern nur unter dem Namen Jinny bekannt war, war so ziemlich der einzige Mensch, den Esther kannte, der noch gern telefonierte. Ihre anderen Freunde kommunizierten fast ausschließlich über Messenger oder Social Media. Aber Jinny nicht. Sie liebte es zu plaudern.

Esther trat die Wohnungstür hinter sich zu und fischte das Handy aus der Gesäßtasche ihrer Jeans. In ihrer Wohnung stank es wieder nach Zigarettenrauch. Jonathan musste aus der Waschküche direkt auf den Balkon gegangen sein, um eine zu rauchen. »Hey, was gibt's?«, sagte sie ins Telefon, ging zur Balkontür und schlug sie zu.

»Was machst du heute?«, fragte Jinny.

Es war Sonntag, und das Einzige, was Esther heute vorhatte, war, Wäsche zu machen, das Katzenklo zu säubern und vielleicht ein paar TV-Shows zu schauen, die sie aufgenommen hatte. Sie warf einen Blick auf ihr Spiegelbild in der Glastür: das schmutzigbraune Haar war zu einem unordentlichen Knoten zusammengebunden, auf der Spitze ihrer langen Nase bildete sich ein Pickel, und sie trug ein ausgeleiertes Tanktop über abgeschnittenen Jeans. Ihre Waschtag-Uniform. »Ich habe später eine Verabredung zum Tee mit Prinz Harry und der Queen, aber ich kann das auch verschieben.«

»Ich brauche einen Pooltag. Kann ich vorbeikommen?«

»Klar.«

Esther wohnte in Palms, Los Angeles, in einem älteren Gebäude mit Innenhof, in dem es einen Pool gab. Jinny hingegen war ganz in die Nähe gezogen, nach Mar Vista, in ein neueres, größeres Wohnhaus, das weder einen Hof noch einen Pool hatte. Wenn das Wetter gut war, kam sie daher meist bei Esther vorbei, um mit ihr abzuhängen. Und in Los Angeles war das Wetter ungefähr achtzig Prozent der Zeit gut, was bedeutete, dass sie sehr viele Wochenenden gemeinsam in Esthers Hof am Pool verbrachten.

»Mit Mimosas«, fügte Jinny hinzu.

»Oh-oh. Was ist passiert?« Immer, wenn eine von ihnen eine beschissene Woche gehabt hatte, mixten sie einen Krug voll Mimosa, ließen die Beine ins Wasser hängen und tranken die Orangensaft-Champagnermischung aus Sektflöten.

»Erzähle ich dir gleich, wenn ich bei dir bin.«

Esther öffnete ihren Kühlschrank, um sich einen Überblick zu verschaffen. »Ich habe noch eine Flasche Champagner vom letzten Mal übrig.«

»Gut«, sagte Jinny. »Bin in dreißig Minuten da – bringe den Orangensaft mit.«

KAPITEL ZWEI

Jinny tauchte haargenau dreißig Minuten später vor Esthers Wohnung auf, in einem blauen Sommerkleid und mit den dazu passenden Flipflops. Sie hatte eine Flasche *Simply Orange* und eine Schachtel Donuts dabei.

»O Gott«, sagte Esther und zog angesichts der Donuts eine Braue hoch. »Ist jemand gestorben?«

Jinny legte ihr Zeug auf Esthers Ikea-Esstisch ab. »Nur meine Selbstachtung.« Sie war vierundzwanzig wie Esther, aber ihre kleine Gestalt und die makellose Haut ließen sie weit jünger wirken. Wenn sie in eine Bar ging, musste sie stets ihren Ausweis zeigen, außerdem machten sich gern unangenehme Typen an sie ran, die glaubten, sie gehe noch zur Schule.

»Was bedeutet das?«, fragte Esther.

Jinny zog einen Schmollmund. »Versprich mir, dass du nicht sauer wirst, wenn ich es dir sage.«

»Warum sollte ich sauer sein?«, fragte Esther. Eine finstere Ahnung machte sich in ihr breit.

»Ich habe sozusagen irgendwie mit Stuart geschlafen.«

»*Was?*«

Stuart war Jinnys Ex-Freund – von dem sie sich gerade erst frisch getrennt hatte. Sie hatten vor einer Woche Schluss gemacht, und Esther hatte sich sehr zurückhalten müssen, keine Party zu veranstalten, um diese Tatsache zu feiern. Der Typ war eine Arschgeige der allerfeinsten Sorte, und das war er auch schon gewesen, bevor er Jinny betrogen hatte.

Dabei hatte sich Esther wirklich *Mühe* gegeben, ihn zu mögen. Sie hatte es sogar eine Weile lang geschafft. Er war charismatisch und attraktiv, und obwohl er Jinny intellektuell nicht das Wasser reichen konnte, lag es auf der Hand, was sie an ihm mochte. Zumindest anfänglich.

Dann waren Esther immer mehr Kleinigkeiten sauer aufgestoßen. Wie zum Beispiel seine Angewohnheit, eine Hand an Jinnys Nacken zu legen und sie so herumzudirigieren. Eigentlich eine triviale Angelegenheit, aber sie war Esther eben unangenehm aufgefallen. Er behandelte Jinny, als sei sie ein Kind oder ein Haustier. Dann bemerkte sie, dass er Jinny ständig bat, ihm Dinge zu holen – noch einen Drink, etwas zu essen, das Handy, das er im Nebenzimmer hatte liegen lassen –, aber er selbst tat ihr solche Gefallen nie. Oft redete er über Jinny hinweg und machte dabei zweifelhafte »Komplimente«, die er als Scherz abtat.

Als Esther zum ersten Mal mitbekam, wie er Jinny sagte, sie solle sich entspannen, nachdem sie sich über einen seiner kleinen »Witze« auf ihre Kosten geärgert hatte, wusste Esther Bescheid. Stuart war eine wandelnde Red Flag.

Vielleicht misshandelte er sie nicht – noch nicht –, aber das Potenzial war vorhanden. Er hatte alle Voraussetzungen.

Das einzige Mal, dass Esther und Jinny je gestritten hatten, war vor ein paar Monaten gewesen, als Esther ihr gesagt hatte, was sie von Stuart hielt. Dass er ein narzisstisches Arschloch sei, das sie emotional ausnutzte und sie schließlich zutiefst verletzen würde, wenn sie sich nicht verdammt noch mal schnellstens von ihm trennte.

Zu sagen, dass das nicht besonders gut ankam, wäre wohl eine Untertreibung. Jinny hatte Esther gesagt, sie solle sich um ihren eigenen Scheiß kümmern, und redete eine Woche lang kein Wort mehr mit ihr. Der Streit war erst vorbei gewesen, als sich Esther entschuldigt hatte und versprach, in Zukunft netter zu Stuart zu sein. Es war ihr sehr schwergefallen, aber was blieb ihr anderes übrig? Hätte sie Jinny diesem Arsch kampflos überlassen sollen? Man konnte eben niemandem genau das sagen, was er nicht hören wollte. Jinny war einfach zu verknallt gewesen, um zu erkennen, was Stuart wirklich für ein Mensch war.

Bis sie herausfand, dass er sie mit einer Kollegin betrog. Esther war stolz auf Jinny gewesen, weil sie ihn so schnell und entschlossen aus ihrem Leben geworfen hatte. Nur dass sie offenbar doch nicht ganz so entschlossen war.

Jinny schüttelte den Kopf. »Ich wusste, dass du sauer werden würdest.«

Esther atmete tief durch und gab sich alle Mühe, ruhig und gefasst zu wirken. »Ich bin nicht sauer. Aber ich habe Fragen. Nummer eins: Wie kann man *sozusagen* mit jemandem schlafen?«

Jinny wandte peinlich berührt den Blick ab. »Man schläft ganz normal mit jemandem, und dann bereut man es hinterher ein bisschen, aber nicht richtig.«

Das war übel. Sehr, sehr übel. »Aber er hat dich betrogen. Ich dachte, du wärst fertig mit ihm?«

»Das war ich auch. Ich meine, ich *bin* fertig mit ihm. Auf jeden

Fall. Völlig fertig. Für immer.« Sie nickte im Takt ihrer Worte und mühte sich sichtlich, überzeugend zu klingen. Nicht sehr überzeugend.

»Abgesehen davon, dass du mit ihm geschlafen hast.«

Jinny inspizierte die Donuts. »Ja, abgesehen davon.«

»Also frage ich noch einmal: Was ist passiert?«

Jinny seufzte und nahm sich einen Donut mit Schokoglasur. »Du erinnerst dich, dass er mir ständig Nachrichten geschickt hat?«

Esther sah sie böse an. »Ich habe dir doch gesagt, du solltest ein Kontaktverbot durchsetzen.«

»Er war supersüß und hat sich ständig entschuldigt!«, sagte Jinny, den Mund voller Donut.

»Aber darauf bist du natürlich nicht reingefallen, oder?« Selbstverständlich war sie das; auf genau so etwas fiel sie immer rein. Stuart hatte mit ihr gespielt wie ein Kater mit seiner Beute.

»Nein! Ich war ganz streng mit ihm. Aber gestern Abend waren seine Nachrichten dann plötzlich so aufregend, und wir haben vielleicht ein bisschen gesextet ...«

Esther kniff die Augen zu. »Eklig.«

»Und das hat mich irgendwie angemacht ...«

»Doppelt eklig.«

»Und dann ist er vor meiner Tür aufgetaucht, und ...«

»Okay, gut, ich verstehe das Prinzip. Bitte keine Einzelheiten.«

Wie ein Kater mit seiner Beute. Stuart war ein Parasit. Er würde immer einen Weg finden, um sich an einen Wirt heranzumachen.

Jinny stopfte sich den Rest Donut in den Mund und ging zum Kühlschrank, um den Champagner zu holen. »Hör mal, er kann wirklich überzeugend sein, okay? Es ist schwierig, Nein zu ihm zu sagen.«

»Aber nächstes Mal tust du es trotzdem, oder?«, fragte Esther und holte zwei Sektflöten.

»Absolut. Nimm du den Orangensaft.« Jinni hängte sich ihre Tasche über die Schulter, in der sich immer die wichtigsten Dinge für einen Pooltag befanden – Handtuch, Sonnenbrille, Sonnencreme und ein Trash-Magazin –, und griff nach der Schachtel mit den Donuts.

Esther schob sich die Sonnenbrille ins Haar und schnappte sich Orangensaft und Sektflöten. »Wenn du ihn zurücknimmst, wird er dich wieder betrügen. Einmal Fremdgänger, immer Fremdgänger.«

Jinny kam mit Champagner und Donuts hinterher. »Ich *weiß*.«

Esther bedachte sie mit einem Blick voll gesunder Skepsis. Jinny neigte zu Rückfällen. Sie würde Stuart immer dann wieder in ihr Bett lassen, wenn sie sich einsam fühlte. Wenn nicht bald jemand anders kam, der sie ablenkte, und zwar schnell, dann konnte es sogar sein, dass sie nachgab und Stuart ernsthaft wieder zurücknahm. Das hatte sie schon bei ihrem letzten Freund so gemacht. Sie hatte es ganze drei Mal nicht geschafft, ihn abzuschütteln, dabei war er nicht annähernd so geschickt gewesen wie Stuart.

»Wie bist du denn mit ihm verblieben?«, fragte Esther, als sie die Treppe hinuntergingen.

Wie in vielen alten Gebäuden in dieser Gegend lagen die Wohnungen alle im zweiten Stock und bildeten ein Rechteck um den Hof in der Mitte. Unter den Apartments lagen die Wäscheräume, die Briefkästen, Lagerräume und die Anwohnerparkplätze. Der Innenhof war bei Weitem das Schönste an Esthers Wohnhaus – dank der Bemühungen von Mrs. Boorstein, die gern im Garten arbeitete. In den Beeten blühten stets hübsche Blumen, und es kostete den geizigen Vermieter keinen Cent.

»Ich habe ihm klargemacht, dass es ein einmaliger Ausrutscher war«, sagte Jinny, als sie in den Hof traten.

Die Sonne glitzerte auf der Wasseroberfläche des Pools, die heute in einem dunklen Aquamarin leuchtete. Sie gingen nie wirklich ins Wasser, denn der letzte Mieter, der in diesem Pool geschwommen war, hatte danach eine Ohrenentzündung gehabt. Selbst wenn beides in keinem Zusammenhang zueinander stand, wollte Esther lieber nichts riskieren.

Sie stellte die Flöten und den O-Saft auf den rostigen Metalltisch im Schatten. Jinny zog eine der Liegen näher an den Tisch, Esther füllte die Gläser zur Hälfte mit Champagner und goss sie dann mit Orangensaft auf. Eins der Gläser reichte sie Jinny. »Willst du ihn denn zurück?«

Jinny nahm das Glas, wich Esthers Blick aus und setzte sich auf die Liege. »Wir waren sechs Monate zusammen. Ich liebe ihn.«

»Genug, um ihm seine Affäre zu verzeihen?«

Jinny schaute in ihren Schoß, runzelte die Stirn und zog den Rock über ihren Beinen zurecht. »Habe ich dir gesagt, dass er geweint hat, als ich mit ihm Schluss gemacht habe?«

»Nein.« *Gut.* Das Arschgesicht verdiente es zu weinen. Esther hoffte, dass er sich jede verdammte Nacht in den Schlaf weinte.

»Ja, ich hatte deswegen beinahe ein schlechtes Gewissen.«

»Wag es ja nicht, ein schlechtes Gewissen zu haben. Er hat dich betrogen. Außerdem war er ein Wichser.«

Jinny zog sich ein Haargummi vom Handgelenk und band sich das schulterlange schwarze Haar zu einem Pferdeschwanz zusammen. »So schlimm war er nun auch wieder nicht.«

Esther starrte sie über den Rand ihrer Sektflöte hinweg an. »Er ist an deinem Geburtstag nach Mexiko zum Surfen gefahren.«

»Das war ein einziges Mal. Und danach hat er sich schlecht gefühlt.«

»Er hat auch am Valentinstag nichts für dich gemacht. Und als er diese Konzerttickets gewonnen hat, ist er statt mit dir mit einem seiner Surf-Buddys gegangen.«

Jinny seufzte und nippte an ihrem Mimosa. »Ja, okay. Er war irgendwie scheiße.«

Immerhin gab sie es zu. Esther glitt aus ihren Flipflops und zog sich einen Stuhl heran, um ihre Füße darauf legen zu können. Ihre stämmigen Beine waren leichenblass, eine Blässe, die durch den blauen Lack auf ihren Zehennägeln noch unterstrichen wurde. »Du kannst so viel bessere Männer haben«, sagte sie und schob sich die Sonnenbrille vor ihre Augen.

Mit finsterem Blick holte Jinny eine Zeitschrift aus ihrer Tasche. »Das wird man sehen.«

Obwohl sie so ein wunderschöner, großartiger Mensch war, hatte Jinny ein furchtbar schlechtes Selbstwertgefühl. Da half es nicht, dass Stuart mit der Präzision eines Fachmanns sofort ihre Unsicherheiten entdeckt und sie sorgsam zu seinem eigenen Vorteil genährt hatte. Sie war nicht in der Lage gewesen zu sehen, wie mies er sie behandelte, denn auf einer gewissen Ebene schien sie nicht zu glauben, dass sie Besseres verdient hatte.

Esther hasste diesen Typen *wirklich*. »Du warst immer viel zu gut für ihn. Ehrlich, ich habe nie verstanden, was du in ihm gesehen hast.«

Jinny schaute sie jetzt über ihr Sektglas hinweg an. »Ähm, er ist total heiß?«

»*Du* bist heiß, meine Liebe. Ihr hattet im Prinzip nichts gemeinsam, abgesehen von der Tatsache, dass ihr beide gut ausseht.«

»Wir arbeiten beide in der Technikbranche.«

Esther schnaubte in ihren Mimosa. »Der Apple-Store zählt nicht als Technikbranche.«

»Er hat mein iPad repariert!«

»Er steht auf Outdoor-Kram wie Fahrradfahren und Wandern und Campen, und du hasst es, draußen zu sein.«

»Ich hasse es nicht, draußen zu sein.« Jinny wedelte unbestimmt mit der Hand. »Ich bin ja jetzt auch draußen.«

»Am Pool liegen und Mimosas trinken zählt nicht als Outdoor-Aktivität.«

»Wenn du meinst.«

»Ich sage ja nur, *Don't go for second best, baby.*«

Jinny schob die Sonnenbrille hoch und blinzelte. »Zitierst du jetzt Madonna?«

»Es ist ein sehr passender Song. Madonna weiß, wie's läuft.«

»Deine Freundin Madge war mit Sean Penn verheiratet, also wollen wir mal nicht so tun, als wäre ihr Urteilsvermögen unfehlbar.«

Über ihnen knallte eine Tür, und sie schauten beide auf. Jonathan trat aus seiner Wohnung. Na toll. Wie oft sollte Esther dem Typen heute noch begegnen?

Seine Schritte hallten im Hof wider, als er die Treppe hinunter trottete. Dann sah er sie, hielt inne und nickte ihnen halbherzig zu. »Hey.«

Esther nickte zurück, ebenso halbherzig.

»Hi!«, rief Jinny und winkte.

Jonathan nickte erneut, steckte die Hände in die Taschen und ging weiter zu seinem Auto.

Esther hatte den Typen noch nie lächeln sehen. Was bei ihm einem Lächeln am nächsten kam, war eine gequälte Grimasse.

»Der ist süß«, flüsterte Jinny, als er außer Hörweite war.

Esther schaute sie von der Seite an. »Wer?«

»Na, dein Nachbar. Dieser Wieheißternoch Brinkerhoff.«

»Jonathan? Uh. Nein. Der ist nicht süß.« Angeberische Hipster mit Beanie, die auf dem Bauernmarkt einkaufen gingen, waren einfach nicht Esthers Typ. Rein objektiv gesehen konnte er vermutlich als attraktiv durchgehen – solange er den Mund nicht aufmachte. Er war einfach so verdammt nervig, dass sie sein Aussehen nicht von seiner Persönlichkeit trennen konnte.

»*Doch*, das ist er«, beharrte Jinny. »Er sieht aus wie der junge Jake Gyllenhaal. Erzähl mir nicht, du hättest das nicht auch bemerkt.«

»Er sieht *nicht* aus wie Jake Gyllenhaal.« Esther mochte Gyllenhaal nicht einmal, aber sie hatte trotzdem das Gefühl, den Schauspieler gegen diesen unfairen Vergleich verteidigen zu müssen.

»Na komm schon, er hat tolles, dickes, welliges dunkles Haar ...«

»Das er ständig unter dieser blöden Beanie versteckt.«

Jinny schniefte. »Ich mag Männer mit Beanies.«

Natürlich. Stuart trug ständig Beanies. Wie übrigens die Hälfte aller Männer unter dreißig in L.A., aber trotzdem – es war absolut gerechtfertigt, das zu verabscheuen.

»Außerdem hat er diese gefühlvollen blauen Augen«, fügte Jinny hinzu.

Gefühlvoll? Wovon faselte sie da? Esther kräuselte die Nase. »Du weißt doch gar nicht, wie seine Augen hinter dieser Hipster-Brille aussehen.«

»Ich liebe seine Brille! Typen mit Brille sind superheiß. Oh!«

Jinny streckte die Hand aus und gab ihr einen Klaps auf den Arm. »Dev Patel.«

Esther starrte sie an. »Dev Patel ist Inder.«

»Das weiß ich doch, Mann.«

»Und sieht weder so aus wie Jake Gyllenhaal noch wie Jonathan, die übrigens beide weiß sind.«

Jinny legte ihre Zeitschrift beiseite, lehnte sich zurück und schlug die Beine übereinander. »Es liegt an den Haaren. Jonathan hat dasselbe tolle Haar, das auch Dev Patel hat. Man will ihm mit den Fingern durch die Locken fahren.« Sie wackelte mit ihren Fingern, um ihre Aussage zu unterstreichen. »Und dieser Bart. Mein Gott, ich steh auf Bärte.«

Stuart hatte einen Bart. Obwohl seine Haare goldbraun waren, nicht so wie Jonathans, die einen dunklen, beinahe schwarzen Braunton hatten.

Esther verengte die Augen und versuchte herauszufinden, ob Jinny wirklich an Jonathan interessiert war oder ob sie Stuart auf ihn projizierte. »Wie lange hast du schon Gefühle für meinen Nachbarn?«

Jinny zuckte die Achseln und griff nach ihrem Mimosa. »Ich fand ihn schon immer süß.« Ihr Handy vibrierte, und sie griff danach, um einen Blick auf das Display zu werfen. »Wenn mich Stuart doch nur in Ruhe lassen würde.«

Esther runzelte die Stirn. »Was will der denn schon wieder?«

Jinny legte das Handy wieder hin, ohne auf die Nachricht zu antworten. »Vergebung. Versöhnung. Mehr Sex. Such dir was aus.«

»Ich sag nur Kontaktverbot!«

»Danke, Euer Ehren, aber das ist nicht nötig. Es ist ja nur Stuart.«

Stuart, der den größten Teil des halben Jahres, in dem er mit

Jinny ausging, dafür gesorgt hatte, dass sie ihren eigenen Instinkten nicht mehr traute. Der ihr das Gefühl vermittelt hatte, er sei zu gut für sie, und sie solle gefälligst dankbar sein für das bisschen Aufmerksamkeit, das er ihr schenkte. Der sie herumschubste wie ein Kind.

Esther sah sie misstrauisch an. »Du denkst ernsthaft darüber nach, oder? Ihn zurückzunehmen?«

Jinny antwortete nicht.

Jonathan tauchte wieder im Hof auf. Jetzt trug er einen Zwanzig-Kilo-Sack mit Mulch auf der Schulter. Er ging um den Pool herum und ließ den Sack neben Esthers Liege zu Boden fallen, direkt vor einem Beet mit frisch gepflanzten Begonien.

»Was machst du da?«, fragte sie und schaute über den Rand ihrer Sonnenbrille zu ihm hinüber.

»Mrs. Boorstein hat mich gebeten, Rindenmulch für die neuen Pflanzen zu besorgen.« Er wischte sich die Hände an den Jeans ab und ging zurück zum Carport.

Jinny beugte sich vor und gab Esther erneut einen Klaps auf den Arm. »Er hilft der süßen alten Dame beim Gärtnern? Das ist ja so hinreißend!«

Esther war sich nicht ganz sicher, ob Mrs. Boorstein es begrüßt hätte, als süße alte Dame bezeichnet zu werden, musste aber gegen ihren eigenen Willen zustimmen, dass das tatsächlich irgendwie hinreißend war.

Sie hörten das Geräusch einer Kofferraumklappe, die zugeschlagen wurde, und erneut erschien Jonathan, wieder mit einem Sack Mulch auf der Schulter. Er ließ ihn neben den ersten fallen und bückte sich dann, um ihn ein paar Meter nach links zu schieben, so dass an jedem Ende des Beetes ein Sack lag.

Sein Hintern war dabei genau in Esthers Blickfeld, und sie musste zugeben, dass es schlimmere Anblicke gab.

Na gut. Also hatte er einen anständigen Körper. *Aber er nervt dich zu Tode, weißt du noch?*

Jinny gab ihr einen dritten Klaps, und Esther riss sich von dem Anblick los und wurde ein wenig rot.

»Süßer Arsch«, formte Jinny mit den Lippen und machte eine kleine Kopfbewegung in Jonathans Richtung.

Esther schüttelte den Kopf und ordnete ihre Gedanken so weit, dass sie in der Lage war, die Augen zu verdrehen. »Ich wusste nicht, dass du im Garten hilfst«, sagte sie, als sich Jonathan wieder aufrichtete und seinen Hintern aus ihrem Blickfeld brachte.

»Nur bei den schweren Sachen. Mrs. B. würde es nie erlauben, dass ich ihre Pflanzen anfasse.« Er wischte sich ein Stück Rindenmulch von der Schulter. »Sie kommt nachher, um das hier zu verteilen. Sagst du ihr dann, dass ich oben bin, für den Fall, dass sie noch mal meine Hilfe braucht?«

Da war ein kleines Stück Rinde in seinem Bart. Esther überlegte kurz, ihn darauf hinzuweisen, entschied sich dann aber dagegen. »Klar«, sagte sie.

Er nickte erneut und schlurfte die Treppe hinauf und in seine Wohnung.

Jinnys Handy vibrierte. Sie nahm es in die Hand und starrte mit gerunzelter Stirn aufs Display.

»Schon wieder Stuart?«, fragte Esther leicht beklommen.

»Ja.« Jinny schaltete das Handy aus und steckte es in ihre Tasche.

»Du solltest mit Jonathan ausgehen«, sagte Esther.

Jinny sah sie prüfend an. »Ich dachte, du hasst ihn.«

»Ich habe ja nicht gesagt, dass *ich* ihn daten will. Du bist diejenige, die ihn süß findet.« Er war vielleicht nervig, aber so weit Esther es beurteilen konnte, war er immerhin kein manipulativer Dreckskerl. Damit war er schon tausendmal besser als Stuart.

Jinny schüttelte den Kopf. »Ich gehe nicht mit ihm aus.«

»Warum nicht?«

»Weil er nicht mal weiß, wer ich bin. Ich frage keinen absolut Fremden, ob er mit mir auf ein Date geht.«

»Ich könnte euch zwei verkuppeln.«

Jinnys Blick verdunkelte sich. »Wag es bloß nicht. Du weißt genau, was ich von Blind Dates halte.« Während ihrer gesamten Highschoolzeit hatte Jinny nur auf Dates gehen dürfen, die ihre Mutter für sie arrangiert hatte, und seitdem war sie allergisch gegen Verkupplungsversuche.

Der Timer auf Esthers Handy bimmelte, und sie fischte es aus ihrer Tasche, um ihn auszuschalten. »Ich muss meine Wäsche rausholen.« Sie stand auf und zeigte mit ihrem Handy auf Jinny. »Du weißt, wie er aussieht, es wäre also kein Blind Date.«

»Dann eben ein arrangiertes Date. Egal.« Jinny zog eine Grimasse. »Man kann die Liebe nicht erzwingen. Man muss von ihr gefunden werden.«

»Wenn du meinst.« Esther verdrehte die Augen und machte sich auf den Weg in den Wäscheraum.

Jinny war eine unverbesserliche Romantikerin, Esther konnte mit diesem Mist nichts anfangen. Sie glaubte weder an Schicksal noch an Liebe auf den ersten Blick oder an »auf immer und ewig«. So etwas wie Seelenverwandte gab es nicht, auch keine guten Feen, die auf einen aufpassten, und ganz sicher würde niemals ein Prinz auf seinem Schimmel angeritten kommen, um sie mitzunehmen.

Sie bewahrte sich ihren Glauben für Dinge auf, die man empirisch beweisen konnte und die sich vorhersehbar verhielten – und zwar gemäß den Gesetzen der Natur.

Märchen waren schön und gut, solange sie zwischen zwei Buchdeckeln blieben, aber es war gefährlich, an sie zu glauben. Esthers Mutter war das beste Beispiel. Sie hatte geglaubt, ein perfektes, märchenhaftes Leben zu führen, bis ihr Prinz einfach ging und sie völlig unvorbereitet in der Realität zurückließ. Fünfzehn Jahre später ließ sie sich immer noch treiben und wartete auf den nächsten Prinzen, der sie retten sollte.

Prinzen waren für die Tonne. Man musste sein Glück selbst finden. Wenn man etwas wollte, konnte man eben nicht einfach auf seinem Hintern sitzen bleiben und darauf warten, dass es einem in den Schoß fiel. Man musste dafür sorgen, dass es wahr wurde.

KAPITEL DREI

Zwei Tage später faselte Jinny immer noch von Stuart. Esther wusste, dass sie mit ihm schrieb. Wie lange würde sie noch standhalten, wenn Stuart bettelte und sie mit seinem magischen Sexappeal verführte? Esther hatte das ungute Gefühl, dass sie schon am Wochenende wieder zusammen sein würden.

Sie hatte sich das Hirn zermartert, wie sie die beiden voneinander fernhalten konnte, aber ihr fiel einfach nichts ein. Wenn sie zu viel Druck ausübte, würde Jinny vermutlich sauer und reagierte trotzig. Das war das letzte Mal passiert, als Esther versucht hatte, sie zur Vernunft zu bringen. Man musste vorsichtig vorgehen – und schnell, bevor es zu spät war.

Esther dachte noch immer darüber nach, als sie am Mittwoch von der Arbeit nach Hause kam. Sie ging gerade an Jonathans Apartment vorbei, da hörte sie, wie der Riegel aufgeschoben wurde. Sie ging schneller und wühlte in ihrer Tasche nach den Schlüsseln. Vielleicht schaffte sie es noch in ihr Apartment, bevor er herauskam und ihr wieder eine Unterhaltung aufdrängte …

»Hey«, sagte er und trat hinter ihr aus der Wohnungstür.

Verdammt.

Esther lächelte ihn über die Schulter hinweg höflich an. »Hi.«

War es denn zu viel verlangt zu hoffen, dass er woanders hinmusste und kein Interesse an einer Unterhaltung hatte? Sie fischte den Wohnungsschlüssel hervor und steckte ihn ins Schloss.

»Ich habe was für dich«, sagte er.

Sie erstarrte mit der Hand auf dem Türknauf. *Knapp vorbei.*

Mit einem Lächeln auf den Lippen drehte sie sich um. »Ach ja?«

»Warte mal«, sagte er und hob einen Finger. Dann verschwand er in seiner Wohnung.

Na toll. Was sollte das jetzt? Sie konnte sich kaum vorstellen, dass er irgendetwas besaß, was sie interessieren könnte. Und wie lange sollte sie hier draußen auf dem Gang stehen und auf ihn warten? Sie wollte einfach nur in ihre Wohnung, sich die klobigen Oxford-Schuhe von den Füßen schleudern, die Strumpfhosen ausziehen, die sie den ganzen Tag getragen hatte, und ein Bier trinken. War das etwa zu viel verlangt für das Ende eines langen, nervigen Arbeitstages?

Sie würde ihm noch fünf Sekunden geben, dann würde sie hineingehen.

Fünf ... vier ... drei ... zwei ...

Jonathan tauchte im Gang auf, Umschläge und eine Zeitschrift in der Hand. »Hier, der Postbote hat einiges von deinem Zeug aus Versehen bei mir geworfen.«

Oh. Er benahm sich tatsächlich nachbarschaftlich.

»Danke.« Ein bisschen beschämt nahm Esther die fehlgeleitete Post entgegen. Sie hatte sich schon gewundert, warum die *Astronomy* diesen Monat noch nicht gekommen war. Es war nett von ihm; immerhin gab es sicher viele Arschlöcher, die das Zeug einfach in den Müll geworfen hätten, um sich die Mühe zu sparen.

»Das ist nicht gerade leichte Lektüre.« Er steckte die Hände in die Gesäßtaschen seiner Jeans. »Bist du Astronomin oder so?«

»Luftfahrtingenieurin. Über Astronomie lese ich nur zum Spaß.«

Er nickte. »Das ist cool. Du kennst dich bestimmt gut mit Naturwissenschaften aus.«

»Ein bisschen, ja.«

Er nickte erneut und trat von einem Fuß auf den anderen. »Kann ich dich um einen Gefallen bitten?«

Neiiiiin.

»Du weißt ja, dass ich Drehbücher schreibe …«

Bitte. Nicht.

»Ich arbeite da ein einem Sci-Fi-Script für eines meiner Seminare, und ich habe praktisch die ganze Geschichte schon geplottet, aber ich brauche dringend Hilfe, was die wissenschaftlichen Grundlagen betrifft. Nur damit es ein bisschen realistischer wird – na ja, nicht wirklich realistisch, aber zumindest plausibel.«

Warum wurde sie nur so bestraft? Was hatte sie getan, um das hier zu verdienen?

»Könntest du eventuell einen Blick darauf werfen? Und vielleicht ein paar Anmerkungen machen? Nur was den wissenschaftlichen Teil angeht. Was meinst du?«

Mist. Gab es eine Möglichkeit, aus dieser Sache herauskommen, ohne unhöflich zu sein?

»Ich kenne mich nicht mit Filmen aus«, wich sie aus. »Gibt es niemanden in deinem Seminar …?«

Er schüttelte den Kopf. »Du musst gar nichts vom Drehbuchschreiben verstehen, das erledige alles ich. Aber der Einzige, den ich kenne, der ein bisschen was von Naturwissenschaften versteht, ist mein Kumpel Greg. Und er hat nur ein Semester Medizin studiert, bevor er zu Englisch gewechselt ist. Außerdem hat er absolut keine Ahnung von Physik, und ich brauche jemanden, der weiß, was es mit Schwerkraft und Schub und Asteroiden auf sich hat. Damit kennst du dich aus, oder?«

Esther schluckte. »Ähm ...« Sie spürte ihr Handy in ihrer Tasche vibrieren – *Gott sei Dank, eine Unterbrechung.* »Entschuldige«, murmelte sie. »Ich muss da eben ran ...«

Es war eine Nachricht von Jinny: Stuart fleht mich an, ihn zurückzunehmen. Sag mir, dass ich das nicht tun soll.

»Eine Sekunde«, sagte Esther zu Jonathan und hackte mit den Daumen auf ihrem Display.

FANG BLOß NICHT WIEDER WAS MIT DEM FREMDGEHENDEN ARSCHGESICHT STU AN.

»Alles in Ordnung?«, fragte Jonathan.

»Ja. Ich musste nur kurz eine Katastrophe abwenden.« Esther sah von ihrem Handy auf und direkt in Jonathans Augen.

In seine *gefühlvollen* Augen.

Jinny fand ihn süß. Jinny *mochte* ihn.

Wenn er sie bitten würde, mit ihm auszugehen, würde sie Ja sagen. Und wenn sie mit ihm ausginge, würde sie vielleicht Stuart vergessen. Sie würde sich daran erinnern, dass es noch andere Männer auf der Welt gab, und sich nicht dazu herablassen, sich mit einem Arschloch zufriedenzugeben.

Jonathan war irgendwie cringe, klar, aber eigentlich wirkte er recht nett. Er hatte noch nie etwas absichtlich Unfreundliches getan oder gesagt, wenn sie dabei war, und er hatte sicher nicht die sozialen Fähigkeiten, um jemanden zu manipulieren. Dass er ständig herummansplainte, schien sein ungeschickter Versuch zu sein, Hilfe anzubieten, was man aus einer gewissen Perspektive gesehen wahrscheinlich als süß bezeichnen konnte. Er war die Art Typ, der älteren Damen beim Gärtnern half. Wie schlimm konnte er schon sein?

»Also, was mein Drehbuch angeht ...«, sagte Jonathan und rieb sich den Nacken.

»Ich mach es, wenn du was für mich tust«, sagte Esther.

Er zog die Brauen zusammen. »Okaaay. Und das wäre?«

»Du bittest meine Freundin Jinny um ein Date.«

Er öffnete den Mund und schloss ihn dann wieder. Seine Brauen waren jetzt eine einzige, dunkle Linie. »Ähm ...«

»Du hast doch keine Freundin, oder?«

»Nein, aber ...«

»Jinny ist echt nett, total normal und außerdem wunderschön.« Das stimmte alles. Dieser sozial ungeschickte Drehbuchtyp konnte sich glücklich schätzen, mit so jemand Tollem wie Jinny ausgehen zu dürfen. Und Jinny würde es guttun, jemand Netten zu daten, denn das schien Jonathan zu sein: nett.

Er sah skeptisch drein. »Und warum musst du ihr dann ein Date besorgen?«

»Weil sie gerade mit einem Mistkerl Schluss gemacht hat, und ich befürchte, dass sie ihn sonst zurücknimmt.«

»Sollte sie das nicht selbst entscheiden?«

Eine edle Sichtweise, aber das hier war eine Notsituation, daher musste man Notmaßnahmen ergreifen. »Ich versuche nicht, sie daran zu hindern, ihre eigene Entscheidung zu treffen. Ich versuche nur, ihr eine weitere *Option* zu bieten. Ihr zu zeigen, dass es da draußen noch andere Männer gibt, die sie mögen, und dass sie keinen solchen Creep daten muss.« Esther verengte die Augen. »Du bist doch kein Creep, oder?«

»Nein!«, sagte er, dann runzelte er die Stirn, als wäre er sich nicht ganz sicher. »Ich meine, ich glaube nicht?«

Sie zeigte warnend mit dem Zeigefinger auf ihn. »Ich weiß, wo du wohnst, denk dran. Wenn du sie also verletzt ...«

Er hob beschwichtigend die Hände. Seine Finger waren mit schwarzen Tintenflecken bedeckt. »Ich habe nicht gesagt, dass ich bereit bin, mit ihr auszugehen. Ich kenne sie doch gar nicht.«

»Sie hängt immer mit mir am Pool ab. Du hast sie letztes Wochenende gesehen, erinnerst du dich?«

»O ja.« Sein Mund verzog sich zu etwas, das beinahe aussah wie ein Lächeln. »Ja, sie ist süß.«

Volltreffer! Es war perfekt. Jinny mochte ihn, er mochte sie. Sie tat beiden einen Gefallen, indem sie sie miteinander verkuppelte. Sie war praktisch Mutter Teresa. »Also machst du es?«

Er runzelte erneut die Brauen und rieb sich das Kinn. Aus der Nähe betrachtet wirkte sein Bart viel weniger struppig. Und seine Augen hatten einen wirklich beeindruckenden Blauton. »Das kommt mir irgendwie seltsam vor. Warum muss ich sie fragen? Kannst du nicht einfach ein Blind Date für uns arrangieren oder so?«

Esther schüttelte den Kopf. »Sie hasst Blind Dates. Sie würde sich nie darauf einlassen.«

»Aber ich kenne sie nicht einmal. Meinst du nicht, dass sie es komisch findet, wenn ein Fremder sie einfach so aus heiterem Himmel um ein Date bittet?«

Dieser Typ ging eindeutig nicht oft aus und hatte keine Ahnung, wie oft Männer Frauen ansprachen, die sie kein bisschen kannten. Was irgendwie wieder süß war. Naiv, aber süß. Ein bisschen wie ein Gentleman aus einem Jane-Austen-Roman, der eine formelle

Vorstellung brauchte, bevor er damit beginnen konnte, eine Lady zu umwerben. »Ihr seid euch doch schon oft über den Weg gelaufen. Das ist nicht komisch.«

»Und wenn sie Nein sagt?«

Sie hatte ihn beinahe am Haken. Er brauchte nur noch einen kleinen Schubs. »Sie wird nicht Nein sagen, weil sie dich auch süß findet.«

»Wirklich?« Seine Augen leuchteten auf wie ein Weihnachtsbaum, was verdammt niedlich war. Na gut. Jinny hatte recht. Er war süß.

»Ja, wirklich.«

»Das hat sie dir gesagt?«

»Das hat sie mir gesagt.«

Zweifel schlichen sich in seinen Blick. »Irgendwie ist das trotzdem komisch.«

O mein Gott. Was brauchte es denn noch, um ihn dazu zu bringen einzuwilligen? Erpressung? Denn Esther würde zu diesem Mittel greifen, wenn es nötig war. »Soll ich dein Drehbuch lesen oder nicht?« Die sanfte Tour funktionierte nicht; es war an der Zeit, einen anderen Ton anzuschlagen.

Die Falten auf seiner Stirn vertieften sich. Dann nickte er. »Ja, okay. Ich mache es.«

YES! Nicht ganz genügend Enthusiasmus für Esthers Geschmack, aber das musste reichen. »Du wirst es ernst nehmen und ihr eine echte Chance geben. Nicht nach dem ersten Date einfach verschwinden.«

Er kratzte sich den Hinterkopf. »Was bedeutet ›eine echte Chance‹ denn genau?«

Esther schürzte die Lippen und dachte über diese Frage nach. Wie lange würde Jinny brauchen, um über Stuart hinweg zu kommen? Ein einziges Date reichte womöglich nicht aus. Es musste genug sein, um Stuart für immer aus ihrem Hirn zu verbannen. »Drei Dates«, sagte sie schließlich.

Jonathan riss die Augen auf. »*Drei?* Auf keinen Fall.«

»Das ist der Deal. Tu's, oder lass es bleiben.« Ein Date würde er vielleicht halbherzig hinter sich bringen. Bei drei würde er sich wenigstens etwas mehr Mühe geben. Theoretisch zumindest.

»Okay, zwei.«

»Drei«, wiederholte Esther. Jetzt, da sie ihn dazu gebracht hatte, ihrem Plan zuzustimmen, hatte sie die Oberhand. Und sie würde keinen Millimeter weichen.

Sein Mund verzog sich schmollend. »Dann musst du mir aber wirklich mit meinem Drehbuch helfen. Nicht nur ein paar Notizen hinkritzeln oder das anstreichen, was nicht stimmt, sondern richtig mit mir arbeiten und mir Ideen liefern, damit die Geschichte funktioniert.«

Herrgott. Was Esther nicht alles für Jinny zu tun bereit war. Wehe, sie wusste das nicht zu schätzen. »Ich werde alles an Wissenschaft aus dem Drehbuch rausquetschen, was geht. Deal?«

»Ja.« Er nickte. »Okay.«

Esther streckte ihm die Hand hin. Er zögerte kurz und ergriff sie dann.

Es war offiziell. Sie würden es tun.

»Wir müssen schnell sein«, sagte sie, »damit Jinny keine Zeit hat, wieder mit Stuart zusammenzukommen.«

»Wie schnell?«, fragte Jonathan.

Esther grinste ihn an. »Was machst du heute Abend?«

Aus seinem Gesicht wich alle Farbe. »Heute Abend?«

KAPITEL VIER

Sie mussten ein wenig tricksen, damit die Sache klappte.

Jonathan konnte Jinny nicht einfach so anrufen, um sie einzuladen, weil er offiziell ihre Nummer nicht hatte. Soweit Jinny wusste, kannte er schließlich nicht einmal ihren Namen. Also musste er sie persönlich um ein Date bitten. Was bedeutete, dass sie ein »zufälliges Treffen« arrangieren mussten.

Man hätte meinen sollen, ein Drehbuchautor sei in der Lage, sich ein einfaches Meet-Cute auszudenken, aber er war noch weniger als nutzlos auf diesem Gebiet.

»Warum gibst du mir nicht einfach ihre Nummer, damit ich sie anrufen kann?«, fragte er achselzuckend. »Ich verstehe nicht, warum das so kompliziert sein muss.«

»Weil es auf keinen Fall so aussehen darf, als würde ich versuchen, euch zu verkuppeln«, erinnerte ihn Esther. »Woher sollst du sonst ihre Nummer haben, wenn nicht von mir?«

Er zuckte erneut die Achseln.

Nutzlos. Zum Glück war Esther eine Meisterstrategin. Sie hatte ihrem älteren Bruder auf die Sprünge geholfen, seit sie sieben Jahre alt war. Sie hatte das im Griff.

BEI MIR, SOFORT, schrieb sie an Jinny. Ich bestelle bei diesem hawaiianischen Laden.

Jinny liebte dieses Restaurant, und sie lieferten nicht nach Mar Vista.

Bin schon unterwegs, schrieb Jinny beinahe sofort zurück. Ich nehme die Kalua Ramen mit Schweinefleisch.

Sobald sie sicher war, dass Jonathan genau wusste, was er zu tun hatte, scheuchte Esther ihn aus der Wohnung, damit sie endlich diese verdammten Strumpfhosen ausziehen konnte. Statt des weiten Blümchenkleids, das sie zur Arbeit getragen hatte, zog sie eine Jogginghose und ihr Lieblingssweatshirt an. Sie löste ihr langes, welliges Haar aus dem ordentlichen Arbeitsdutt, ließ sich aufs Sofa sinken und band es zu einem lockeren Messy Bun zusammen.

Ihre große, schwarzweiße Katze Sally Ride, deren Zeichnung sie aussehen ließ, als trüge sie einen Smoking, sprang auf ihren Schoß, um ihre Ration Kopfkraulen einzufordern. Gehorsam streichelte Esther die schnurrende Katze und wartete, dass Jinny kam.

Fünf Minuten später klopfte es an die Tür, und Sally huschte eilig ins Schlafzimmer.

»Nimm mal mein Handy«, sagte Jinny und drückte es Esther in die Hand, als sie an ihr vorbei in die Wohnung trat.

»Okay.« Esther starrte auf das Display und schloss die Tür. »Warum?«

Das Handy vibrierte in ihrer Hand: eine Nachricht von Stuart. Lass mich heute Abend vorbeikommen, Baby. Ich vermisse mein kleines Liebeshäschen.

Eklig.

»Deshalb«, sagte Jinny und holte sich ein Bier aus dem Kühlschrank. »Bitte mach, dass ich nicht darauf reagiere.«

Esther legte das Handy mit dem Display nach unten auf den Tisch neben der Tür. »Er will spontanen Sex heute Nacht? Es ist mitten in der Woche.«

»Manche Menschen haben Sex an Wochentagen, weißt du.« Jinny öffnete den Verschluss ihrer Bierdose und nahm einen Schluck.

»Klingt anstrengend. Ich habe ja kaum genug Energie, mich selbst zu ernähren, wenn ich nach Hause komme.«

Jinny ließ sich mit ihrem Bier auf das rote Ikea-Sofa fallen. Esthers gesamte Wohnung war mit Ikea möbliert. Sie hatte sich praktisch eins der Wohnzimmer aus dem Katalog zusammengekauft.

»Es ist echt Folter«, stöhnte Jinny. »Ich versuche ja, ihm zu widerstehen, aber jedes Mal, wenn er schreibt, erinnere ich mich daran, wie sehr ich ihn vermisse. So langsam werde ich schwach.«

Manchmal konnte Esther Jinny wirklich nicht verstehen. Klar, Stuart war heiß, und vielleicht war er sogar so gut im Bett, wie Jinny behauptete. Aber egal, wie gut er war oder wie sehr sie glaubte, ihn zu lieben – Esther konnte sich nicht vorstellen, jemals einem Mann zu verzeihen, der sie betrogen hatte.

»Du könntest seine Nummer blockieren«, schlug sie vor und setzte sich Jinny gegenüber auf das Sofa, die Füße unter den Po gezogen.

Jinny nahm einen weiteren Schluck Bier. »Ich habe darüber nachgedacht. Aber ich ertrage die Vorstellung nicht, den Kontakt einfach so abzubrechen. Wenn ich weiß, dass er mir immer noch Nachrichten schreibt, ich aber nicht weiß, was er sagt.« Ihr Blick glitt hinüber zu ihrem Handy auf dem Tisch, als würde sie magisch davon angezogen.

Herrje, sie war wirklich ziemlich hinüber. Zum Glück war Esther heute Jonathan über den Weg gelaufen. Keine Sekunde zu früh.

Sally tauchte wieder aus dem Schlafzimmer auf und kam zum Sofa, um an Esthers Zehen zu schnüffeln. Esther kraulte ihr den Kopf. »Du *weißt* doch aber, was er sagt. Du musst doch nicht seine Nachrichten lesen, um zu wissen, was er will.«

»Ich mag die Aufmerksamkeit irgendwie«, gab Jinny zu. »Nach dem, was er getan hat, verdient er es, zu Kreuze zu kriechen.«

Sie beugte sich vor, um Sally zu streicheln, die zurückwich. »Warum will deine Katze nicht mit mir befreundet sein?«

Esther zuckte die Achseln. »Sie mag niemanden außer mir. Sie ist wählerisch.«

»Willst du damit sagen, dass ich nicht gut genug bin für deine Katze?«

»Nein, aber sie weiß, woher ihr Fressen kommt. Sie hat keine Zeit für Leute, die ihr nicht die Gourmet-Lachshäppchen reichen, an die sie gewöhnt ist.«

»Das ist einleuchtend«, sagte Jinny. »Dann lass ich das mal durchgehen, Sally.«

An der Tür ertönte ein Klopfen, und Sally flitzte erneut ins Schlafzimmer. Diesmal war es der Uber-Eats-Fahrer.

»Gott, wie das duftet«, sagte Jinny und half Esther dabei, das Essen auszupacken. »Ich bin völlig ausgehungert. Sex-Dates auszuschlagen, ist harte Arbeit.«

»Das glaub ich dir sofort«, entgegnete Esther säuerlich und ging in die Küche, um Besteck und Servietten zu besorgen.

Jinny öffnete einen der Behälter. »Du hast doch den Kesselmais bestellt, oder?«

»Dieses Popcorn aus dem Kessel? Natürlich. Ich bin doch keine Amateurin.«

Sie hatten gerade mit Essen angefangen, als es erneut an der Tür klopfte. Genau aufs Stichwort.

»*Du lauschst, wann unser Essen geliefert wird*«, hatte Esther gesagt. »*Sobald der Fahrer weg ist, warte zwei Minuten, dann komm mit der Post rüber.*« Sie hatte ihm ihre falsch eingeworfene Post wiedergegeben, damit er sie rüberbringen konnte, wenn Jinny da war.

»Hat der Lieferbote was vergessen?«, fragte Jinny und zählte die Plastikbehälter.«

»Ich glaube nicht.« Esther ging zur Wohnungstür. »Vielleicht habe ich die falsche Quittung unterschrieben.« Sie öffnete die Tür und tat überrascht. »Oh! Jonathan. Hi.«

»Hey«, sagte er wenig begeistert.

Sie hob die Brauen und wartete darauf, dass er erklärte, warum er gekommen war. *Vermassel es nicht, du Trottel.*

»Hey«, murmelte er erneut. *Na super.* »Der – äh – der Postbote hat diese Briefe aus Versehen bei mir geworfen.« Er hielt ihr die Umschläge hin.

»Danke!«, sagte Esther und versuchte, freundlich zu klingen. »Da hat er wohl unsere Briefkästen verwechselt, ich habe nämlich auch Post für dich gekriegt. Komm doch rein.« Sie trat einen Schritt zurück und winkte ihn über die Schwelle.

Jonathan hatte die Hände tief in die Taschen geschoben und schlurfte über die Schwelle wie ein Kind, das gegen seinen Willen in die Kirche muss. Bisher lieferte er keine wirklich überzeugende Vorstellung.

Esther tat so, als sähe sie den Stapel Briefe auf dem Ikea-Regal an der Tür erst jetzt richtig. »Ich weiß doch, dass ich sie hier irgendwo hingelegt habe ... aha! Da sind sie ja. Sorry, ich wollte sie dir gerade bringen, aber dann kam Jinny vorbei, und ich habe es irgendwie vergessen. Das hier ist übrigens meine Freundin Jinny«, fügte sie hinzu und wedelte mit der Hand, als wäre ihr das gerade erst eingefallen. »Jinny, Jonathan. Jonathan, Jinny.«

»Hey«, murmelte Jonathan.

Jetzt mach schon, dachte Esther. *Bemüh dich mal.* Es würde nicht funktionieren, wenn er sich benahm, als wollte er gar nicht hier sein.

Jinny trat vor und streckte ihm die Hand hin. »Hallo, schön, dich kennenzulernen.« Was ein Glück, dass wenigstens eine von den beiden soziale Fähigkeiten besaß.

Jonathan starrte eine Sekunde lang ihre Hand an, als wüsste er nicht, was er damit tun sollte. Und dann endlich – *endlich* – schien eine Art Automatismus einzusetzen, und er trat ebenfalls vor und ergriff sie. »O ja. Ich habe dich hier schon mal gesehen.«

»*Sag ihr, du hättest sie hier schon mal gesehen*«, hatte Esther ihm vorher eingeschärft. »*Sie wird geschmeichelt sein, dass du sie bemerkt hast.*«

Jinnys Lächeln wurde breiter. »Ich bin oft hier. Bin ein Fan von Esthers Pool. Esther ist auch okay, aber vor allem lockt mich der Pool.«

Jonathan nickte und entspannte sich ein wenig. »Ja, verständlich. Ich hoffe trotzdem, du bist vorsichtig, ist ne ziemlich dreckige An-gelegenheit.«

»Esther oder der Pool?«, fragte Jinny mit unbewegter Miene.

Jonathan lachte. »Das Poolwasser natürlich. Über Esther weiß ich zu wenig.«

Hey, wer hätte das gedacht? Der Typ konnte ja doch lächeln.

»Das ist ja lustig«, sagte Esther. »Man merkt, dass du schreibst. Wusstest du, dass Jonathan Drehbücher schreibt?«, fragte sie, an Jinny gewandt.

»Wirklich?«, sagte Jinny und spielte überzeugend die Beeindruckte. »Das ist ja cool.«

»Es riecht gut hier drin«, sagte Jonathan. »Wolltet ihr beide gerade essen?«

Esther nickte. »Wir haben bei Mahalo bestellt. Ist angekommen, kurz bevor du geklopft hast.«

»Deren Kesselmais ist nicht von dieser Welt.«

»Deiner Meinung. Willst du welchen?«, bot Esther an.

Jonathan schüttelte den Kopf und schaffte es dennoch, so auszusehen, als sei er in Versuchung. »Nein, ich will euch nichts wegessen.«

»Schon gut, ich bestelle immer viel zu viel.« Esther ging in die Küche, um Besteck für ihn zu holen. »Du solltest zum Mais ein paar Rippchen essen.«

»Ja, okay«, sagte Jonathan. »Danke.«

»Willst du ein Bier?« Esther öffnete den Kühlschrank. »Man kann Rippchen nicht ohne Bier essen.«

»Klar.«

Jinny kam zu ihr in die Küche. »Was tust du da?«, flüsterte sie.

»Ich hole ihm ein Bier.«

»Aber du magst ihn nicht mal.«

»Nein, aber du.« Esther zuckte die Achseln. »Vielleicht hattest du ja recht. Vielleicht war ich ihm gegenüber zu hart. Er ist mein Nachbar – ich sollte ein bisschen nachbarschaftlicher sein, oder?« Sie hielt Jinny das Bier, eine Gabel und einen Teller hin. »Bring ihm das.«

Esther blieb noch eine Weile in der Küche und tat so, als räumte sie auf, während Jinny zurück zu Jonathan ging.

»Bitte sehr«, sagte sie und reichte ihm das Geschirr und die Bierdose. »Guten Appetit.«

»Danke«, sagte er. »Also, äh, wohnst du hier in der Nähe?«

Nett, dachte Esther, die angestrengt lauschte. Das war als Gesprächsbeginn völlig in Ordnung. Vielleicht wärmte er sich nur auf.

»Nicht allzu weit weg«, antwortete Jinny. »In Mar Vista.«

»O ja, es ist schön dort.«

»Es ist in Ordnung. Aber ich komme wirklich gern hierher. Wie man sieht, ich bin ja schließlich ständig hier.«

»Und woher kennt ihr euch?«

»*Rede bloß nicht ständig von dir selbst*«, hatte Esther ihn gewarnt. »*Stell ihr Fragen, versuch, sie kennenzulernen. Zeig ihr, dass sie diejenige ist, die du magst.*«

Jinny erzählte Jonathan gerade die Geschichte, wie Esther und sie sich kennengelernt hatten, als Esther zurück zu ihnen ins Wohnzimmer kam. Sie trank ihr Bier und aß und mischte sich nur selten in die Unterhaltung ein, damit die beiden sich kennenlernen konnten.

Zehn Minuten später fand sie, dass es gut genug lief, um zu Phase zwei des Plans überzugehen. »Will noch jemand ein Bier?«, fragte sie und ging zum Kühlschrank.

»Ich nehme noch eins«, rief Jinny.

»Danke, aber ich arbeite noch an meinem«, rief Jonathan.

In der Küche stellte Esther an ihrem Handy einen Timer auf vier Minuten. Dann nahm sie zwei Dosen Bier und brachte sie ins Wohnzimmer.

Als der Alarm losging, tat sie überrascht. »Ups, das ist meine

Wäsche! Ich renne mal eben runter und packe meine Klamotten in den Trockner. Bin gleich wieder da!«

»Ich kann nicht länger als fünf Minuten weg sein, sonst wirkt es komisch. Mehr Zeit hast du also nicht«, hatte sie Jonathan gesagt. *»Das ist dein Zeitfenster, in dem du sie bitten kannst, mit dir auszugehen. Verpass es nicht.«*

Sie nahm sich eine Handvoll Vierteldollar-Münzen aus einer Schale an der Tür und verließ die Wohnung. Als sie im Waschkeller ankam, lud Brent, der Stoner-Musiker aus der Vierzehn, gerade seine Kleider aus der Waschmaschine in den Trockner.

»Brauchst du die Maschine?«, fragte er über die Schulter.

»Nein.« Esther setzte sich mit einem Hops auf den Klapptisch und startete ein Spiel auf dem Handy.

Er sah sie verblüfft an.

»Ich hänge hier nur so herum«, erklärte sie.

»Im Wäscheraum?«

»Da sind zwei Leute in meiner Wohnung, die ein bisschen Zeit für sich brauchen.«

»Okay, ist ja auch egal.« Brent kümmerte sich wieder um seine Wäsche und Esther um ihr Handyspiel. »Bis dann«, sagte er auf dem Weg nach draußen.

»Ja, bis dann«, erwiderte Esther.

Als die fünf Minuten vorbei waren, ging sie wieder nach oben in ihr Apartment.

Jonathan und Jinny saßen jetzt viel näher beieinander als vorher. Sie hatten ihre Handys in der Hand, als tauschten sie Telefonnummern. Und was am besten war: Sie lächelten beide.

»Hast du das mit deiner Wäsche geregelt?«, fragte Jinny und legte ihr Handy wieder hin.

»Ja.«

»Na gut, also, ich geh dann mal«, sagte Jonathan. »Danke für das Bier und die Rippchen.« Er warf Jinny einen schüchternen Blick zu. »Ich melde mich.«

Jinny nickte. »Cool.«

»Vergiss deine Post nicht«, sagte Esther.

»Ach ja, meine Post. Danke.« Er nahm sie vom Tisch und verließ das Apartment.

»Was war *das* denn?«, fragte Esther, als er fort war. Als wüsste sie es nicht genau.

Jinny leuchtete geradezu von innen und wippte auf den Zehenspitzen. »Er hat mich gebeten, mit ihm auszugehen!«

Esther grinste. »Und du hast Ja gesagt?«

»Natürlich habe ich Ja gesagt!«

»Das ist wunderbar. ich freue mich so für dich!« Ausgesprochen zufrieden mit sich sammelte Esther das übrig gebliebene Essen zusammen und trug alles in die Küche. Sie hatte es geschafft. *Jonathan* hatte es geschafft.

»Ist es nicht unglaublich, dass er mich gefragt hat?«, sagte Jinny, die ihr gefolgt war.

Esther schob ein paar ältere Lieferdienstbehälter im Kühlschrank zur Seite, um ein wenig Platz zu schaffen. »Es ist nicht unglaublich. Du bist wunderschön und großartig. Wer würde nicht mit dir ausgehen wollen?«

»Ja, aber gerade erst neulich habe ich gesagt, wie süß ich ihn finde, und heute fragt er mich, ob ich mit ihm ausgehe, aus heiterem Himmel. Das muss doch Schicksal sein.«

»Muss es wohl«, stimmte Esther zu.

KAPITEL FÜNF

Immer wenn Esther jemandem erzählte, dass sie Raumfahrtingenieurin war, neigte ihr Gegenüber zu der Annahme, dass sie täglich durch eine riesige Fertigungshalle spazierte, gekleidet in einen dieser weißen Overalls mit Schutzmütze und Fußüberziehern und mit einem Klemmbrett in der Hand, um fertige Raumfahrzeuge zu inspizieren – so wie einer der Statisten aus dem Film *Der Stoff, aus dem die Helden sind* mit Sam Shepard und Ed Harris.

In Wirklichkeit saß sie in einer Arbeitsnische in einem heruntergekommenen Bürogebäude in El Segundo und verbrachte einen lächerlich großen Teil ihrer Arbeitszeit mit Microsoft Office. Das Sauer-Hewson-Aerospace-Werk, in dem sie arbeitete, hatte in den vierziger Jahren als Autofabrik begonnen, bevor es nacheinander an ein halbes Dutzend verschiedener Luftfahrtunternehmen verkauft wurde, von denen die meisten nicht mehr existierten. Im goldenen Zeitalter der Raumfahrt waren hier einige Module der Apollo-Raumfahrzeuge hergestellt worden. Heute konzentrierte man sich ausschließlich auf Satelliten, die weniger cool waren als das Apollo-Programm – aber dank der Verbreitung von Fernsehen,

Radio, Breitbandangeboten und mobilen Kommunikationsgeräten ausgesprochen einträglich.

»Du kommst zwölf Minuten später als sonst«, sagte Yemi, als Esther am nächsten Tag zur Arbeit kam. Er war Designanalyst und saß in der Arbeitsnische hinter Esther. Er kam aus Nigeria, trug eine dicke, schwarz gerahmte Brille und konnte im Kopf bis zur sechsten Stelle hinterm Komma Quadratwurzeln ziehen.

»An der Landstraße war eine Ampel kaputt«, sagte Esther und schloss ihren Laptop an. Normalerweise brauchte sie eine halbe Stunde, um morgens im Berufsverkehr zur Arbeit zu fahren, aber heute hatte sie unterschätzt, wie dumm sich Menschen angesichts eines blinkenden roten Lichts vor einer Kreuzung verhalten konnten.

Yemi wandte sich wieder seinem Computer zu. »Du solltest Autobahn fahren.« Sein Akzent war kaum wahrnehmbar; er war in Abuja geboren, aber seine Familie war in die USA gezogen, als er zehn Jahre alt gewesen war. Nur wenn er mit seinen Eltern telefonierte, hörte man seinen Akzent ein wenig mehr.

»Du weißt, dass ich es hasse, im Stau zu stecken.« Esther griff nach dem Dutt, zu dem sie ihr Haar heute Morgen hochgebunden hatte. Sie trug es fast jeden Tag so, aber heute Morgen hatte sie es eilig gehabt und fürchtete, der Dutt könnte schief sitzen.

»Im Schnitt verbringt man fünf Prozent mehr Zeit vor Ampeln als im Berufsverkehr auf der 405. Deine Aversion gegen Autobahnen ist irrational und ineffizient.«

»Ich werde darüber nachdenken«, sagte Esther und lächelte.

Manche Leute fanden Yemis direkte Art unangenehm, aber für sie gehörte diese Eigenschaft zu den Dingen, die sie am liebsten an ihm mochte. Er heuchelte nicht oder versuchte zu verbergen, was er wirklich dachte. Seine Ehrlichkeit und sein Pragmatismus machten ihn zu einem außergewöhnlich guten Analysten. Esther arbeitete gern mit ihm, weil sie keine Zeit damit verschwenden musste, seine Aussagen zu interpretieren oder herauszufinden, was er wirklich meinte, wenn er etwas sagte. Er sprach immer klar und deutlich aus, was er dachte, benannte Fehler, und wusste, was man unternehmen musste, um sie zu beheben.

Esther verbrachte ein paar Minuten damit, ihre E-Mails zu lesen, dann öffnete sie Excel und tauchte wieder in die Tabelle ein, an der sie seit Freitag arbeitete. Als ihr Handy zwei Stunden später vibrierte, war sie so konzentriert, dass sie vor Schreck beinahe vom Stuhl kippte.

Es war Jinny, die fragte, wann sie Mittagessen wolle. Sie arbeiteten beide bei Sauer Hewson, aber Jinny war Netzwerk-Engineer im Deep-Space-Teleskopprojekt, und ihr Arbeitsplatz war am anderen Ende des Gebäudes, weshalb sie ihre Mittagspausen per Messenger koordinieren mussten.

Esther reckte sich und ließ den Kopf kreisen, um die Anspannung in ihrem Nacken zu lösen. »Hey.« Sie drehte sich mit ihrem Stuhl um die eigene Achse und trat gegen Yemis Rückenlehne.

Er starrte auf eine Heatmap auf seinem Bildschirm. »Hmmm?«, machte er, ohne sie anzusehen.

»Mittagessen?«

»Es ist erst zehn.«

»Ich will wissen, wann du gehen willst.« Esther wedelte mit dem Handy neben seinem Ohr herum. »Jinny fragt.«

Er riss den Blick vom Bildschirm los und drehte den Kopf, um sie anzusehen. »Mir egal.«

»Ich weiß doch, dass du gern einen Zeitplan hast.«

»Solange ich ihn kenne, ist mir egal, was draufsteht.«

»Was ist das Tagesgericht?« Yemi kannte den wöchentlichen Speiseplan der Cafeteria ganz genau. Er prägte ihn sich stets am Anfang eines Monats ein.

»Lasagne.«

»Dann gehen wir besser um viertel vor zwölf.« Lasagne war eins der Gerichte in der Cafeteria, die wirklich gut waren. Und manchmal gab es nicht mehr genug für alle.

»In Ordnung.« Yemi hatte sich bereits wieder seinem Computer zugewandt.

Esther schrieb Jinny, bekam ein OK und beschäftigte sich wieder mit ihrer Tabelle. Eine Stunde später erschrak sie erneut, weil Jinny in ihrer Arbeitsnische auftauchte.

»Pssst«, sagte sie hinter ihr.

Esther riss sich von ihrer Power-Point-Präsentation los und fuhr herum. »Hey!«

»Wie findest du dieses Kleid?«, fragte Jinny und drehte sich im Kreis, um das geblümte Neckholderkleid zu zeigen, das sie trug. Das Preisschild hing noch daran.

»Ich finde, du siehst großartig aus«, sagte Esther.

Jinny schaute an sich herunter und bauschte den Rock. »Ich habe es letzte Woche bestellt, und heute ist es angekommen.« Sie ließ sich Pakete meist auf die Arbeit liefern, damit sie nicht im Hausflur abgelegt und gestohlen wurden. »Ich überlege, es zu meinem Date mit Jonathan zu tragen.« Sie schaute hoch und biss sich dabei auf die Unterlippe. »Zu viel?«

»Nein, auf keinen Fall.« Jonathan würden die Augen aus dem Kopf fallen, wenn er sie sah.

Jinny stemmte die Hände in die Hüften und runzelte die Stirn.

»Sag mir die Wahrheit – findest du, es ist zu früh, mit jemand anderem auszugehen? Die Trennung ist schließlich erst eine Woche her.«

»Du bist doch keine Witwe aus der viktorianischen Zeit«, sagte Esther. »Du musst keine Trauerzeit einlegen.«

»Aber ich sehe so gut aus mit Spitzenkragen und Tournüre«, versetzte Jinny, um dann wieder die Stirn zu runzeln. »Im Ernst, bin ich zu schnell? Vielleicht muss ich ein bisschen Zeit allein verbringen und das mit Stuart verschmerzen, bevor ich wieder date?«

Das war zwar ein nicht von der Hand zu weisender Punkt, aber da sie Jinny kannte, argwöhnte Esther, dass »Zeit allein verbringen« synonym mit »Stuart wieder in ihr Leben lassen« war. So schnell wie möglich wieder ihre Chancen auszuloten, erschien ihr für Jinny sicherer. Sie konnte immer noch Zeit allein verbringen, *nachdem* Jonathan ihr dabei geholfen hatte, Stuart zu vergessen.

»Hast du denn das Gefühl, noch nicht über Stuart hinweg zu sein?«, fragte Esther. »Ich meine, wenn du nicht auf das Date gehen willst, ist das natürlich in Ordnung ... aber ich dachte, du freust dich darauf.«

»Tue ich auch.« Jinny verzog den Mund. »Zumindest habe ich mich gefreut. Jetzt kommen mir Zweifel.«

»Was Jonathan angeht? Oder weil du mit jemandem ausgehst, der nicht Stuart ist?« Esther hatte den Jonathan-Plan nicht ausgeheckt, um Jinny in eine Beziehung zu schubsen, die sie nicht wollte. Wenn sie nicht mit ihm ausgehen wollte, dann war das eben so. Aber wenn sie ihre Anhängigkeit von Stuart als Ausrede dafür benutzte, nicht nach vorne zu schauen, dann war das etwas ganz anderes. Dann musste sie ihr auf die Sprünge helfen.

Jinny dachte darüber nach. »Ich glaube, Zweiteres. Ich bin mir ziemlich sicher.«

Esther nickte. »Ich denke, du solltest deinem Instinkt trauen. Du schuldest Stuart gar nichts. Wenn du mit Jonathan ausgehen willst, dann geh mit Jonathan aus.«

Jinny lächelte jetzt. »Du hast recht. Ein süßer Junge hat mich um ein Date gebeten. Ich sollte es genießen. Einen Fick auf Stuart geben. Er hätte das hier eben nicht gehen lassen dürfen«, sagte sie und zeigte auf sich.

»Ganz genau. Fuck Stuart.« Aber nicht buchstäblich, dachte Esther. *Bitte hör bloß auf, diesen Stuart zu ficken.*

»Hallo«, sagte Yemi, der wieder zu seinem Schreibtisch zurückkehrte.

Jinny drehte sich um. »Hi!«

Yemi starrte sie an. »Du, ähm ...« Er rückte seine Brille zurecht. »Du siehst sehr gut aus. Sehr ... schön.«

Jinnys Lächeln wurde noch strahlender. »Danke schön.« Sie wandte sich wieder an Esther. »Also zwei Jas für das Kleid. Dann trage ich es Freitagabend.«

»Was ist Freitagabend?«, fragte Yemi und ließ sich auf seinen Stuhl fallen.

»Jinny hat ein Date«, sagte Esther.

Er sah Jinny mit gerunzelter Stirn an. »Ich dachte, du und dein Freund hätten Schluss gemacht?«

»Nicht mit ihm«, sagte Jinny. »Mit jemand Neuem. Esthers Nachbar hat mich gefragt, ob ich mit ihm ausgehen will. Esthers sehr süßer Nachbar.«

»Oh.« Yemi nickte und räusperte sich, dann wechselte er das Thema. »Also ... offenbar ist die CEO heute in der Firma.«

Jinny stöhnte. »Phantastisch.«

Die CEO war eine Frau namens Angelica Sauer, und sie war Furcht einflößend. Einmal war sie in ein Teamleitermeeting gestürmt, hatte alle davon in Kenntnis gesetzt, dass sie inkompetent seien, und ihr bestelltes Essen wegräumen lassen, weil »sie es nicht verdienten zu essen«, bis sie etwas Nützliches präsentiert hätten.

Wie es der Teufel wollte, war der El-Segundo-Campus die Produktionsstätte, die dem Hauptsitz des Unternehmens in Glendale am nächsten war, weshalb auch andere Leute aus der Führungsebene sie hin und wieder mit ihren Überraschungsbesuchen beehrten. Immer wenn Angelica Sauer im Gebäude war, gerieten die Manager und Teamleiter in Unruhe. Und wenn sie unruhig waren, machten sie alle anderen nervös.

Yemi nickte erneut. »Anil hat sie vor einer halben Stunde beim Sicherheitscheck gesehen.«

»Vielleicht ist sie netter geworden, seit sie geheiratet hat«, sagte Jinny. »Vielleicht war sie nur so gemein, weil sie traurig war.«

Angelica Sauer hatte die Unternehmensleitung übernommen, nachdem ihr erster Ehemann, der die Firma gegründet hatte, vor ein paar Jahren an Bauchspeicheldrüsenkrebs gestorben war. Erst kürzlich hatte sie erneut geheiratet – den Finanzdirektor des Unternehmens. Die Sauers schienen ihre Geschäfte offenbar gern in der Familie zu halten.

»Ich weiß nicht«, sagte Esther. »Ich glaube, es ist einfach ihr Führungsstil. Vielleicht muss man eine Firma so leiten. CEOs sind nicht gerade dafür bekannt, warmherzig und verschmust zu sein.«

»Na ja, ich ziehe mich dann wohl mal um und gehe zurück zu meinem Schreibtisch«, sagte Jinny. »Muss beschäftigt aussehen, falls die Oberchefin vorbeikommt.«

»Also gehst du ganz sicher am Freitag mit Jonathan aus?«, fragte Esther.

Jinny nickte. »Ich denke schon.«

Gut. Jinny würde nichts mit Stuart anfangen, solange sie ein Date mit Jonathan in Aussicht hatte. Zumindest würde es ihr ein paar Tage verschaffen.

Hoffentlich sogar mehr.

»Hey«, sagte Jonathan, als Esther die Tür öffnete. Er streckte ihr einen Stapel Papier entgegen, der mit messingfarbenen Klammern zusammengehalten wurde. »Hier ist das Drehbuch.«

»Cool.« Den Stapel in der Hand ging Esther in ihr Apartment und ließ die Tür hinter sich offen, damit er ihr folgte. Sie warf das Drehbuch auf ihren Ikea-Couchtisch, ohne es eines weiteren Blickes zu würdigen.

Er schloss die Tür hinter sich und sagte: »Du kannst direkt im Text korrigieren oder dir Notizen in einem anderen Dokument machen, wie es einfacher für dich ist.«

Esther nickte. »Jap.«

Er steckte die Hände in die Taschen. »Gestern Abend lief ziemlich gut, oder?«

»Du warst okay.« Es hatte keinen Zweck, ihn jetzt schon übermütig werden zu lassen. »Bis Freitagabend muss das aber noch besser werden. Was ziehst du denn an?«

Er zog die Brauen zusammen. »Ich weiß nicht. Da habe ich noch gar nicht drüber nachgedacht. Klamotten halt.«

»Du solltest dir Mühe geben. Keine Holzfällerhemden. Und auch keine Beanie.«

»Ernsthaft?« Sie konnte nicht genau einschätzen, ob er beleidigt war, weil sie es für nötig hielt, ihm zu raten, keine Beanie zu einem Date zu tragen, oder weil er keine Beanie zum Date tragen sollte.

»Ernsthaft. Wie sieht dein Haar darunter überhaupt aus?« Sie streckte die Hand aus und pflückte ihm die Mütze vom Kopf. Er war größer, als er aussah, vermutlich, weil er so krumm dastand. Esther war eins fünfundsiebzig groß und musste sich nach der Beanie recken, was bedeutete, dass er mindestens über eins zweiundachtzig war.

Sie hob die Augenbrauen, weil eine Menge widerspenstiger Locken zum Vorschein kam. »Okay, zu deinem Glück mag Jinny zufällig Männer, die ein wenig zerzaust aussehen. Tu da einfach irgendein Haarpflegeprodukt rein. Und wasch es vorher.«

Jonathan riss ihr die Mütze aus der Hand und setzte sie sich wieder auf. »Ich bin kein Volltrottel. Ich weiß, dass man sich vor einem Date die Haare wäscht.«

»Wo gehst du denn mit ihr hin?«, fragte Esther.

»Ich dachte ans Tap 21.«

Sie kräuselte die Nase. »Wirklich?«

»Was ist daran falsch?«

»Es ist langweilig. Und voller Angeber.«

»Ich esse da dauernd.«

»Genau das sage ich ja gerade. Regel Nummer eins: Halte dich von jedem Ort fern, der sich selbst Gastropub nennt. Da gibt es nur mittelmäßige, viel zu teure Burger. Du suchst besser etwas mit Charakter aus, etwas, das ihr was über dich erzählt. Du solltest mit ihr in ein ganz besonderes Lokal gehen. In ein Lokal, das *du* gut findest. Welches ist denn dein Lieblingsrestaurant?«

»McDonald's?«

Esther verdrehte die Augen. »Ich habe gesagt, etwas ganz Besonderes. Etwas, was sonst niemandem einfallen würde.«

Er dachte nach. »Doozo's.«

»Was ist das denn?«

»Das ist dieses chinesische Nudelrestaurant am Venice Beach. Ein recht schlichtes Lokal, aber es hat diesen coolen *Blade Runner*-Vibe und außerdem Dumplings zum Niederknien. Und die alte Frau hinterm Tresen mag mich.«

»Das ist perfekt. Geh mit ihr da hin.«

Er fuhr sich mit der Hand über das Kinn. Sein Gesicht war herzförmig, mit einem spitzen Kinn. Er sah wirklich ein wenig aus wie Jake Gyllenhaal, wenn man blinzelte und nicht allzu genau hinsah. »Ist es merkwürdig, sie in ein chinesisches Lokal einzuladen?«

»Ihre Familie ist nicht chinesisch, sondern koreanisch. Und sie liebt chinesisches Essen. Das geht schon.«

Er sah immer noch unsicher aus. »Bist du sicher, dass das Ganze eine gute Idee ist?«

Esther zog drohend eine Braue hoch. »Wehe, du drückst dich.« Wenn er jetzt aufgab, würde Jinny so enttäuscht sein, dass sie ganz sicher zurück in Stuarts Arme laufen würde.

Jonathan kaute auf seiner Unterlippe herum. »Es ist nur ... wird sie nicht sauer, wenn sie herausfindet, dass du mich dazu gebracht hast und die ganze Sache nur vorgetäuscht ist?«

»Es ist nicht vorgetäuscht. Es ist nur ein Blind Date ... unter leicht veränderten Umständen.«

Er trat von einem Fuß auf den anderen, und sein Blick schweifte durchs Zimmer. Er wirkte, als wollte er am liebsten auf und ab gehen, hielt sich aber zurück. »Aber ist es wirklich ein Blind Date, wenn nur einer der beiden weiß, dass es ein Blind Date ist und der andere glaubt, es sei ein Date Date? Denn dann ist es meiner Meinung nach eine Lüge.«

»Sieh es einfach als Hybrid Date – halb Blind Date, halb Date Date. Aber das Prinzip ist dasselbe wie bei einem normalen Date. Ihr probiert euch praktisch gegenseitig an, um zu sehen, ob ihr passt.«

»Ja«, sagte er ohne jede Begeisterung.

»Was ist los? Du magst sie doch, oder?« Esther wurde langsam ungeduldig. Er hatte dem Arrangement bereits zugestimmt. Sie sah nicht ein, dass sie ihn jetzt noch weiter überzeugen musste.

Er zuckte die Achseln. »Ich finde sie okay.«

Okay? Gestern war sie noch süß. Esther schnaubte und biss die Zähne aufeinander. Dann sagte sie: »Verkomplizier die Sache nicht unnötig. Ihr mögt euch, und ihr geht auf ein Date. So einfach ist das.«

»Ja, wahrscheinlich.« Er wirkte nicht überzeugt.

»Denk dran«, sagte sie und verschränkte die Arme vor der Brust. »Hier geht es um dein Drehbuch.«

Er seufzte, und seine Schultern sackten nach unten. »Ja, das weiß ich. Glaub mir.« Er nickte in Richtung des Drehbuchs auf dem Couchtisch. »Meinst du, du könntest heute Abend schon damit anfangen?«

»Ich weiß nicht«, antwortete Esther. »Vielleicht. Ich will es nicht nur überfliegen. Ich will ihm die Aufmerksamkeit widmen, die es braucht. Will mir wirklich Zeit nehmen und die Einzelheiten alle überprüfen.«

Er nickte. »Wenn du irgendwelche Fragen hast …«

»Dann schreibe ich sie auf«, sagte Esther und scheuchte ihn zur Tür. »Alles geklärt?«

»Ja. Okay.« Er nickte halbherzig. »Wir sehen uns.«

»Viel Glück bei deinem Date!«, rief Esther, als die Tür hinter ihm zufiel.

Später an jenem Abend zog sich Esther ihren Lieblings-Lama-Pyjama an, legte sich ins Bett, Sally Ride an ihrer Seite, und nahm die erste Seite von Jonathans Drehbuch vom Stapel.

Es sollte nicht länger dauern, ein Drehbuch zu lesen, als es dauerte, einen Film zu schauen, oder? Alles in allem vielleicht zwei Stunden oder weniger. Keine große Sache. Wie schlimm konnte es schon sein?

Es war *sehr schlimm*, das erkannte sie schnell.

Es war geradezu entsetzlich, *beleidigend* schlimm.

Wenn man Jonathans Drehbuch je umsetzte, wäre das mit Abstand der schlechteste Film, den Esther je gesehen hatte.

Es las sich, als hätten Michael Bay und Uwe Boll beschlossen, gemeinsam ein Drehbuch zu schreiben, sich mittendrin zerstritten und es Darren Aronofsky überlassen, der es zu Ende schrieb – völlig betrunken.

Sie schaffte es nur bis zur Hälfte, dann musste sie es wütend durch den Raum schleudern.

Das hier würde weit schwieriger, als sie angenommen hatte. Sie wusste gar nicht, wo sie mit ihren Notizen anfangen sollte. Dieses Ding würde sich nur retten lassen, wenn man es vollständig vom Angesicht der Erde tilgte. Wie sollte sie das als Feedback formulieren?

Warum nur hatte sie sich darauf eingelassen? Wenn es Zeitmaschinen gäbe, würde sie vierundzwanzig Stunden in der Zeit zurückkreisen und sich selbst ins Gesicht schlagen, dafür, dass sie diesen dummen Deal eingegangen war.

Wehe, Jinny gefiel das Date mit Jonathan nicht. Wehe, sie war hinterher nicht ganz *begeistert*.

KAPITEL SECHS

Am Freitagabend zwang sich Esther, Jonathans Drehbuch zu Ende zu lesen, und schaute dabei ständig auf die Uhr, weil sie darauf wartete, dass Jinny anrief und ihr erzählte, wie das Date mit ihm gelaufen war.

Aber die Lektüre war die reinste Sisyphusarbeit. Das ganze Ding war einfach nur schlecht. *So* schlecht.

Esther hatte zwar keine Ahnung vom Schreiben, aber mit Filmen kannte sie sich aus. Sie war ein großer Kinofan und hatte eine Menge Filmkritiken gelesen. Sie wusste, was einen guten Film ausmachte, und einen schlechten erkannte sie sofort.

Und das hier würde ein ausnehmend schlechter Film werden.

Unter normalen Umständen hätte sie ihre Aufgabe ein wenig erträglicher gemacht, indem sie Jinny lustige Bemerkungen darüber geschickt hätte, wie unfassbar schlecht Jonathans Manuskript war. Was sie selbstverständlich nicht konnte, weil Jinny genau in diesem Moment mit Jonathan auf einem Date war. Außerdem wollte Esther ja, dass Jinny Jonathan *mochte*, und daher musste sie ihr unbedingt verschweigen, wie schlecht das Drehbuch war. Um jeden Preis.

Eigentlich hatte Esther gedacht, sie könnte das Drehbuch zunächst überfliegen, um es in einem zweiten Durchgang genauer anzusehen und sich dabei Notizen zu machen. Aber nach ihrem ersten missglückten Versuch, das Ding zu überfliegen, hatte sie gewusst, dass sie es nicht aushalten würde, es ein weiteres Mal ganz zu lesen. Also begann sie von vorn und machte Anmerkungen.

Und sie hatte *eine Menge* anzumerken. Als Jinny sie um kurz vor zehn anrief, hatte Esther bereits zehn Word-Seiten gefüllt, und sie war erst zu zwei Drittel fertig.

»Hey«, sagte Esther und schob ihren Laptop beiseite. »Bist du schon zu Hause?« Ein bisschen früh für das Ende eines Dates. Sie hoffte, das war kein schlechtes Zeichen.

»Jap«, sagte Jinny. »Er hat mich gerade zu Hause abgesetzt.«

Esther setzte sich auf und legte die Füße auf den Couchtisch. »Und? Wie ist es gelaufen? Erzähl mir alles.«

Jinny machte ein schwer einzuordnendes Geräusch. »Es war okay.«

Oh-oh. »Nur okay?«

»Ich weiß es nicht. Vielleicht ist es einfach zu früh, wieder mit dem Daten zu beginnen. Vielleicht bin ich noch nicht über Stuart hinweg.«

»So schlimm?« *Verdammt, Jonathan, so schwierig war dein Auftrag doch nicht.*

»Es war nicht wirklich *schlimm*, aber … kennst du dieses flattrige Gefühl, das man hat, wenn man einen Typen wirklich mag? Das hatte ich nicht, keine Sekunde. Ich glaube, ich habe einfach auf ein bisschen mehr Chemie zwischen uns beiden gehofft.«

Esther wischte ein paar Katzenhaare vom Sofa. »Na ja, es war euer erstes Date. Vielleicht musst du ihm mehr Zeit geben. Vielleicht müsst ihr euch einfach ein bisschen besser kennenlernen.«

»Vielleicht«, sagte Jinny ohne viel Überzeugung. »Aber als Stuart zum ersten Mal mit mir gesprochen hat, hatte ich schon das Flattern in der Magengrube.«

Aber Stuart ist ein Arschloch, dachte Esther, sprach es aber nicht aus.

»Wo seid ihr denn hingegangen?«, fragte sie stattdessen, als wüsste sie es nicht längst.

»In dieses Nudelrestaurant am Venice Beach. Es war gut. Und die Frau hinterm Tresen hat ihn Jon Jon genannt, das war so süß.«

Check. 1:0 für Esther. »Das klingt doch gar nicht so schlecht.«

»Ja, aber dann hat er eine ganze halbe Stunde über die Originalversion von *Blade Runner* gesprochen, und ich hab es einfach nicht übers Herz gebracht, ihm zu sagen, dass ich den Film gar nicht mag.«

»Warte mal«, sagte Esther und schüttelte den Kopf, um sicherzugehen, dass sie sich nicht verhört hatte. »Wie kann man *Blade Runner* nicht mögen? Und wieso wusste ich das gar nicht über dich?« *Blade Runner* stand auf der Liste ihrer zehn Lieblingsfilme. Ihr Bruder war mit ihr ins Programmkino gegangen, als sie zwölf war, und schon damals fand sie, dass der Film so ziemlich das Coolste war, was sie je gesehen hatte.

»Der ist so langsam! Und langweilig. Ich verstehe wirklich nicht, was so toll an diesem Film sein soll. Der neue mit Ryan Gosling war ein bisschen besser, aber immer noch lahm.«

Esther war sprachlos. Das war ja fast, als behauptete jemand, die *Star Wars*-Prequels seien besser als die Original-Trilogie. Praktisch ein Sakrileg! Ein Grund, jemanden mindestens zweiundsiebzig Stunden lang in Untersuchungshaft zu stecken.

»Dieser Film hat eine ganze Kinogeneration beeinflusst«, wandte sie ein. »Ich habe gerade das Gefühl, dich gar nicht wirklich zu kennen.«

»Egal«, schnaubte Jinny. »Ich wollte mir das jedenfalls keine halbe Stunde lang hören. Er hat wirklich viel geredet. Ich bin den ganzen Abend lang kaum zu Wort gekommen.«

O nein. Das war gar nicht gut. »Er war vermutlich bloß nervös. Manche Leute reden zu viel, wenn sie nervös sind.«

»Vermutlich.«

Esther legte den Kopf in den Nacken und schaute zur Decke. »Wie seid ihr denn verblieben? Gehst du noch mal mit ihm aus?« Wenn Jinny beschlossen hatte, dass sie keine Lust hatte, wieder mit ihm auszugehen, war der ganze Plan zunichte.

»Ich weiß nicht. Er hat mich am Ende mit einem vagen ›Lass uns das irgendwann wiederholen‹ zurückgelassen. Was ja praktisch alles bedeuten kann. Vielleicht höre ich nie wieder von ihm.«

Wehe, wenn nicht. Sie hatten einen Deal, und Esther war finster entschlossen, ihn daran zu erinnern.

»Aber wenn er fragt, sagst du Ja?«, hakte Esther nach. Sie würde ihn beim nächsten Mal besser coachen müssen. Ganz offensichtlich brauchte der Typ mehr Hilfe als erwartet. Aber das war in Ordnung. Damit konnte sie arbeiten. Sie würde eben den Henry Higgins für Eliza Doolittle in Gestalt von Jonathan spielen, wenn es sein musste. Sie würde ihn verdammt nochmal zu My Fair Lady machen, wenn es nottat. Solange Jinny bereit war, ihm eine zweite Chance zu geben.

»Mmmm. Vermutlich. Immerhin ist er ein guter Küsser.«

»Moment mal. Er hat dich geküsst?«

»Ich habe ihn geküsst. Am Anfang war er ein bisschen schüchtern, aber als wir dann mittendrin waren, war es ziemlich gut. Richtig gut, eigentlich.«

»Ha«, machte Esther.

»Ja, da fragt man sich, wie er wohl im Bett ist. Wenn man von diesem Kuss ausgeht, würde ich sagen, verdammt gut.«

»Wow. Okay.« Das musste ja ein Wahnsinnskuss gewesen sein. Na, gut für ihn. Und offenbar auch für Jinny.

Also lief noch alles nach Plan. Jonathan musste nur ein bisschen besser Konversation machen. Kein Problem. Daran konnten sie vor dem nächsten Date arbeiten.

»Klingt, als hätte es da doch eine gewisse Chemie zwischen euch gegeben«, sagte Esther. »So furchtbar schrecklich kann es ja nicht gewesen sein.«

»Nein, schrecklich nicht«, gab Jinny zu.

»Na, da bin ich ja froh. Vielleicht wird euer zweites Date besser.« Sie hatten schließlich noch Zeit, um sich zu verlieben. Mit ein bisschen Training, davon war Esther überzeugt, würde Jonathan einen guten Freund für Jinny abgeben. Und Jinny würde gut für ihn sein. Sie würden einander guttun.

»Wenn es ein zweites Date gibt«, sagte Jinny. »Vielleicht ruft er gar nicht an.«

Er würde auf jeden Fall anrufen. Und nächstes Mal würde es besser laufen. Dafür würde Esther sorgen.

Kurz nach Mittag am nächsten Tag klopfte Esther an Jonathans Tür. Er brauchte so lange, bis er reagierte, dass sie schon annahm, er sei nicht zu Hause. Aber dann hörte sie, wie der Riegel zurückgeschoben wurde.

Die Tür öffnete sich einen winzigen Spalt, und er blinzelte sie an. »Oh. Du bist es.« Das klang ungefähr so begeistert, wie sie sie sich fühlte.

»Ich bin's«, sagte sie und wartete.

Er öffnete die Tür ein wenig weiter – aber nicht so weit, als dass sie es als Einladung hätte auffassen können einzutreten – und fuhr sich mit der Hand durch die Haare. Diesmal trug er tatsächlich keine Beanie, und sein Haar war vom Schlaf zerwühlt. Sein halbherziger Versuch, die wirren Locken zu glätten, ließ sie nur noch fluffiger aussehen.

»Habe ich dich geweckt?«, fragte Esther. Er machte den zerknautschten, stoppeligen Eindruck eines Mannes, der gerade erst aus dem Bett gefallen war.

»Nein«, sagte er. Das war eindeutig eine Lüge. Er trug eine Jogginghose, die ihm zu tief auf den Hüften saß, und ein weißes T-Shirt, das so ausgeleiert war, dass es beinahe durchsichtig wirkte.

»Ich kann später wiederkommen«, schlug sie vor.

»Nein, schon gut.« Er machte einen Schritt zurück, hielt die Tür auf und winkte sie zu sich. »Komm rein.«

Esther trat ein und schaute sich neugierig um. Es war dunkel in der Wohnung, abgesehen von den wenigen Sonnenstrahlen, die durch die geschlossene Minijalousie drangen. Der Grundriss entsprach genau Esthers Apartment, nur spiegelverkehrt, und seine Möbel sahen aus, als hätte er sie allesamt vom Sperrmüll. Da standen eine scheußliche karierte Couch, ein paar Bücherregale aus Backsteinen und Holzbrettern und eine billige Truhe, die als Couchtisch fungierte. Ein alter, kleiner Resopaltisch war an die Wand geschoben worden und diente als Schreibtisch. Darauf türmten sich gefährlich hoch Bücher und Papiere und Drehbücher. In der Mitte stand ein MacBook Air.

»Ich wollte nur wissen, wie es gestern Abend so lief«, sagte sie.

»Möchtest du einen Kaffee?«, fragte er und ging in die Küche. Hier stapelte sich das schmutzige Geschirr, das mindestens zur Hälfte aus Kaffeetassen bestand.

»Nein, danke.« Wenn sie mehr als zwei Tassen am Tag trank, wurde sie ganz hibbelig, und sie hatte ihre Dosis schon am Morgen gehabt.

Jonathan füllte einen Wasserkocher mit Wasser und schaltete ihn ein. »Bestimmt hast du alles schon von Jinny gehört.«

»Ja, aber ich wollte mir deine Einschätzung anhören.«

Er zuckte die Achseln. »Es war nicht so schlimm, wie ich befürchtet hatte.«

»Das klingt ja wahnsinnig begeistert.« Esther schaute ihm dabei zu, wie er Kaffeebohnen aus einer braunen Papiertüte in eine elektrische Mühle gab. Überall auf der Arbeitsplatte waren Kaffeekrümel verstreut. »Du mahlst deine Bohnen selbst?«

»Ja. Das ist ein Fairtrade Bio-Blend aus einer Kooperative in Peru. Ich bestelle den Kaffee bei einer kleinen Rösterei.«

Natürlich war es das. Und natürlich tat er das.

Er schaltete die Mühle ein, die einen ohrenbetäubenden Lärm machte, als sie die Bohnen pulverisierte. Das erklärte wohl das seltsame Geräusch, das Esther jeden Tag durch die Wand zu ihrer Wohnung hörte. Sie hatte gedacht, er hätte vielleicht einen Werkzeugfetisch. Aber offenbar war es nur ein Kaffeefetisch.

»Ich glaube, Jinny mochte mich nicht so richtig«, sagte er, als der Kaffee gemahlen war.

Immerhin hatte er es gemerkt. Esther war bereit, ihm dafür ein paar Punkte gutzuschreiben. »Wie kommst du darauf?«

»Ich weiß auch nicht.« Er kippte das Kaffeepulver in einen trichterförmigen Filter, der auf einer Glaskaraffe balancierte. »Sie hat nicht viel geredet.«

»Ist das deine Kaffeemaschine?«, fragte Esther und beugte sich vor, um die Konstruktion besser betrachten zu können.

»Das ist ein Chemex«, sagte er, als läge das auf der Hand.

»Ich weiß nicht, was ein Chemex ist.«

Er goss heißes Wasser über das Pulver, stellte den Wasserkocher wieder ab und wartete, bis es durch den Filter sickerte. »Der Kaffee wird durch den besonderen Filter und das Glasdesign reiner als in einer normalen Filtermaschine.«

Esther nickte, als interessierte sie das, und er begann einen Vortrag über die ideale »Kaffeebrühlogie« – ein Wort, das es definitiv nicht gab – und darüber, wie wichtig das »Blooming« bzw. Quellen bei der Zubereitung von Filterkaffee war. *Herrje.*

»Vielleicht hast du so viel geredet, dass Jinny gar keine Chance mehr hatte, etwas zu sagen«, schlug sie vor, als er seine absurd komplizierte Kaffeebrühmethode zu Ende erklärt hatte.

Er schaute sie gerunzelter Stirn an. »Hat sie das gesagt?«

»Nicht direkt.«

»Also mochte sie mich wirklich nicht.« Er goss mehr Wasser in den Filter. Wenn dieses Ding nicht den besten Kaffee der Welt herstellte, dann war das wirklich eine Frechheit, denn dies war die langsamste, ineffizienteste Art überhaupt, Kaffee zu kochen.

»Das habe ich nicht gesagt.« Esther lehnte sich gegen die Kücheninsel und verschränkte die Arme vor der Brust. »Okay, du hast sie nicht sofort umgehauen. Aber sie hatte auch keinen schlechten Abend.«

Er biss die Zähne zusammen. »Na super.«

»Beim nächsten Mal machst du es eben besser.«

»Wenn es ein nächstes Mal gibt.« Er goss noch ein wenig Wasser über das braune dickflüssige Kaffeegemisch im Filter. Im Ernst, wie lange musste man warten, bis man diesem Ding eine Tasse Kaffee abgerungen hatte?

»Du kommst aus der Sache jetzt nicht mehr heraus. Drei Dates – das war der Deal«, sagte Esther.

»Aber das ist doch sinnlos, wenn sie mich gar nicht mag.«

»Du bist eben ihr Lückenbüßer. Ihr müsst nur oft genug ausgehen, damit du – du weißt schon ... die Lücke büßt.«

Er nickte, tippte mit den Daumen auf der Kante der Küchenarbeitsfläche herum und sah zu, wie das Wasser durch den Filter tropfte. »Und wenn sie kein zweites Date will?«

»Sie hat mir gesagt, dass sie noch mal mit dir ausgehen würde, wenn du fragst.«

Er schaute überrascht auf. »Wirklich?«

»Ja. Sie hat gesagt, du seist ein guter Küsser.«

Jetzt sah er selbstzufrieden aus. »Echt?«

Esther verdrehte die Augen. »Ja, echt. Du brauchst nur ein bisschen Coaching für das ganze Drumherum.«

»Welches Drumherum?«

»Das Reden. Vielleicht redest du einfach nicht so viel. Zeig ein bisschen Interesse an ihr. Frag sie nach ihrem Leben, danach, was sie mag und was sie nicht mag. Bemüh dich, sie kennenzulernen, sprich nicht nur von dir selbst.«

»Ich dachte, das hätte ich.« Offenbar war der Kaffee endlich fertig, denn er warf den durchnässten Filter in den Müll.

»Was arbeitet sie denn?« Wenn er sich die Mühe gemacht hätte, Jinny selbst zu fragen, musste er das längst wissen.

»Sie arbeitet mit dir zusammen«, sagte er und goss Kaffee aus der Glaskaraffe in eine Tasse.

»Und was genau?« Der Duft nach frisch gebrühtem Kaffee wehte in ihre Richtung. Es roch wirklich gut, aber diesen Aufwand konnte es unmöglich wert sein.

Jonathan zuckte die Schultern, lehnte sich mit der Hüfte gegen die Arbeitsfläche und schloss seine Finger um die Kaffeetasse. »Irgendwas mit Ingenieurswesen? So wie du.«

Sie schüttelte den Kopf. »Ich bin Maschinenbauingenieurin. Jinny macht Netzwerk-Engineering.«

Er runzelte die Stirn und pustete auf seinen Kaffee. »Was ist denn da der Unterschied?«

»Frag sie«, sagte Esther. »Wo wohnen ihre Eltern? Womit verdienen sie ihr Geld?«

Jonathan sah sie ausdruckslos an.

»Hat sie Brüder und Schwestern? Wo ist sie aufs College gegangen? Wo ist sie aufgewachsen?«

»Das weiß ich«, sagte er. »Irvine. Ich bin in Newport Beach aufgewachsen, was nicht so weit entfernt ist ...«

»Du redest schon wieder von dir selbst. Wir reden jetzt über Jinny, erinnerst du dich?« Gott, kein Wunder, dass Jinny nur mäßig beeindruckt gewesen war.

Er presste die Lippen zusammen. »Stimmt.«

»Nächstes Mal fragst du sie aus und hältst lange genug den Mund, dass sie antworten kann.«

Mit dem Kaffee in der Hand ging er an ihr vorbei ins Wohnzimmer, um sich dort auf der hässlichen karierten Couch niederzulassen. »Ich bin in diesen Dingen nicht so gut.«

Esther setzte sich lieber nicht. »Was für Dinge?«

Sein Blick glitt zu ihr und dann wieder fort. »Mit Frauen zu reden. Ich werde nervös, dann fällt mir nichts mehr ein, was ich sagen kann. Und dann versuche ich, die Pausen zu füllen, indem ich irgendwas Ödes fasele.«

Sie spürte Mitgefühl in sich aufwallen. Small Talk bei einem Date mit einem Fast-Fremden war auch nicht ihre Lieblingsbeschäftigung. Das war ein Grund dafür, dass sie nicht häufig ausging.

»Schon in Ordnung«, beruhigte sie ihn. »Du brauchst nur einen Plan. Mach vorher eine Liste mit Fragen und lern sie auswendig.«

»Was denn so für Fragen?«

Esther zählte an den Fingern ab: »Was wollte sie werden, als sie klein war? Welche Musik hört sie? Hat sie ein Lieblingsbuch? Ihr Lieblingsfilm? Und egal, was sie sagt, versuch ihr nicht zu erklären, warum sie damit falsch liegt.«

Er schaute zu ihr hoch. »Und was, wenn sie tatsächlich falsch liegt?«

»Es gibt keine falsche Antwort auf die Frage nach einer persönlichen Vorliebe.«

Seine Brauen hoben sich, und einer seiner Mundwinkel zuckte. »Doch, gibt es.«

Esther wollte sich auf keinen Fall auf eine philosophische Debatte mit ihm einlassen, auch wenn sie ihm heimlich zustimmte. »Nicht bei diesem Date. Musst du dir das aufschreiben?«

Er sah sie über den Rand seines Kaffeebechers böse an. »Nein, ich kann es mir merken.«

»Sicher?«

»Ja, sicher.« Er nahm einen Schluck von seinem Kaffee. »Hast du dir schon das Drehbuch angesehen?«

»Noch nicht«, log sie. »Ich hatte diese Woche wirklich viel zu tun.«

Er fuhr sich mit der Zunge über die Oberlippe, und Esther musste daran denken, dass Jinny gesagt hatte, er sei ein wirklich guter Küsser. Jetzt, da sie sie aus der Nähe sah, musste sie zugeben, dass er unter seinem Bart wirklich schön Lippen hatte. Weiche, volle Lippen, genau richtig, um ...

»Und wann hast du was für mich? Ich muss meiner Tutorin in ein paar Wochen etwas zeigen, und außerdem muss ich wissen, ob du deinen Teil des Deals erfüllst, wenn ich weiter auf diese Dates gehen muss.«

Esther riss den Blick von seinem Mund los. »Gib mir eine Woche.«

Er wirkte nicht gerade glücklich, widersprach aber nicht. »Ja, okay.«

»Wie wäre es nächsten Sonntag?« Sie wollte ihn nicht vor seinem nächsten Date mit Jinny treffen, denn ihre Kritik würde ihn ganz sicher nicht freuen, und sie wollte seine Stimmung vor dem Date auf keinen Fall negativ beeinflussen. »Wir treffen uns und arbeiten alles zusammen durch, dann können wir außerdem besprechen, wie euer zweites Date gelaufen ist.« Sie zeigte mit dem Finger auf ihn. »Denn du wirst Jinny heute anrufen und ihr sagen, wie schön du das Date fandest, und sie bitten, am Wochenende mit dir auszugehen, nicht wahr?«

Jonathan verdrehte die Augen wie ein Kind, dem man gerade gesagt hatte, es müsse sein Zimmer aufräumen. »Ja. Herrje.«

KAPITEL SIEBEN

Jeden Montagabend gingen Esther und Jinny zu einer Strickgruppe in einem Coffeeshop namens »Gegengift« in Culver City. Als Esther an diesem Montag dort ankam, saß Vilma bereits an ihrem üblichen Tisch in der hinteren Ecke. Mit Ende vierzig war sie die älteste Teilnehmerin, sowohl was ihr Alter als auch was die Dauer ihrer Mitgliedschaft anging. Sie war Lehrerin, hatte einen Ehemann und zwei Söhne im Teenager-Alter.

Esther trat ein, und Vilma sah von dem Wollknäuel in ihrem Schoß auf und winkte. Esther winkte zurück und stellte sich in die Schlange vor dem Verkaufstresen.

Das Erste, was sie getan hatte, als sie vor zwei Jahren des Jobs wegen nach Los Angeles gezogen war, war, nach einer Strickgruppe zu suchen. Sie hatte im College mit dem Stricken begonnen, als ihre Mitbewohnerin ihr ein Exemplar von *Stitch 'n Bitch* und ein Paar Bambus-Stricknadeln zum Geburtstag geschenkt hatte. Esther hatte sich nie für besonders geschickt gehalten, war aber angenehm überrascht, dass Stricken eher Mathematik als Kunst war. Das Geordnete und Repetitive gefiel ihr, und weil sie nichts mit Meditation und Yoga anfangen konnte, war Stricken für sie eine Entspannungsmethode, bei der sie wirklich abschalten konnte.

Über das Stricken hatte sie sich mit Jinny angefreundet.

In ihrem zweiten Monat bei Sauer Hewson hatte Esther allein im Pausenraum gesessen und gestrickt. Jinny hatte sich neben sie gesetzt und sie mit Fragen dazu gelöchert. Es stellte sich heraus, dass sie selbst schon eine ganze Weile hatte Stricken lernen wollen, aber niemanden kannte, der ihr die Grundlagen erklären konnte.

Am nächsten Tag brachte Esther ein zweites Paar Nadeln mit, und in der Mittagspause begann sie, ihr das Stricken beizubringen. Als Jinny begriffen hatte, wie man die Maschen anschlug und rechts strickte, nahm Esther sie mit in die Strickgruppe. Seitdem kam sie regelmäßig hierher.

Esther bezahlte ihr Bier – das Beste am »Gegengift« war, dass sie nicht nur Kaffee, sondern auch Bier und Wein verkauften – und trug es hinüber zu dem niedrigen, runden Beistelltisch in der hinteren Ecke, um den eine orangefarbene Couch und ein paar alte Bürostühle standen.

»Herzlichen Glückwunsch, du hast einen weiteren Montag überlebt«, sagte Vilma, als sich Esther in einen Sessel ihr gegenüber gesetzt hatte.

»Dir auch«, sagte Esther und hob ihre Bierflasche. Sie stellte sie auf dem Tisch ab und suchte in ihrer Tasche nach ihrem derzeitigen Strickprojekt. »Wird das wieder eine Chemo-Mütze?«, fragte sie Vilma.

»Mmm hmm.« Vilma hielt die lavendelfarbene Mütze hoch, an der sie arbeitete. Seit ihre Familie erklärt hatte, sie habe mehr Strickkleidung, als sie in Südkalifornien je tragen könne, und darum gebeten hatte, dass sie bitte jemand anderen »bestricken«

solle, strickte sie viel für Wohlfahrtsverbände. »Das ist eine Nylon- und Acrylmischung von Berroco.«

»Gefällt mir. Wie fühlt sie sich denn an?«

»Ganz weich. Man muss aus einer vorgegebenen Liste ein Garn wählen, das auf kahlen Köpfen nicht juckt. Ich habe diese Wolle noch nie benutzt, aber sie gleitet gut durch die Finger.« Vilma winkte Cynthia und Olivia zu, zwei weiteren Mitgliedern der Gruppe, die gerade eingetreten waren und sich in der Schlange angestellt hatten. Dann zog sie angesichts der Socke, an der Esther arbeitete, eine Braue hoch. »Noch ein Paar Socken?«

»Jawohl.« Esther war besessen von bunter Sockenwolle, die Streifen bildete, wenn man sie verstrickte. Sie war froh, sich nicht für eine Farbe entscheiden oder ständig den Faden wechseln zu müssen.

Vilma schürzte die Lippen. »Da draußen wartet eine ganze Welt voller Dinge, die man stricken kann und die nicht Socken sind.«

»Dessen bin ich mir bewusst. Ich mag aber nun mal Socken.«

Esther *liebte* Socken. Abgesehen von der Tatsache, dass sie weich und gemütlich waren und die Füße mollig warmhielten, konnte man sie schnell und einfach stricken. Sie hatte schon mehr Schals und Mützen gestrickt, als sie überhaupt je würde tragen können, Decken waren langweilig, und Pullover bekam sie irgendwie nie fertig. Aber Socken … Socken waren perfekt. Man konnte nie genügend Socken haben.

»Meine Damen«, begrüßte sie Cynthia, setzte sich neben Esther und stellte ihr Weißweinglas auf den Tisch. Sie war eine hochgewachsene, elfenhafte Schwarze Frau, die am liebsten lange Röcke mit bunten Mustern trug, sich nie schminkte und ihr Haar in einem kurzen Undercut trug.

Olivia sank neben Vilma auf die Couch und ließ ihre Tasche mit einem dumpfen Geräusch zu Boden fallen. Sie war in vielerlei Hinsicht Cynthias genaues Gegenteil: eine kleine, geisterhaft blasse Blondine, die einen schweren Lidstrich und dunklen Lippenstift trug. Meist war sie für die Arbeit in schwarze Anzughosen und eine graue Button-Down-Bluse gekleidet.

»Guten Abend.« Vilma spähte über den Rand ihrer Lesebrille auf den extragroßen Iced Coffee, den Olivia in der Hand hielt. »Heute Abend keine Trankopfer?«

»Ich habe Bereitschaft«, antwortete Olivia und schob mit dem Fuß ihre Tasche unter die Couch. Sie ließ die Eiswürfel in ihrem Kaffee rasseln. »Daher auch der Vierfach-Shot Koffein.«

Olivia arbeitete als Systemanalytikerin in einem Energieversorgungsunternehmen. Wenn sie Bereitschaft hatte, musste sie sofort online gehen können, falls eins ihrer Systeme ein Problem hatte, sonst wären Millionen von Menschen ohne Strom und ihr Unternehmen Millionen Dollar los. Was bedeutete, dass sie ihren Laptop immer bei sich haben *und* nüchtern genug bleiben musste, um jederzeit codieren zu können, wenn es brenzlig wurde.

Jinny schob sich durch die Tür des Coffeeshops, und auch sie winkte allen zu, um sich dann in die Schlange zu stellen.

»Wie geht es mit dem Schal voran?«, fragte Esther an Olivia gewandt, die ihr Strickzeug auspackte.

Olivia war das neueste Mitglied der Gruppe. Sie war erst vor ein paar Monaten dazugestoßen, um sich einen altmodischen *Doctor Who*-Schal zu stricken.

»Langsam. Ich habe ihn seit letztem Montag gar nicht rausgeholt. Die Arbeit ist einfach zu stressig.« Sie glättete den gestreiften Schal auf ihrem Schoß. Er war bereits ungefähr sechzig Zentimeter lang, aber das Original maß drei Meter. »Ich werde dieses blöde Ding nie fertig bekommen.«

»Du hast aber doch noch bis September Zeit, oder?« Cynthia beugte sich vor, um nach ihrem Weinglas zu greifen. »Das sind noch beinahe vier Monate. Und du wirst ja auch schneller.«

Olivia war Cosplayerin. Jedes Jahr bastelte sie sich ein aufwendiges Kostüm, das sie auf der Dragon Con trug. Der Schal war für ihre diesjährige Verkleidung bestimmt: eine weibliche Inkarnation des vierten Doctor Who, viktorianisch inspiriert. Sie schneiderte einen viktorianischen Abendanzug von einem ehemaligen Lady-Sherlock-Holmes-Kostüm um, aber der Schal sollte authentisch und selbst gemacht sein, daher hatte sie mit dem Stricken begonnen.

»Nichts macht die Finger so flink wie eine harte Deadline«, bemerkte Vilma.

»Bin ich die letzte?«, fragte Jinny und zog sich einen Stuhl neben Esther. Sie stellte ihr Weinglas ab.

Vilma schüttelte den Kopf. »Nein, wir warten noch auf Penny.« Sie sah Olivia mit hochgezogener Augenbraue an. »Wenn sie kommt?« Penny war diejenige, die Olivia das Stricken beigebracht und sie der Gruppe vorgestellt hatte.

Olivia zuckte die Achseln. »Ich glaube schon, aber heute habe ich nichts von ihr gehört.«

»Da kommt sie ja«, sagte Cynthia und nickte in Richtung Tür.

»Sorry, sorry, sorry!« Penny stellte einen Tupperware-Behälter mitten auf den Tisch. »Die Kekse mussten noch abkühlen.«

Penny kam immer zu spät, aber da sie normalerweise selbst Gebackenes mitbrachte, beschwerte sich niemand. Streng genommen durfte man kein Essen ins »Gegengift« mitbringen, aber die Besitzerin ließ es durchgehen, weil ihre Gruppe schon so lange hier herkam. Dass Penny meist eine Extraportion für die Mitarbeiter mitbrachte, war ebenfalls hilfreich.

Sie nahm den Deckel von der Tupperdose und runzelte die Stirn. »Ich glaube, ein paar sind ein bisschen zermatscht.«

»Ich liebe zermatschte Kekse.« Esther beugte sich vor und nahm sich ein Chocolate-Chip-Cookie. Penny streute immer etwas Meersalz darauf, was sie besonders köstlich machte.

»Ja, zerbröselte Kekse sind die besten«, stimmte Jinny zu und nahm sich einen aus der Dose. »Mmmm, die sind ja noch warm. Du bist die Beste, Penny.«

»Danke!«, sagte Penny und strahlte. »Ich hole mir was zu trinken. Braucht jemand noch was?«

Cynthia schüttelte mit vollem Mund den Kopf. »Wir sind sehr zufrieden.«

Penny holte eine kleinere Keksdose für die Kellner aus ihrer Tasche und stellte sich in die Schlange. Ein paar Minuten später kam sie mit Fruchteistee und einer Handvoll Servietten wieder – die sie inzwischen alle dringend brauchten – und setzte sich neben Cynthia.

»Oh! Ist das einer von deinen winzigen Pullis?«, fragte Penny, strich sich das leuchtend rote Haar hinters Ohr und beugte sich vor, um genauer hinsehen zu können.

Cynthia nickte und hielt ihn hoch. »Das ist Pulli Nummer zwei. Ich glaube, langsam begreife ich die Technik.« Sie war Künstlerin und machte hauptsächlich Illustrationen. Da sie aber die Idee zu einem Kinderbuch mit Fotos von winzigen Dioramen hatte, strickte sie kleine Pullis für die Knettierchchen darin. Sie arbeitete mit ehrfurchtgebietender Geschicklichkeit an diesem Projekt und verwendete hauchzartes Garn und Nadeln in Größe 00.

»Ich verstehe nicht, wie du so kleine Dinge herstellen kannst«, sagte Vilma und schüttelte den Kopf. »Meine armen alten Augen tun schon weh, wenn ich nur daran denke.«

Esthers Augen waren nicht einmal alt, aber dennoch verstand sie nicht, wie Cynthia das hinbekam. Was kein Gefühl war, das ihr neu gewesen wäre. Sie verstand eine Menge Dinge nicht, in denen Cynthia gut war: Zeichnen, Malen, Bildhauen, Fotografie. Esther hatte keine einzige künstlerische Faser in ihrem Leib, und sie war jedes Mal beeindruckt, wenn sie jemanden traf, der auf diesen Gebieten Talent besaß. In Gegenwart der anderen Frauen des Strickkreises fühlte sie sich immer ein wenig unterlegen. Alle anderen in der Gruppe waren geschickter als sie. Olivia konnte nähen und wegen ihres Cosplay-Hobbys großartig mit Make-up umgehen, Vilma töpferte und stickte neben dem Stricken, Penny war eine phantastische Bäckerin, die außerdem nähen und häkeln und kalligraphieren konnte, und Jinny hatte ein Auge für Mode und Einrichtung.

Stricken war die einzige Handarbeit, die Esther je gelernt hatte, und sie benutzte Sockengarn, das sich zu Streifen verstrickte, weil sie es selbst dann nicht geschafft hätte, passende Farben zusammenzustellen, wenn es um ihr Leben gegangen wäre. Ihre Garderobe war so trostlos wie ihre Wohnung, sie konnte gerade ausreichend nähen, um einen Knopf wieder zu befestigen, ihre Kochkünste waren allerhöchstens rudimentär, und sie hatte seit der Grundschule nur noch Strichmännchen gemalt, mehr nicht.

Manchmal hatte sie das Gefühl, dass sie in ihrer Jugend etwas Wichtiges verpasst hatte. Nicht nur Kunst und Handarbeiten – sie hatte außerhalb des Sportunterrichts nie Sport gemacht oder ein Musikinstrument gelernt. Den größten Teil ihrer Kindheit hatte sie vor dem Fernseher oder allein mit einem Buch in ihrem Zimmer verbracht. Ihr Vater hatte, auch als er noch da gewesen war, zu viel zu tun gehabt, als dass er sich um sie hätte kümmern können, und ihre Mutter war ... abgelenkt gewesen. Esthers älterer Bruder Eric war derjenige gewesen, der gekocht, ihr bei den Hausaufgaben geholfen und ihr beigebracht hatte, wie man Auto fährt.

Ihre Kindheit im Haus der Abbotts war nicht gerade idyllisch gewesen. Und doch hätte es noch viel schlimmer sein können. Sie hatte das Gefühl, eigentlich recht gut geraten zu sein, selbst wenn sie im Vergleich zu den anderen in ihrer Strickgruppe völlig untalentiert war.

Cynthias Blick fiel auf Esther, und sie zog eine Braue hoch.

»Noch mehr Socken? Ernsthaft?«

»Hört auf, meine Socken zu bewerten. Socken sind cool.« Esther beschloss, dass es an der Zeit war, das Thema zu wechseln. »Jinny hatte ein Date.«

Jinny schaute von dem Zopfmuster auf, das eine Mütze werden sollte. Vier Augenpaare hatten sich auf sie gerichtet.

Cynthia runzelte die Stirn. »Mit Stuart?«

Jinny schüttelte den Kopf. »Mit jemand Neuem.«

»Nicht zu fassen, dass du jetzt schon mit jemand anderem ausgehst«, sagte Penny. »Es ist doch erst fünf Minuten her, dass Stuart und du Schluss miteinander gemacht habt. Bitte lehre mich deine rätselhafte Weisheit, Obi-Wan.«

Jinny zuckte die Achseln. »Er hat mich einfach aus heiterem Himmel gefragt, ob ich mit ihm ausgehe.«

Esther hielt den Blick auf ihre Socke gerichtet. Was Jinny nicht wusste, würde ihr nicht wehtun – solange es sie vor einer toxischen Beziehung rettete.

»Wie war es denn?«, fragte Olivia.

»Magst du ihn?«, fragte Vilma.

»Ist er heiß?«, fragte Cynthia.

»Okay. Ich weiß nicht. Auf jeden Fall«, antwortete Jinny der Reihe nach.

»Warte mal ...« Penny schaute von ihrer Babymütze auf. Sie strickte ständig Babymützen, weil in ihrer riesigen Familie fast immer jemand schwanger war. »Er ist heiß, aber du weißt nicht, ob du ihn magst?«

»Ich weiß nicht, ob die Chemie zwischen uns stimmt.« Jinny streckte sich und griff nach ihrem Weinglas. »Er hat irgendwie sehr viel von sich geredet.«

»Vielleicht war er nervös.« Esther hatte das Bedürfnis, das noch einmal zu betonen. Besonders jetzt, da sie wusste, dass das tatsächlich das Problem gewesen war.

Jinny warf ihr einen Seitenblick zu. »Ich weiß nicht, warum du ihn ständig verteidigst. Du kannst ihn doch nicht mal leiden.«

Esther zuckte die Achseln und schaute wieder auf ihr Strickzeug. »Ich versuche nur, dich zu unterstützen.«

Vilma griff nach einem Keks. »Esther kennt ihn?«

»Er ist ihr Nachbar«, sagte Jinny. »Und sie hasst ihn.«

»Hass ist ein großes Wort«, sagte Esther.

Jinny verdrehte die Augen. »Ein Wort, das ich dich im Zusammenhang mit ihm schon oft habe benutzen hören.«

»Ich habe ein bisschen übertrieben. So schlimm ist er nicht.«

»Warum magst du ihn denn nicht?«, fragte Cynthia an Esther gewandt.

Wieder zuckte sie die Achseln. »Er hat dieses Windspiel auf dem Balkon, wegen dem ich nicht schlafen kann. Was nichts mit seiner Tauglichkeit als Freund zu tun hat.«

»Und sein Zigarettenrauch zieht durch deine Fenster«, fügte Jinny hinzu.

Penny kräuselte die Nase. »Er raucht?«

»Nur hin und wieder«, sagte Esther. »Und er raucht nicht in seiner Wohnung. Das ist doch ganz gut, oder?« Jetzt verteidigte sie offenbar noch Männer, die rauchten. Was war nur los mit ihr?

Penny schüttelte den Kopf, als wäre das trotzdem inakzeptabel.

»Hasst du ihn mehr oder weniger als Stuart?«, wollte Olivia wissen.

»Weniger«, sagte Esther. »Ganz eindeutig *viel* weniger.«

Cynthia sah Jinny an. »Aber magst *du* ihn? Das ist doch das, was zählt.«

Jinny sah verzweifelt aus. »Ich weiß es nicht. Ich versuche, es immer noch herauszufinden. Er ist nicht so heiß wie Stuart.«

»Aussehen ist nicht alles«, sagte Vilma.

»Und Stuart hat dich betrogen«, erinnerte sie Olivia.

»Ich weiß«, seufzte Jinny.

»Stuart fleht sie immer noch an, ihn zurückzunehmen«, sagte Esther.

Er schickte ihr immer noch täglich Nachrichten, allerdings waren es jetzt nicht mehr so viele, sondern nur noch ein, zwei pro Tag, weil Jinny seltener reagierte. Das war immerhin ein Fortschritt. Esther hoffte, dass er in paar Wochen ganz aufgeben würde.

»Ziehst du das denn in Erwägung?«, fragte Cynthia.

Jinny schaute in ihren Schoß. »Ich antworte nicht mehr auf seine Nachrichten.«

Was nicht wirklich eine Antwort war. Ebenso ausweichend hatte sie reagiert, als Esther ihr vor ein paar Stunden dieselbe Frage gestellt hatte. Sie waren noch nicht auf der sicheren Seite.

»Sag ihm, dass du schon mit jemand anderem ausgehst«, schlug Olivia vor. »Das ist die wirksamste Hau-verdammt-noch-mal-endlich-ab-Botschaft.«

Jinny legte ihr Strickzeug ab und nahm sich einen Keks. »Ich date eigentlich nicht. Ich bin nur auf ein einziges Date gegangen.«

»Aber du gehst dieses Wochenende wieder«, betonte Esther. Jinny hatte ihr erzählt, dass Jonathan erneut angerufen und sie um ein zweites Date gebeten hatte (wie er es versprochen hatte) – und sie hatte zugesagt. Sie hatten sich für Samstagabend verabredet.

»Aber das ist doch Daten.« Olivia nickte abwesend, weil sie sich auf ihren *Doctor Who*-Schal konzentrieren musste. »Alles, was mehr ist als ein Date, zählt als Daten. Offiziell.«

»Ich weiß aber noch gar nicht, was ich wirklich von diesem neuen Typen halte«, sagte Jinny mit vollem Mund. Sie kaute und schluckte. »Ich weiß nicht einmal, ob ich ihn überhaupt daten *will*. Ich halte mir fürs Erste nur alle Optionen offen.«

»Meine Mutter hat immer zu mir gesagt: Spare niemals an Schuhen oder Matratzen«, erwiderte Vilma.

Jinny runzelte die Stirn. »Ich weiß wirklich nicht, was das in diesem Zusammenhang bedeuten soll.«

»Männer sind wie Schuhe«, erklärte Vilma. »Die Welt ist voller schicker Schuhe, aber nicht alle sind fürs Gehen gemacht. Wenn du Blasen darin bekommst, ist es völlig wurscht, was für ein Schnäppchen sie einmal waren.«

»Oder wie gut im Bett«, fügte Esther hinzu, um sicherzustellen, dass Jinny auch diesen Teil der Analogie verstand.

Vilma nickte. »Manchmal muss man ein paar Mal in neuen Schuhen laufen, um zu sehen, wie sie sitzen, und manchmal muss man sie einlaufen, bevor sie wirklich bequem werden. Aber das

Leben ist zu kurz, um es an billige Schuhe zu verschwenden – oder an Männer, die dich nicht zu schätzen wissen.«

Das gefiel Esther. Vielleicht würde sie Vilma bitten, es auf ein Kissen zu sticken, das sie Jinny dann zu Weihnachten schenken konnte.

KAPITEL ACHT

Während Jinny am Samstagabend auf ihrem zweiten Date mit Jonathan war, zwang sich Esther dazu, die Anmerkungen zu seinem Drehbuch zu beenden. Als sie schließlich fertig war, hatte sie fünfzehn Seiten eng mit Feedback beschrieben – und das meiste davon war negativ. Konstruktiv formuliert, natürlich, aber es würde sein Ego massiv verletzen.

Hey, er hatte gesagt, dass er ihre ehrliche Meinung hören wollte, also bekam er sie auch. Ob es ihm gefiel oder nicht.

Als Esther kurz nach Mitternacht zu Bett ging, hatte Jinny immer noch nicht angerufen oder ihr geschrieben, wie ihr Date mit Jonathan gelaufen war. Esther war sich nicht sicher, ob das ein gutes oder ein schlechtes Zeichen war.

Vielleicht war das Date so schlimm, dass sie nicht darüber sprechen wollte – oder es war noch gar nicht vorbei. Nebenan war es zwar ruhig, aber es war nicht auszuschließen, dass Jinny drüben in Jonathans Bett war.

Uh. Dieses Bild wollte sie gar nicht in ihrem Kopf haben. Zum Glück lag ihr Schlafzimmer nicht direkt an seinem.

Esther versuchte, nicht an Jonathan und Jinny zu denken, und schlief ein. Die ganze Nacht träumte sie von seltsamem Zeug aus seinem blöden Sci-Fi-Drehbuch.

Am Morgen, als sie noch immer keinen Mucks von Jinny gehört hatte, schrieb Esther ihr eine Nachricht.

Wie war's gestern?

Sie versuchte, beiläufig zu klingen, um nicht übereifrig zu erscheinen, aber sie wollte unbedingt wissen, wie es stand, bevor sie sich in ein paar Stunden mit Jonathan traf.

Ich bin gerade mit meinen Eltern in der Kirche, textete Jinny nach ein paar Minuten zurück. Kann ich dich später anrufen?

Verdammt. Jinny fuhr nur einmal im Monat nach Irvine, um ihre Eltern zu besuchen, aber wenn sie es tat, dann dauerte es immer den ganzen Tag. So viel zu ihrem Plan, vor Jonathans Besuch mit ihr zu sprechen.

Esther hatte sich für zwei Uhr mit ihm verabredet. Weil seine Wohnung so ein Saustall war, hatte sie vorgeschlagen, es bei ihr zu machen.

Um zehn nach zwei klopfte er an ihre Tür. »Hey«, sagte er, als sie öffnete. Er stand etwas unsicher da, mit seinem Laptop unterm Arm.

Esther trat einen Schritt zurück und winkte ihn herein. »Bist du bereit?«

»Ja.« Er zögerte kurz, bevor er über die Schwelle trat – vielleicht war er doch nicht ganz so bereit. »Hast du es zu Ende gelesen?«, fragte er und stellte seinen Laptop auf ihren Couchtisch.

»Ja.« Sie ging zum Esstisch und tätschelte mit der flachen Hand die Seiten, die sie für ihn ausgedruckt hatte. »Hier sind meine Notizen.«

Er trat heran, um einen Blick darauf zu werfen, aber sie drehte den Stapel gerade noch rechtzeitig um, so dass er nichts lesen konnte. Die Notizen konnten warten. Erst wollte sie wissen, wie sein Date mit Jinny gelaufen war – bevor sie sein Ego mit ihrer Drehbuchkritik zermalmte.

Esther stellte sich zwischen ihn und den Tisch. »Zuerst: Erzähl mal – wie ist es gestern gelaufen?«

»Ähm ...« Er verstummte und kratzte sich am Hinterkopf. Ein Lächeln umspielte seine Lippen. »Besser, glaube ich.«

Esther zog die Brauen hoch. »Ja?«

Er nickte. »Ja. Ich habe sie schon um ein Date am nächsten Wochenende gebeten.«

»Super!« Das waren hervorragende Neuigkeiten. Sie war schon versucht, ihn zu fragen, um wie viel Uhr das Date denn geendet hatte, entschied sich dann aber dagegen.

»Jep.« Er nickte weiter. »Und sie hat Ja gesagt.« Sein Lächeln wurde etwas breiter, und ... wurde er etwa *rot*?

»Moment, fängst du jetzt tatsächlich an, sie zu mögen?«, fragte Esther. »Ich meine, wirklich richtig zu *mögen*?«

Er zuckte die Achseln und schaute beschämt hinunter auf seine Schuhe. »Ich weiß nicht. Vielleicht. Da ist jedenfalls Potenzial.«

Sieh mal einer an, was für ein Talent im Verkuppeln sie hatte! Vielleicht sollte Esther daraus ein Business machen. Sie könnte eine eigene Realityshow haben und Frauen vor ihren toxischen Freunden retten, indem sie sie mit etwas ungeschickten, aber süßen Jungs verkuppelte.

»Das ist doch großartig!« Esther boxte ihn begeistert gegen den Arm. »Gut gemacht.«

Er trug ein graues T-Shirt mit V-Ausschnitt, das seine muskulösen Oberarme zeigte, die überraschend attraktiv waren. Ihr

Blick blieb an seinem Bizeps hängen, und sie fragte sich erneut, ob das Date für Jinny wohl gut genug gelaufen war, um mit ihm zu schlafen.

Nein. Eigentlich wollte sie das nicht wissen. Auf keinen Fall.

»Willst du einen Kaffee oder so, bevor wir anfangen?«, fragte sie und ging in die Küche.

»Ja, okay«, sagte er und ging hinter ihr her. Als er sah, wie sie eine kleine Plastikkapsel in ihre Kapselmaschine tat, grinste er höhnisch. »Im Ernst? Du hast eine von *denen*?«

»Ich weiß, sie sind ganz schlecht für die Umwelt, aber es ist so praktisch.« Sie hatte Schuldgefühle deswegen, aber nicht so starke, dass sie die Maschine aufgeben würde. Esther trank ohnehin wenig Kaffee.

»Nicht nur das«, sagte er und hob entschlossen das Kinn. »Sie machen ihre Arbeit auch so schlecht, dass man das, was da rauskommt, gar nicht als Kaffee bezeichnen dürfte.«

Sie verdrehte die Augen. »So schlecht ist er nicht.«

»Doch, ist er.«

»Du bist ein Snob, weißt du das?«

»Ich bin kein Snob, ich kenne nur den Unterschied zwischen gutem und schlechtem Kaffee.«

»Willst du Sahne oder Zucker, um den miesen Kaffeegeschmack zu übertünchen?«, fragte sie, als die Kapsel durchgelaufen war – weniger als eine Minute später und ohne Bemühungen ihrerseits. Mach das erst mal nach, du trendy Hipster-Kaffeebrauer.

Sein Grinsen wurde breiter. »Nein.«

»Wie du willst.« Esther schob ihm die Tasse hin.

Er schnüffelte daran und verzog verächtlich das Gesicht. »Scheußlich.«

»Snob.«

Er zuckte die Achseln. »Na gut, dann bin ich eben ein Kaffee-Snob. Jetzt lass uns mal die Notizen durchgehen.« Er wollte nach den Papieren greifen, aber sie schnappte sie ihm vor der Nase weg.

»Wie wär's, wenn ich dir Szene für Szene erkläre, was ich meine?« Sie nahm den Stapel, ging ins Wohnzimmer und setzte sich an den Rand des Sofas. Sie fürchtete, er könne wütend werden, wenn er ihre Notizen durchlas – vermutlich würde er ohnehin wütend werden, aber das wollte sie so lange wie möglich herauszögern.

»Klar, okay.« Jonathan setzte sich ans andere Ende des Sofas und stellte seine Kaffeetasse auf den Couchtisch. Dann klappte er sein MacBook auf und legte es sich auf den Schoß. »Schieß los.«

»Ähm, mal sehen ...« Esther blätterte durch die ersten Seiten und suchte nach etwas, womit sie anfangen konnte. Schließlich wollte sie nicht direkt zu Beginn die Atombombe zünden. »Oh, okay, hier. Wissenschaftler benutzen das metrische System. Dein Asteroid hätte also nicht einen Durchmesser von hundert Meilen, sondern von hundertsechzig Kilometern.«

Seine Finger flogen über die Tastatur. Er nickte. »Alles ins metrische System übertragen. Verstanden.«

Das lief doch ganz gut! Esther wagte sich weiter vor: »Auf Seite zehn sagt eine NASA-Wissenschaftlerin, sie könne die Flugbahn des Asteroiden nicht berechnen, weil Planeten in der Nähe ihn beeinflussen, aber das ist Blödsinn. Die Umlaufbahn eines Asteroiden zu berechnen, ist einfach. Die Gleichungen dafür gibt es schon seit Hunderten von Jahren.«

Er runzelte die Stirn und tippte etwas. »Okay.«

»Außerdem behauptet eine Figur auf der nächsten Seite, dass

Laser im All nicht so gut funktionieren, was in Wirklichkeit andersherum ist – Luft absorbiert den Laser und macht ihn in der Atmosphäre weniger effektiv als im All.«

»Perfekt«, sagte er und tippte weiter. »Genau so habe ich mir das hier vorgestellt.«

Ja, wir werden sehen, dachte Esther und überflog ihre Notizen. Sie war noch nicht mal annähernd bei den wirklich großen Problemen angelangt. »Okay, also dieser ganze Teil, wo sie darüber reden, das Raumschiff gegen den Asteroiden krachen zu lassen, um die Atomwaffe hochgehen zu lassen ...«

Er sah auf und nickte.

»Na ja, das geht gar nicht.«

Er zog die Brauen zusammen. »Das würde nicht funktionieren?«

Sie schüttelte den Kopf. »Um eine atomare Kettenreaktion auszulösen, muss der Kern in einer absolut perfekt symmetrischen Implosion komprimiert werden. Ein Zusammenstoß würde den Kern einfach zerstören und höchstens eine Wolke Plutoniumstaub freisetzen, aber keine riesige atomare Explosion hervorrufen, die du ja möchtest.«

Er kaute auf seiner Unterlippe. »Hmmmm.«

»Außerdem«, fuhr sie fort, »reicht ein Atomsprengkopf bei Weitem nicht aus für das, was er hier tun soll. Der stärkste thermonukleare Sprengsatz, die je getestet wurde, hatte eine Sprengkraft von etwa fünfzig Megatonnen – aber um ein Objekt aus der Bahn zu werfen, das so massiv ist wie dein Asteroid, brauchst du ungefähr hundert Millionen Megatonnen. Das ist selbstverständlich nur eine grobe Schätzung. Ich habe es noch nicht genau ausgerechnet.«

Er rieb sich mit den Knöcheln das Kinn und runzelte erneut die Stirn. »Du meinst also, dass mein Asteroid zu groß ist?«

»Ein wenig. Der Asteroid, der die Dinosaurier ausgelöscht hat, hatte nur einen Durchmesser von zehn Kilometern – das ist ungefähr die Größe des Mount Everest, mit einer Masse von einer Billion Tonnen.«

»Okay ...« Er seufzte frustriert und verzog das Gesicht. »Also mache ich den Asteroiden kleiner.«

Esther schüttelte erneut den Kopf. »Selbst mit zehn Kilometern Durchmesser wirst du das Ding nicht mit einer Bombe aus der Umlaufbahn bringen. Das ist mehr, als jede Sprengladung schaffen würde.«

Seine Schultern sackten ein wenig herunter, er schloss die Augen und rieb sich die Schläfen. »Oh.«

»Aber es gibt noch ein viel größeres Problem mit deiner Geschichte«, sagte Esther und wappnete sich.

Er wandte den Kopf und sah sie misstrauisch an. »Und das wäre?«

»Du hast im Prinzip *Armageddon* geschrieben.«

»Den habe ich nie gesehen.«

»Ja, das dachte ich mir, weil du ganz genau dieselbe Prämisse verwendest. Ein kleiner Rat: Wenn du einen Genre-Film schreibst, solltest du zumindest eine grobe Idee von den Klassikern im entsprechenden Genre haben.«

»Aber ich habe die Klassiker gesehen«, verteidigte er sich. »*2001, Blade Runner ...*«

»Aber so einen Film wolltest du nicht schreiben, du hast einen Asteroiden-Film geschrieben. Du musst *Armageddon* kennen.«

»Aber *Armageddon* ist Mist. Es ist ein blöder Action-Film, der im All spielt.«

»Ja, das stimmt«, nickte sie und wartete, bis er begriff, worauf sie damit hinauswollte.

In dem Augenblick, in dem die Erkenntnis zu ihm durchdrang, versteinerte seine Miene. »Mein Drehbuch ist ganz anders. Es ist ein psychologischer Thriller mit einer tiefgehenden philosophischen Botschaft.«

»Ja, die Sache ist bloß die«, sagte Esther langsam, »ich bin nicht sicher, ob das wirklich ein Verkaufsargument ist. Am Anfang hat man das Gefühl, dass du einen typischen Sci-Fi-Katastrophenfilm schreibst – eine ziemlicher Abklatsch übrigens, ich sage nur *Armageddon* oder *Deep Impact*. Aber kaum, dass sich das Setting ins All verlagert hat, biegt das Drehbuch scharf ab, und es wird wie wild herumgedroschen und -gemordet. Gegen Ende bremst du die Action völlig aus, und die Figuren liefern langatmige Monologe über den Sinn des Lebens ab. Und das Ende selbst – was soll das? Ich verstehe es nicht mal.«

»Das ist *absichtlich* zweideutig gehalten«, sagte er, als machte es das besser.

Sie versuchte, nicht die Augen zu verdrehen, ohne großen Erfolg. »Sicher, das muss es wohl sein.«

»Das ist ein Kommentar zum Poststrukturalismus.«

»Es ist *unbefriedigend*. Das ganze Ding ist ein einziges Durcheinander.«

Er knallte seinen Laptop zu. »Du willst also sagen, dass du es grässlich fandest«, sagte er mit harter Stimme, ohne sie anzusehen.

»Ich denke, es gibt große Baustellen«, sagte Esther direkt. Es hatte keinen Zweck, die Sache zu beschönigen. Nicht, wenn das hier seine Abschlussarbeit sein sollte. »Hast du mal darüber nachgedacht, wer diesen Film schauen soll? Wem du Tickets dafür verkaufen willst? Denn die Leute, die erwarten, *Armageddon II* zu sehen, werden gar nicht erfreut sein, wenn sie ab der Hälfte praktisch einen Horrorfilm schauen. Und die Leute, die tatsächlich einen zweideutigen Kommentar zum Poststrukturalismus sehen wollen, werden auf keinen Fall in einen Film gehen, der so klingt, als wäre er *Armageddon II*.«

Er nickte in Richtung des Papierstapels in ihrer Hand. »Was steht da noch alles?«

»Ähhhh …« Sie war sich nicht sicher, ob sie das zu Ende bringen wollte. Es würde nur noch schlimmer werden, und er war bereits sauer.

»Na los, ich komme schon damit zurecht. Ich will den Rest hören.«

»Okay …« Sie ging ihre Kommentare auf der Seite durch: »Ein großer Teil der Dialoge ist entweder bedeutungsloser Wortsalat oder besteht aus faulen Klischees. Die Figuren reden wie Roboter miteinander, nicht wie echte Menschen. Dein Held ist dumm wie Brot. Deine weibliche Hauptfigur liest sich, als würde ein erwachsener Mann mit einer Barbiepuppe spielen. Und dein Robotercharakter ist eindeutig rassistisch …«

»Habe ich überhaupt irgendwas richtig gemacht?«, unterbrach er sie und starrte geradeaus. Er hatte die Hände zu Fäusten geballt, seine Unterarme waren angespannt.

»Na ja … Asteroiden existieren«, sagte Esther. »Das war zumindest richtig.«

Er biss die Zähne zusammen. »Super.«

»Hör mal, es tut mir leid, aber …«

»Schon okay.« Er nahm seinen Laptop und stand auf. »Kannst du mir deine Anmerkungen geben, damit ich sie mir allein durchlesen kann?« Er streckte die Hand aus, ohne Esther anzusehen.

»Ich wollte deine Gefühle nicht verletzen.« Es kam ihr vor, als wäre sie gerade auf ein Küken getreten. Ein Küken, das sie *gebeten* hatte, auf es zu treten, aber sie fühlte sich trotzdem schlecht.

»Hast du nicht. Ich habe um eine ehrliche Kritik gebeten, und die hast du mir gegeben. Kann ich die Notizen haben?«

Esther gab sie ihm zögerlich, er riss sie ihr aus der Hand. »Hör mal, Jonathan ...«

»Danke für deine Hilfe«, unterbrach er sie und wandte sich zum Gehen. »Ich werde über dein Feedback nachdenken.«

Sie zuckte zusammen, als die Tür hinter ihm zuschlug.

Na, das lief ja besser, als sie erwartet hatte.

KAPITEL NEUN

Um acht Uhr abends rief Jinny Esther endlich zurück.

»Ich kriege eine Gehirnhautentzündung von meiner Mutter«, verkündete sie.

Esther fischte die Fernbedienung unter Sallys Bauch hervor und pausierte *The Walking Dead* genau in dem Moment, in dem ein Zombie jemandem an die Gurgel ging. »Ich glaube, das ist unmöglich.«

»Immer, wenn ich sie sehe, bekomme ich Kopfschmerzen. Das ist für mich eindeutig.«

»Oder«, sagte Esther, »Du findest sie einfach nervig, und es ist ein ganz normaler Stresskopfschmerz.«

»Vielleicht«, gab Jinny widerstrebend zu.

»Erzähl mir von deinem Date gestern. Wie lief es?«

Schweigen. »Ich weiß es nicht«, sagte sie nach einer Weile. »Es war gut, glaube ich.«

Das war ... überhaupt nicht die Reaktion, die Esther erwartet hatte, nachdem sie Jonathans Version gehört hatte. »Aber nicht toll?«

»Diesmal hat er mich mehr zu Wort kommen lassen.«

»Das ist doch super, oder?« Schön zu wissen, dass er tatsächlich auf Esthers Ratschlag hörte. Aber er musste etwas anderes falsch gemacht haben.

»Ich nehme es an.« Jinny machte ein unzufriedenes Geräusch. »Ich weiß auch nicht, ich fühle immer noch nicht dieses Kribbeln, weißt du? Ich will, dass mein Herz in seiner Gegenwart schneller schlägt. Es schlägt aber nicht schneller, kein bisschen. Nicht mal, wenn wir knutschen.«

Esther setzte sich gerade hin. »Warte mal, Moment. Du hast mit ihm geknutscht?« Kein Wunder, dass Jonathan gegrinst hatte und rot geworden war, als er von Jinny gesprochen hatte.«

»Ja, und das war auch schön, aber nicht Herzklopfen-schön.«

»Vielleicht hast du zu hohe Erwartungen an ein zweites Date. Ich meine, bei wie vielen Typen hast du dich kurz nach dem Kennenlernen schon so gefühlt?« Esther konnte die Männer, die ihr dieses Gefühl gegeben hatten, an einer Hand abzählen. Eigentlich an einem Finger.

»Bei Stuart.«

»Okay, aber …«

»Ich weiß, dass Stuart mich betrogen hat. Ich gehe nicht zu ihm zurück, du kannst aufhören, dir Sorgen zu machen.«

Esther atmete tief durch. »Du weißt gar nicht, wie sehr mich das freut.« Sally rollte sich auf die Seite und schmiegte sich an ihren Oberschenkel. Esther kraulte ihr den Hals.

»Du hattest recht, ich musste mich aufraffen. Jetzt, da ich wieder im Dating-Game bin, habe ich eine bessere Vorstellung davon, was ich will, und das ist weder Stuart *noch* Jonathan. Wie Vilma schon sagte, das Leben ist zu kurz, um billige Schuhe zu kaufen.«

»Willst du damit sagen, dass Jonathan ein Paar billige Schuhe ist?« Ups. Das war ein hartes Urteil über den armen Kerl. Zumal er glaubte, das Date sei richtig gut gelaufen. Genauso, wie er glaubte, sein schreckliches Drehbuch sei ein cineastisches Meisterwerk. Armer Kerl. Das schien wohl sein Schicksal zu sein.

Esther konnte Jinnys Achselzucken praktisch hören. »Er ist schon in Ordnung. Er wird sicher ein echt netter Freund für jemand anderen werden. Aber er ist nicht das, wonach ich suche. Die Zeit, in der ich mich mit Billigschuhen zufriedengegeben habe, ist vorbei. Ich spare auf ein Paar Manolos.«

Okay, gut. Aber ... »Er hat mir gesagt, ihr geht nächstes Wochenende wieder aus.«

»Du hast mit ihm gesprochen?« Jinny wirkte überrascht.

»Ja ... ich bin ihm über den Weg gelaufen.« In ihrer eigenen Wohnung, aber diesen Teil musste Jinny ja nicht wissen.

»Ich habe mich irgendwie darauf eingelassen, nächsten Freitag mit ihm zu diesem neuen äthiopischen Restaurant zu gehen.«

»Warum machst du das, wenn du ihn nicht magst?«

Jinny machte ein genervtes Geräusch. »Ich weiß nicht, ich wollte ihn nicht verletzen. Er hat mich gefragt, kurz nachdem wir rumgemacht hatten, und in dem Moment kam es mir grausam vor abzulehnen. Außerdem war ich mir noch nicht sicher, was ihn angeht. Aber je länger ich darüber nachdenke, desto sicherer bin ich, dass er nicht das Paar Manolos ist, nach dem ich suche.«

Esther beugte sich vor, um ihr Bier vom Couchtisch zu nehmen. »Also wirst du das Date am Freitag durchziehen?«

»Ja, ich glaube schon. Ich will es nicht einfach so am Telefon beenden. Ich sage es ihm nach dem Essen. Ich bezahle die Rechnung, und bevor wir gehen, sage ich's ihm.«

Esther zuckte zusammen und schüttelte den Kopf. Er hatte keine blasse Ahnung. »Armer Kerl.«

»Er wird schon damit fertig. Ich bin mir ziemlich sicher, dass er mich auch nicht übermäßig mag.«

»Da wäre ich mir nicht so sicher«, sagte Esther und biss sich auf die Unterlippe.

»Warum? Was hat er denn gesagt?«

»Nichts. Er wirkte nur sehr froh darüber, noch mal mit dir ausgehen zu können. Versuch einfach ..., es ihm schonend beizubringen, okay?«

»Du kennst mich doch«, sagte Jinny. »Ich bin immer nett. Es wird so schonend, wie eine Zurückweisung eben sein kann.«

Esther spürte, wie sich ihr schlechtes Gewissen in der Magengrube regte. Erst hatte sie dafür gesorgt, dass Jonathan anfing, Jinny zu mögen, dann hatte sie sein Ego zerstört, indem sie sein Drehbuch verrissen hatte, und jetzt würde Jinny vermutlich die Reste seines Selbstbewusstseins schreddern, wenn sie ihm am Freitag einen Tritt in den Hintern verpasste.

Der Typ würde eine maßlos schlimme Woche haben – und das war so ziemlich allein Esther geschuldet.

Am Montag sah und hörte sie nichts von Jonathan. Auch nicht am Dienstag. Immer, wenn sie an seiner Wohnung vorbeiging, verlangsamte sie ihre Schritte und lauschte, aber alles war dunkel und still. Die Jalousien waren geschlossen – was nicht ungewöhnlich für ihn war –, aber es brannte auch kein Licht. Sie konnte ihm nicht verdenken, dass er ihr auswich. Vielleicht hatte er die Stadt verlassen. Oder er übernachtete bei einem Freund, damit er sie nicht treffen musste.

Sie dachte darüber nach, ihm eine Nachricht zu schreiben, um nachzufragen, fürchtete aber, dass das alles nur noch schlimmer machen würde. Außerdem machte sie sich nicht *wirklich* Sorgen um ihn, er hatte nur so niedergeschlagen gewirkt, nachdem sie sein Drehbuch verrissen hatte. Wie ein Kind, das man erst vom Fahrrad geschubst und dem man dann das Geld fürs Mittagessen abgeknöpft hatte. Sie fühlte sich wie eine Mobberin, und das gefiel ihr gar nicht.

Offenbar war er Kritik nicht gewöhnt. Im Ernst, er musste wirklich ein dickeres Fell entwickeln, wenn er Autor werden wollte. Kritik war unausweichlich, wenn man sich verbessern wollte. Man machte keine Fortschritte, wenn man nicht aus seinen Fehlern lernte.

Und überhaupt, war es nicht Sinn und Zweck einer Graduiertenschule, Experte auf einem speziellen Gebiet zu werden? Wenn ihn sein zerbrechliches Ego jedes Mal derart zerstörte, sobald man ihm konstruktives Feedback gab, dann war es vielleicht besser, er hörte auf, sein Geld für die Uni auszugeben. Er konnte ja Barista werden oder so.

Okay, wahrscheinlich machte sie sich doch ein *bisschen* Sorgen um ihn. Er kam ihr nicht vor wie der Typ, der etwas Drastisches tun würde, aber man konnte ja nie wissen, oder? Wenn sie genauer darüber nachdachte, dann wusste sie eigentlich so gut wie gar nichts über ihn. Abgesehen von der Tatsache, dass er nicht besonders gut in dem war, was er zu seiner Identität gemacht hatte.

Sie konnte sich nicht einmal angemessen darüber freuen, dass es funktioniert hatte, Jinny von Stuart fernzuhalten, weil sie ein so schlechtes Gewissen deswegen hatte, Jonathans blöde Gefühle verletzt zu haben. Sie hasste es, dass sie sich überhaupt über ihn

Gedanken machte. Es war alles viel einfacher gewesen, bevor sie sich in sein Leben eingemischt hatte. Bevor sie sich selbst erlaubt hatte, sich für ihn zu *interessieren*.

Als sie am Mittwochabend von der Arbeit nach Hause kam, fand sie ihn völlig verloren vor ihrer Wohnungstür sitzen.

Er saß auf dem harten Betonboden, den Rücken gegen die Tür gelehnt und die Beine vor sich ausgestreckt. Seine Augen waren geschlossen, aber sie öffneten sich, als er sie kommen hörte.

Esther ging langsamer und blieb ein paar Schritte vor ihm unschlüssig stehen. »Hey.«

Er sah grauenhaft aus. Seine Augen waren blutunterlaufen, und es lagen dunkle Schatten darunter, sein Bart war sogar noch länger und struppiger als sonst. Diesmal trug er keine Beanie, und sein Haar hing ihm ins Gesicht, als hätte er daran gezogen.

Er wuchtete sich hoch und strich sich die Strähnen aus der Stirn. Mit einer Hand hielt er einen Stapel Papiere an die Brust gepresst. »Ich habe jedes einzelne Wort gelesen«, sagte er ohne Begrüßung. »Jedes. Wort.«

»Oh.« Da war wieder es wieder, das schlechte Gewissen, das sich in ihrer Magengrube regte.

Er presste die Lippen zu einer schmalen Linie zusammen und starrte zu Boden. »Ich hatte ganz schön was zu verdauen.«

»Tut mir leid«, sagte Esther. Sie meinte es ernst. »Ich wollte dich nicht verletzen.«

Er schüttelte den Kopf. »Ist nicht wichtig.«

Aber es war wichtig. Zumindest, wenn man ihn so ansah. »Ich dachte, du wolltest meine ehrliche Meinung«, sagte sie lahm.

Er lachte bitter auf. »Ja, wollte ich.«

»Ich habe versucht, es konstruktiv zu formulieren, aber ich bin keine Autorin. Ich habe nie gelernt, wie man Feedback gibt. Ich habe es vermutlich ganz falsch gemacht.«

»Nein, du hast es richtig gemacht.« Er sah immer noch auf seine Schuhe, als könnte er es nicht ertragen, ihr in die Augen zu sehen. »Ich habe über alles nachgedacht, und …« Er schüttelte den Kopf und verzog das Gesicht. »In den meisten Punkten hast du recht.«

Das zuzugeben, musste sehr schmerzhaft sein. Esther fiel nichts ein, was nicht wie eine Version von *Hab ich doch gesagt* klang, also sagte sie nichts.

»Ich war nicht …« Er verstummte mit gerunzelter Stirn. »Ich war nicht besonders gut in der Uni …« Wieder verklangen seine Worte und er zog die Brauen noch weiter zusammen. »Ich bin kurz davor rauszufliegen. Meine Tutorin sagt, meine Arbeit sei nicht auf dem Niveau einer Masterarbeit. Sie hat mir noch diesen Sommer gegeben, um zu beweisen, dass ich mich« – er malte sarkastische Gänsefüßchen in die Luft – »signifikant verbessert habe, sonst darf ich nächstes Semester nicht teilnehmen.« Er trat von einem Fuß auf den anderen. Als er weitersprach, brach ihm die Stimme. »Wenn ich aus dem Programm fliege, bezahlen meine Eltern mir die Miete nicht mehr. Dann muss ich wieder nach Hause ziehen.«

Das war wirklich schlimm.

»Tut mir leid«, wiederholte Esther, obwohl das alles nicht ihre Schuld war. Wenn überhaupt, konnte sie sich jetzt weniger Selbstvorwürfe machen, denn sie hatte ihm nichts gesagt, was seine Tutorin nicht auch schon gesagt hatte.

Nur, dass sie sich trotzdem schuldig fühlte. Sogar *noch* schuldiger.

Jonathan hob den Blick und sah ihr endlich in die Augen. »Ich brauche deine Hilfe.«

O nein. »Meine Hilfe? Was kann ich schon ...«

»Lies mein anderes Drehbuch. Mach dir Notizen. Hilf mir, es besser zu machen.«

Das war das absolut Letzte, was Esther tun wollte. *Noch* eins von seinen Drehbüchern lesen? Allein bei dem Gedanken zog sich alles in ihr vor Schreck zusammen.

Andererseits ... er sah so traurig aus. Und er hatte ihr gerade ein riesiges Geständnis gemacht. Sie hatte seine Gefühle schon einmal verletzt. Und vor allem wusste sie, dass Jinny am nächsten Wochenende den Kontakt abbrechen würde, wovon er noch nichts ahnte. An diesem Teil seines Leids trug sie ganz eindeutig die Schuld. Hätte sie ihn nicht überredet, Jinny um ein Date zu bitten, würde er nun auch nicht zurückgewiesen werden.

Wie konnte sie da Nein sagen? Unmöglich.

»Okay«, sagte sie. »Ich versuche es.«

Er hielt ihr das Drehbuch hin. Widerstrebend nahm sie es entgegen. Der Titel, der auf der ersten Seite prangte, lautete *American Dreamers*.

»Was ist das für ein Genre?«

»Es ist eine ...« Er brach ab und schüttelte den Kopf. Dann sagte er: »Sag du es mir, nachdem du es gelesen hast.«

Esther nickte. »Gibst du mir ein paar Tage?«

»Ja, klar.« Er zog den Kopf ein. »Danke«, murmelte er, ging an ihr vorbei und verschwand in seiner Wohnung.

Das neue Drehbuch war eine Liebesgeschichte. Außer, dass es nicht wirklich eine war.

Es war eins dieser ziellosen Indie-Dramen über zwei Leute, die sich zufällig treffen und das Leben des jeweils anderen für immer verändern blablabla. So wie *Before Sunrise*, nur langweiliger.

Es ging buchstäblich um nichts. Die einzige Handlung bestand darin, dass die beiden Hauptfiguren unablässig in hohlen Phrasen aufeinander einredeten und dabei ziellos durch das nächtliche Los Angeles wanderten, um danach getrennter Wege zu gehen. Es sollte eindeutig romantisch und bedeutungsschwer klingen, schaffte es aber, beides überhaupt nicht zu sein.

Und doch hatte dieses Drehbuch trotz der Abwesenheit irgendeines Plots und unter all dem gezierten philosophischen Geschwätz mehr an sich als das vorherige. Esther konnte beinahe erahnen, was Jonathan damit zu erreichen *versuchte*. Er schaffte es nur nicht.

Diese Geschichte war eindeutig persönlicher als die erste. Die Hauptfigur war ein Schriftsteller, eine ziemlich schlecht gepimpte Version von ihm selbst, und sie hätte einiges darauf verwettet, dass die weibliche Figur auf irgendeiner Ex basierte, die sein Herz gebrochen hatte. Oder vielleicht auch nur auf einer unerwiderten Liebe, die sich nie erfüllt hatte.

Sie würde ihre Kritik diesmal noch vorsichtiger formulieren müssen. Sie hatte ihn schon einmal fertiggemacht, und Jinny würde ihm einen weiteren Schlag versetzen. Außerdem konnte sie eine so persönliche Geschichte nicht vollkommen zerreißen, ohne dass er es sich zu Herzen nahm. Sie musste feinfühlig vorgehen.

Aber wie?

Verdammt, wie hatte sie sich nur in diese Situation manövriert?

Hast du es schon gelesen?, schrieb Jonathan am Freitagnachmittag.

Ja, schrieb Esther zurück.

Wann willst du darüber sprechen?

Sonntag?

Heute würde er auf sein letztes Date mit Jinny gehen. Wenn Esther ihn bis Sonntag hinhielt, war die Wunde, die Jinny ihm zugefügt hatte, vielleicht schon wieder verschorft. Damit Esther sie wieder aufkratzen konnte.

Okay, erwiderte er. Selbe Zeit, selber Ort?

Esther schickte ihm einen Daumen hoch.

Scheiße, das würde grauenvoll werden.

»Ich habe es getan«, verkündete Jinny, als Esther später am Abend ihren Anruf annahm. Es war erst neun Uhr abends. Sie musste direkt nach Hause gefahren sein, nachdem sie Jonathan abserviert hatte.

»Wie ist es gelaufen?«, fragte Esther.

»Sehr, sehr gut. Die beste Trennung, die ich je hatte.«

Das war … Sie hatte mehr Drama erwartet. Vielleicht sogar Tränen. Jonathan wirkte wie jemand, der in solchen Situationen weinte.

Esther legte ihren Laptop beiseite. Sie hatte die ganze Nacht ihren Anmerkungen gearbeitet. Sich bemüht, sie netter klingen zu lassen, was ihr nicht leichtgefallen war. Es war ein harter Kampf. »Er hat es wirklich gut aufgenommen?«

»Ja, wir haben sehr reif darüber gesprochen. Ich habe ihm gesagt, dass ich nicht das Gefühl hätte, wir gehörten zusammen. Und er sagte, wir sollten nur Freunde sein, wenn ich das so empfinde.«

»Wow.« Okay. Esther hatte nicht erwartet, dass er so gefasst reagieren würde. In Anbetracht seines emotionalen Zustands Anfang der Woche hatte sie angenommen, es würde ihn schwer verletzen. Aber sie freute sich. Hoffentlich war das eine gute Voraussetzung dafür, dass ihr nächstes Drehbuchtreffen besser laufen würde. Oder zumindest nicht schlimmer, als es ohnehin wäre.

»Dieses ›Wir bleiben Freunde‹ ist natürlich absoluter Blödsinn. Wir werden selbstverständlich nicht platonisch miteinander abhängen. Ich sehe ihn vermutlich nie wieder, es sei denn, ich laufe ihm bei dir über den Weg.«

»Was vermutlich ein bisschen peinlich wäre.« Womöglich würden sie den Pool meiden müssen. Zumindest für eine Weile.

»Ich glaube nicht, dass es so schlimm wird. Wir haben ja nicht miteinander geschlafen oder so.«

»Klar«, sagte Esther. »Ja.« *Gott sei Dank.*

»Obwohl ich nichts dagegen gehabt hätte.«

»Äh – warum?«

»Neugier. Ich würde gern wissen, wie er im Bett ist.«

»Vermutlich gut, dass du es nicht gemacht hast. Weil du ihn nicht wirklich mochtest, meine ich.«

»Ja, schon. Ich meine, ich *mochte* ihn, ich konnte mir nur nicht vorstellen, mit ihm eine ernsthafte Beziehung zu führen. Um ehrlich zu sein, hat er mich zu sehr an Stuart erinnert.«

»Wie das denn?« Esther fiel rein gar nichts ein, was Jonathan mit Stuart gemeinsam haben sollte, abgesehen von Äußerlichkeiten wie seinem Bart oder der Gewohnheit, Beanies zu tragen.

»Er wirkte einfach ... ich weiß auch nicht. Abgelenkt? Es kam mir ein bisschen so vor, als würde er eine innere Liste abhaken. Als wäre er emotional nicht ganz dabei. Das wollte ich nicht noch einmal erleben. Ich verdiene jemanden, der sich in die Sache stürzt.«

»Das stimmt«, nickte Esther. Seit Monaten versuchte sie, Jinny genau das klarzumachen.

»Wobei ...«

»Was?«

»Heute Abend war er anders.«

»Inwiefern?«

»Etwas verhaltener vielleicht? Sanfter. Ich hatte fast das Gefühl, dass der Typ von unserem ersten Date nur vorgespielt war und ich endlich einen Blick auf den echten Jonathan erhaschen konnte.«

»Oh.« Esther starrte auf das Drehbuch, das offen auf dem Sofa neben ihr lag, und fühlte sich auf einmal so richtig schlecht.

»Im Ernst, ich hätte es mir beinahe im letzten Moment anders überlegt.«

Esther schloss ihre Finger fest um das Handy. »Wirklich?«

»Ja, aber dann dachte ich, dass ich das immer so mache. Ich finde Entschuldigungen für sie. Ich sage mir, dass sie sich bestimmt ändern werden und dann alles gut wird. Aber das passiert nicht, oder?«

»Normalerweise nicht, nein.«

»Ich habe keine Lust mehr zu warten, bis sich ein Typ ändert. Wenn mich jemand nicht so behandelt, wie ich es verdiene, bin ich raus.«

Esther streckte die Hand nach Jonathans Drehbuch aus. »Gute Entscheidung.«

»Ich schlage ein neues Kapitel auf!« Immerhin klang Jinny glücklich. Esther hatte Jonathans Woche also nicht umsonst verdorben. Das war doch schon mal was.

»Also ist die Sache mit Jonathan für dich okay?«, fragte Esther und blätterte mit dem Daumen durch das Drehbuch. »Und die mit Stuart auch?«

»Ja absolut. Ich bin *vollkommen* über Stuart hinweg. Mit Jonathan auszugehen, hat für mich einiges geklärt. Ich weiß jetzt, was ich will. Keine Billigschuhe mehr.«

»Das ist toll.« Esther wollte nur, dass Jinny glücklich war. Dass sie ihren eigenen Wert kannte. Dass sie sich nicht mit einem Volltrottel zufriedengab, der sie wie ein Stück Dreck behandelte.

»Ich dachte, wir könnten morgen ein bisschen am Pool herumhängen, um das zu feiern, aber es wäre vielleicht ein bisschen gemein, in der Nähe von Jonathans Wohnung abzuhängen, so kurz, nachdem ich mit ihm Schluss gemacht habe, oder?«

»Vermutlich. Aber wir könnten morgen zum Brunch gehen. Dann macht uns zur Abwechslung mal jemand anders die Mimosas.«

»Gebongt.«

Sie legten auf, und Esther machte sich wieder daran, ihre Notizen fertigzustellen. Sie wollte es diesmal gründlich machen. Für ihn hing eine Menge davon ab, und sie hatte das Gefühl, etwas gut machen zu müssen.

Das war sie ihm schuldig.

KAPITEL ZEHN

»Du hast deine komische Kaffeeapparatur mitgebracht«, stellte Esther fest, als sie Jonathan am Sonntag die Tür öffnete.

»Chemex.« Er ging an ihr vorbei und brachte das Ding in die Küche. Es war bereits mit einem Filter und gemahlenem Kaffee ausgestattet. »Hast du einen Wasserkocher?«, fragte er und stellte alles auf die Arbeitsfläche. Er trug sein typisches Flanellhemd und ein Beanie. In seiner Brusttasche steckte ein Päckchen Zigaretten, und er hatte eine braune Canvas-Umhängetasche über der Schulter. »Wenn nicht, kann ich meinen holen.«

»Neben dem Kühlschrank«, sagte Esther.

Er füllte den Wasserkocher am Wasserhahn. »Ich werde dir beweisen, wie viel besser dieser Kaffee im Vergleich zu der Plörre ist, die du trinkst. Du wirst Kaffeekapseln in einem ganz anderen Licht sehen.«

»Klar, mach das«, sagte sie und kaute an ihrem Daumennagel.

Er wirkte seltsam heiter für einen Typen, mit dem gerade Schluss gemacht worden war. Vielleicht sogar ein bisschen zu heiter. Beinahe manisch, als setzte er alles daran zu beweisen, dass sein Leben toll sei.

»Tassen?«, fragte er über die Schulter und schaltet den Wasserkocher ein.

Esther holte zwei völlig unterschiedliche Tassen hervor und stellte sie ab.

Er trommelte ungeduldig mit den Fingern auf der Arbeitsplatte herum und wartete, dass das Wasser kochte. »Danke, dass du das machst«, sagte er, ohne sie dabei anzusehen.

»Dass ich die Tassen raushole?«

Er schüttelte den Kopf. »Dass du mir mit meinen Drehbüchern hilfst.«

»Vielleicht möchtest du dir das mit dem Dank aufsparen, bis du hörst, was ich zu sagen habe?«

An seinem Kiefer zuckte ein Muskel. »So schlimm?«

Kurz überlegte sie, ihm einfach zu sagen, was er hören wollte – dass sein Drehbuch großartig war und nur noch ein paar winzige Verbesserungen nötig waren. Aber wenn sie das tat, würde er vermutlich in seinem Seminar durchfallen, von der Uni geworfen werden und zurück zu seinen Eltern ziehen müssen. Um ihm wirklich zu helfen, musste sie ehrlich sein – und gleichzeitig so freundlich, wie sie konnte.

»Ich mochte es lieber als das erste«, versuchte sie es.

Er nahm die Tasche von der Schulter, dann ging er ins Wohnzimmer. »Das ist doch schon mal was, oder?«

»Es hat Potenzial«, sagte sie und ging hinter ihm her.

Er ließ die Tasche aufs Sofa fallen und holte seinen Laptop heraus. »Super.« Er hatte ihr nicht ein Mal in die Augen geschaut, seit er hergekommen war.

»Hör mal, es ist natürlich völlig okay, wenn du das lieber doch nicht machen willst, und …«

»Doch, will ich«, sagte er, ohne den Blick zu heben. »Ich brauche das. Es macht nur nicht besonders viel Spaß.«

»Okay. Hauptsache, du hasst mich hinterher nicht.«

»Ich kann nichts versprechen.« Endlich sah er sie an, brachte sogar ein dünnes Lächeln zustande. »Aber ich bemühe mich.«

Der Wasserkocher klickte. »Das Wasser kocht«, sagte Esther.

Jonathan ging zurück in die Küche und begann mit dem irre aufwändigen Prozess, Wasser über die gemahlenen Bohnen zu gießen und das Gemisch ziehen zu lassen. Im Ernst, hätten sie Esthers Kapseln benutzt, würden sie längst ihren Kaffee trinken.

Als er *endlich* damit fertig war, seinen fancy Spezialkaffee zu brauen, goss er ihn in die beiden Tassen und schob ihr eine davon hin. »Probier mal.«

»Ich mag keinen schwarzen Kaffee«, sagte sie und zog die Nase kraus.

»Du musst ihn schwarz trinken, um die Komplexität des Geschmacks wertschätzen zu können. Ihn mit Süße und anderen Zusätzen zu verunreinigen, ist, als würde man Fruchtsaft in Wein kippen.«

»Du meinst, wie bei Sangria und Mimosas und ungefähr hundert anderen beliebten Cocktails?«

»Die wurden alle erfunden, um schlechten Wein trinkbar zu machen. Man benutzt ja auch keinen Dom Pérignon, um Mimosas zu machen. Das hier ist kein beschissener Donut-Shop-Kaffee, das sind handgeröstete Bohnen. Man muss sie schmecken können.«

Esther verdrehte die Augen, nahm ihre Tasse und pustete. Es roch großartig. Sie nahm einen vorsichtigen Schluck und verzog das Gesicht. »Ich mag keinen schwarzen Kaffee. Ich mache da jetzt Milch rein.«

»Barbarin«, sagte Jonathan, als sie die Tasse zur Hälfte mit Milch füllte.

»Snob«, versetzte sie.

»Aber nicht auch noch Zucker«, sagte er, als sie nach dem Zuckertöpfchen griff.

Sie grinste ihn an und ließ einen Teelöffel voll Zucker in ihren Kaffee rieseln.

»Du quälst meine Seele.«

»Reiß dich zusammen. Es ist nur Kaffee.« Sie nahm noch einen Schluck. Wow. Na gut, sie gab es nur ungern zu, aber sein blöder Hipsterkaffee war wirklich unwiderstehlich.

Jetzt grinste Jonathan. »Schmeckst's?«

Sie zuckte die Achseln. »Ja, ist okay.«

Er grinste breiter. »Mein Kaffee ist besser als okay. Das ist der beste Kaffee, den du je probiert hast.«

»Vielleicht«, gab sie zu. »Aber es ist immer noch nur Kaffee.«

Er sah immer noch sehr zufrieden mit sich aus, als er zurück ins Wohnzimmer ging und sich aufs Sofa fallen ließ, nachdem er seine Tasse auf dem Tisch abgestellt hatte.

Esther setzte sich mit etwas Abstand neben ihn. »Bist du sicher, dass du bereit bist?«, fragte sie. Er hatte bisher noch kein Wort über Jinny verloren, und sie hatte Angst zu fragen. Sie musste ja nicht unbedingt Salz in die Wunde streuen.

Er biss die Zähne zusammen und nickte. »Ich halte das aus.«

Sie war nicht überzeugt, beugte sich aber dennoch über ihre Notizen.

Sally hatte allen Mut aufgebracht und hatte sich aus dem Schlafzimmer gewagt. Jetzt tapste sie zum Sofa und sprang zwischen sie beide.

Jonathan erschrak. »Ich wusste gar nicht, dass du eine Katze hast.«

»Das ist Sally«, sagte Esther. »Wie in Sally Ride.«

»Wie in dem Clapton-Song?«

»Wie die *Astronautin*. Die erste Amerikanerin im All?«

»Ach so.« Er nickte und schaute Sally argwöhnisch dabei zu, wie sie es sich auf seinem Bein bequem machte und schnurrte.

»Sie mag dich«, sagte Esther überrascht. Sie hatte Sally ein halbes Jahr lang bearbeiten müssen, bis sie überhaupt in Jinnys Nähe kam, und sie war noch immer nicht wirklich freundlich zu ihr. Jonathan war erst zum zweiten Mal hier, und Sally traute sich bereits auf seinen Schoß. »Normalerweise mag sie keine fremden Leute.«

»Muss sie das tun?«, fragte er, als Sally begann, seinen Oberschenkel mit ihrem Milchtritt zu bearbeiten.

»Bist du allergisch?«

»Nein, ich mag nur keine Katzen. Und keine Katzenhaare auf meinen Klamotten.«

»Wie kann man nur keine Katzen mögen?« Esther beugte sich vor, um Sallys Rücken zu streicheln. »Katzen sind toll.«

»Katzen sind kleine Arschlöcher.« Er hielt ihr vorsichtig eine Hand hin, und Sally stieß ihr Köpfchen in seine Handfläche. Ganz eindeutig ein echtes Arschloch.

»Sind sie nicht.« Esther lehnte sich zurück, Jonathan kraulte Sally den Kopf. »Sie sind nur nicht so unterwürfig wie Hunde.«

»Ich mag meine tierischen Gefährten nun mal lieber unterwürfig.«

Sie verdrehte die Augen. »Na klar tust du das.«

Er zog eine Braue hoch. »Wieso? Magst du keine Hunde?«

»Hunde sind toll.« Sie zuckte die Achseln. »Ich liebe Hunde. Aber Katzen liebe ich mehr. Wenn dir eine Katze ihre Zuneigung schenkt, bedeutet es wirklich etwas, weil sie das nicht bei jedem tun. Katzen sind wählerisch.«

»Ist wohl so.« Er nahm seinen Laptop und schob Sally sanft von seinem Schoß. Sie drehte sich zweimal um sich selbst, rollte sich dann mit dem Rücken an sein Bein geschmiegt ein und schaute ihn durch halb geschlossene Lider an.

Herrje, roch er irgendwie nach Katzenpheromonen oder so? Sie hatte noch nie erlebt, dass Sally bei irgendwem außer ihr so zutraulich war. Es fühlte sich fast so an, als würde sie direkt vor ihrer Nase betrogen.

»Bringen wir es hinter uns«, sagte Jonathan und atmete tief durch.

Ach ja. Die Notizen zum Drehbuch. Der Grund, aus dem er hier war.

Esther starrte auf die Seiten in ihrer Hand und biss die Zähne zusammen. Da musste sie jetzt durch.

»Okay.« Sie zog die Füße unter den Po. »Die Szene, in der sich die beiden Hauptfiguren zum ersten Mal treffen, mochte ich total. Als er ihr einen Kaffee ausgibt. Das war charmant.« Sie hatte ewig gebraucht, bis ihr etwas eingefallen war, was sie an seinem Drehbuch mochte. Aber sie nahm an, dass es besser war, mit etwas Positivem zu beginnen und sich langsam an die unvermeidliche Kritik heranzutasten.

Er nickte misstrauisch. »Danke.«

Leider waren Esthers positive Beobachtungen damit bereits ausgeschöpft. Sie musste das Pflaster schnell abreißen, dann würde es nicht so wehtun. »Ich glaube, allgemein ... das größte

Problem, das ich mit diesem Drehbuch hatte, ist, dass es eigentlich um gar nichts geht.«

»Doch«, sagte er. »Es geht um Liebe.«

Esther schüttelte den Kopf. »Darüber *reden* die Figuren nur. Sie *passiert* nicht. Es passiert gar nichts.«

»Es passieren wohl Dinge.« Sie hatten kaum angefangen, und er wurde schon wütend. Das versprach ja, großartig zu werden.

»Ich will wirklich nicht gemein sein«, sagte sie. »Ich versuche nur, dir nur meine Eindrücke schildern. Das wolltest du doch, oder?«

Er schüttelte den Kopf und biss wieder die Zähne zusammen. »Ja, tut mir leid. Ich bin nur ... mach weiter. Ich höre.«

Esther blätterte durch die ersten Seiten des Papierstapels. »Sie verliert ihr Portemonnaie, und er gibt ihr einen Kaffee aus – so weit, so gut. Aber dann laufen sie nur durch die Stadt und unterhalten sich. Es gibt überhaupt keine Handlung.«

»Da ist dieses Zusammentreffen mit dem obdachlosen Tierarzt.«

»Ja, aber das hat keinerlei Folgen. Es verändert weder sie noch ihn. Tatsächlich gibt es überhaupt keine Figurenentwicklung, während der ganzen Geschichte nicht. Am Ende, als er ihr ein Uber ruft und sich ihre Wege trennen, sind sie immer noch genau dieselben Menschen wie bei ihrem ersten Aufeinandertreffen.«

»Das stimmt nicht.« Jonathan schüttelte den Kopf. »Sie hat eine tiefgreifende Wirkung auf ihn. Er wird sie niemals mehr vergessen.«

»Kann schon sein, dass du das sagen wolltest, aber es kommt nicht rüber.«

Er machte ein finsteres Gesicht und lehnte den Kopf an die Rückenlehne.

»Wenn die Figuren ein bisschen mehr Tiefe hätten, wäre es vielleicht einfacher zu zeigen, wie sie sich gegenseitig beeinflussen.«

Er wandte den Kopf in ihre Richtung. »Willst du damit sagen, dass meine Figuren keine Tiefe haben?«

»Nicht *keine* Tiefe«, versuchte sie zu erklären. »Es ist nur ... sie könnten ein bisschen mehr gebrauchen, vielleicht. Die beiden sind zwei Wundertüten voller klischeehafter, schrulliger Eigenheiten und Ticks, aber ich habe nicht das Gefühl, sie zu kennen. Sie fühlen sich nicht echt an.«

»Na toll. Und ich dachte, dass ich wenigstens das hinbekommen hätte.« Er schob seinen Laptop zur Seite, beugte sich vor, die Ellenbogen auf die Knie gestützt, und massierte sich die Schläfen.

»Deine männliche Hauptfigur ist Straßenmusiker in einem Bahnhof«, sagte Esther. »Das ist nicht das echte Leben, das ist ein Klischee.«

»Aber es gibt Straßenmusiker wirklich.« Er schob sich die Brille in die Haare, um sich die Augen reiben zu können. »Genau wie Asteroiden«, fügte er hinzu und warf ihr einen bitteren Blick zu.

»Okay, aber kennst du jemanden, der Straßenmusiker ist? Hast du mal mit einem darüber gesprochen, wie das wirklich ist? Ich glaube, du romantisierst es ein bisschen zu sehr.«

Sally stieß mit dem Kopf gegen Jonathans Arm, aber er ignorierte sie und rieb sich weiter die Schläfen. »Na gut, was noch?« Sein ganzer Körper war angespannt, als wappnete er sich gegen einen Angriff. Als schmerzte ihn jedes Wort, das Esther sagte.

Sie legte ihre Notizen zwischen sie aufs Sofa. »Vielleicht sollten wir lieber aufhören. Ich glaube, ich helfe dir nicht.«

»Nein, bitte.« Er ließ die Hände sinken und schaute sie flehend an. »Ich muss genau das hören.«

»Sicher? Denn ich fühle mich hier gerade wie ein ganz fieses Miststück.« Es war, als würde sie einen Welpen treten. Immer und immer wieder. Esther hatte sich nie für besonders nett gehalten, aber Welpen treten würde sie niemals.

Er zog sich die Beanie vom Kopf und warf sie auf den Tisch, um sich mit der Hand durchs Haar zu fahren. »Tut mir leid. Du hilfst mir wirklich, es fällt mir nur schwer, mir das anzuhören.« Er streckte seine Hand aus, so dass seine Fingerspitzen ihr Bein berührten. »Ich verspreche dir, dass ich dich hinterher nicht hassen werde.«

Sie schaute auf seine Hand und nickte. »Okay.«

Er zog die Hand wieder zurück. »Was ist mit Emily? Magst du sie?«

Esther zuckte zusammen. »Na ja ...«

Jonathan stöhnte. »Was ist denn an ihr falsch?«

»Sie ist ein richtiges Manic Pixie Dream Girl – du weißt, was das ist, oder?«

»Ich gehe auf die Filmhochschule«, sagte er finster. »Natürlich weiß ich, was das ist. Eine dieser feenartigen, mädchenhaften Figuren mit niedlichen exzentrischen Eigenschaften, aber Emily ist kein Manic Pixie Dream Girl. Sie ist echt.«

Esther wandte sich zu ihm um. »Du meinst, sie basiert auf einem echten Menschen? Auf jemandem, der dir wichtig war?«

Er schaute auf seine Hände, die er im Schoß verschränkt hielt. »Sozusagen.«

Esther neigte den Kopf etwas, um ihm in die Augen zu sehen. »Erzähl mir von ihr. Von der echten Emily. Was hat sie so besonders gemacht? Was mochtest du an ihr?«

Er trommelte mit den Fingern auf seinen Oberschenkel, und

Sally ergriff die Gelegenheit, ihren Kopf in seine Hand zu schmiegen. »Ich weiß nicht«, sagte er und kraulte der Katze abwesend den Kopf. »Sie ist ... lustig.«

»Okay, das ist ja mal ein Anfang«, sagte Esther. »Lustig ist gut. Das Drehbuch könnte ein bisschen mehr Humor gebrauchen. Mach sie lustig.«

Er warf ihr einen müden Blick zu. »Ich dachte, das hätte ich getan.«

Esther presste die Lippen zusammen, um den Drang zu unterdrücken zu lächeln. Das hier war nicht witzig, aber irgendwie auch doch. Auf eine verquere Art. »Du musst *schreiben, wie* sie lustig ist, nicht nur in der Figurenbeschreibung sagen, dass sie lustig ist.« Esther sah ihn durchdringend an. »Kannst du Witze schreiben?«

Er seufzte leidend. »Offenbar nicht.«

»Wir verschieben das Lustigsein fürs Erste. Was magst du noch an ihr?«

»Sie ist klug, glaube ich.«

Esther schüttelte den Kopf. »Klug ist auch schwierig. Gib mir was Konkreteres. Einen besonderen Moment, in dem sie etwas Kleines und scheinbar Unwichtiges getan hat, was bei dir ein Gefühl ausgelöst hat.«

Sie stützte einen Ellenbogen auf die Sofalehne und beobachtete ihn, während er nachdachte. Er kaute auf seiner Unterlippe, das Gesicht angestrengt. Er war mehr als süß, er war geradezu attraktiv. Warum hatte sie das bisher nicht gesehen? Ihre Vorurteilsbrille hatte sie blind gemacht für die Tatsache, dass er unter seiner Beanie ein wirklich heißer Typ war.

Einem Moment später setzte er sich auf und sah sie an. »Das klingt wahrscheinlich lahm, aber ... einmal waren wir am Strand, und sie hat ungefähr eine Stunde damit verbracht, eine komplizierte Sandburg mit ein paar Kindern zu bauen, die wir gar nicht kannten.«

»Perfekt«, sagte Esther. »Das ist *echt*. Schreib das rein.«

Er runzelte die Stirn. »Wie soll ich eine Sandburg in ein Drehbuch pfriemeln, wenn die beiden gar nicht an den Strand gehen?«

»Es muss ja keine Sandburg sein. Sie können auch mit Kreide auf dem Bürgersteig malen oder mit Lego bauen. Egal. Es kann alles sein. Aber das sagt mir etwas darüber, wie sie ist. So fange ich an, sie zu mögen.«

»Ja«, sagte er und griff nach seinem Laptop. »Okay.« Er lächelte beinahe, zum ersten Mal, seit er vor ihrer Tür aufgetaucht war. Sein Haar stand ihm zu Berge, und Esther hätte am liebsten danach gegriffen und es glatt gestrichen.

Sie räusperte sich. »Darf ich fragen, wer Emily war?«

Sein Lächeln erstarb. »Nur ein Mädchen, das ich mal kannte.«

»Kommt mir aber so vor, als wäre da mehr gewesen.«

Er hörte auf zu tippen und strich Sallys über den Rücken. »Sie war meine erste Freundin. Meine einzige wirklich ernste Beziehung.«

»Was ist passiert?«

»Sie hat mich für jemand anderen verlassen.«

»Tut mir leid.«

»So was passiert eben, oder?« Er zuckte die Achseln und schaute zu Esther auf. »Bist du je betrogen worden?«

Sie schüttelte den Kopf. Wie gern hätte sie gesagt, dass das daran lag, dass sie nie mit jemandem zusammen war, der sie hatte betrügen wollen, aber der wahre Grund war, dass sie noch nie lange ge nug mit jemandem zusammen gewesen war, als dass man sie hätte betrügen können. Sie neigte dazu, Typen abzuservieren, bevor sie auch nur übers Betrügen nachdenken konnten.

»Und hast du jemals jemanden betrogen?«

»Nein«, antwortete Esther wahrheitsgemäß. Denn dieser chronische Impuls, Schluss zu machen, bevor es ernst wurde, hatte auch sie vor dieser Versuchung geschützt. Immer, wenn ihr auch nur der Gedanke kam, mit jemandem schlafen zu wollen, war sie bereits aus der Tür gewesen. Sie verstand nicht, warum Menschen einander betrogen, zumal Schlussmachen doch eine so einfache Möglichkeit war.

»Na, dann bist du ja eine echte Seltenheit«, sagte Jonathan und vergrub seine Finger in Sallys Nackenfell. Die Katze lag neben ihm und schnurrte. »Alle, die ich kenne, haben entweder jemand anderen betrogen oder wurden betrogen. Oder beides.«

Esther trank einen Schluck Kaffee. »Das erklärt wohl die Feindseligkeit, nehme ich an.«

Seine Mundwinkel senkten sich. »Welche Feindseligkeit?«

»In deinem Drehbuch. Ich dachte, es wäre einfach nur Misogynie, aber es ist persönlicher als das.«

Er hörte auf, Sally zu streicheln. »Du dachtest ich wäre ein Frauenhasser?«

Esther zuckte die Achseln. »Diese ganze Vaterkomplex-Sache ist ziemlich geschmacklos. Ganz zu schweigen von dem Teil, wo du sie mit einer guten Hexe vergleichst. Wie du sie ihre Sexualität benutzen lässt, damit Fremde etwas für sie tun.«

Er schaute weg.

»Du hast ihr nie verziehen, dass sie dein Herz gebrochen hat. Du hängst noch an ihr.«

»Das war vor drei Jahren. Ich bin drüber weg.« Seine Stimme klang heiser, als hätte sie jemand mit Sandpapier angeraut.

»Du hast ein ganzes Drehbuch über sie geschrieben«, sagte Esther, und versuchte, sanft zu klingen.

Er sah sie nicht an, sein Blick war auf einen Punkt an der gegenüberliegenden Wand geheftet. »Ich habe eine Geschichte über Liebe geschrieben, und sie war die einzige Frau, die ich je geliebt habe. Sie ist alles, worauf ich mich beziehen konnte.«

»Na ja, es kommt mir aber so vor, als ob du sie eigentlich nicht besonders magst. Als ich dein Drehbuch gelesen habe, mochte ich sie auch nicht besonders.«

Er sah jetzt finster drein. »Sie hat mir das Herz gebrochen. Ich mag sie *wirklich* nicht.«

Esther fühlte mit ihm, aber Mitleid würde sein Problem nicht lösen. »Du musst einen Weg finden, darüber hinwegzukommen, wenn du willst, dass diese Geschichte funktioniert. Oder du suchst dir eine andere Muse. Denn so, wie es jetzt ist, machen deine Gefühle das Drehbuch kaputt.«

»Ich muss mal an die frische Luft.« Er stand auf, ging auf ihren Balkon und schloss die Tür hinter sich. Dann holte er seine Zigaretten heraus.

Esther blieb einen Moment auf dem Sofa sitzen und streichelte Sally, um ihm die Gelegenheit zu geben, sich ein wenig zu beruhigen. Dann stand sie auf und trat zu ihm auf den Balkon.

»Du solltest wirklich nicht rauchen«, sagte sie.

Er stand vornübergebeugt, die Arme auf das Geländer gestützt.

Die Balkone in ihrem Haus waren klein. Es passte gerade ein Stuhl darauf. Von ihrem Balkon aus konnte man auf die Gasse und die Wohnanlage nebenan schauen – nicht gerade ein idyllischer

Ausblick. Esther verbrachte kaum Zeit hier, daher war der Balkon dreckig, und überall lagen Samenschoten von einem Baum in der Nähe.

»Ich mache das nur, wenn ich Stress habe«, sagte er, ohne sie anzusehen.

Wenn das stimmte, dann tat er ihr sogar noch mehr leid, denn er rauchte viel. Sie lehnte sich neben ihn ans Geländer und knuffte ihn in die Seite. »Tut mir leid, dass ich dich so stresse.«

Er knibbelte mit dem Daumennagel am Filter seiner Zigarette. »Das liegt nicht an dir.« Jetzt sah er nicht mehr gestresst aus, sondern traurig, und das gefiel ihr überhaupt nicht – nicht, dass sie es mochte, wenn er gestresst wirkte. Aber es war immer noch besser als diese traurige, niedergeschlagene Version von ihm, die sie am liebsten in den Arm genommen hätte.

»Liegt es daran, dass wir über sie gesprochen haben?«, fragte Esther. »Über die echte Emily. Das Mädchen, das dir das Herz gebrochen hat.«

Er nahm einen langen Zug an seiner Zigarette und wandte den Kopf ab, um den Rauch nicht in ihre Richtung zu blasen. »Das ist es nicht ... nicht nur, es ist einfach alles. Sie, meine Tutorin, die Tatsache, dass ich bei der einzigen Sache versage, die ich je tun wollte.« Sein Blick glitt zu ihr. »Und dann ist da noch Jinny.«

Esther zuckte zusammen. »Oh.«

»Du hast noch gar nicht gefragt, wie es am Freitag gelaufen ist, daher nehme ich an, du weißt schon, dass sie mich nicht wiedersehen will.«

»Tut mir leid«, sagte Esther, die sich schon wieder wie ein mieses Schwein fühlte. »Ich dachte wirklich, ihr beide könntet zusammenpassen.«

Er zuckte die Achseln und zog wieder an seiner Zigarette. »Egal. Es ist nur schon wieder ein Punkt auf der langen Liste der Dinge, in denen ich echt scheiße bin.«

Das war einfach *zu* traurig. Sie wollte ihn trösten, wusste aber nicht wie. Also tat sie das Erste, was ihr einfiel, und gestand etwas Peinliches über sich selbst: »Der Grund, aus dem ich noch nie betrogen wurde, ist, dass ich noch nie eine ernsthafte Beziehung hatte.«

Er sah sie mit hochgezogenen Augenbrauen an. »Wirklich?« Es klang so überrascht, als hätte sie ihm gestanden, noch nie Eis gegessen zu haben.

»Ich hatte schon Sex«, fügte sie hinzu, damit es keine Missverständnisse gab. »Oft. Ich bin keine ...«

Jonathan hob abwehrend die Hände. »Ich habe nicht gefragt.«

Esther schaute hinunter auf den Bürgersteig. Wenn der Wind richtig stand, konnte sie vermutlich von hier aus auf ihr Autodach spucken. Oder auf Jonathans. »Ich glaube, ich bin nicht für Bindung gemacht«, sagte sie. »Manche Leute sind das einfach nicht, weißt du.«

»Warum glaubst du das?«

Sie zuckte die Achseln. »Ich habe noch nie jemanden so sehr gemocht, als dass ich gewollt hätte, dass er bleibt.«

»Du warst noch nie verliebt?«, hakte er nach. Es klang schockiert.

»Nein.«

Es war keine große Sache. Viele Menschen waren noch nie verliebt. Die Welt war voller Menschen, die immer noch ihren Seelenverwandten suchten – nicht, dass Esther an Seelenverwandtschaft geglaubt hätte. Es ging ihr besser als den meisten, weil sie sich nicht mit dem Verliebtsein herumschlagen musste. Sie wartete nicht darauf, dass ein Mann kam und sie vervollständigte. Sie war allein glücklich. *Meistens.*

Er schnippte Asche über das Geländer. »Das ist traurig.«

Sie riss den Kopf herum, um ihn böse anzufunkeln. »Na, schönen Dank.«

Jetzt sah er nicht mehr niedergeschlagen aus – vermutlich, weil er zu viel damit zu tun hatte, darüber nachzudenken, wie traurig sie war. Sie hatte ihn erfolgreich mit ihrer eigenen Jämmerlichkeit abgelenkt.

Er lächelte sie an. »Na ja, stimmt doch.«

»Es ist ja nicht so, dass ich völlig gefühlskalt bin. Ich hab mich schon mal verknallt. Aber wenn die anfängliche Begeisterung nachlässt, fühle ich mich immer irgendwie so … meh.«

Jonathan sah sie nachdenklich an. »Vielleicht bist du lesbisch.«

»Ich bin nicht lesbisch.«

»Woher weißt du das?«

»Weil ich mich Männern schlafen will und nicht mit Frauen. Das ist so ziemlich die Definition von heterosexuell.«

Esther hatte tatsächlich darüber nachgedacht, hatte sogar einmal versucht, mit einem Mädchen auszugehen – im College, so ein Klischee –, aber das war dann doch ein großes Nein gewesen. Frauen waren eindeutig nichts für sie. Sie mochte Männer, und sie wollte Sex mit Männern. Sogar *sehr*. Sie konnte es nur nicht leiden, wenn die Typen hinterher noch bei ihr herumhingen. Esther war das Gegenteil von Jinny. Statt Männer nach ihrem Verfallsdatum bei sich zu behalten, warf sie sie raus, sobald der erste Lack ab war.

Sie schaute auf ihre Hände. »Ich glaube, dass dieser ganze kitschige Händchenhalten- und Lovesong-Kram nichts für mich ist.«

Jonathan schaute über die Gasse hinweg zum Nachbargebäude. »Das ist ohnehin alles nur performativ, eine Art Sprechhandlung, mit der man Dinge tut, statt sie zu sagen. Das ist keine Liebe. Liebe ist Irrsinn. Sie ist ein Zwang. Sie ist Leidenschaft und Qual und Rausch und Angst.«

»Das klingt scheußlich«, sagte Esther und schauderte. »Wie Fallschirmspringen, oder so.«

»So ist es auch. Aber die Liebe ist auch unglaublich.«

»Wenn du es sagst. Klingt mir nach mehr Ärger, als sie wert ist.« Er selbst war das beste Beispiel – er war erst einmal verliebt gewesen und litt immer noch darunter. Wenn ihr das drohte, hatte sie nichts dagegen, auf Liebe zu verzichten.

Er zog wieder an seiner Zigarette. »Du sagst das nur, weil du es noch nie erlebt hast. Die meisten Werke der Kunst oder der Literatur sind von der Liebe inspiriert.«

Esther verdrehte die Augen. »Vieles davon ist auch religiös inspiriert, und ich lade trotzdem keine Missionare zu mir ein, damit sie mich bekehren.«

Er sah sie an. »Also hast du die Liebe aufgegeben?«

Vielleicht. Das war immerhin einfacher, als immer und immer wieder enttäuscht zu werden. Oder sich zu fragen, ob etwas mit ihr nicht in Ordnung war. Viele Männer schworen auf beiläufigen Sex statt Beziehungen, und niemand zuckte deswegen auch nur mit der Wimper. Esther tat nur, was die Männer dieser Welt taten. Deswegen war sie noch lange nicht kaputt.

Sie versuchte, unbeteiligt auszusehen. »Die Liebe ist nicht mal wirklich real.«

»Natürlich ist sie das.«

»Nein, Schwerkraft ist real. Die Gesetze der Thermodynamik

sind real. Weißt du, woher ich das weiß? Weil ich sie messen kann. Ich kann verlässliche Voraussagen darüber machen, wie sich Objekte unter ihrem Einfluss verhalten. Das geht mit Liebe nicht. Sie ist nur ein Gefühl. Eine zeitweilige Verirrung, hervorgerufen durch einen hohen Cortisol- und niedrigen Serotonin-Pegel.«

»Du sagst das, als wären Gefühle völlig egal.«

»Vielleicht sollten sie insgesamt egaler sein.«

»Jetzt redest du wirres Zeug.«

»Ich glaube einfach, dass es das Richtig für mich ist, allein zu bleiben.« Sie starrte hinunter auf den Bürgersteig. »Ich bin lieber allein oder mit meinen Freunden zusammen als mit irgendeinem der Typen, mit denen ich je ausgegangen bin, also warum sollte ich mich mit Dating beschäftigen?«

Jonathan drückte seine Zigarette aus und schnippte die Kippe hinüber auf seinen Balkon. »Vielleicht bist nicht du das Problem, sondern die Typen, mit denen du ausgehst.«

Sie sah ihn scharf an. »Was soll *das* denn heißen?«

Er zuckte die Achseln. »Ich glaube nur, du solltest niemanden daten, mit dem du nicht mal befreundet sein wollen würdest. Wenn du nach einem echten Partner suchst, brauchst du mehr als nur sexuelle Anziehung. Du solltest nach jemandem Ausschau halten, mit dem du gern Zeit verbringst. Idealerweise suchst du nach einem besten Freund. Das ist das Ziel, oder? Den besten Freund zu heiraten.«

»Wow«, sagte sie.

Er schaute sie an. »Was?«

»Das ist erschreckend sentimental, zumal es von dem Typen kommt, der eine Liebesgeschichte geschrieben hat, in der es zwei Leute so gar nicht schaffen, sich ineinander zu verlieben.«

Seine Mundwinkel zuckten, aber er wirkte eher amüsiert als verärgert. »Vielen Dank auch.«

»Na komm schon.« Sie zupfte an seinem Ärmel. »Die Raucherpause ist vorbei. Lass uns weiter an der schwammigen romantischen Aussage feilen, die du bestimmt irgendwo in deinem Drehbuch versteckst.«

Er folgte ihr hinein, und sie arbeiteten sich durch Esthers Notizen. Als er seine Sachen packte, hatte Esther ihn davon überzeugt, einige Dinge von Grund auf zu bearbeiten. Er nahm es ganz gut auf, wenn man bedachte, wie viel Arbeit ihm jetzt drohte. Statt verärgert oder entmutigt zu sein, wirkte er fast beschwingt.

Auf der Türschwelle blieb er stehen, seinen Laptop und eine Kopie ihrer Notizen an die Brust gedrückt, und sagte: »Danke.« Er schaue ihr in die Augen und lächelte. Kein halbherziges, schiefes Lächeln, sondern ein echtes. Weich und ehrlich und ein wenig schüchtern. »Das klingt jetzt vielleicht übertrieben, aber ich glaube, du hast mir womöglich das Leben gerettet.«

Esther spürte, wie ihre Wangen ganz warm wurden, und lächelte zurück. »Gern geschehen.«

Vielleicht war sie doch nicht so schlecht darin, Drehbücher zu kritisieren.

KAPITEL ELF

»Findest du, dass ich einen schlechten Männergeschmack habe?«, fragte Jinny am Montag beim Mittagessen. Es war Taco-Salattag, und die Cafeteria war voller als sonst. Alle mochten Taco-Salat, und anders als bei der Lasagne schien es davon immer genug zu geben.

Jinny schaute finster in ihre Tostada-Bowl. »Ist das eine Fangfrage? Fühlt sich so an.«

»Keine Fangfrage. Eine ganz normale Frage.«

Sie waren zu zweit unterwegs, weil Yemi ein Meeting hatte. Esther hatte versprochen, ihm einen Taco-Salat mitzubringen.

Jinnys war immer noch misstrauisch. »Sag mir doch einfach, was du hören willst, dann entscheide ich, ob ich zustimme oder nicht.«

»Ich will keine Bestätigung«, sagte Esther. »Ich will wissen, was du wirklich denkst.« Sie dachte die ganze Zeit darüber nach, was Jonathan gesagt hatte. Dass das Problem die Männer seien, mit denen sie ausgegangen war.

Jinny zog einen Schmollmund. Heute waren ihre Lippen in einem matten pinkstichigen Orange geschminkt. Esther fiel kein einziger

Mensch ein, an dem diese spezielle Farbe gut aussah, aber zu Jinny passte sie perfekt. »Ich glaube ...« Sie hielt inne und dachte über ihre Worte nach. »Ich glaube, du neigst zu dem Typ Mann, bei dem du nicht Gefahr läufst, in einer ernsthaften Beziehung zu enden.«

»Das stimmt doch gar nicht!«

»Ich wusste, dass es eine Fangfrage ist.« Jinny schüttelte den Kopf und spießte mit der Gabel ein Stück Chicken Fajita auf.

»Tut mir leid«, sagte Esther. »Sag mir, warum du das denkst. Ich höre zu.« Sie machte mit zwei Fingern eine Reißverschluss-Bewegung vor ihrem Mund.

»Gut«, sagte Jinny. »Du warst noch nie in einer ernsthaften Beziehung, seit ich dich kenne. Dein Modus Operandi ist es, einen Typen kennenzulernen, ein-, zweimal mit ihm zu schlafen und dann gelangweilt zu sein.«

Das war nicht falsch, aber Esther hatte trotzdem das Gefühl, sich verteidigen zu müssen. »Manchmal fangen aber auch die Männer an, sich zu langweilen.«

»Weil du immer Typen aufgabelst, die ganz eindeutig nicht mehr wollen als was Lockeres.«

»Nicht immer.« Nur meistens.

»Leo hat sich nicht gelangweilt«, sagte Jinny. »Er hätte dich fröhlich für den Rest deines Lebens gevögelt, wenn du ihn gelassen hättest.«

Leo war ein Lieferant, der mit Jinny zusammenarbeitete. Esther war letztes Jahr nach Jinnys Silvesterparty mit ihm nach Hause gegangen. Und dann hatte sie das Interesse verloren. Schnell. Sie kräuselte die Nase. »Leo war besessen von Anime-Figuren.«

»Na und? Du hast auch ein paar Funko-Figuren auf deinem Schreibtisch.«

»Nein, ich meine, er war *besessen*. Ein ganzes Zimmer in seinem Haus war voll davon. Hast du schon mal ein Zimmer gesehen, in dem ausschließlich Regale voller Anime-Figuren stehen? *Supergruselig*. Du hättest das Haus auch nie wieder betreten.« Esther schauderte. Die Erinnerung an diese vielen unnatürlich riesigen, leeren Augen, die sie anstarrten, verfolgte sie heute noch.

»Ich will ja nur sagen, dass du ihm noch eine Chance hättest geben können. Vielleicht hätte seine Puppenbesessenheit ein wenig nachgelassen, wenn er eine echte Freundin gehabt hätte.«

Esther schüttelte den Kopf und griff nach ihrem Eistee. »Nein, das ist dein Modus Operandi. Du denkst immer, du könntest die Typen verändern, mit denen du ausgehst, erinnerst du dich?«

Jinny zeigte mit der Gabel auf Esther. »Netter Versuch, aber gerade reden wir nicht über meine Macken, sondern über deine.«

»Ich mochte Diego.« Esther stellte ihr Glas wieder ab. »Es ist nicht meine Schuld, dass er nach Texas gezogen ist.«

Jinny verdrehte die Augen. »Bitte. Diego war schon halb aus der Tür, als du mit ihm geschlafen hast. Du hast ein Jahr lang mit ihm gearbeitet und nie auch nur das kleinste bisschen Interesse an ihm gezeigt, bis er diesen Job bei der NASA angenommen hat.« Sie griff nach einem Päckchen mit scharfer Soße und riss es mit den Zähnen auf. »So machst du das nämlich«, sagte sie und drückte scharfe Soße auf ihren Taco-Salat. »Du suchst dir entweder einen Typen aus, den du gar nicht wirklich magst, oder jemanden, der ›sicher‹ ist, weil er physisch oder emotional nicht zu haben ist. Und wenn einer von den Typen, die nicht zu haben sind, durchblicken lässt, dass er doch vielleicht bei dir bleiben will – Gott bewahre –, dann hörst du sofort auf, ihn zu mögen, und rennst um dein Leben.«

»Wann habe ich das je getan?«, fragte Esther entrüstet.

Jinny warf ihr einen bedeutungsvollen Blick zu. »Arun. Du warst richtig in ihn verknallt, ungefähr drei Monate lang, und sobald er echtes Interesse an dir zeigte, hast du sofort aufgehört, ihn zu mögen.«

»Weil ich herausgefunden hatte, dass er Veganer ist! Ich kann nicht mit einem Veganer zusammen sein. Dafür mag ich Käse zu sehr.«

»Es gibt immer einen Grund, wenn du einen erfindest«, sagte Jinny und schüttelte den Kopf.

»Ich muss keine Gründe erfinden. Die Gründe sind einfach da.« Das nannte man nun mal Grundsätze, und daran war nichts falsch. Esther sah es nicht ein, sich deshalb schlecht fühlen zu sollen.

»Du findest *Käse* wichtiger als einen attraktiven Mann, der dich mag?«

Esther brach sich ein Stück Tostada ab und häufte Käse und Sour Cream darauf. »Meine Beziehung zu Milchprodukten ist zutiefst erfüllend. Du verträgst keine Laktose. Du kannst das nicht verstehen.« Sie schob sich den knusprigen Chip in den Mund und lächelte glücklich.

»Ich vertrage Laktose, ich will bloß mit dem Mist nichts zu tun haben, den Laktose verursacht.« Jinny pickte sich eine Olive aus dem Salat und steckte sie sich in den Mund. »Wann warst du das letzte Mal in einer Beziehung, die länger gedauert hat als einen Monat?«

Esther schluckte. »In der Highschool.«

Jinny riss die Augen auf. »Machst du Witze?«

»Es gab diesen einen Typen im College, aber das war eher ein Freundschaft-Plus-Arrangement.« Sie zuckte die Achseln. »Er hatte kein Interesse an einer ernsthaften Beziehung.«

»Wie lange hat das gedauert?«

»Zwei Semester, ungefähr.«

»Wie ist es zu Ende gegangen?«

»Er hat jemanden kennengelernt. Sie sind zusammengekommen.« Das war das letzte Mal gewesen, dass sie sich wirklich wie in einer Beziehung gefühlt hatte, und wenn sie daran dachte, dann schmerzte es immer noch ein wenig. Das kam dabei heraus, wenn man versuchte, mit einem Freund eine Beziehung aufzubauen.

Jinny beugte sich vor. »Wie hast du dich dabei gefühlt?«

Esther schaute finster drein. »Bist du jetzt meine Therapeutin, oder was?«

»Beantworten Sie meine Frage, sonst muss ich die Zeugin anzweifeln.«

»Du hast zu viel *Law and Order* geschaut.«

»Na los, hau raus.«

»Es hat wehgetan«, gab Esther zu und senkte den Blick. »Es war nicht so, dass er keine Beziehung wollte. Er wollte nur keine mit mir.« Sie rutschte auf ihrem Stuhl herum und bereute es plötzlich, diese Unterhaltung überhaupt begonnen zu haben.

Jinnys Gesicht wurde weich. »Du hast ihn sehr gemocht, oder?«

Esther bewahrte immer noch eine Schachtel mit Erinnerungsstücken im oberen Fach ihres Kleiderschranks auf. Abgerissene Kinotickets, Post-Its, ein Buch, das er ihr geliehen hatte. Also ja, sie hatte ihn sehr gemocht.

Sie zuckte die Achseln, als wäre das alles keine große Sache. »Er war der einzige Typ, mit dem ich befreundet war und mit dem ich wirklich schlafen wollte.«

»Hast du ihm damals gesagt, was du fühlst?«

Nein. Das hätte ihm nur die Gelegenheit gegeben, mich zurückzu-weisen.

»Ich wollte ihn nicht erschrecken«, sagte Esther und griff wieder nach ihrem Glas. »Es lief schließlich gut mit uns.« Sie hatte Angst gehabt, den Status quo zu verändern. Ein Teil von ihr hatte sich immer gefragt, ob sie wohl zusammengeblieben wären, wenn sie sich anders verhalten hätte. Vielleicht wäre er dann nicht gegangen – oder er hätte noch früher Schluss gemacht. Sie würde es nie erfahren.

»Bis er jemand anders gefunden hat.«

Esther nahm einen Schluck Eistee. »Ja.«

»Das ist schlimm. Tut mir leid.« Jinny streckte über den Tisch die Hand nach ihrer aus und drückte sie. »Jetzt habe ich dich traurig gemacht.«

Esther schüttelte den Kopf. »Das ist vier Jahre her. Es ist ja nicht so, dass ich noch an ihm hänge.«

»Ich kaufe dir heute Abend beim Stricken einen Muffin, um dich aufzuheitern.«

»Okay, aber erzähl den anderen nichts davon. Ich will nicht, dass die Gruppe mein Liebesleben auseinandernimmt.«

Mit Jinny darüber zu sprechen, hatte ihren Gesprächsbedarf für den ganzen Monat gedeckt.

»Weißt du, manchmal fühlt man sich wirklich besser, wenn man über die Dinge spricht.«

Esther brach sich noch ein Stück Tortilla-Chip ab. »Ich rede über die Dinge. Jetzt gerade zum Beispiel.«

Jinny beugte sich mit gerunzelter Stirn vor: »Glaubst *du* denn, dass du einen schlechten Männergeschmack hast? Zumal du diejenige bist, die die Frage überhaupt erst in den Raum gestellt hat?«

»Ich weiß nicht«, sagte Esther. »Ich habe noch nicht darüber nachgedacht.«

»Und wie bist du dann darauf gekommen?«

Sie wollte Jinny nicht sagen, dass Jonathan und sie ein vertrautes Gespräch über ihr Liebesleben geführt hatten. Nicht, nachdem aus ihnen beiden gerade nichts geworden war. Das kam ihr illoyal vor. Esther griff wieder nach ihrem Glas, um ihre Unsicherheit zu überspielen. »Wegen dem, was du über Stuart und Jonathan gesagt hast, glaube ich. Daher denke ich jetzt über ... Dinge nach.«

Jinny nickte und stocherte in ihrem Taco-Salat. »Du hast schon viele Männer kennengelernt – hast sogar mit noch mehr geschlafen als ich. Aber keiner von ihnen war je gut genug, als dass du mehr von ihm gewollt hättest. Warum glaubst du, ist das so?«

»Ich weiß nicht«, antwortete Esther.

Vielleicht war sie emotional defekt. Vielleicht konnte sie einfach nicht so lieben, wie es andere offenbar konnten.

Oder Jinny hatte recht, und sie sabotierte sich selbst. Weil sie Angst hatte. Wenn man es nie zuließ, jemanden wirklich zu mögen, dann tat es auch weniger weh, nicht zurück gemocht zu werden.

Es war leichter, nichts zu wollen, denn dann konnte man auch nicht enttäuscht sein, wenn man nichts bekam.

Als Esther vom Strickclub wieder nach Hause kam, saß Jonathan in dem überdachten Gang vor ihrer Tür und rauchte. Sie wedelte mit der Hand, um den Rauch zu vertreiben, und stieg über seine Beine hinweg.

Er rappelte sich auf und wedelte mit einem Packen zerknitterter Seiten vor ihrem Gesicht herum. »Ich habe ein paar Stellen geändert und möchte wissen, wie du es findest.«

»Dir auch einen guten Abend«, sagte Esther und steckte den Schlüssel ins Schloss.

Er ließ die Zigarette fallen, um sie auszutreten. »Ich muss wissen, ob ich auf dem richtigen Weg bin, bevor ich weitermache.«

Esther starrte die Zigarettenkippe böse an. »Die lässt du doch nicht etwa da liegen, oder?«

Er hob sie auf und warf ihr einen flehenden Blick zu. »Bitte?«

»Na gut.« Sie streckte die Hand aus, und er legte die Seiten hinein.

»Danke.«

Statt sich umzudrehen, blieb er einfach vor ihrer Tür stehen, als erwartete er, hereingebeten zu werden. Er war so hochgewachsen, dass sie direkt auf sein Schlüsselbein starrte.

»Soll ich es jetzt sofort lesen?«, fragte sie sein Schlüsselbein.

Er nickte. »Wenn du Zeit hast.«

»Wolltest du hereinkommen und mir dabei zusehen?«

»Es sind nur ein paar Seiten.«

»Ich kann mich aber nicht konzentrieren, wenn du mich anstarrst und dabei auch noch nervös bist.«

»Ich kann ja auf den Balkon gehen.« Er ließ die Schultern sinken. »Oder hier draußen warten.«

Es war unmöglich, ihm etwas abzuschlagen, wenn er so bemitleidenswert dastand. Esther seufzte, trat in ihr Apartment und ließ die Tür hinter sich offen. Sie war nicht annähernd so genervt, wie sie es eigentlich sein müsste. Vielleicht wuchs er ihr langsam ans Herz.

Er folgte ihr und ging in die Küche, um seine Kippe wegzuwerfen. Esther ließ ihre Tasche mit den Stricksachen auf den Esstisch fallen und deutete dann mit den Drehbuchblättern in Richtung

Sofa. »Setz dich. Ich lese das hier im Schlafzimmer.« Sie hob warnend eine Augenbraue. »Und wehe, du berührst irgendetwas, solange ich weg bin.«

Er salutierte und grinste schief.

Sie ging ins Schlafzimmer, schloss die Tür und ließ sich aufs Bett fallen.

Erschreckenderweise war die Szene tatsächlich beinahe gut. Zwar waren das nur die ersten fünf Seiten, aber die Verbesserung war riesig. Er hatte der weiblichen Hauptfigur das lilafarbene Haar und den blöden alten VW-Käfer genommen und das Kennenlernen der beiden vom Bahnhof an den Flughafen verlegt. Alles klang viel realistischer und weniger klischeehaft. Er hatte noch viel Arbeit vor sich, aber das hier war ganz eindeutig ein Fortschritt.

Als sie wieder aus dem Schlafzimmer kam, saß Sally auf Jonathans Schoß und ließ sich unterm Kinn kraulen.

»Ich hab dir doch gesagt, du sollst nichts anfassen, und jetzt sitzt du hier und streichelst meine Katze.«

»Ist nicht meine Schuld«, sagte er und kraulte weiter. »Sie hat sich auf mich gelegt und hat mich so lange angestupst, bis ich sie gestreichelt habe.« Er nickte mit hochgezogenen Brauen in Richtung der Papiere, die sie in der Hand hielt. »Und?«

Esther lächelte. »Es ist gut. Gefällt mir.«

Er hörte überrascht auf, Sally zu streicheln, und sah sie skeptisch an. »Wirklich?« Sally stieß ihn an, aber er achtete nicht auf sie.

»Ich glaube, du bist auf dem richtigen Weg«, sagte Esther.

»Ja?« Sein Mund verzog sich zu einem vorsichtigen Lächeln.

»Ja«, sagte sie. »Nur ...«

Sein Lächeln fiel in sich zusammen. »Was?«

»Dieser Scherz, den du oben auf Seite zwei geschrieben hast?«

Er nickte. »Du hast gesagt, das Drehbuch braucht mehr Humor.«

»Das tut es auch.«

»Fandest du ihn nicht gut? Ich fand ihn ziemlich super.«

»Er ist grottig«, sagte Esther. »Richtig furchtbar.«

Jonathan fuhr sich mit der Hand in den Nacken. »Oh.«

»Viel zu kompliziert, schwer zu fassen, lasch ...«

»Okay.« Er stand auf, lächelte und nahm ihr die Seiten aus der Hand. »Ich verstehe. Der Joke ist schlecht. Wir streichen ihn raus.«

»Schwach«, fuhr sie fort, weil sie auf einmal zu viel Spaß daran hatte, ihn zu ärgern. »Schlapp, lappig. Funktioniert wirklich überhaupt nicht.«

»Aber der Rest hat dir gefallen?«

»Der Rest ist prima. Ernsthaft.« Es war schön, etwas Nettes über seine Schreibkünste sagen zu können und es sogar ehrlich zu meinen.

Seine Augen leuchteten auf, als hätte sie ihm gerade gesagt, er habe im Lotto gewonnen, und in Esthers Magengrube begann etwas zu kribbeln. Er sah erschreckend gut aus, wenn er so lächelte. Wie schade, dass er das nicht öfter tat.

»Alles klar«, sagte er, wedelte wieder mit den Drehbuchseiten und ging zur Tür. »Danke.«

»Arbeite weiter an deinen Witzen, Kollege. Dann werden sie eines Tages vielleicht lustig sein.«

Er hob den Mittelfinger und grinste, dann verschwand er.

»Ich glaub an dich!«, rief sie ihm hinterher, als die Tür ins Schloss fiel.

KAPITEL ZWÖLF

Am Donnerstag sollte Esthers erstes Mitarbeitergespräch mit ihrer neuen Vorgesetzten Diane stattfinden.

Nicht, dass sie sich deswegen Sorgen macht, sie war gut in ihrem Job. Sie schaffte ihre Aufträge immer noch vor der Deadline und machte weniger Fehler als die meisten anderen Entwicklungsingenieure.

»Setz dich doch bitte«, sagte Diane, als Esther pünktlich in ihrem Büro erschien. Ihre Teamleiterin hatte ein eigenes Büro, weil es zu ihren Aufgaben gehörte, Bewerbungs-, Feedback- und Disziplinargespräche zu führen. Und Leuten zu kündigen. Es hörte sich nicht gerade wie ein lustiger Job an, auch wenn sie dafür ein Büro mit Tür und Fenster bekam.

»Wie läuft deine Woche bisher?«, fragte Diane, verschränkte die Hände auf dem Schreibtisch miteinander und lächelte. Sie war über vierzig, sah aber viel älter aus. Alles an ihr war irgendwie unansehnlich: ihr Haar, ihre Kleidung, ihre Brille, selbst ihr Lächeln. Sie erinnerte Esther an ihre Lehrerin aus der vierten Klasse, Mrs. Kopecki, die damals schon über siebzig gewesen war.

»Gut.« Esther setzte sich auf ihrem Stuhl zurecht und zog sich den Rock über die Knie. Obwohl sie keine Angst vor dem Gespräch hatte, fühlte es sich doch ein wenig so an, als hätte die Schuldirektorin sie aus dem Unterricht zitiert.

»Freut mich zu hören.« Dianes Lächeln wurde breiter. »Wollen wir es hinter uns bringen?«

Esther nickte. »Klar.«

Diane schaute auf den Schreibtisch und schob ein paar Notizen herum. Als sie wieder aufschaute, lächelte sie weniger breit. »Ich glaube, dass du eine der vielversprechendsten Ingenieurinnen bist, die wir im Unternehmen haben. Du bist technisch brillant, deine Fähigkeit, innovative, effiziente Lösungen zu finden, ist unerreicht.«

So weit, so gut. Aber irgendetwas an der Art, wie sie das sagte, gab Esther das Gefühl, als schwebte da noch ein »Aber« in der Luft.

»Allerdings ...«

Und da kam es auch schon.

»Manchmal kannst du ein wenig zu stark rüberkommen. Du hinterlässt den Eindruck, ungeduldig oder geringschätzend deinen Kollegen und ihren Fähigkeiten gegenüber zu sein.«

Esther öffnete den Mund, aber alles, was herauskam, war ein »Oh«.

Diane verstummte und neigte den Kopf zur Seite, um Esther direkt anzusehen. Dann fuhr sie fort: »Du bist eine der besten Ingenieurinnen in deinem Team, Esther. Die meisten deiner Kollegen und Kolleginnen sind weniger gut in dem, was sie tun. Aber jeder hier leistet seinen Beitrag, und du musst in der Lage sein, kooperativ zu arbeiten – mit jedem.«

Esther nickte. Sie fühlte sich wie betäubt. Sie hatte sich dieses

Gespräch ganz anders vorgestellt. Ihr letztes Feedbackgespräch war großartig gelaufen – ihr früherer Vorgesetzter hatte absolut gar nichts an ihr zu kritisieren gehabt, und sie hatten ihre Zeit damit verbracht, über Esthers nächste Projekte zu sprechen, darüber, worauf sie sich spezialisieren und wie sie sich weiterentwickeln wollte.

Es war ganz anders verlaufen als dieses.

»Es ist vielleicht hilfreich, sich immer mal wieder daran zu erinnern, dass wir hier im Team arbeiten«, fuhr Diane fort, »und nicht als Ansammlung einzelner Helden. Damit deine eigene Arbeit effektiv sein kann, musst du mit deinen Kollegen reibungslos und effizient zusammenarbeiten können.«

Der Drang, etwas dagegen einzuwenden, war überwältigend, aber Esther wusste, dass es keinen guten Eindruck machte, wenn sie jetzt zu streiten begann. Sie biss sich auf die Zunge und nickte erneut.

Diane lehnte sich zurück. Ihr Lippenstift war leicht verschmiert, und Esther musste ihr ständig auf dem Mund starren. »Wenn du irgendwann mehr zu bieten hast, was das Dienstalter und erfolgreich abgeschlossene Projekte angeht, kannst du die anderen vielleicht mehr pushen. Dann machen sie es mit. Aber fürs Erste würde ich dir nahelegen, dein Verhalten anzupassen.« Diane lächelte sie an. »Sieh es einfach als ein weiteres Ingenieurproblem, das du lösen musst.«

»Mögen mich die anderen nicht?«, fragte Esther. Denn so klang es in ihren Ohren.

»Das würde ich gar nicht mal so sagen. Aber einige empfinden dich eben als ein wenig ... aggressiv.«

»Aggressiv?«, wiederholte Esther. Sie konnte kaum glauben,

dass man sie gerade als »aggressiv« bezeichnet hatte. In einem Feedbackgespräch. Und das kam auch noch von einer Frau. War Angelica Sauer etwa zu aggressiv? Hatte sie nicht genau deswegen Erfolg? Indem sie sich nicht von Volltrotteln auf der Nase herumtanzen ließ und sich keinen Blödsinn anhörte? Esther fragte sich, was ihre CEO wohl mit jemandem tun würde, der sich darüber beklagte, sie sei zu aggressiv.

»Vielleicht ist aggressiv nicht das richtige Wort«, ruderte Diane zurück. »Einigen wir uns darauf, dass du manchmal ein bisschen zu direkt bist.«

»Also zu *ehrlich*?«

Dianes Lächeln wirkte jetzt etwas angespannt. »Niemand mag es, wenn man ihm sagt, dass er unrecht hat. Wenn du versuchst, jemanden für deine Sichtweise zu gewinnen, ist es manchmal hilfreich, diplomatischer vorzugehen. Den Schlag etwas abzumildern.«

Esther starrte auf ihre Hände, die sie im Schoß zu Fäusten geballt hatte. »Verstehe«, sagte sie und schluckte den Drang herunter, sich zu verteidigen. Zu benennen, wie sexistisch es war, sie dafür zu kritisieren, dass sie zu direkt sei, während ein Mann für haargenau dasselbe Verhalten gelobt und belohnt werden würde. Aber all das würde nur Dianes Argument bestätigen. Dass Esther zu *aggressiv* war.

»Esther, du bist jemand, der eine Menge zu bieten hat«, sagte Diane freundlich. »Nicht nur dem Unternehmen, sondern auch deinen Kollegen. Als Mentorin und als Beispiel, wie eine gute Ingenieurin zu sein hat. Wenn du deine Umgangsweise mit den Kollegen etwas abmildern kannst, bin ich mir sicher, dass sie dich um deinen Rat bitten und ihn auch gern annehmen werden. Du hast das Zeug zur Senior-Ingenieurin. Vielleicht sogar zur SME – zu einer Expertin auf deinem Themengebiet.«

Vielleicht würde sie irgendwann zum Subject Matter Expert aufsteigen? Für ihren letzten Vorgesetzter hatte das außer Frage gestanden. Er hatte ihr gesagt, sie solle einfach so weitermachen wie bisher, dann würde sie ihren eigenen Weg frei wählen können. Bei Diane hörte es sich an, als müsste sie sich erst noch entwickeln und beweisen, um überhaupt befördert zu werden.

Esther biss für den Rest der Unterhaltung die Zähne zusammen, lächelte und nickte, versuchte, freundlich zu sein und so zu tun, als nehme sie sich das Feedback zu Herzen. Aber als sie Dianes Büro verließ, kochte sie vor Wut.

Aggressiv. Diane hatte doch tatsächlich die Frechheit besessen, sie aggressiv zu nennen. Würde man einen Mann jemals so bezeichnen? Nein, denn bei Männern war das eine gute Eigenschaft. Einen männlichen Mitarbeiter würde man loben, er sei durchsetzungsfähig, er habe Führungsqualitäten. Nur bei einer Frau fand man das negativ. Weil man von Frauen erwartete, dass sie nachgiebig und unterwürfig waren. Passiv. Angenehm.

Scheiß drauf.

Scheiß drauf, und scheiß auf Diane. Und scheiß auf jeden, der Diane erzählt hatte, Esther sei zu direkt. Nicht sie musste ihre Art anpassen, die anderen mussten ihren verdammten Job einfach besser machen. Sie weigerte sich, sich an Inkompetenz anzupassen, nur weil manche Männer ihre zarten Gefühle verletzt sahen.

Scheiß auf all diese Leute. Und scheiß auf diese Firma.

»Wie ist es gelaufen?«, fragte Yemi, als Esther zurück an ihrem Schreibtisch war.

»Ein Kinderspiel«, sagte sie und zwang sich zu einem Lächeln.

Sie wollte nicht darüber reden. Wenn sie darüber redete, würde sie nur noch wütender werden, als sie es bereits war.

Sie setzte sich vor ihren Computer, schob sich die Kopfhörer über die Ohren und nahm sie den Rest des Tages nicht mehr ab.

•

Esther war immer noch in maximal beschissener Stimmung, als sie um fünf Uhr in ihr Auto stieg, um nach Hause zu fahren. Dann erinnerte sie sich daran, dass sie noch einkaufen musste, und ihre Stimmung wurde noch schlechter.

Sie hasste Einkaufen, aber sie hasste es noch mehr, wenn sie es nach der Arbeit tun musste. Denn alle anderen Menschen in Los Angeles gingen ebenfalls nach der Arbeit einkaufen, was bedeutete, dass auf dem Parkplatz die Hölle los war. Die Gänge im Supermarkt waren überfüllt mit müden, übellaunigen Leuten, und die Schlangen vor den Kassen waren unendlich. Es gab nie genug Personal, und sie fand sich jedes Mal ausgerechnet hinter demjenigen in der Schlange an der Selbstbedienungskasse wieder, der jedes einzelne Teil viermal umdrehen musste, bis er den Barcode gefunden hatte, und es dann dreimal über den Scanner ziehen musste, bis es endlich piepte.

Es war bereits fast sieben Uhr, als Esther auf ihren Parkplatz vor dem Haus fuhr. Sie war immer noch stinksauer auf die Ineffizienz moderner Supermärkte. Sie schaltete den Motor aus, stieß die Fahrertür auf und bekam beinahe einen Herzinfarkt, als Jonathan vor dem Auto auftauchte.

»*Herrje.*« Sie legte die Hand auf die Brust. »Stalkst du mich jetzt?«

»Nein, ich war gerade im Hof und habe gehört, dass du gekommen bist.«

Sie knallte ihre Autotür zu und ging zum Kofferraum, um ihren Einkauf herauszuholen. Als sie den Deckel öffnete, beugte er sich vor und griff nach ein paar Tüten.

»Danke«, murmelte Esther und schloss das Auto ab.

Er nickte und lächelte. »Stets zu Diensten.«

Sie folgte ihm die Treppe hinauf und bemerkte ein paar zusammengerollte Blätter in seiner Gesäßtasche, die verdächtig nach Drehbuchseiten aussahen. Das erklärte natürlich sein plötzliches Auftauchen. Er hatte im Hof auf sie gewartet. Der Gang vor ihrer Tür war vermutlich zu unbequem.

Sie öffnete ihre Wohnungstür, er folgte ihr hinein und stellte die Tüten auf die Küchenarbeitsplatte neben die, die sie gerade darauf gewuchtet hatte.

»Weißt du, du kannst mir auch einfach eine Whatsapp schicken«, sagte sie und riss die Kühlschranktür auf. »Wenn du wissen willst, wann ich nach Hause komme.«

Er grinste und reichte ihr eine Packung Milch. »Merk ich mir.« Dann griff er nach den Kühlwaren in der Tüte und reichte sie ihr, damit sie sie im Kühlschrank verstaute. Sie fand es nicht unbedingt toll, dass er in ihren Lebensmitteln herumwühlte, wollte seine Hilfe aber auch nicht ablehnen.

»Ist das etwa Sushi aus dem Supermarkt?« Er lächelte höhnisch und hielt ihr die Packung hin. »Bitte sag mir, dass das für deine Katze ist, nicht für dich.«

»Ich hatte heute Abend keine Lust zu kochen«, sagte sie und riss sie ihm aus der Hand.

»Na ja, ist ja deine Sache.«

»Ganz genau.«

Er runzelte die Stirn. »Alles in Ordnung mit dir?«

»Mir geht's gut.«

»Das sieht aber nicht so aus. Du wirkst …«

Sie drehte sich um und sah ihn böse an. »Was?«

Er zog die Brauen hoch. »Genervter als sonst.«

»Ich hatte heute mein Feedbackgespräch bei der Arbeit.« Sie nahm ein paar Joghurtbecher und stopfte sie in den Kühlschrank.

»Ah«, sagte er. »Ist nicht so gut gelaufen?«

Sie sah ihn erneut böse an. »Ich bin verdammt noch mal großartig in dem, was ich tue, okay? Ich bin die beste Entwicklungsingenieurin in meinem Team.«

Er nickte. »Hat dein Boss dir das im Gespräch gesagt?«

»Ja, tatsächlich. Aber sie hat auch gesagt, dass ich nicht so gut mit anderen zusammenarbeite. Sie hat mich aggressiv genannt. Kannst du dir das vorstellen?«

Er neigte den Kopf zur Seite. »Na jaaaa …«

Esther machte schmale Augen. »Was?«

»Du kannst manchmal ein bisschen … stachelig sein.«

»*Stachelig*?«

»Verurteilend?«

»Das nennt man hohe Ansprüche stellen.«

Er hob abwehrend die Hände. »Okay.«

Sie stapelte den Rest der Joghurtbecher in den Kühlschrank. Ihre Lieblingssorte war ausverkauft gewesen, daher hatte sie auf beschissenen Blaubeergeschmack umschwenken müssen. Auch darin hatte dieser bescheuerte Tag sie enttäuscht.

Sie hörte, wie Jonathan hinter ihr mit den Füßen scharrte. »Es ist nur …«

Esther knallte die Kühlschranktür zu und wirbelte zu ihm herum. »*Was?*«

Er zuckte zusammen. »Nichts.«

»Raus damit, sag schon, was du sagen wolltest. Ich will es hören.« Vermutlich wollte sie das nicht, aber jetzt gab es kein Zurück mehr.

»Na gut«, sagte er und zuckte die Achseln. »Als du angefangen hast, mir beim Schreiben zu helfen, hast du ein bisschen …«

»Was habe ich?«, fragte sie, als er zögerte.

»Gemein gewirkt?«

Sie verschränkte die Arme vor der Brust. »Soso?«

Er zog erneut die Brauen hoch. »Ja. Ganz anders als der herzliche, kuschelige Teddy, der du jetzt bist.«

»Du hast gesagt, du wolltest meine ehrliche Kritik.«

»Ja schon, es ist nur – es gibt ehrlich, und es gibt ehrlich.«

»Ich weiß nicht, was das heißen soll.«

Sally lief zu Jonathan, strich um seine Beine und schnurrte. *Verräterin.*

»Du warst ziemlich direkt beim ersten Mal«, sagte er. »Und ich habe es auch nicht besonders gut aufgenommen, wenn du dich erinnerst.«

Direkt. Genau das hatte auch Diane gesagt. Sie war zu direkt. Deswegen mochten sie die Leute im Kollegium nicht, offenbar.

»Versteh mich nicht falsch«, sagte Jonathan. »Jemand musste es mir sagen, und ich bin dir dankbar, dass du es getan hast. Aber schön war das nicht.« Er kraulte Sally den Kopf, und sie schnurrte noch lauter. »Beim zweiten Mal warst du allerdings diplomatischer. Freundlicher. Du hast ein paar nette Dinge gesagt und dann erst die schlechten Nachrichten überbracht. In meiner Schreibgruppe nennen wir das ›Feedback-Sandwich‹.«

Genau das hatte auch Diane mit ihr gemacht, begriff Esther. Sie hatte das Gespräch mit einem Kompliment begonnen und erst dann den Hammer herausgeholt. Und sie hatte mit etwas Nettem geendet, was fast wie ein Trostpreis gewirkt hatte. Ein Feedback-Sandwich.

»Wolltest du noch was von mir?«, fragte Esther leicht gereizt. Sie hatte keine Lust, weiter darüber sprechen, schon gar nicht mit Jonathan. Sie wollte nicht einmal mehr daran *denken*.

Er schaute hoch. »Was?«

»Dein Drehbuch?« Er hielt die gerollten Seiten in der Hand, die nicht Sally kraulte. »Ich nehme an, deshalb hast du mir auf meinem Parkplatz aufgelauert.«

Er richtete sich auf und schlug mit der Papierrolle gegen seine geöffnete Handfläche. »Ich habe nicht gelauert. Ich habe auf dem Hof eine geraucht und dann dein Auto gehört.«

»Mit dem Drehbuch in der Hand?«

Er zuckte die Achseln.

Sie streckte die Hand aus. »Zeig her.«

Er stand auf und versteckte die Rolle hinter seinem Rücken. »Ne, lass mal.«

»Na komm schon.« Sie wackelte ungeduldig mit den Fingern.

Er schüttelte den Kopf und zog sich Schritt für Schritt zur Tür zurück. »Nein. Das kann warten, bis du besser drauf bist. Ich will nicht, dass du dein schlechtes Feedbackgespräch an meinen Schreibkünsten auslässt.«

»Feigling.«

Er lächelte schief. »Du merkst es selbst.«

»Gut«, sagte Esther. »Dann komm morgen wieder.«

Er zog die Tür auf und hielt auf der Schwelle inne. »Ich bringe dir morgen Pizza mit, um mich ein bisschen einzuschleimen. Welche Sorte magst du am liebsten?«

»Pizza Hawaii«, sagte sie, weil es die provokativste, kontroverseste Pizzawahl war, die ihr einfiel.

Er grinste, ohne mit der Wimper zu zucken. »Bekommst du.«

Als er fort war, kam Sally zu ihr und stieß ihr mit dem Kopf gegens Bein. Esther nahm sie auf den Arm und vergrub ihr Gesicht in ihrem Fell. »Du findest mich nicht gemein, oder?«

Sie nahm Sallys Schnurren als Bestätigung.

KAPITEL DREIZEHN

Der erste Freitag im Monat war in der Sauer-Hewson-Kantine stets Gulaschtag.

Esther achtete streng darauf, jeden ersten Freitag im Monat etwas von zu Hause mitzubringen. Denn abgesehen vom Tagesgericht war die Auswahl ziemlich öde: ein paar traurige, durchfeuchtete, in Plastik eingewickelte Sandwiches, die schon wer weiß wie viele Tage dort herumlagen, und eine jämmerliche Salatbar mit angewelkten Salatblättern und ohne Spuckschutz. Jemand hatte sogar mal eine tote Strumpfbandnatter in der Salatbar gefunden, daher hungerte Esther lieber, als sich dort etwas zu Essen zu holen.

Heute hatte sie bis kurz vor ihrem Aufbruch nicht daran gedacht, sich etwas mitzunehmen, also schaffte sie es nur noch, sich hastig ein Erdnussbutter-Marmeladen-Sandwich einzupacken. Das war ein ziemlich trauriges Lunch, aber immer noch besser als das Gulasch in der Cafeteria. Sie würde sich nachher mit ein paar Oreos aus dem Automaten trösten.

Yemi setzte sich ihr gegenüber und seufzte angesichts des dampfenden Haufens Gulasch auf seinem Tablett. »Ich habe heute vergessen, mir etwas mitzubringen«, sagte er verdrießlich. »Jetzt muss ich dieses Zeug essen.«

Das Gulasch sah aus wie halb verdautes und wieder erbrochenes Hundefutter und roch auch irgendwie so.

»Hier, nimm mein halbes Sandwich«, sagte Esther und schob ihm eine Hälfte ihres Erdnussbutter-Marmeladen-Sandwiches zu.

Er griff dankbar danach. »Du bist sehr nett. Wenn du möchtest, kannst du die Hälfte von meinem Gulasch haben.«

»Ich verzichte«, sagte Esther. »Aber danke schön.«

»Montag bringe ich dir was von dem Yamswurzeleintopf mit, den meine Mom macht.«

»Was ist das denn?«

»Das ist ein Eintopf mit Yamswurzeln, Tomaten, getrocknetem Fisch und gemahlenen Flusskrebsen.«

Esther kräuselte die Nase. »Nichts gegen die Küche deiner Mutter, aber das klingt schrecklich.«

Yemi zuckte die Achseln. »Du musst es ja nicht essen, wenn du es nicht magst. Aber du wirst es mögen.«

Sie nickte und blickte stirnrunzelnd auf ihr Sandwich. »Findest du mich zu ehrlich?«

»Nein. Ich mag es, dass du ehrlich bist.«

»Danke.« Wenigstens einer ihrer Kollegen mochte sie.

»Gern geschehen«, sagte er. »Vielleicht solltest du aber auch nicht ausgerechnet mich fragen. Die Leute beschweren sich ständig, ich sei zu ehrlich.«

Esther fragte sich, ob man Yemi im Mitarbeitergespräch wohl auch gesagt hatte, er sei zu aggressiv. Vermutlich nicht. Er sprach leise und war höflich, es war schwierig, sich vorzustellen, dass man ihn aggressiv nannte, selbst wenn er direkt war. Außerdem war er ein Mann, noch etwas, was für ihn sprach. Wobei er Schwarz war, was die Sache wiederum verkomplizierte. Vielleicht war das sogar der Grund, aus dem Yemi so höflich und leise war. Damit er nicht als aggressiv oder bedrohlich gesehen wurde.

»Hier riecht es, als wäre ein Eichhörnchen in jemandes Hintern gekrochen und dort gestorben«, sagte Jinny und setzte sich neben Esther. Sie hatte sich heute ebenfalls etwas von zu Hause mitgebracht: irgendeinen gesund aussehenden Quinoa-Salat.

»Yemi hat sein Mittagessen zu Hause vergessen«, sagte Esther.

»Hier, du kannst was von meinem Salat haben.« Jinny schob die Tupperdose in die Mitte des Tisches. »Ich habe auch Orangenstückchen dabei.« Sie legte eine Tüte mit einer geschälten Orange daneben.

Yemi nahm sich ein Stück, verschmähte aber den Quinoa-Salat. »Danke schön.«

»Findest du, dass ich zu ehrlich bin?«, fragte Esther an Jinny gewandt.

»Dafür brauche ich mehr Hintergrundinfos«, sagte Jinny und zog den Quinoa-Salat wieder zu sich heran.

»Auf der Arbeit. Bin ich zu direkt und aggressiv?«

Jinny runzelte die Brauen. »Geht es hier um dein Feedbackgespräch?«

Esther nickte.

Jinny zog die Augenbrauen hoch. »Sie hat wirklich das Wort aggressiv benutzt?«

»Krass, oder? Sie hätte auch gleich grob sagen können.«

»Und wir wissen alle, was es eigentlich ist.« Jinny schüttelte den Kopf und stocherte in ihrem Salat. »Ein sexistischer Seitenhieb.«

»Du hast mir gesagt, dein Mitarbeitergespräch wäre gut gelaufen«, sagte Yemi.

»Ist es auch«, erwiderte Esther und wich seinem Blick aus. »Abgesehen von dem Teil, in dem mir mitgeteilt wurde, dass ich offenbar aggressiv bin und mich niemand mag.«

»Sei nicht albern«, sagte Jinny. »Alle mögen dich.« Sie warf Yemi einen auffordernden Blick zu. »Oder?«

»Ich mag dich«, sagte er zu Esther. »Sonst würde ich nicht so oft mit dir Mittag essen.«

»Siehst du? Die Leute mögen dich«, sagte Jinny. »Nimm dir dieses mittelmäßige Mitarbeitergespräch nicht so zu Herzen.«

Esther nickte und griff nach ihrem Eistee. »Es ist nur … jemand anders hat mir neulich gesagt, ich könne manchmal ganz schön gemein sein.«

»Na ja …« Jinny neigte den Kopf etwas zur Seite. »Das ist jetzt nicht *völlig* falsch.«

Esther starrte sie an. »Im Ernst?«

»Du bist nur gemein zu Leuten, die es verdienen.«

»Super, danke.«

»Du hast nicht viel Geduld bei Inkompetenz«, sagte Jinny und rührte mit der Gabel in ihrem Quinoa-Salat herum. Es waren Kirschtomaten und Paprika und etwas Schleimig-Undefinierbares darin – vielleicht Kürbis. Insgesamt sah der Salat fast so eklig aus wie das Gulasch. »Aber wenn du jemanden magst, bist du *extrem* geduldig und hilfsbereit. Wie damals, als du mir das Stricken beigebracht hast.«

»Das stimmt wohl«, sagte Esther und fühlte sich schon ein bisschen besser.

»Nur wenn du mit jemandem zu tun hast, den du nicht magst,

kannst du vielleicht hin und wieder ein wenig brüsk sein«, fügte Jinny hinzu. »Bei dir ist es eben schwarz-weiß. Entweder magst du jemanden, oder du hasst die Person. Für dich gibt es kein Dazwischen.«

Ja, okay. Da hatte Jinny vielleicht recht. Esther war noch nie besonders gesellig gewesen. Für ihre Freunde würde sie alles tun, aber für den Rest der Welt hatte sie kaum Geduld. Die meisten Menschen waren eine Unannehmlichkeit, mit der sie lieber nichts zu tun haben wollte. Möglicherweise war das auf der Arbeit ein wenig zu offensichtlich.

Sie seufzte und nahm sich ein Stück Orange. »Vielleicht hat Diane recht. Vielleicht bin ich manchmal zu direkt.«

»Hör mal«, sagte Jenny. »Es ist unfair und sexistisch, dich als aggressiv zu bezeichnen.«

»Ja, stimmt«, knurrte Esther.

»Aber ich glaube, ich verstehe, was sie zu sagen versucht hat. Nur weil es sich dabei um eine Art Doppelmoral handelt, bedeutet das nicht, dass du nicht trotzdem versuchen musst, damit zurecht zu kommen. Die Welt ist nicht fair, und Sexismus wird es noch eine Weile geben. Sie hätte ein anderes Wort wählen sollen, aber meinst du nicht, dass sie dir vielleicht helfen wollte?«

»Und was jetzt? Soll ich mich selbst zensieren? Mitspielen, um hier klarzukommen?« Bei der Vorstellung, sich bei weniger kompetenten männlichen Ingenieuren einschleimen zu müssen, nur um ihre zerbrechlichen Egos zu schonen, bekam Esther einen schlechten Geschmack im Mund. Sie warf Yemi einen Blick zu. »Du bist so still. Was denkst du?«

Er schaute von seinem halben Erdnussbutter-Sandwich hoch und blinzelte wie ein Reh im Scheinwerferlicht. »Diese Situation liegt außerhalb meines Erfahrungsbereichs. Ich fühle mich nicht qualifiziert genug für eine Meinung.«

»Memme«, sagte Jinny.

»Genau«, sagte Esther. »Na los, du musst jetzt etwas aus männlicher Sicht sagen.«

Er runzelte die Stirn und schob sich seine Brille ins Haar. »Aus meiner Sicht ist es absolut möglich, dass diese zwei Dinge gleichzeitig existieren. Ich glaube, dass du wütend darüber sein kannst, dass deine Vorgesetzte sexistisch war, aber gleichzeitig auch etwas daraus lernen kannst, das dich in deiner Karriere voranbringt.«

Natürlich war Yemi pragmatisch, während Esther am liebsten mit dem Kopf durch die Wand gegangen wäre. Aber sie wusste, dass er recht hatte. Man musste mitspielen, um weiterzukommen, auch wenn es unfair war.

»Wer hat dich eigentlich als gemein bezeichnet?«, fragte Jinny mit zusammengezogenen Brauen.

»Niemand Wichtiges«, sagte Esther. »Ist egal.«

»Du musst nur was sagen, und ich trete jedem in den Hintern, der schlecht über dich spricht.«

»Du willst meiner Vorgesetzten in den Hintern treten?«, versetzte Esther und zog eine Braue hoch.

Jinny zuckte die Achseln. »Vielleicht nicht im buchstäblichen Sinne, aber ich würde ihr Auto sofort mit meinem Schlüssel zerkratzen, wenn du das willst.«

»Lass uns das erst mal verschieben«, sagte Esther. »Aber danke.«

»Jederzeit«, sagte Jinny und lächelte.

Jonathan tauchte an diesem Abend mit Pizza Hawaii vor Esthers Tür auf, genau wie versprochen. Er hatte ihr sogar vorher eine Nachricht geschrieben, um sie zu fragen, wann genau er kommen solle, statt vor ihrer Tür zu kampieren oder ihr auf dem Parkplatz aufzulauern. Ein Fortschritt.

»Es ist noch zu frühsommerlich für so eine Hitze«, beschwerte sich Esther und schaltete den Ventilator im Wohnzimmer ein. Jonathan legte den Pizzakarton auf den Couchtisch. Sobald sie zu Hause war, hatte sie sofort alle Fenster geöffnet, aber das hatte kaum geholfen. »Ich bin auf dem Nachhauseweg an einem Fahrradfahrer vorbeigefahren und habe nur gedacht, Mann, es ist hier draußen heißer als auf der Sonnenoberfläche, was machst du da bloß? Und warum verschmelzen deine Reifen nicht mit dem Asphalt?«

Jonathan schob ein Stück Pizza auf einen Teller und gab ihn Esther. »Unten im Hof schwirren schon die Wespen um die Palmen. Sie haben mich beinahe erwischt, als ich heute von der Uni nach Hause kam.«

Das war einer der Nachteile des Innenhofs – im Juli wimmelte es in den Bäumen vor Wespen, und immer, wenn man an ihnen vorbeiging, riskierte man, unfreiwillig die Szene aus *My Girl* nachzuspielen, in der Macaulay Culkin von Bienen ermordet wird.

»Na ja, natürlich«, sagte Esther und ließ sich auf dem Sofa nieder. »Neunzig Scheißilliarden Grad sind nun mal die ideale Temperatur für diese Teufelsviecher.«

Jonathan holte ein abgegriffenes Moleskine-Notizbuch aus seiner Gesäßtasche, zog einen Stift hervor, den er sich hinters Ohr geklemmt hatte, und begann zu kritzeln.

»Was machst du da?«, fragte sie und biss von ihrem Stück Pizza ab.

»Ich schreibe auf, was du gerade gesagt hast.«

»Warum?«

»Weil es lustig ist. Ich benutze es vielleicht in einem Drehbuch.«

»Tu das nicht.«

Er schloss das Notizbuch mit einem Klatschen. »Zu spät.«

»Das mag ich aber gar nicht.«

Er grinste so breit, dass seine Zähne zu sehen waren. »Wie schade.«

Bisher hatte er nie so viel gelächelt. Sie hatte ihn für arrogant und humorlos gehalten, bevor sie ihn besser kennengelernt hatte. Er war mit eingebildeter Miene herumgelaufen und hatte alles und jeden finster angeschaut. Sie hatte sein Gesicht und diesen selbstgefälligen Ausdruck darauf gehasst. Dass er so verspielt und warmherzig aussehen konnte, war ihr neu.

Esther wusste nicht genau, wann sich ihre Gefühle verändert hatten, aber er nervte sie überhaupt nicht mehr. Wie sich herausgestellt hatte, war Jonathan Brinkerhoff gar nicht so übel. Man musste ihn nur näher kennenlernen.

Sie schüttelte den Kopf, lächelte und verdrehte die Augen. »Was wolltest du mir denn nun zeigen?«

»Es ist eine Skizze.« Er zog eine schmuddelige Papierrolle aus seiner Hosentasche. »Ich habe an dem Sci-Fi-Drehbuch gearbeitet. Ich würde gern wissen, was du davon hältst, bevor ich es ganz neu schreibe.«

»Gib mal her.« Sie wedelte mit der Hand in seine Richtung. »Ich lese es beim Essen.«

Er gab ihr die Seiten, drehte sich dann um und bückte sich, um sich ein Stück Pizza zu nehmen, so dass sie einen unfreiwilligen Blick auf seinen Hintern erhaschte. Seine Levi's waren genau an den richtigen Stellen eng anliegend, und ... was tat sie hier nur? *Hör auf, seinen Hintern anzustarren.*

Esther richtete den Blick auf die Seiten in ihrer Hand. Sie überflog die erste, während Jonathan sich neben sie aufs Sofas setzte. »Das hier ist ja ganz anders«, sagte sie nach einer Weile und schaute hoch.

»Ich habe darüber nachgedacht, was du über das Hin- und Herspringen zwischen den Genres gesagt hast. Also habe ich den Action-Katastrophen-Kram am Anfang gestrichen und stattdessen bewusst auf zwei Genres gesetzt, die ich gern selbst schaue: Hard Sci-Fi und Horror.«

»Du hast einen Horrorfilm geschrieben, der im All spielt?«

»Na ja, noch nicht geschrieben, aber das ist die Idee. Was hältst du davon?«

»Finde ich toll.« Das waren auch Esthers Lieblingsfilmgenres. Immer, wenn sie Aufheiterung brauchte, legte sie einen Horrorfilm-Marathon ein. Nichts riss sie so sehr aus ihren trüben Gedanken wie vierundzwanzig Stunden *Freitag der 13.*-Filme hintereinander, oder die gesamte Reihe *Evil Dead.*

Ein Lächeln breitete sich auf Jonathans Gesicht aus. »Ja?«

»Im Ernst? Ich *liebe* Horrorfilme, und natürlich liebe ich auch Weltallfilme. Das ist die perfekte Mischung, weil das All schon so angsteinflößend ist, weil es dort keinen Sauerstoff gibt, und dann die Platzangst ...«

»Und diese existenzielle Angst vor einem kalten, dunklen Vakuum, das sich bis in die Unendlichkeit erstreckt«, fügte Jonathan hinzu.

»Nicht zu vergessen das hohe Risiko, katastrophale Fehler zu machen.«

»Ganz genau«, sagte er und wirkte sehr zufrieden mit sich selbst.

»Außerdem gab es bisher nicht viele gute Filme aus diesem Genre, wobei die *Alien*-Filme natürlich eine Ausnahme sind.«

»Und *Moon*.«

»O ja, *Moon* war toll.«

»Es gab zwei, die auf dem Mars spielten ...«

»Beide blöd«, bemerkte sie.

»Und *Apollo 18*.«

»Fang nicht davon an. Der Film hat mich richtig wütend gemacht.«

Es gab schon genug irre Verschwörungstheorien über das Apollo-Programm. Niemand brauchte noch zusätzlich irgendeinen dummen Horrorfilm, der Öl ins Feuer goss. »Hast du *Europa Report* gesehen?«

Jonathan schüttelte den Kopf.

»Der war ziemlich gut. Praktisch alternative Geschichtsschreibung im Dokumentarfilmstil. Solltest du dir ansehen.«

Er schob sich ein Pizzastück in den Mund, holte sein Notizbuch heraus und machte sich eine Notiz. Als er fertig war, nahm er die Pizza wieder aus dem Mund. »Dann war da auch noch *Event Horizon*.«

Esther kräuselte die Nase. »Ein richtig, richtig schlimmer Film. Ich erlaube dir nicht, so eine Farce zu produzieren.«

Er grinste sie an. »Siehst du, und genau deshalb brauche ich dich.«

Sie spürte, wie ihre Wangen heiß wurden, und schaute schnell wieder auf die Seiten in ihrem Schoß. »Okay, dann halt mal kurz den Mund, damit ich den Rest lesen kann.«

Es war tatsächlich gut. Zumindest hatte es das *Potenzial* dazu, gut zu werden. Er hatte den größten Teil der ersten Version raus-gestrichen. Die meisten Hauptfiguren waren mehr oder weniger geblieben, wie sie waren, aber die Struktur der Geschichte war völlig anders. Der ganze Film spielte im All, ohne Szenen auf der Erde. Und die Handlung spielte in einer nahen Zukunft. Die Technologie war also ein wenig weiterentwickelt.

»Weißt du, woran mich das erinnert?«, sagte Esther, als sie zu Ende gelesen hatte. »An diese *Firefly*-Folge ...«

»*Fernab der Zivilisation*?«

»Genau! Die mit den Reavers! Der Hammer!«

»Genau das wollte ich erreichen.« Er schluckte und wischte sich den Mund mit dem Handrücken ab. »Ich meine, das wollte ich vorher erreichen, aber statt mittendrin das Genres zu wechseln, bleibe ich von Anfang an dabei. Das ist zumindest der Plan. Wir sehen dann ja, was dabei rauskommt.« Seine blauen Augen glitzerten hinter den Brillengläsern. Er war so begeistert, er lächelte mit dem ganzen Gesicht, von der Beanie bis zu seinem bärtigen Kinn.

Esther konnte nicht anders, sie lächelte zurück. »Jonathan Brinkerhoff, ich glaube, es gibt noch Hoffnung für dich.«

KAPITEL VIERZEHN

»Erzähl mir was über Explosionen im Weltall«, sagte Jonathan, als er ein paar Wochen später in Esthers Wohnung trat.

»Was soll damit sein?«, fragte Esther und schloss die Tür hinter ihm.

Neuerdings kam er zwei-, dreimal die Woche zu ihr, um ihr wissenschaftliche Fragen zu stellen oder die neuesten Seiten seines Drehbuchs zu zeigen. Manchmal auch ohne Grund. Seltsamerweise störte es sie nicht, dass er ständig bei ihr war. Sie fing sogar an, es zu genießen.

Nach zwei Jahren, in denen sie nur flüchtigen Kontakt zu ihren Nachbarn gehabt hatte, war es schön, mit einem von ihnen befreundet zu sein. Jemanden zu haben, mit dem man Zeit verbringen konnte, und der nebenan wohnte. Jemanden, den man sehen konnte, ohne sich Tage im Voraus zu verabreden oder sich durch den Verkehr von Los Angeles zu quälen. Es war, als lebte man in einer Sitcom – sie war Monica mit dem schöneren Apartment, er Chandler, der ständig vorbeikam, einfach so.

Esther wusste nie, wann Jonathan vorbeikommen würde. Manchmal schickte er vorher eine Nachricht, um zu fragen, ob sie da war, und dann wieder kam er ganz ohne Vorwarnung vorbei. Weil er sich langweilte, nahm sie an – oder vielleicht war er auch einsam. Wenn er nicht in der Uni war, verbrachte er den Großteil seiner Zeit allein und schrieb. Vermutlich sehnte er sich deshalb nach menschlicher Gesellschaft.

Statt sich über seine unangekündigten Besuche zu ärgern, freute sich Esther inzwischen darauf. Sie brachten ein wenig Abwechslung in ihren Tagesablauf – und okay, vielleicht war sie auch ein bisschen einsam. Sie mochte es, jemanden zu haben, mit dem sie über ihren Tag sprechen konnte, wenn sie von der Arbeit nach Hause kam. Es war besser, als jeden Abend allein mit ihrer Katze zu verbringen.

Jonathan ging direkt zum Kühlschrank und holte sich ein Bier heraus. Auch das machte ihr nichts aus, denn er hatte das Bier letzte Woche selbst mitgebracht. Er brachte immer etwas mit: Essen, Bier, Kaffee, einmal sogar Eis.

»Würde man eine Explosion im All hören?«, fragte er, während er in der Schublade neben dem Kühlschrank nach einem Öffner wühlte.

»Kommt drauf an.«

»Worauf?«

Sie setzte sich auf ihren angestammten Platz auf dem Sofa. »Ob du dich selbst im Vakuum befindest. Schall ist eine Druckwelle, die Materie braucht, um sich verbreiten zu können.«

»Materie wie die Atmosphäre in einem Raumschiff?« Er ließ sich mit seinem Bier neben sie fallen.

»Genau«, sagte Esther. »Aber das würde sich nicht wie eine normale Explosion anhören. Wenn du nahe genug wärst, würdest du hören, wie die Gaswolke gegen das Raumschiff prallt, das kann ziemlich heftig sein. Weiter weg hört man vielleicht, wie Geschosse und Trümmerstücke auf die Hülle prallen. Was wiederum höchst gefährlich sein kann, denn ohne Schwerkraft oder Luftwiderstand werden diese Stücke nicht langsamer. Sie fliegen buchstäblich ewig da draußen herum, und zwar mit derselben Bewegungsenergie wie bei der Explosion selbst.«

»Ach du meine Güte, okay.«

»Beantwortet das deine Frage?«

»Jep.« Er nickte und nahm einen Schluck Bier. Er hatte seinen Laptop mitgebracht, ihn aber noch nicht herausgeholt, und er machte sich nicht die Mühe aufzuschreiben, was sie ihm gesagt hatte.

»Willst du heute Abend einen Film schauen?«, fragte Esther. »Wir könnten *Europa Report* gucken.«

Jonathan drehte sich zu ihr um und zog die Brauen hoch. »Es ist neun Uhr. Ich will dich nicht vom Schlafen abhalten.«

Normalerweise scheuchte sie ihn an Wochentagen gegen zehn aus der Wohnung. Er dagegen lebte wie ein Student, was bedeutete, dass er spät ins Bett ging und am nächsten Morgen ausschlief, ein Luxus, den sie mit ihrem Vollzeitjob nicht hatte.

Sie zuckte die Achseln. »Ich habe den Fehler gemacht, auf dem Weg nach Hause bei Starbucks Halt zu machen, und sie haben einen Extra-Shot in meinen Iced Coffee getan. Ich bin mir sicher, dass ich deswegen heute Abend so den Durchblick habe. Jedenfalls werde ich auf keinen Fall zu einer normalen Zeit einschlafen können.«

Er grinste sie an. »Ja, okay.«

Sie beugte sich vor, um die Fernbedienung aus dem Korb auf dem Couchtisch zu holen. »Das erinnert mich daran, dass bei

Starbucks eine Frau war, die aussah wie Lady Gaga. Aber sie trug weite Jeans, daher glaube ich nicht, dass sie es war.«

»Ich bin gestern auf dem Campus an einem Typen vorbeigegangen, der aussah wie Channing Tatum.«

»War es vielleicht Channing Tatum?«, fragte Esther und navigierte durchs Netflix-Menü.

»Nein. Aber ich bin ihm ungefähr fünf Minuten lang gefolgt, bevor ich das sicher wusste.«

Sie warf ihm einen Blick zu und hob eine Braue. »Du bist einem fremden Typen fünf Minuten lang über den Campus gefolgt?«

Jonathan legte seinen Arm auf die Rückenlehne des Sofas. »Na ja, ich stehe ziemlich sicher am Heteroende der Kinsey-Skala, aber Channing Tatum ist praktisch meine Wild Card. Ich musste unbedingt wissen, ob es er war.«

Sie grinste. »Channing Tatum? Ernsthaft?«

»Was ist gegen Channing Tatum einzuwenden?«

»Nichts. Er ist mir nur nie als universelles Sexsymbol aufgefallen.« Sie tippte den Filmtitel in das Suchfeld ein. »Wenn es dagegen Idris Elba gewesen wäre ...«

»Ich habe nichts gegen Idris Elba, aber Channing ist mehr mein Ding.«

»Und was genau findest du an ihm so anziehend?«

»Ich weiß es nicht. Er wirkt, als wäre er ein zärtlicher, rücksichtsvoller Liebhaber. Er würde dir sagen, wie gut du bist, und hinterher mit dir kuscheln.«

Esther schnaubte. »Siehst du? Ich wusste doch, dass du auch lustig kannst.«

»Das schreibe ich auf«, sagte Jonathan und holte sein Moleskine aus der Tasche.

»Das mit dem Kuscheln oder dass ich gesagt habe, dass du auch lustig kannst?«

Er lächelte auf das Notizbuch hinunter und kritzelte etwas. »Beides.«

Einmal hatte er sie einen Blick in das Notizbuch werfen lassen. Es war voller Kritzeleien, einzelner Wörter und Ausdrücke, die er mochte, und Stichworte für noch nicht ausgearbeitete Storyideen. Er ging nirgends ohne sein Moleskine und seinen Lieblingsstift hin. Über Stifte hatte er sehr ausgeprägte Meinungen, das hatte sie gelernt, und er benutzte nie etwas anderes als einen schwarzen Pilot G2 Gelstift mit extra feiner Spitze. Seine Finger und sein Gesicht waren fast immer mit schwarzer Tinte beschmiert. Auch jetzt war da wieder ein Fleck in seinem Gesicht, auf dem Wangenknochen, direkt unter seiner Brille.

Esther wartete, bis er sein Notizbuch weggelegt hatte, dann startete sie den Film. Es war schon ein paar Jahre her, seit sie ihn das letzte Mal gesehen hatte, und sie befürchtete, dass er nicht gut gealtert war – oder dass sie ihn nicht mehr so sehr mögen würde wie früher.

Nach ein paar Minuten setzte sich Jonathan auf dem Sofa zurecht und streckte seine langen Beine neben ihr aus. Er war die wenigen Meter zwischen ihren Apartments barfuß gegangen, und seine Zehen berührten jetzt ihren Oberschenkel. Sie warf ihm einen Blick zu, er grinste herausfordernd.

Esther schüttelte den Kopf und schaute wieder zum Fernseher. Die nächste Stunde blieben Jonathans Zehen, wo sie waren.

Der Film hielt sich ganz gut, Esther weniger – gegen Ende gähnte sie herzlich.

Jonathan setzte sich auf, als der Abspann anfing. »Das war gut.«

»Ja, den mag ich wirklich«, sagte sie, erfreut, dass der Film ihm gefallen hatte. Sie legte die Hand auf den Mund, weil sie erneut gähnen musste.

Er verstand das Zeichen, rappelte sich vom Sofa auf und nahm seinen Laptop. »Das sollten wir bald mal wieder machen.«

»Klar.«

»Wie wäre es am Samstag?«, schlug er vor und ging zur Tür. »Ich lasse dich auch wieder den Film auswählen.«

»Ähm …« Ein Filmabend am Samstag klang schon beinahe wie ein Date. Bisher hatten sie sich so gut wie immer sonntags oder Wochentagen getroffen. Aber sie hatte für Samstag keine Pläne, also warum nicht? »Ja, okay. Was hältst du von Zombie-Filmen?«

Er zog die Tür auf und grinste sie schief an. »Ich *liebe* Zombie-Filme.«

»Ist das die größte Socke, die ich je gesehen habe, oder strickst du eine *Mütze*?«, fragte Olivia, als Esther am Montagabend ihr Strickzeug hervorholte.

Vilma schaute von ihren Nadeln auf. »Jemand muss rausgehen und nachschauen, ob da ein Unwetter aufzieht. Wenn Esther etwas anderes strickt als Socken, dann muss der Weltuntergang bevorstehen.«

»Sehr witzig«, sagte Esther und verteilte die Maschen auf ihrer Rundstricknadel.

»Was ist der Anlass?«, fragte Cynthia und zog eine Braue hoch.

»Kein Anlass«, sagte Esther. »Ich muss nur meine Vorräte loswerden. Bei mir lag noch dieses Wollknäuel herum, das zu dick ist für Socken, daher dachte ich, dass ich daraus eine Mütze stricke.«

»Für wen ist sie denn?«, fragte Jinny. »Du trägst nie Mützen.«

Esther mochte keine Mützen, weil ihr Pony so dick war. Entweder musste sie die Haare dann zurückstecken, oder sie klebten nach dem Mützentragen an ihrer Stirn und sahen komisch aus.

»Für einen Jungen?« Penny beugte sich vor, um das Strickzeug besser betrachten zu können. »Sieht aus wie eine Männermütze.«

»Könnte genauso gut eine Frauenmütze sein«, sagte Olivia und runzelte missbilligend die Brauen. »Das muss man ja nun wirklich nicht geschlechtsbezogen sehen.«

»Vermutlich schenke ich sie einfach meinem Bruder«, log Esther.

In Wirklichkeit überlegte sie, Jonathan die Mütze zu schenken. Schließlich war es besser, das Ding jemandem zu schenken, der es auch wirklich wertschätzte – und der Typ trug fast jeden Tag eine Beanie. Außerdem würde die stahlgraue Wolle schön zu seinen blauen Augen aussehen – nicht, dass sie je über seine Augen nachgedacht hätte oder so.

Aber sie wollte nicht verraten, für wen die Mütze sein sollte. Jinny dachte immer noch, dass sie Jonathan hasste. Sie wusste nichts davon, dass sie so oft miteinander Zeit verbrachten – oder dass sie überhaupt miteinander Zeit verbrachten.

Am Samstagabend hatten sie *28 Days Later* geschaut. Er blieb bis ein Uhr nachts, weil sie danach auch noch die Fortsetzung schauen mussten. Als Jinny am nächsten Morgen auftauchte, hatte Esther schon alle Spuren seiner Anwesenheit beseitigt. Was ihr ein bisschen geheimnistuerisch vorkam. Sie log Jinny nicht gern an, auch wenn sie ihr in dieser Sache nur etwas verschwieg. Aber sie fand es merkwürdig, mit jemandem befreundet zu sein, mit dem Jinny ausgegangen war. Die Tatsache, dass Esther ungefähr zur selben Zeit begonnen hatte, mit ihm abzuhängen, als er Jinny um ein Date gebeten hatte, half da auch nicht gerade. Ganz zu schweigen davon, dass er Jinny überhaupt nur um ein Date gebeten hatte, weil Esther ihn dazu gedrängt hatte. Es war alles ein wenig durcheinander.

Sie wollte Jinny das alles nicht ewig verschweigen. Sie würde es ihr bald sagen. Es sollte nur noch ein bisschen Zeit vergehen. Damit es nicht mehr so seltsam wirkte.

»Ich habe das Gefühl, dass meine ganze Welt aus den Angeln gehoben worden ist«, sagte Cynthia und schüttelte den Kopf. »Dass Esther montags immer Socken gestrickt hat, war eine sichere Konstante in meinem Leben.«

»Sehe ich auch so«, stimmte Olivia zu.

Jinny wandte sich an Esther und wackelte mit den Brauen. »Wartet es nur ab, bald taucht sie mit einem festen Freund auf.«

»Ha ha«, machte Esther und hielt den Blick auf ihr Strickzeug gerichtet.

KAPITEL FÜNFZEHN

Es war Samstag, und Jonathan saß wieder einmal mit dem Laptop auf Esthers Sofa. Er arbeitete gern in ihrer Wohnung, sagte er, weil er ihr dann hin und wieder Fragen stellen konnte. Außerdem regte der Tapetenwechsel seine Kreativität an. Wie auch immer.

Esther kochte Chili für sie beide. Sie war keine großartige Köchin, aber ihr Chili konnte sich sehen lassen.

Sie hörte, wie Jonathan im Wohnzimmer auf seinem Laptop tippte. Seine Finger flogen über die Tastatur wie Mozarts über die Klaviertasten. Das Geräusch war merkwürdig beruhigend, fast wie ein Tennismatch, das im Hintergrund im Fernsehen lief.

Esthers Dad hatte oft Tennis geschaut, als sie noch klein war, und das Geräusch erinnerte sie stets an die faulen Wochenendnachmittage, als ihr Dad noch zu Hause wohnte. Als ihre Familie sich noch wie eine Familie angefühlt hatte.

Das Tippen hörte auf, und sie warf einen Blick ins Wohnzimmer. Jonathan schaute stirnrunzelnd auf den Bildschirm, die Schultern hochgezogen, und kaute auf seiner Unterlippe herum. Er arbeitete immer noch an seinem Sci-Fi-Drehbuch, war aber beinahe fertig. Er hatte ihr immer wieder Passagen gezeigt – jetzt wollte er nur noch ein paar Szenen schreiben, dann würde er sie alles lesen lassen.

Es war, als spürte er, dass sie ihn beobachtete, denn er schaute hoch und lächelte, als sich ihre Blicke trafen.

»Was ist eigentlich mit deinem anderen Drehbuch passiert?«, fragte Esther und wandte sich wieder dem Herd zu, um den Inhalt einer Dose Tomaten in den Topf plumpsen zu lassen. »Mit der Liebesgeschichte. Du hast sie schon eine Weile nicht mehr erwähnt.«

»Ich arbeite noch daran.«

Sie goss eine Flasche Bier in den Topf und verrührte die Flüssigkeit mit den Tomaten, dem Fleisch und den Zwiebeln. »Zeigst du es mir?«

»Wenn es fertig ist.«

Sie drehte sich erneut zu ihm um. »Vorher nicht?«

Er schaute auf seinen Bildschirm und schüttelte den Kopf. »Nein.«

»Warum nicht?«

Er zuckte mit einer Achsel, ohne sie anzusehen. »Es ist noch nicht gut genug, um es dir zu zeigen. Ich will nicht, dass du Version 2.0 siehst, bevor sie wirklich Gestalt angenommen hat.«

»Wie du meinst, Picasso.« Sie öffnete das Gewürzschränkchen und holte Paprika, Kreuzkümmel und Cayennepfeffer heraus.

»Ich konzentriere mich erst einmal auf dieses hier, weil ich dabei deine Hilfe am nötigsten brauche.« Als sie wieder über ihre Schulter zu ihm hinüberschaute, trommelte er mit den Fingern auf seinem Oberschenkel herum. Er stand vom Sofa auf und betastete die Tasche, in der er Zigaretten und Feuerzeug aufbewahrte. »Bin gleich wieder da.«

Sie verzog das Gesicht. »Ich finde es schrecklich, dass du rauchst.«

Er blieb stehen und legte den Kopf schief, um sie anzusehen. »Findest du?«

»Es stinkt.«

»Ich gehe aber doch immer raus.«

»Es zieht durch die Fensterritzen. Und du riechst wie ein Aschenbecher.« Sie rümpfte die Nase. »Ich rieche es sogar jetzt noch.«

»Wirklich?« Er schnüffelte an seinem T-Shirt.

»Ja.«

Er ging zurück zum Sofa und setzte sich. »Dann rauche ich eben nicht mehr.«

»Du willst aufhören zu rauchen? Einfach so?«

»Einfach so.« Er zuckte die Achseln. »Wer will schon wie ein Aschenbecher riechen?«

Esthers Handy klingelte. Es lag auf dem Couchtisch neben Jonathan, und er beugte sich vor, um auf das Display zu schauen. »Es ist deine Mom.«

»Ignorier es«, sagte sie und wandte sich wieder dem Chili zu.

»Du lässt deine Mom auf die Mailbox sprechen? Eiskalt.«

»Du kennst meine Mom nicht. Ich kümmere mich später darum.«

Ihre Mutter rief nur an, wenn sie ein Problem hatte, das Esther für sie lösen sollte. Was in Ordnung gewesen wäre, wenn ihre Mutter nicht sehr viele Probleme gehabt hätte, die meist ihre eigene Schuld waren. Esther hatte sich gezwungenermaßen vom ewigen Drama ihrer Mutter distanzieren müssen, um ihre seelische Gesundheit zu schützen. Deswegen hatte sie nach dem College Seattle verlassen und einen Job in einem anderen Bundesstaat angenommen.

Es war in jedem Fall besser, abzuwarten und erst dann mit ihr zu reden, wenn sie sich etwas beruhigt hatte.

Esther würzte das Chili, und Jonathan arbeitete weiter an seinem Drehbuch.

Ein paar Minuten später klingelte ihr Handy erneut.

»Diesmal ist es jemand namens Eric«, meldete Jonathan und zog eine Braue hoch.

»Mist.« Esther stellte das Gläschen mit dem Kreuzkümmel ab. Dann hastete sie ins Wohnzimmer, nahm das Handy und sagte: »Hey Bro, was gibt's?«

»Gib Mom diesen Monat bloß kein Geld mehr«, sagte ihr Bruder.

Esther schickte ihrer Mutter jeden Monat fünfhundert Dollar von ihrem Gehalt. Das, zusammen mit dem, was ihre Mutter mit ihren Zeitarbeitsjobs und dem Verkauf von ätherischen Ölen und Wellness-Produkten aus einem dieser Netzwerk-Marketing-Systeme verdiente, war alles, was sie zum Leben hatte. Mit anderen Worten: nicht viel.

»Warum?«, fragte Esther.

»Hat sie dich schon darum gebeten?«

»Sie hat vor ein paar Minuten versucht anzurufen, aber ich habe die Mailbox noch nicht abgehört.«

»Sie wird dich um Geld bitten. Gib ihr nichts.«

»Was ist los?«

Jonathan sah auf und deutete fragend zur Tür.

Esther winkte ab und ging wieder in die Küche.

»Das Übliche«, sagte Eric. »Diesmal war es Keramikgeschirr auf Ebay.«

Ihre Mom litt unter Kaufsucht. Nicht so extrem wie bei *My Strange Addiction*, die Dokuserie, in der Leute über ihre Zwangshandlungen sprachen, aber sie neigte zu Impulskäufen, die ihr Budget nicht erlaubten. Sie stammte aus einem reichen Elternhaus und hatte reich geheiratet, aber zwei Scheidungen später war ihr nur wenig Geld geblieben, und sie hatte nie gelernt, damit zurechtzukommen. Stattdessen versuchte sie immer noch, so zu leben, als wäre sie mit einem erfolgreichen Zahnarzt verheiratet, obwohl das schon seit fünfzehn Jahren nicht mehr der Fall war.

»Wie schlimm ist es?«, fragte Esther und rührte Kreuzkümmel ins Chili.

»Zweihundert Dollar und ein paar Zerquetschte.«

»Scheiße.«

»Sie wird dir sagen, dass sie das Geld für Rechnungen oder Lebensmittel oder so braucht. Aber in Wirklichkeit ist es für Keramikgeschirr.«

»Okay, aber *kann* sie ihre Rechnungen bezahlen? Wir können sie ja nicht verhungern lassen oder so.«

»Sie wird nicht verhungern. Sie muss die beschissenen Teller und Schüsseln zurückgeben. Kauf ihr bloß nicht ihre rührseligen Geschichten ab, Schwesterchen. Das macht es nur noch schlimmer.«

Eric war Esthers älterer Bruder. Er und seine Frau Heather wohnten mit ihrem zweijährigen Sohn Gabriel in Seattle. Eric verkaufte medizinische Geräte an Krankenhäuser und Arztpraxen, und Heather war Kindergärtnerin. Sie konnten es sich nicht leisten, zusätzlich zu ihren eigenen Rechnungen auch noch ihre Mutter zu unterstützen, aber Eric machte es wieder wett, indem er sich all ihre Krisen anhörte. Das war ein Teil des Deals, den Eric und Esther miteinander gemacht hatten: Er leistete physische und emotionale Unterstützung, Esther, die weit weg wohnte, unterstützte ihre Mutter finanziell.

»Gut«, sagte Esther. Sie warf einen Blick ins Wohnzimmer. Jonathan tippte auf seinem Laptop und tat höflicherweise so, als hörte er nicht zu.

»Das ist auf jeden Fall das Richtige«, meinte Eric.

»Ich weiß.« Sie hasste es, Nein zu ihrer Mutter sagen zu müssen. Und sie hasste es noch mehr, dass ihre Mutter sie ständig in die Lage brachte, Nein sagen zu *müssen*. »Wie geht es meinem Neffen?«, fragte sie, um das Thema zu wechseln.

»Hat eine große Klappe, wie seine Tante.«

Esther lächelte. »Gut.«

»Ich muss jetzt Abendessen machen. Das mit Mom wird schon. Gib einfach nicht nach.«

»Okay. Gib Gabe ein Küsschen von mir.«

»Mach ich.«

Esther beendete den Anruf und löschte die Voicemail ihrer Mom, ohne sie sich anzuhören. Sie würde sie morgen zurückrufen, wenn sie dafür gewappnet war. Alle paar Wochen passierte so etwas. Es war praktisch das einzige Gesprächsthema, das sie mit ihrer Mutter hatte.

»Sorry, das war mein Bruder«, sagte Esther zurück im Wohnzimmer.

Jonathan schaute hoch. »Dachte ich mir. Alles okay?«

Sie ließ sich neben ihn aufs Sofa fallen. »Nicht schlimmer als sonst.«

»Willst du darüber sprechen?«

»Nein.«

Sein Blick glitt über ihr Gesicht, als wollte er es auf Verletzungen untersuchen. »Na gut«, gab er einen Augenblick später nach und wandte sich wieder seinem Computer zu.

»Es ist meine Mom«, sagte Esther. Vielleicht wollte sie doch darüber sprechen. »Sie ist nicht besonders gut darin, erwachsen zu sein, manchmal.«

Jonathan legte den Laptop beiseite und sah sie an, den Ellenbogen auf die Rückenlehne des Sofas gestützt. »Dein Bruder und du, ihr kümmert euch um sie?«

»Hauptsächlich Eric. Er wohnt bei ihr in der Nähe in Seattle. Ich schicke nur Geld. Ich habe den einfacheren Teil.«

»Klingt in meinen Ohren auch nicht einfach.«

Esther senkte den Blick. »Mom ist in Ordnung. Sie geht nur nicht besonders verantwortungsvoll mit ihrem Geld um.«

»Und was ist mit deinem Dad?«

»Geschieden. Er hat neu geheiratet.« *Er ist nicht interessiert. Emotional unerreichbar.*

Er hatte Eric und Esther das Studium bezahlt, aber danach hatte er seine Verpflichtungen ihnen gegenüber als erledigt betrachtet. Sie sahen ihn einmal im Jahr, einen Tag nach Weihnachten. Sie waren es ihm nicht einmal wert, zum Weihnachtsfest selbst eingeladen zu werden.

Jonathans Stirn hatte sich in besorgte Falten gelegt. Sie hätte die Falte zwischen seinen Brauen am liebsten mit dem Finger glatt gestrichen. »Sind deine Eltern denn noch zusammen?«, fragte sie ihn.

Er schnaubte. »Klar, wenn du mit zusammen meinst, dass sie in getrennten Schlafzimmern schlafen und kaum je ein Wort miteinander wechseln. Sie arbeiten beide wie Tiere – Mom ist Chirurgin, Dad ist Partner in einer Rechtsanwaltskanzlei –, daher sehen sie sich kaum. Das ist wohl eher ein Business-Arrangement als eine Ehe.«

»Bist du Einzelkind?«

»Nein, ich bin das Nesthäkchen.« Er setzte sich auf dem Sofa neben ihr zurecht und legte seine Füße auf den Couchtisch. »Ich habe zwei ältere Schwestern, beide Überfliegerinnen, wie meine Eltern. Die eine ist Investmentbankerin, die andere studiert Medizin in Stanford.« Er verzog den Mund. »Ich komme aus einer Familie von Überfliegern.«

»Und du bist der sensible Künstler?«

Er senkte den Blick auf seine Hände und rieb sich mit dem Daumen über die Handfläche. Sie saßen so nah beieinander, dass sich ihre Schultern berührten. »Oder der verlorene Sohn, der eine Enttäuschung ist, wenn man meine Eltern fragt.«

»Das denken sie sicher nicht«, sagte Esther, die die Wärme genoss, die er ausstrahlte.

»Doch, das tun sie. Das sagen sie auch ständig. Mein Dad hat das tatsächlich einmal wörtlich so gesagt.«

Sie hatte Jonathans Gesicht noch nie so hart gesehen. Esthers Eltern hatten vielleicht ihre Probleme, aber sie hatten nie absichtlich etwas auch nur annähernd so Verletzendes zu ihr gesagt. »Tut mir leid«, sagte sie. »Das ist wirklich mies. Zumindest unterstützen sie dein Studium.«

»Nur widerstrebend. Sie sind bestimmt erleichtert, wenn ich aus dem Programm geworfen werde. Sobald sie sich erstmal von der Demütigung erholt haben, einen solchen Versager als Sohn zu haben.«

»Hey.« Sie stieß sein Bein mit ihrem Knie an. »Du bist kein Versager, und du wirst nicht aus dem Programm fliegen.«

Er nickte, ohne sie dabei anzusehen.

»Mal ganz im Ernst: Wenn deine Professorin dir nach all der

harten Arbeit, die du in die Drehbücher gesteckt hast, keine Eins gibt, dann trete ich ihr höchstpersönlich in den Hintern.«

Jetzt stieß er ihr Bein an und lächelte. »Danke.«

»Was machst du eigentlich, wenn du deinen Abschluss hast? Ich meine, Drehbücher schreiben ist ja jetzt kein Job, den man überall hinterhergeworfen bekommt.«

Seine Schultern sackten herunter. »Ich suche mir einen Job und schreibe in meiner Freizeit, bis ich ein Drehbuch verkauft habe.«

»Hast du denn schon mal einen Job gehabt?«

Er warf ihr einen vorsichtigen Blick zu. »Ich *habe* einen Job. Ich bin Assistent eines der Professoren in meinem Fachbereich.«

»Okay, aber das kannst du ja nicht weitermachen, wenn du nächstes Jahr dein Studium beendet hast.«

»Nein, aber vielleicht bekomme ich eine Lehrtätigkeit. Obwohl es da auch immer viele Bewerber gibt. Sonst versuche ich es vielleicht mit Arbeit am Set – du weißt schon, als Komparse im Hintergrund von Filmen und Fernsehserien. Wenn man eine ständige Rolle in einer Fernsehserie bekommt, dann ist das eine ziemlich verlässliche Sache.«

»Wirklich?« Darüber hatte sie nie nachgedacht. Sie hatte immer geglaubt, dass all die Leute ebenfalls Schauspieler seien. Oder Möchtegern-Schauspieler.

»Ja, ich habe einen Kumpel, der das in einer Krimiserie macht. Er kann mich vielleicht unterbringen. Und wenn nicht, dann kann ich ja immer noch Zeitarbeit machen. Ich finde schon was.«

»Okay.«

Er sah sie an, und die Falte zwischen seinen Brauen tauchte wieder auf. Früher hatte sie sie gehasst, jetzt konnte sie sich nicht mehr daran erinnern, warum. Sie war hinreißend. Es war seine

Sorgenfalte. Die er bekam, wenn er traurig oder verunsichert war. Sie hätte ihn am liebsten in den Arm genommen, bis sie wieder fort war.

»Ich kann mich selbst über Wasser halten«, sagte er. »Ich habe früher auch schon Jobs gehabt, weißt du.«

»Was denn so?« Sie konnte sich nicht vorstellen, dass er etwas anderes tun konnte, als zu schreiben. In ihrem Kopf saß er immer über den Laptop gebeugt. Er hatte seit dem Tag seiner Geburt so dagesessen und würde es weiter tun, bis er starb – vermutlich an einer Überdosis Koffein.

»Ich habe eine Weile bei Trader Joe's gearbeitet – das ist ein ziemlich guter Job. Das könnte ich später auch wieder machen. Ich war auch kurz Barista – aber darin war ich nicht besonders gut.«

Esther versuchte sich vorzustellen, wie er Bioprodukte in Regalen verstaute oder Einhorn-Frappuccinos aufschäumte. Es war ein bisschen so, wie wenn eine Katze Frisbee spielte.

»Und dann habe ich einen besonders qualvollen Sommer damit verbracht, genormte Tests zu benoten.«

»Das klingt doch gar nicht so übel.« Es fiel ihr leichter, sich ihn am Schreibtisch vorzustellen als in einem Supermarkt. Er musste schließlich auch bei seiner Arbeit an der Uni Klausuren bewerten.

Er schnaubte. »Das dachte ich auch, bis ich da angefangen habe. Wir mussten in einem alten, leer stehenden Supermarktgebäude hocken, in dem reihenweise Tische mit billigen Laptops darauf standen. Wir haben den ganzen Tag auf Klappstühlen gesessen und durften uns nicht unterhalten. Keine Gespräche mit den Kollegen, keine Kopfhörer, gar nichts. Man musste sogar um Erlaubnis bitten, wenn man auf die Toilette wollte. Ich musste täglich acht Stunden Highschool-Aufsätze über Naturschutz lesen, ohne ins Koma zu fallen. Ich habe sechs Wochen durchgehalten, dann habe ich gekündigt und an meinem letzten Tag jedem einzelnen Aufsatz eine Eins Plus gegeben.«

»Das hast du nicht getan«, sagte Esther und grinste.

Er nickte und lächelte leicht. »Doch.«

»Nett. So kann man das System auch bekämpfen.«

Er lachte. »Ja.« Sein Knie fiel wieder gegen ihres, schwer und warm. »Bekommt ihr das mit eurer Mutter hin?«

»Ja, wir schaffen das schon. Wie immer.« Auf die eine oder andere Weise – normalerweise begleitet von einer Menge Stress und Sorgen, besonders von Esthers Seite. Sie seufzte und legte den Kopf auf Jonathans Schulter. Sein Körper strahlte so viel Wärme aus, und sie hätte sich am liebsten an ihn geschmiegt.

Abgesehen von ihren gelegentlichen One-Night-Stands hatte Esther nicht viel körperlichen Kontakt. Sie war keine große Umarmerin und auch nicht sehr körperlich mit ihren Freundinnen. Doch Jonathan so nah zu sein, war überraschend leicht. Angenehm leicht.

Angenehmer, als es sein sollte. Sofort bekam sie Gewissensbisse und hob den Kopf wieder. Er war mit ihrer besten Freundin ausgegangen. Es war absolut uncool, jetzt mit ihm körperlich zu werden. Sie durften nicht mal so nah beieinandersitzen.

Sie musste sich wegsetzen.

Die Sache war allerdings die … sie wollte es nicht.

Eine seiner Hände lag auf seinem Oberschenkel, und unwillkürlich stellte sie sich vor, wie sie seine Hand in ihre nahm und die Finger mit seinen verschränkte. Sie wollte wissen, wie sich seine Haut anfühlte. Ob sie rau oder weich war. Ob seine Hände so warm waren wie der Rest von ihm.

»Lass uns heute was Lustiges schauen«, sagte er. »Keinen Horrorfilm.«

»Horrorfilme sind lustig.« Sie starrte immer noch auf seine Hand, konnte den Blick nicht losreißen. Er hatte schöne Hände unter all den Tintenflecken. Lange, schlanke Finger mit kurz geschnittenen Nägeln, perfekte Halbmonde am Nagelbett. Er könnte auch als Handmodel arbeiten, wenn er keinen Job fand.

Was diese Finger wohl mit einer Frau anstellen konnten …

Er knuffte sie gegen die Schulter. »Ich muss heute unbedingt mal lachen. Und du auch.«

»*Cabin in the Woods?*«, schlug sie vor und riss sich von seinen Händen los.

»Ich meinte eine Komödie.«

»Das ist eine Komödie.«

»Satire ist nicht dasselbe wie Komödie. Und das Ende ist wirklich deprimierend.«

»Na gut, was willst du schauen?«

»*Arizona Junior?*«

»Okay.« Es war ihr völlig egal, was sie schauten, solange sie es zusammen taten. Sie hätte sogar zu *Die Stooges – Drei Vollpfosten drehen ab* Ja gesagt, damit er blieb.

Er beugte sich über sie, um nach der Fernbedienung zu greifen, und sein Körper war ihrem so nah, dass sie die Augen schließen und seinen Geruch einatmen musste. Der leichte Zigarettengeruch störte sie längst nicht so sehr, wie er es hätte tun sollen. Zum ersten Mal in ihrem Leben fand sie ihn sogar ein wenig sexy.

Oh, oh.

»Wie lange dauert es noch, bis das Chili fertig ist?«, fragte er, schaltete den Fernseher ein und setzte sich auf dem Sofa zurecht.

Er saß jetzt noch ein wenig näher neben ihr, war tief in die Polster gerutscht, so dass sein Ellenbogen auf ihrem Oberschenkel lag. Wärme aus seinem Körper sickerte in ihren Körper wie flüssige Butter.

»Noch ein paar Stunden vermutlich.« Sie hatte das Chili völlig vergessen. Sie konnte sich nicht einmal daran erinnern, ob sie es gewürzt hatte. Vermutlich. Hoffentlich. Auf keinen Fall würde sie jetzt aufstehen und es überprüfen.

»Sag mir, dass du den schon mal gesehen hast«, sagte er, als der Film anfing.

»Ja, der ist toll.« Sie hatte ihn so oft gesehen, dass sie ihn praktisch mitsprechen konnte.

»Mein drittliebster Film von den Coen-Brüdern.«

Er wollte offenbar, dass sie fragte, welches seine beiden Coen-Lieblingsfilme waren, also tat sie das.

»*Blood Simple* und *Miller's Crossing*«, antwortete er mit einem selbstgefälligen Lächeln.

Wann war seine Selbstgefälligkeit eigentlich so hinreißend geworden? *Was ist los mit mir?* Hatte sie völlig den Verstand verloren?

Jonathan lehnte sich zurück, um den Film zu schauen, und Esther schaute ihm dabei zu, wie er den Film schaute.

Nach einer Weile neigte er den Kopf zur Seite und legte ihn auf ihre Schulter. »Ist das in Ordnung?«

»Ja, das ist okay.«

Ihr Puls hämmerte in ihren Ohren. Sie versuchte, ihn zu ignorieren und sich auf den Film zu konzentrieren. Sein Haar kitzelte ihren Hals, und sie konnte nur noch daran denken, wie dringend sie mit ihren Fingern hindurchfahren wollte. Wie leicht es wäre, einfach die Hand zu heben …

»Wusstest du, dass Joel Coen an *Tanz der Teufel* mitgeschrieben hat? Diesem alten Horrorschinken.«, fragte Jonathan.

»Ach wirklich?«, sagte sie und versuchte, interessiert zu klingen. Ihre ganze Aufmerksamkeit war auf die Stellen gerichtet, an denen sein Körper ihren berührte. Für etwas anderes hatte sie keinen Platz mehr.

»Das Heranzoomen an das Ortsschild in dieser einen Szene eben war eine direkte Hommage an den Film.«

»Cool.« Ihre Haut fühlte sich wund und übersensibel an, als hätte sie einen Sonnenbrand. Bei jeder noch so kleinen Bewegung, die er machte, bei jeder Berührung seines Körpers schienen ihre Nervenenden zu kreischen wie eine Notfallsirene. *Nähealarm! Nähealarm!*

Sie verbrachte den ganzen Film in Alarmbereitschaft. Es war fast eine Erleichterung, als der Abspann lief und Jonathan von ihr wegrückte.

»Nach diesem Film fühle ich mich immer besser als vorher«, sagte er.

»Ich mich auch.«

Er reckte die Arme über den Kopf, so dass sein T-Shirt hochrutschte. Esther erhaschte einen Blick auf einen verlockenden Streifen Haut und eine zarte, dunkle Spur, die vom Nabel hinunter lief und im Bund seiner Jeans verschwand. »Was ist jetzt mit dem Chili?«, fragte er.

Sie stand auf. »Ach ja. Chili. Ich sehe mal nach.« Es musste inzwischen fertig sein. Sie ging in die Küche, um es zu servieren.

Sie aßen vor dem Fernseher aus Schüsseln und überlegten, welchen Film sie als Nächstes schauen sollten. Als sie fertig waren, brachte Jonathan die Schüsseln zur Spüle und wusch sie ab.

Schließlich entschieden sie sich für *What We Do in the Shadows*, was wiederum zu einem *Flight of the Conchords*-Marathon führte. Diesmal achtete sie darauf, auf ihrer Seite des Sofas zu bleiben und stets einen Sicherheitsabstand zu Jonathan einzuhalten.

Nach zwei Folgen *Conchords* schlief Jonathan ein. Er hing auf dem Sofa, die Beine ausgestreckt, der Kopf zur Seite gefallen.

Esther betrachtete seinen schlafenden Körper und nahm jede Einzelheit in sich auf. Die Adern auf seinen Händen. Die Sehnen, die über seine langen Unterarme verliefen. Die glatte Wölbung seines Bizeps. Wie es sich wohl anfühlte, in diesen Armen zu liegen?

Eigentlich stand sie mehr auf sehr muskulöse Männer, Typ Holzfäller. Sie war selbst nicht gerade zierlich, und sie mochte Männer, die so aussahen, als könnten sie sie aus einem brennenden Gebäude tragen, ohne sich dabei einen Bandscheibenvorfall zu holen. Aber vielleicht änderte sich das gerade. Vielleicht begann sie gerade, die Vorteile hochgewachsener, schlaksiger Männer zu schätzen.

Okay, Schluss damit. Sie musste aufhören, bei seinem schlafenden Anblick zu sabbern wie eine gruselige Stalkerin.

Sie streckte die Hand aus und berührte seine Schulter. »Hey, Dornröschen, wach auf.«

Er riss die Augen auf. »Hmmm?«

Sie lächelte, weil sein Gesicht so entzückend verschlafen aussah. »Du bist eingeschlafen.«

»Oh.« Er setzte sich gerade hin und reckte sich erneut. Als sein T-Shirt diesmal hochrutschte, zwang sich Esther wegzuschauen. »Wie viel Uhr ist es?«

»Fast Mitternacht.« Jinny wollte am nächsten Morgen vorbeikommen, und Esther musste vorher noch aufräumen. Wenn zu viele Bierflaschen im Müll waren oder schmutziges Geschirr herumstand, würde sie vielleicht misstrauisch werden und fragen, wen Esther zu Besuch gehabt hatte.

»Ich geh dann mal lieber ins Bett, bevor sich meine Kutsche wieder in einen Kürbis verwandelt.«

»Das ist Aschenputtel.«

»Wie du meinst.« Er stand auf, schwang sich die Tasche mit seinem Laptop darin über die Schulter und streckte Esther eine Hand hin. »Bringst du mich raus?«

Wider bessere Einsicht ließ sie sich von ihm vom Sofa ziehen. Aber er ließ ihre Hand nicht los, sondern zog sie mit sich zur Tür. Dort angekommen, hielt er inne und sah sie an. »Heute Abend war schön.« Sein Griff war fest, und er strich mit dem Daumen über ihre Knöchel.

»Ja, das stimmt.« In seinen Augen lag etwas, das ihre Brust ganz eng werden ließ, als bekäme sie nicht genügend Luft.

Ein sanftes Lächeln huschte über sein Gesicht. So, wie er sie ansah, war ihr ... als wollte er etwas, hätte jedoch Angst, darum zu bitten. Nein, nicht etwas. Sie. Er sah sie an, als wollte er *sie*.

Er beugte sich vor, und Esther spannte sich an. Wand sich sogar. Ups.

Er hielt inne und schaute ihr in die Augen. Musterte sie. Sie war nicht imstande wegzusehen, obwohl sie spürte, wie sich die Röte über den Hals bis zu ihrem Gesicht ausbreitete. Sein Körper ragte über ihr auf, und sie standen so nah voreinander, wie es ging, ohne sich zu berühren. Sie atmeten dieselbe Luft. Seine Hitze wärmte ihre Haut.

Das Schweigen zwischen ihnen dehnte sich aus. Sie hatte das

Gefühl, etwas sagen zu müssen, aber offenbar war ihr die Fähigkeit zu sprechen abhandengekommen.

Seine Hand drückte ihre. Dann beugte er den Kopf und küsste sie auf die Wange. Ihre Augen schlossen sich, als seine Lippen ihre Haut berührten.

Er richtete sich wieder auf und sah sie prüfend an. Er schien ihre Reaktion einschätzen zu wollen.

Esther fragte sich, was er wohl sah. Ihre Gefühle waren ein chaotischer, aufgewühlter Mix aus Erleichterung, Enttäuschung, Hoffnung, Begehren, Gewissensbissen und Scham. Gott allein wusste, wie sich das auf ihrem Gesicht widerspiegelte.

Dann lächelte er schief. »Wir sehen uns«, sagte er und ging hinaus auf den Gang.

Als Esther an diesem Abend ins Bett ging, kribbelte es immer noch an der Stelle, an der seine Lippen ihre Haut berührt hatten. Wenn sie die Augen schloss, spürte sie das leichte Kratzen seines Barts an ihrer Wange. Seinen Atem auf ihrer Haut – heiß und sinnlich.

Sie konnte lange nicht einschlafen.

KAPITEL SECHZEHN

Okay, vielleicht wollte Esther mit Jonathan schlafen. Na und? Sie war eine erwachsene Frau und hatte ihre Libido im Griff. Nur weil sie etwas wollte, hieß das ja noch lange nicht, dass sie es auch tatsächlich tun würde. Es war ja nicht so, als wäre er unwiderstehlich.

Nur, dass er genau das leider war. Immer, wenn sie an sein blödes süßes Gesicht mit den blöden freundlichen Augen und dem blöden unwiderstehlichen Mund dachte, fühlte sich ihr Inneres plötzlich ganz weich und wuselig an, als hätte sie Marshmallows im Bauch. Dann lenkte sie der Gedanke ab, wie es wohl wäre, diese Lippen zu küssen. Und dann stellte sie sich vor, *andere* Dinge mit ihm zu machen ...

Nein. Schlechte Idee. *Ganz* schlechte Idee.

Abgesehen von der Sache mit Jinny war er ein netter Kerl. Zuvorkommend, rücksichtsvoll, sensibel. Er verdiente eine Frau, die genauso nett war wie er. Jemanden, der sich wirklich um ihn kümmern konnte.

Esther hatte es nicht so mit dem Nettsein und auch nicht mit Beziehungen. Sie wollte beides weder, noch war sie dazu in der Lage.

Wenn sie miteinander schliefen, würde sie ihn am Ende nur verletzen, was auf keinen Fall passieren durfte. Sie war gern mit ihm befreundet. Das wegzuwerfen für eine einzige Nacht, wäre dumm. Selbst wenn es sehr, *sehr* guter Sex war – jedenfalls so, wie sie ihn sich vorstellte.

Jonathan war tabu. Egal, wie heiß er war, Esther musste ihre Libido unter Kontrolle kriegen.

»Hat du dich je vermessen lassen, um herauszufinden, welche BH-Größe du hast?«, fragte Jinny. Die Hitzewelle war abgeklungen, daher saßen sie seit Wochen zum ersten Mal wieder am Pool.

»Warum fragst du?« Esther schaute auf ihre Oberweite hinunter und runzelte die Stirn. »Ist was falsch mit meinem BH?«

Jinny leckte ihren Zeigefinger an und blätterte eine Seite in ihrem *People Magazine* um. »Meine Schwester sagt, die meisten Frauen laufen mit schlecht sitzenden BHs herum, und jede solle sich in einem Dessousladen professionell ausmessen lassen. Sie hat es letzte Woche gemacht und behauptet, ihre neuen BHs seien so bequem, dass alle ihre Hautunreinheiten verschwunden und alle ihre Beete umgegraben seien.«

»Deine Schwester hat doch nicht mal einen Garten.«

»Ich finde, wir sollten das auch mal machen. Ich vereinbare einen Termin für uns.«

Über ihnen schlug eine Wohnungstür zu, und Esther spannte sich an, aber es war nur Brent, der Stoner-Musiker.

Es war das erste Mal, dass sie wieder am Pool saßen, seit Jinny Jonathan abgeschossen hatte. Immer, wenn Esther eine Tür hörte, fürchtete sie, er könnte es sein. Jinny hatte immer noch keine Ahnung, dass sich Esther und Jonathan angefreundet hatten – weil

Esther zu feige war und bisher nicht den Mut aufgebracht hatte, es ihr zu sagen –, und sie wollte auf keinen Fall, dass sie es herausfand, weil sie sich zufällig im Hof trafen.

Sie konnte es ihr auch einfach jetzt sagen. Es musste wirklich keine große Sache sein. Nur ... Jinny würde einen Haufen Fragen stellen. Sie würde wissen wollen, wie es angefangen und was Esther dazu bewogen hatte, Zeit mit einem Typen zu verbringen, den sie angeblich nicht ausstehen konnte. Warum sie ihm überhaupt bei seinem Drehbuch geholfen hatte. Und dafür gab es keine gute Erklärung, es sei denn, sie erzählte Jinny von dem Deal, den sie mit ihm geschlossen hatte, und wie sie ihn dazu gebracht hatte, Jinny um ein Date zu bitten. Dieser Teil war am schlimmsten. Denn wenn Jinny das herausfand ...

»Hey, kann ich dich mal was fragen?«, sagte Jinny und warf ihr Magazin beiseite. »Wie findest du eigentlich Yemi?«

Esther beugte sich vor, um sich noch ein Bier aus der Kühltasche zu holen, die sie mit runtergenommen hatte. »Ich finde Yemi super. Das weißt du.«

»Ich meine ... wie findest du ihn als, na ja, als *Mann*?«

»Yemi?« Esther drehte sich um, um Jinny direkt anzusehen. »Warte mal, du stehst auf Yemi? Also so *richtig*?«

Jinnys Lippen verzogen sich zu einem leichten Lächeln. »Vielleicht?«

»Seit wann?«

»Ich weiß nicht. Ich habe eigentlich nie über ihn nachgedacht, bis ...« Sie verstummte und biss sich auf die Unterlippe.

»Bis wann?«

»Erinnerst du dich, als ich dieses neue Kleid auf der Arbeit anprobiert habe? Und er gesagt hat, ich sehe schön aus?«

»Ja.« Das war über zwei Monate her. War sie etwa die ganze Zeit in Yemi verliebt gewesen und sagte es ihr erst jetzt?

Jinny senkte den Kopf und knibbelte an ihrem lavendelfarben lackierten Daumennagel. »Es war die Art, wie er mich angesehen hat. Als wäre ich etwas Seltenes und Besonderes. Als wäre ich der Hope-Diamant oder ein neuer *Star Wars*-Film.«

Esther musste daran denken, wie Jonathan sie angesehen hatte, bevor er gestern Abend ihre Wohnung verlassen hatte. Sie könnte sich an diesen Blick gewöhnen.

»Und dann neulich, als er dieses pinkfarbene Hemd trug, erinnerst du dich?«

Esther erinnerte sich nicht, nickte aber trotzdem und nahm einen Schluck von ihrem Bier. »Hmmhm.«

»Da dachte ich so bei mir, ›Dieses Hemd steht ihm wirklich gut‹. Und dann habe ich bemerkt, dass er unter dem Hemd Muskeln hat, und dann habe ich begriffen – Yemi ist süß.«

»Das ist er«, stimmte Esther zu.

Jinny schüttelte den Kopf. »Nein, er ist *heiß*. Er hat was von einem nerdigen Chadwick Boseman an sich, das hatte ich bisher gar nicht bemerkt, aber ...«, sie lächelte genüsslich, »ich glaube, ich mag es.«

Esther gab ihr einen Klaps auf den Arm und grinste. »Du magst Yemi!«

»Ich weiß nicht.« Jinnys Wangen röteten sich. »Vielleicht. Glaubst du, er mag mich auch?«

»Ich weiß, dass er dich mag, aber ich weiß natürlich nicht, ob er dich *so* mag. Er ist manchmal ein bisschen schwierig einzuschätzen.«

»Ja, oder? Er ist immer so höflich, es ist schwer zu sagen, was er wirklich von einem denkt.«

»Aber er ist auch sehr geradeheraus. Er tut nicht so als ob. Wenn du ihn direkt fragst, wird er dir eine ehrliche Antwort geben.«

Jinny runzelte die Stirn. »Meinst du, er hätte es mir gesagt, wenn er mich mögen würde?«

»Nicht unbedingt. Nicht, wenn er vielleicht glaubt, es könnte unhöflich oder unangemessen sein. Oder unerwünscht.«

»Hmmmm«, machte Jinny.

»Soll ich ihn für dich fragen?«

»Nein!« Jinny schüttelte heftig den Kopf. »Wehe!«

»Vermutlich fände er diese Direktheit gut.«

»Meine Fortpflanzungsorgane sind keine Handelsgüter. Ich kriege mein eigenes Liebesleben schon allein auf die Reihe, vielen Dank auch.«

Esther starrte auf die Wasseroberfläche des Pools. Innerlich wand sie sich. Wenn Jinny jemals herausfand, dass sie hinter der Sache mit Jonathan gesteckt hatte, würde sie supersauer sein. »Warum fragst du ihn dann nicht selbst?«

»Ich glaube, dass er vielleicht ein bisschen altmodisch ist. Vielleicht mag er das nicht.«

»Ich weiß nicht. Klar, er geht sonntags mit seinen Eltern in die Kirche, aber er ist mir nie als verklemmt aufgefallen. Vielleicht ist er sogar erleichtert, wenn du den ersten Schritt machst.«

»Vielleicht.« Jinny widmete sich wieder dem *People Magazin*.

Jetzt, da Esther darüber nachdachte, fand sie, dass die beiden ein tolles Paar abgeben würden. Sie waren beide katholisch, beide Familienmenschen und beide beinahe lächerlich schlau. Außerdem war Yemi ein netter Typ. Aufmerksam, rücksichtsvoll, treu. Viel besser als all die Männer, die Jinny bisher gedatet hatte. Und die beiden schienen sehr gut miteinander zurechtzukommen.

Aber Esther wollte nicht drängen. Sie hatte gesagt, was sie zu sagen hatte, jetzt war Jinny am Zug. Ihre Kuppeltage waren vorbei. Auch wenn sie es geschafft hatte, dass Jinny und Stuart nicht wieder zusammengekommen waren – es war die Gewissensbisse und die Heimlichtuerei nicht wert gewesen.

Wieder schlug über ihnen eine Tür zu, und Esther sah, wie Jonathan auf die Treppe zusteuerte.

Mist.

Vielleicht würde er um das Gebäude herum zu seinem Auto gehen und nicht über den Hof. Er musste gesehen haben, dass Jinny hier bei ihr saß. Hoffentlich wollte er ein peinliches Zusammentreffen vermeiden.

»Hey«, sagte Jonathan und kam auf sie zu.

Mist.

Jinny schaute von ihrer Zeitschrift hoch und lächelte warm. »Hallo!« Nur jemand, der sie so gut kannte wie Esther, hätte die leichte Schärfe in ihrem heiteren Ton heraushören können.

Esther nickte zum Gruß und nahm einen Schluck Bier, um ihre Unruhe zu verbergen.

Jonathans Blick blieb kurz auf sie geheftet, dann sah er Jinny an. »Wie geht es dir denn so?« Er hatte einen Schlüsselbund in der Hand, den er klimpernd um seinen Zeigefinger kreisen ließ.

»Gut«, sagte Jinny und lächelte weiter. »Mir geht es gut. Wie geht es dir?«

Jonathans Blick glitt erneut zu Esther, dann zurück zu Jinny. »Mir geht es gut. Sehr gut sogar.« Er ließ die Schlüssel erneut kreisen. Einmal. Zweimal. Dreimal. »Na ja, ich muss dann mal ...« Er machte eine Kopfbewegung in Richtung seines Autos und setzte sich in Bewegung.

»Klar«, sagte Jinny und sah Esther an.

»Ja.« Sie hob ihre Flasche und nahm noch einen Schluck.

»Tschüs!«, rief Jinny. Ihr Lächeln verschwand in der Sekunde, in der er ihnen den Rücken zudrehte. »Herrje, das war ja mega unangenehm«, sagte sie, als er außer Hörweite war.

»Ja«, stimmte Esther zu und trank ihre Flasche in einem Zug aus.

Esther begann, Yemi aufmerksamer zu beobachten.

Immer, wenn sie wie beiläufig über Jinny sprachen, und sogar noch genauer, wenn sie zu dritt waren. Nach vier Tagen der Beobachtung und Datensammlung waren ihre Ergebnisse immer noch nicht eindeutig.

Yemi war einfach zu schwierig zu lesen. Er war reserviert, ausgeglichen und stets höflich zu jedem, mit dem er sprach – selbst zu den Leuten, von denen Esther sicher wusste, dass er sie nicht mochte. Wenn er heimlich eine Schwäche für Jinny hatte, dann konnte sie jedenfalls keine Hinweise darauf entdecken.

Immerhin lenkte sie ihr neues Forschungsobjekt von ihren Gedanken an Jonathan ab. Sie hatte ihn seit Samstag nur noch ein weiteres Mal gesehen. Am Mittwochabend war er vorbeigekommen, um ihr ein paar Drehbuchseiten zu zeigen. Er war nicht lange geblieben, und der merkwürdige Moment von Samstagabend hatte sich nicht wiederholt, was gut war. Hoffentlich konnten sie das hinter sich lassen, hoffentlich konnte Esther vergessen, dass es überhaupt je passiert war.

Freunde hatten keine seltsamen Momente wie diesen. Und sie wollte mit Jonathan befreundet sein. Sie war gern seine Freundin. Sie wollte das nicht vermasseln.

Am Freitagmorgen passierte etwas anderes, was Esther von ihren Tagträumereien über Jonathan ablenkte. »Der Hamburger-Helfer ist wieder am Werk« sagte Yemi zu ihr, als sie bei der Arbeit ankam.

Sie stöhnte und ließ sich auf ihren Stuhl sinken. »Was hat er denn jetzt schon wieder gemacht?«

Der Hamburger-Helfer war ihr Spitzname für Dan, einer der Entwicklungsingenieure aus der Abteilung Nutzlast. Esther war im Team für Energieversorgung, und Dans Komponenten kamen ihren ständig in die Quere. Sie nannten ihn den Hamburger-Helfer, weil er immer vorgab zu helfen, obwohl er in Wirklichkeit nur alle anderen dazu zwang, alles genau so zu machen, wie er es wollte. Außerdem sah sein Gesicht ein wenig aus wie ein Hamburger: rund und flach und ein bisschen wabbelig.

»Öffne mal dein E-Mail-Postfach. Er ist eben schon extra vorbeigekommen, weil er sichergehen wollte, dass du es siehst.«

»Natürlich ist er das. Ich wette, er hat die Mail irgendwann gestern Nacht verschickt, nur damit er besonders beschäftigt wirkt.«

Sie startete ihren Computer und klickte ihre E-Mail-Inbox an. Wie sie vermutet hatte, hatte Dan die E-Mail um halb acht Uhr abends geschickt und beide Teamleiter in CC gesetzt, damit sie auch alle wussten, dass er so spät noch arbeitete. Sie stöhnte erneut, als sie den Text überflog. »Meint er diesen Mist wirklich ernst?«

»Tut er das nicht immer?«, fragte Yemi zurück.

Die Mail war eine Bitte an Esther, eine ihrer entworfenen Komponenten zu verändern, damit sie zu seinen passte. Was in Ordnung gewesen wäre, aber ihr Spannungsumwandler war nun schon seit ein paar Wochen in das neueste Modell eingebaut, und erst jetzt meldete er sich deswegen. Denn bisher war ihm offenbar noch nicht aufgefallen, dass sein Mechanismus zum Ausrichten der Antenne im Konflikt mit ihrer Komponente stand.

»Das kann nicht wahr sein«, murmelte Esther. »Das kann verdammt noch mal nicht wahr sein.«

Sie stand auf und ging hinüber zum Schreibtisch ihres Teamleiters. »Hey Bhavin, hast du zufällig die Mail von Dan gesehen?« Sie versuchte, ihre Stimme sanft und geduldig klingen zu lassen. *Sei bloß nicht zu aggressiv,* erinnerte sie sich selbst etwas verbittert.

Bhavin war gebürtiger Inder von kleiner Gestalt, der stets eine Menge Haarprodukte benutzte und jeden Tag der Woche ein anderes Paar Air Jordans trug. Heute hatte er marineblaue Sneaker mit leuchtend gelben Nike-Symbolen darauf angezogen. Er nickte abwesend und hielt den Blick auf die Tabelle auf seinem Bildschirm gerichtet. »Ja. Das schaffst du, oder? Ich habe Dmitri schon gesagt, dass du das hinkriegst.«

»Natürlich kriege ich das hin«, sagte Esther zu Bhavins sorgfältig frisiertem Scheitel. »Aber ich sollte es nicht müssen. Er ist derjenige, der sich das Modell nicht richtig angeschaut hat, bevor er seine Komponente entwickelt hat.«

Bhavins Daumen tippte einen schnellen Trommelbeat auf dem Schreibtisch. Er trommelte ständig mit den Fingern auf irgendetwas herum oder wippte mit den Beinen, als hätte er zu viel Koffein intus. »Okay, aber es ist weniger Arbeit, wenn du eine kleine Veränderung an einem Teil vornimmst. Er muss die ganze Unterbaugruppe neu designen.«

»Es ist nicht weniger Arbeit für mich.«

Bhavin drehte sich mit gerunzelter Stirn zu ihr um. »Es ist weniger Arbeit für das gesamte *Projekt*. Seine Arbeit ist im kritischen

Stadium, deine nicht. Wir sind alle Teil dieses Teams, erinnerst du dich?«

Sie spürte, wie ihr Blutdruck stieg und sie die Fäuste ballte. »Ich bin nicht diejenige, die eine ganze Unterbaugruppe entwickelt hat, ohne die anderen Mitglieder des Teams zu konsultieren.«

»Gibt es ein Problem? Ich habe Dmitri gesagt, dass du das gern änderst.« Dmitri war Dans Teamleiter, und er und Bhavin waren gute Kumpel. Sie waren in derselben Fantasy-Football-Liga, gingen gemeinsam zu Pubquiz-Abenden und spielten an den Wochenenden *Magic: The Gathering*, ein digitales Sammelkartenspiel.

»Nein, es gibt kein Problem«, antwortete Esther und zwang sich zu einem Lächeln. »Ich will nur darauf hinweisen, dass dies eine Sache ist, die man leicht hätte vermeiden können. Und es ist auch nicht das erste Mal, dass ihm so etwas passiert ist.«

Bhavins Kopf nickte im Rhythmus eines Schnellfeuergewehrs. »Ich werde es Dmitri sagen, okay? Aber du musst die Änderungen trotzdem vornehmen.«

»Okay«, sagte Esther. »Danke.«

Sie kehrte zu ihrem Schreibtisch zurück, in dem Wissen, dass nichts dabei herauskommen würde. Die Abteilung für Nutzlast hatte mehr Einfluss als ihre, weil ihr System unmittelbar der Mission diente – auch wenn man die ganze Mission ohne Energieversorgung nicht einmal *durchführen* konnte. Und Dan war dicke mit seinem Teamleiter Dmitri, der seinerseits dicke mit Bhavin war, was bedeutete, dass sie auf jeden Fall auf Dans Seite sein würden. Sie wusste das so genau, weil das *jedes einzelne Mal* der Fall gewesen war, wenn sie etwas gegen Dans Arbeitsweise eingewandt hatte. Erstaunlicherweise wurden die Veränderungen, die Dan forderte, immer als einfachste Lösung für Probleme gesehen, die Dan selbst geschaffen hatte. Der Typ kam praktisch mit allem durch. Sie hätte eine Menge Geld darauf gewettet, dass er noch nie in einem Mitarbeitergespräch als »aggressiv« bezeichnet worden war.

»Und?«, fragte Yemi, als sie wieder zurückkam.

»Was glaubst du denn?«

»Immerhin hast du es versucht.«

»Ich weiß gar nicht, warum ich mir überhaupt die Mühe mache.« Sie waren nie auf ihrer Seite, und jetzt war sie auch noch diejenige, die so aussah, als wäre sie keine Teamplayerin.

Es war noch nicht einmal neun Uhr morgens, und der Tag war schon so richtig beschissen.

Esther steckte im Freitagabendverkehr auf der Overland Avenue, immer noch stinksauer darüber, dass der bescheuerte Dan mal wieder mit seinem Mist durchgekommen war, als ihr Bruder anrief. Sie tippte auf den Bluetooth-Knopf an ihrem Lenkrad, als das Auto vor ihr erneut zum Stehen kam.

»Wir haben ein Problem«, sagte Eric.

Na toll. Genau das, was sie jetzt brauchte. Sie hatte nicht mehr mit ihrer Mom gesprochen, seit sie ihr das Geld für das Ebay-Geschirr verweigert hatte. Esther konnte es kaum erwarten zu hören, was ihre Mutter jetzt schon wieder wollte. »Was ist denn los?«

»Dreh jetzt bitte nicht durch, aber Mom verliert ihre Wohnung.«

»*Was*?« Esther packte das Lenkrad fester.

»Ich hab dir doch gesagt, du sollst nicht durchdrehen.«

Sie nahm den Fuß von der Bremse, weil das Auto vor ihr weiterkroch. »Wie? Was ist passiert? Was hat sie getan?«

»Diesmal ist es nicht ihre Schuld. Ihr Vermieter hat beschlossen, das Gebäude zu verkaufen. Sie muss schon Ende nächsten Monats raus sein.«

»In der Gegend finden wir niemals eine Wohnung, die sie sich leisten kann.« Ihre Mutter wohnte seit sechs Jahren in einer Maisonette-Wohnung in Lake City. Die Mieten in der Gegend waren durch die Decke geschossen, weil viele ältere Gebäude für Neubauten abgerissen oder saniert worden waren, damit man dort dieselben Wucherpreise verlangen konnte wie im Rest von Seattle.

»Ich weiß«, sagte Eric. Er klang erschöpft.

Esther konnte sich vorstellen, wie das Gespräch verlaufen war, in dem ihre Mutter ihm die Neuigkeiten eröffnet hatte. Wieder einmal war sie froh darüber, dass sie in einen anderen Bundesstaat gezogen war – und noch dankbarer war sie, dass Eric in Seattle geblieben war, um die Dinge vor Ort zu regeln.

Ihre Mom würde vermutlich in einen nördlicheren Stadtteil ziehen müssen. Vielleicht sogar bis raus nach Lynwood oder Everett. Was es für Eric schwieriger machen würde, zu ihr zu fahren, und sein Leben noch stressiger machte. Außerdem würde Mom das nicht wollen. Sie würde sich wehren, die Entscheidung in die Länge ziehen, sich beschweren, dass das alles zu weit weg sei, dass alle Wohnungen, die sie sich leisten konnte, miese Absteigen seien. Sie würde alles tun, was in ihrer Macht stand, die Sache so schwierig wie möglich zu machen, würde ihre Situation einfach nicht akzeptieren wollen, weil sie das immer so machte.

Esther spürte bereits, wie sich ihr Magen vor Stress zusammenzog. »Was machen wir jetzt?«

»Uns wird schon was einfallen. Tut es ja immer. Ich helfe ihr dabei, eine neue Wohnung zu finden.«

Sie trat auf die Bremse, weil sich ein BMW vor ihr einfädelte.

»Sie wird sicher nicht wollen …«

»Ich weiß«, erwiderte Eric gereizt.

Esther biss sich auf die Innenseite ihrer Wange. »Ich könnte noch mehr Geld schicken.«

»Nein. Wehe, du bietest ihr das an.«

»Warum nicht? Das kriege ich hin, wenn ich muss.« Sie konnte einfach ein bisschen sparen und sich keinen Luxus mehr leisten – zum Beispiel das Kabelfernsehen abbestellen oder das Satellitenradio in ihrem Auto verkaufen. Sich etwas von zu Hause mitnehmen, statt jeden Tag in der Cafeteria zu essen.

»Sie muss endlich Verantwortung für sich selbst übernehmen und dir nicht ständig auf der Tasche liegen.«

Diese Diskussion hatten sie oft. Esther war immer versucht, den Forderungen ihrer Mutter nachzugeben, einfach damit sie Ruhe gab. Aber Eric bestand darauf, hart zu bleiben, denn wenn sie nachgaben, würde sie nur immer mehr fordern. Und da er letztendlich derjenige war, der mit ihrer Mutter zurechtkommen musste, hatte er das letzte Wort.

»Versprich mir, dass du ihr nicht noch mehr Geld anbietest.«

»Okay«, sagte Esther. Widerstrebend.

»Das wird schon«, sagte Eric. »Ich wollte dich nur vorwarnen, falls Mom anruft.«

»Ja. Danke.« Sie biss die Zähne zusammen, weil das Auto vor ihr bummelte und es gerade noch so eben über die Kreuzung schaffte, bevor die Ampel auf Rot schaltete und Esther zum Halten zwang.

»Mach dir keinen Stress deswegen.«

»Klar.« Als wäre das überhaupt möglich.

»Ich meine es ernst. Mach heute Abend was Schönes und vergiss Mom. Geh mit Freunden aus oder so.«

Das war keine schlechte Idee. Sie konnte tatsächlich ein bisschen Gesellschaft brauchen. Sie überlegte, Jinny anzurufen, aber es war Freitag, und Jinny würde ganz sicher ausgehen wollen. Weshalb sie sich schminken und aufbrezeln und wieder in den Verkehr begeben müsste – und Esther fühlte sich zu all dem nicht bereit.

Stattdessen ... sie konnte nachsehen, ob Jonathan heute Abend da war. Sie würden zu Hause bleiben, Pizza bestellen und Filme schauen. Die Aussicht darauf war weit angenehmer, als mit Jinny in einer überfüllten Bar herumzustehen.

Die Ampel schaltete auf Grün, und endlich schaffte Esther es über die Kreuzung. Sie würde einfach bei ihm klopfen, wenn sie zu Hause war.

KAPITEL SIEBZEHN

Esther musste nicht bei Jonathan klopfen, weil er unten im Hof war, als sie es endlich nach Hause geschafft hatte. Er saß in einem der Liegestühle, die Beine vor sich ausgestreckt und den Laptop auf den Knien. Sie sah ihn zum ersten Mal in Shorts. Seine Beine waren lang, von dunklen Haaren bedeckt und überraschend durchtrainiert.

»Hey«, sagte er und schaute von seinem Computer auf, als sie näher kam.

Esther ließ sich mit einem lauten, dramatischen Seufzen auf die Liege neben ihm sinken.

»Ein guter Tag auf der Arbeit, nehme ich an?«

»Heute sind wirklich alle scheiße.«

Er zog eine Braue hoch.

»Anwesende ausgenommen«, fügte sie hinzu.

Er nahm das Bier, das neben ihm auf dem Boden stand, und reichte es ihr. Sie trank einen großen Schluck und wartete, bis der Alkohol die Verspannung in ihren Schultern etwas löste. Es reichte nicht aus, um ihre üble Laune zu verscheuchen, aber es war immerhin ein Anfang.

»Behalt es«, sagte er, als sie es ihm hinhielt. »Du brauchst es heute offenbar dringender als ich.«

»Danke.« Sie nahm noch einen Schluck, und ihr Blick fiel wieder auf seine Beine. Seine Haut hatte einen goldenen, sonnengeküssten Schimmer. Ging er laufen? Sie hatte ihn noch nie in etwas gesehen, was aussah wie Sportklamotten. Kurz stellte sie sich ihn mit nacktem Oberkörper und in Joggingshorts vor, verschwitzt, mit glitzernder Haut und nassem, tropfendem Haar …

»Ist was auf der Arbeit etwas passiert?«

Sie zwang sich, den Blick von seinen Beinen abzuwenden. »Sexismus ist passiert.«

»Könntest du das etwas genauer erklären? Ich bin davon ausgegangen, dass Sexismus jeden Tag passiert.«

Esther seufzte erneut und knibbelte mit dem Daumen am Etikett der Bierflasche. »Ein Typ auf der Arbeit hat etwas vermasselt, aber weil er der beste Kumpel der Teamleiter ist, bin ich diejenige, die alles neu machen muss, um es wieder geradezubiegen.«

»Du hast recht, das ist wirklich beschissen.«

»Aber wenn ich darauf hinweisen will, bin ich diejenige, die keine Teamplayerin ist.«

Jonathan schloss seinen Laptop und legte ihn auf den Tisch neben sich. »Also hat ein anderer Typ Mist gebaut, aber du bist diejenige, die schlecht aussieht, weil du ausgesprochen hast, dass das, was er gemacht hat, unbrauchbar war?«

Heute war irgendetwas an ihm anders, mal ganz abgesehen von den Shorts. Aber sie wusste nicht genau, was.

»Ja, so ungefähr.« Ihr Blick glitt wieder zu seinen Beinen. Was war bloß mit ihr los? Jetzt sabberte sie schon beim Anblick einer

Wade wie ein sexuell ausgehungerter Duke in einem viktorianischen Liebesroman.

Er schüttelte mitfühlend den Kopf. »Das ist wirklich total sexistisch.«

»Danke schön.«

Er rauchte nicht – das war es, was anders war. Es roch in seiner Nähe nicht mehr nach Rauch, nirgends lagen Kippen. Hatte er wirklich aufgehört, nur weil sie ihm gesagt hatte, dass sie es nicht ausstehen konnte?

Sie schaute weg und beobachtete eine Wespe, die über der Wasseroberfläche schwebte. »Das war noch nicht einmal das Schlimmste heute. Mein Bruder hat angerufen. Unsere Mom verliert ihre Wohnung.«

»Mist.«

»Ja.« Sie trank noch einen Schluck Bier. »Ihr Vermieter verkauft das Gebäude. Seattle ist so teuer, ich habe keine Ahnung, wie wir etwas Erschwingliches für sie finden sollen.« Sie spürte Angst in sich aufflackern und schob sie beiseite. Genau deshalb brauchte sie heute Abend Gesellschaft. Damit sie sich nicht mit etwas quälte, was sie ohnehin nicht kontrollieren konnte.

»Was hast du jetzt vor?«

Sie zuckte die Achseln. »Schlechte Laune haben. Herumstressen. Trinken.« *Mit dir, hoffentlich.*

Sie wollte gerade fragen, ob er zusammen mit ihr trinken wollte, als er sagte: »Du solltest heute mit mir ausgehen.«

Sie sah ihn erschreckt an. »Was?« Es klang, als wollte er sie um ein Date bitten.

»Ein paar Freunde von mir machen heute eine Party. Du solltest mitkommen.«

Oh. Also kein Date. Er hatte bereits Pläne für den Abend.

Sie verdrehte die Augen, um zu verbergen, wie enttäuscht sie war. »Lieber nicht.«

»Es wird dich aufheitern. Na, komm.«

Sie trank noch einen Schluck Bier, um die Enge in ihrer Kehle zu lösen. »Ich glaube nicht, dass es mich entspannt, mit einem Haufen Autoren abzuhängen. Nicht böse gemeint.«

»Es sind nicht nur Autoren. Es sind meine Studentenfreunde. Sie sind nett. Du wirst sie mögen.«

Das bezweifelte Esther ernsthaft. Selbst, wenn er die coolsten Freunde überhaupt hatte, ergab die Rechnung Esther plus Party fast nie einen schönen Abend. Sie verabscheute es, Small Talk mit fremden Leuten machen zu müssen, es sei denn, sie hatte die Chance auf Sex am Ende des Abends. Und selbst dann war es eine Qual. Ein Spießrutenlauf, den sie auf sich nehmen musste, um den Preis zu erlangen. Aber heute Abend war sie nicht in Stimmung für einen Spießrutenlauf.

»Na komm, was willst du sonst heute Abend machen? In deiner Wohnung herumsitzen und dich selbst bemitleiden?«

Ganz genau das hatte sie vor. »Habe ich dir nicht gerade von meinem Schlechte-Laune-Haben-und-Herumstressen-Plan erzählt?«

Sein Gesicht verzog sich zu etwas, das wohl Missbilligung sein sollte, aber eher wie Sorge aussah. »Tu das nicht. Komm mit mir was trinken. Das ist besser.« Er beugte sich vor und stupste sie am Arm. »Du willst doch gar nicht allein sein.«

Das stimmte. Aber auf eine Party wollte sie auch nicht. Sie wollte ihn ganz für sich allein haben.

Aber sie konnte ihn ja wohl kaum darum bitten, nicht zu gehen.

Wenn sie Zeit mit ihm verbringen wollte, musste sie es wohl oder übel unter seinen Bedingungen tun.

Sie atmete schwer durch die Zähne aus. »Na gut.«

Esther konnte kaum glauben, dass sie sich tatsächlich noch mehr gottverdammtes Make-up ins Gesicht schmierte. Frische Foundation und Rouge und noch mehr Mascara. Sie legte einen dunkleren Lippenstift auf – gewagter als der getönte Pflegestift, den sie auf der Arbeit trug –, öffnete sogar ihren Dutt und lockte ihre Haare mit dem Lockenstab. Dann schlüpfte sie in Skinny Jeans und ein tief ausgeschnittenes Top mit dem dazu passenden Schal.

Jetzt gab sie sich sogar noch mehr Mühe, als sie es getan hätte, wenn sie mit Jinny ausgegangen wäre.

Ihr sorgsam zurechtgelegter Plan, den Abend kuschelnd auf dem Sofa mit Jonathan zu verbringen, war gescheitert. Nicht, dass sie tatsächlich *geplant* hatte, mit ihm zu kuscheln. Nur waren seine Arme so lang und ihr Sofa eben nicht. Körperkontakt war da nun mal unausweichlich.

Na ja, darum musste sie sich jetzt keine Sorgen mehr machen. Sie würde den ganzen Abend damit verbringen müssen, über interessante Dinge nachzudenken, die sie zu Fremden sagen konnte. *Was ein Spaß.*

Aber als Jonathan beinahe die Augen aus dem Kopf fielen, als Esther die Tür öffnete, fand sie, dass die Mühe, die sie in ihr Äußeres gesteckt hatte, es doch wert gewesen war. Sein Blick glitt verstohlen zu ihrem Dekolleté und dann hastig wieder fort, und es war ein erregendes und befriedigendes Gefühl.

Er hatte sich ebenfalls schick gemacht. »Ohne Mütze hätte ich dich fast nicht erkannt«, sagte sie und grinste ihn an. Er trug nicht nur keine Beanie, sondern auch noch ein dunkelblaues Jeanshemd und dazu eine schwarze Hose mit Ankle Boots. Esther bekam heute Abend also Date-Jonathan zu Gesicht.

Er fuhr sich mit den Händen durch die Haare. »Lustig.«

»Mach das nicht.« Sie streckte die Hand aus, um sein Haar wieder zu glätten. »Ich mag dein Haar. Du solltest es öfter zeigen.« Es war dick und seidenweich, und sie hätte am liebsten die Finger darin vergraben.

Er lächelte überrascht und zeigte dabei seine Grübchen. »Wirklich?«

Sie zwang sich, ihre Hände aus seinem Haar zu nehmen. »Ja, wirklich.«

Sein Blick glitt ihren Körper hinab und blieb an ihrer Oberweite hängen, um sich dann abzuwenden. Er räusperte sich und wurde ein wenig rot. »Du siehst sehr gut aus.«

Herrgott, war er hinreißend. Und er roch so gut. Sauber und maskulin, wie eine Seife mit Kieferduft, ohne jede Spur von Zigarettenrauch. Sie könnte sich an Date-Jonathan gewöhnen.

Sie trat hinaus und schloss ihre Wohnungstür ab. »Ich kann nicht glauben, dass du mich bequatscht hast.« So sehr sie Date-Jonathan schätzte, die Aussicht auf diese blöde Party erfüllte sie mit Furcht. Der einzige Vorteil an dieser Qual war, dass sie mit ihm hingehen würde.

»Sei nicht so negativ«, sagte er. »Du wirst es lieben.« Er wartete, bis sie ihre Schlüssel in die Tasche gesteckt hatte, um ihr dann seinen Arm anzubieten, als müssten sie eine Quadrille tanzen. »Ich verspreche es dir.«

Sie nahm seinen Arm und ließ sich wegführen. Wie ein Lamm zur Schlachtbank.

KAPITEL ACHTZEHN

Die Sonne war ein feurig-orangefarbener Ball, der den Rückspiegel ausfüllte, als Jonathan in Richtung Innenstadt fuhr. Je weiter sie nach Osten kamen, desto nervöser wurde Esther. Sie versank in düsterem Schweigen, schaute aus dem Fenster und sah die Palmen und glänzend verglasten Gebäude im kupferfarbenen Licht vorbeirauschen.

Als sie einen Parkplatz auf der überfüllten Echo Park Street ergattert hatten, in der die Party stattfinden sollte, war es bereits dunkel und wurde langsam kühl. Ein scharfer Wind wehte auf, und es roch leicht nach Teer. Esther wünschte sich, einen Pulli mitgebracht zu haben.

»Wer sind noch mal diese Leute?«, fragte sie, während sie die drei Blocks die Straße entlang zur Location gingen.

Jonathan warf ihr einen Blick von der Seite zu und griff nach ihrer Hand. Wärme sickerte von seiner Handfläche in ihre, und sie fühlte sich ein wenig mutiger. »Die Party findet bei Kelsey und ihrer Partnerin Devika statt.«

Esther lehnte sich in seine Richtung, um mehr von seiner Wärme abzubekommen. »Kelsey und Devika«, wiederholte sie und versuchte, sich die Namen zu merken. Warum hatte sie sich nur dazu überreden lassen? Sie war ganz schrecklich, was Partys anging; sie mochte sie nicht einmal, wenn sie *gute* Laune hatte. Sie hasste es, Menschen dazu bringen zu müssen, sie zu mögen. Und sie würden sie ohnehin nicht mögen, und Jonathan würde sie stehen lassen, um mit seinen Kumpels zu reden, und dann würde sie den ganzen Abend lang neben dem Büffet herumlungern müssen.

Sie hätte bei ihrer Katze zu Hause bleiben sollen. Sally würde nie von ihr erwarten, dass sie besonders freundlich oder geistreich war.

Jonathan warf ihr erneut einen Blick zu, legte den Arm um ihre Schultern und zog sie an sich. Er roch nach warmer Baumwolle und dieser holzig duftenden Seife, die er benutzte. Esther schmiegte sich schamlos an ihn, weil sie sich so nach seiner Nähe sehnte, obwohl es dafür eigentlich nicht kalt genug war.

»Die Party ist für meine Freundin Lacey.« Seine Finger strichen die Innenseite ihres Arms hinunter, als er sie um ein beigefarbenes, mit Stuck geschmücktes Gebäude herumführte. »Sie ist gerade an der Trainingsakademie des Los Angeles Police Department angenommen worden.«

Esther nickte. »Lacey, Polizeiakademie.«

Er ließ seinen Arm fallen und nahm erneut ihre Hand, als sie eine rostige Metalltreppe emporstiegen. »Laceys Freundin, die die Party schmeißt, heißt übrigens Tessa.«

»Tessa. Verstanden.« Sie warf ihm einen Blick zu. »Woher kennst du eigentlich so viele lesbische Frauen?«

Seine Grübchen vertieften sich. »Ich kenne Kelsey und Lacey seit meinem ersten Jahr an der Uni, und sie sind nicht lesbisch, sondern bi. Lacey hatte gerade erst vor ein paar Monaten ihr Coming-out, also sei cool.«

»Ich bin cool«, sagte Esther, als sie vor einer grünen Tür stehen blieben. Musik drang zu ihnen nach draußen, außerdem Stimmengewirr und Gelächter. »Kelsey und Devika. Lacey und Tessa.« Sie sollte das vermutlich lieber aufschreiben. Sie war nicht gut darin, sich Namen zu merken. Wenn sie sie nicht vorher auswendig lernte, vergaß sie sie sofort.

Jonathan drückte ihre Hand. »Das wird schon. Sie werden dich toll finden, und du wirst den Abend genießen. Vertrau mir.«

Sie presste die Lippen aufeinander und nickte, war aber nicht überzeugt.

Er drückte noch einmal ihre Hand und klingelte dann.

Die Tür wurde aufgerissen, und vor ihnen stand eine Frau, die aussah wie die lebendige Version einer dieser perfekten Schönheiten, die auf Kampfflugzeugen aus dem zweiten Weltkrieg prangten. »Johnny!«, schrie sie und schlang ihre Arme um Jonathans Hals.

Johnny. Esther hatte ihn noch nie als einen Johnny gesehen.

Seine Hand löste sich von Esthers, um die Umarmung der Frau zu erwidern, und er schlang seine langen Arme um ihre Taille. »Hey, Kels.« Er lächelte, als er sie losließ.

Esther hatte sich ein wenig zurückgezogen, aber er legte erneut den Arm um ihre Schultern und schob sie nach vorn. »Das ist Esther. Esther, Kelsey.«

Kelsey zog die Brauen hoch und schenkte Esther ein Lächeln mit perfekt geschminkten roten Lippen. »Esther! Was für ein phantastischer Name!«

»Danke.« *Kelsey*, wiederholte Esther in ihrem Kopf. *Kelsey, das Pin-up-Girl.*

Kelsey trat einen Schritt zurück und winkte sie herein. »Die Drinks gibt es drüben.« Sie deutete in Richtung der kleinen Küche, in der die Leute dicht gedrängt standen und um Zugang zum Kühlschrank kämpften. »Das Essen steht auf dem Esstisch, und den Ehrengast habe ich zuletzt im Wohnzimmer gesehen.«

»Na, komm«, sagte Jonathan und führte Esther durch die Menge. »Begrüßen wir Lacey.«

Die Leute standen dicht gedrängt im Eingang, wie Sardinen in der Dose, und Esther musste sich an Jonathan drücken, um sich mit ihm zusammen einen Weg zu bahnen.

»Johnny?«, sagte sie und zog eine Braue hoch, sobald sie wieder Luft zum Atmen hatten.

Er zuckte verlegen die Achseln. »Es war das erste Studienjahr.«

Im Wohnzimmer war es nicht ganz so voll. Nur ein paar Grüppchen unterhielten sich über die Indie-Musik hinweg, die aus einem Lautsprecher drang.

»Lacey!«, rief Jonathan und winkte einer Frau zu, die auf dem Sofa saß.

Eine beängstigend fitte Latina sprang auf, um sie zu begrüßen. »Du hast es hergeschafft!«

Jonathan ließ Esther los und umarmte Lacey so fest, dass er sie dabei vom Boden hob. »Natürlich habe ich es hergeschafft! Ich bin ja so stolz auf dich!«

»Wer ist denn deine Freundin?«, fragte Lacey und musterte Esther von Kopf bis Fuß, als er sie wieder auf die Füße gestellt hatte.

Jonathan stellte sie einander vor, und Lacey lächelte und streckte die Hand aus. »Schön, dich kennenzulernen.«

»Herzlichen Glückwunsch«, sagte Esther. »Die Polizeischule, das ist echt cool.«

Lacey zuckte die Achseln. »Mein Dad ist Cop, ich habe es praktisch geerbt.«

»Hör nicht auf sie«, sagte Jonathan zu Esther. »Lacey ist total krass. Sie könnte mich vermutlich mit einem Daumen umbringen.«

»Ich brauche schon zwei, wenn ich meinen Job gut machen will«, versetzte Lacey trocken.

»Dann lern mal eifrig«, sagte er. »Ich werde dich von jetzt an immer als Quelle heranziehen, wenn ich etwas über Polizeiermittlungen wissen muss.«

»O Gott«, stöhnte Lacey und wandte sich an Esther. »Hat er sich auch schon an dich rangemacht, damit du ihm bei seinen Drehbüchern hilfst?«

»Um ehrlich zu sein, ja«, antwortete Esther und merkte, wie sie lächelte.

»Es hört nie auf.« Lacey winkte jemandem am anderen Ende des Raums zu. »Tessa! Komm her, ich stelle dir Johnny vor!«

Esther lächelte Jonathan an, und er verdrehte die Augen.

»Hallo«, sagte die schlanke Blondine, die zu ihnen trat und ihren Arm um Lacey schlang.

»Das hier ist mein Freund Johnny«, sagte Lacey zu Tessa. »Wir sind zusammen aufs College gegangen.«

»Jonathan«, verbesserte er sie und schüttelte Tessa die Hand. »Niemand nennt mich mehr Johnny.«

Lacey boxte ihn gegen den Arm. »Ich nenne dich Johnny. Und Kelsey auch.«

Er rieb sich die Stelle, an der sie ihn getroffen hatte. »Ihr seid aber auch die Einzigen, abgesehen von meinen Schwestern.«

»Das hier ist Johnnys Freundin Esther«, sagte Lacey an Tessa gewandt.

»Hallo«, sagte Tessa freundlich. Sie hatte einen erstaunlich festen Händedruck für ihre Körpergröße.

»Lacey hat erzählt, dass du Yogalehrerin bist?«, fragte Jonathan.

Tessa nickte. »Und Massagetherapeutin.« Das erklärte den Händedruck.

»Ich müsste dann wohl mal einen Termin bei dir machen«, sagte Jonathan. »Ich bekomme immer diese Verspannung im Nacken, weil ich die ganze Zeit über der Tastatur hocke.«

»Besorg dir von Lacey meine Nummer. Ich freue mich, wenn ich mit dir arbeiten kann.« Tessa lächelte Esther an. »Und was ist mit dir, Esther, was machst du so?«

»Sie ist Raketenwissenschaftlerin«, antwortete Jonathan, bevor sie selbst antworten konnte. Er strahlte wie ein stolzer Vater.

»Echt jetzt?«, fragte Lacey und riss die Augen auf.

»Raumfahrtingenieurin«, sagte Esther. »Aber ja, sozusagen.«

»Das ist ja so cool!«

»Ich hol uns mal was zu trinken«, sagte Jonathan. »Wer möchte noch was?« Lacey und Tessa schüttelten beide die Köpfe. »Bier?«, fragte er Esther.

Sie nickte. »Ja, danke.« Und schon stand sie allein da.

Mist.

»Ich habe einen Freund, der in einem Raumfahrtunternehmen arbeitet«, sagte Lacey. »Zwei Freunde, genauer gesagt. Eigentlich wollten sie auch kommen.«

»Wie lange seid ihr denn schon zusammen, du und Jonathan?«, fragte Tessa.

Esther spürte, wie sie rot wurde. »Oh, wir sind nicht ... wir sind nur Freunde. Eigentlich sind wir Nachbarn.«

Tessa lächelte. »Klar.«

»Und wie ist es bei euch beiden?«, fragte Esther, um die Aufmerksamkeit von sich und Jonathan abzulenken.

Lacey lachte. »Das ist eine komplizierte Frage.«

»Tut mir leid.« Na super. Gerade mal fünf Minuten hier, und sie war schon ins Fettnäpfchen getreten.

»Schon gut«, sagte Tessa und legte die Hand auf Esthers Arm. »Wir sind zusammengekommen, bevor Lacey ihr Coming-out hatte. Also sind es offiziell nur ein paar Monate, aber in Wirklichkeit mehr als ein Jahr.«

»Wow«, sagte Esther. »Ein Jahr, das ist ja schon eine ganz schön lange Zeit.«

Jonathan war in eine Unterhaltung mit jemandem in der Küche geraten. Esther konnte ihn von hier aus sehen, wie er dort stand, zwei Bier in der Hand, und fröhlich plauderte.

»Hey, Devika«, rief Lacey. »Komm, ich stell dir Johnnys Freundin Esther vor. Sie ist Raketenwissenschaftlerin.«

»Echt jetzt?«, fragte eine hochgewachsene Schwarze Frau mit kupferfarbenen Flechtzöpfen.

»Devika? Das hier ist deine Wohnung, oder?«, fragte Esther, stolz darauf, sich korrekt zu erinnern.

»Ja, Kelseys und meine Wohnung. Hast du Kelsey schon kennengelernt?«

Esther nickte. »Sie hat uns reingelassen.«

»Devika ist Kinderkrankenschwester«, sagte Tessa.

»Das ist wirklich cool«, sagte Esther, und Devika zuckte die Achseln.

Sie spürte bereits, dass sich die Unterhaltung erschöpfte. Laceys Aufmerksamkeit war von etwas gefangen, das in einer Ecke weiter hinten im Wohnzimmer stattfand, und die anderen beiden hatten dieses fade Lächeln im Gesicht, das man aufsetzte, wenn man lieber woanders sein wollte. Es würde jede Sekunde so weit sein, sie würden weggehen, und sie würde allein dastehen.

Jonathan war schon auf halbem Weg aus der Küche, redete jetzt aber mit jemand anderem. Er schien wirklich jeden hier zu kennen. Ganz anders als Esther, die niemanden kannte.

Lacey entschuldigte sich, weil sie ankommende Partygäste begrüßen musste, aber Devika und Tessa blieben bei Esther. Devika erwähnte, dass Kelsey Schauspielerin war. Sie hatte einmal eine Leiche in einer Krimiserie gespielt, was ziemlich cool war. Chris O'Donnell hatte sich über sie gebeugt und über Blutspritzer gesprochen. Dann begannen Tessa und sie, über jemand anderen auf der Party zu sprechen. Über jemanden, den Tessa nicht kannte. Aber immerhin waren sie nicht gegangen. Dann lächelte Tessa sie an, als hätte sie gemerkt, dass sich Esther ausgeschlossen fühlte, und machte ihr ein Kompliment über ihren Schal.

Sie schienen begeistert, als Esther erzählte, dass sie ihn selbst gestrickt hatte. Tessa sagte, sie habe immer Stricken lernen wollen. Devika meinte, ihre Mutter habe versucht, es ihr beizubringen, aber sie habe nicht die Geduld dafür – oder vielleicht war es auch ihre Mutter gewesen, die nicht die Geduld dafür gehabt habe. Sie lachten alle.

Die Unterhaltung blieb beim Thema Stricken, bis Jonathan endlich zurückkam und Esther eine Bierflasche in die Hand drückte. Danach wurde es ein wenig einfacher.

Eine ganze Weile lang sprachen sie über Filme, und es stellte sich heraus, dass Tessa und Devika viele von Esthers Einschätzungen teilten. Jonathan versuchte, eine Lanze für einen schwülstigen australischen Kunstfilm zu brechen, der der beste sei, den er in diesem Jahr gesehen habe, aber die drei Frauen schlossen sich zusammen und stimmten gegen ihn und für den neuesten Marvel-Film.

»O hey, da ist ja Melody«, sagte Tessa nach einer Weile und zog Devika mit sich. »Komm, wir sagen Hallo.«

»Mist«, murmelte Jonathan und drehte sich um, so dass sein Rücken der Tür zugewandt war. »Ich wusste nicht, dass sie auch kommt.« Er nahm einen Schluck Bier.

»Wer denn?« Esther reckte den Hals, um besser sehen zu können.

»Melody. Lacey wollte mich vor ein paar Monaten mal mit ihr verkuppeln.«

Oooh, interessant. Sie war süß. Mit der Brille und dem langen Haar sah sie aus wie Supergirls Alter Ego Kara Danvers.

»Ich nehme mal an, dass es nicht so gut gelaufen ist«, bemerkte Esther, weil Jonathan ganz offenbar versuchte, hinter dem Ficus zu verschwinden.

»Nicht so, nein.«

»Mit wem ist sie denn hier? Ist das ihr Freund?« Melodys Date kam ihr irgendwie bekannt vor, aber sie wusste nicht genau, woher. Vielleicht war er Schauspieler? Gut genug sah er aus.

»Ich weiß es nicht.« Jonathan drehte sich nicht um.

»Heilige Scheiße«, sagte Esther, als sie begriff, woher sie den Typen kannte. In der Lobby ihrer Firma hing ein Bild von ihm, mit seinen Eltern und seiner Schwester. Das waren offenbar die Freunde, von denen Lacey gesprochen hatte – die, die für ein Raumfahrtunternehmen arbeiteten. Nur dass der Typ eigentlich nicht für die Firma *arbeitete*, sondern sie besaß. Oder seine Familie.

»Was?«, sagte Jonathan.

»Ihr Date ist Jeremy Sauer.«

Jonathan runzelte die Stirn und schaute sich um. »Das ist Laceys Ex.«

Esther riss die Augen auf. Laceys Ex hatte gerade die Hand auf den Hintern dieser Melody gelegt. »Lacey war mit Jeremy Sauer zusammen?«

Jonathan wandte sich wieder zu Esther um, die Brauen noch immer sorgenvoll gerunzelt. »Woher kennst *du* ihn denn?«

»Die Firma, für die ich arbeite? Sauer Hewson? Er ist einer von den Sauers.«

»Na, phantastisch.« Jonathan nahm noch einen Schluck Bier.

»Hey, wenn du sitzengelassen wurdest, dann immerhin für einen hinreißenden Milliardär, oder?«

Er warf ihr einen säuerlichen Blick zu. »Soll ich mich jetzt besser fühlen?«

»Ja. Er war mal auf der Liste der Sexiest Men Alive. Wer soll da mithalten?«

Jonathan schaute noch finsterer drein. »Ich jedenfalls nicht.«

Esther hakte sich bei ihm ein. »Hey, du bist auch ein ziemlich guter Fang.«

Sie meinte es ernst. Er war exzellentes Boyfriend-Material – soweit sie das einschätzen konnte. Er war rücksichtsvoll, konnte gut zuhören, er war lieb. Irgendeine Frau würde sich glücklich schätzen, mit ihm zusammen zu sein.

Der Gedanke machte sie traurig. Eines Tages würde er eine Freundin finden, die ihn zu schätzen wusste, und dann würde er sie nicht mehr brauchen. Er würde nicht mehr bei ihr vorbeikommen und Zeit mit ihr verbringen. Sie würden wieder nur Nachbarn sein, die sich grüßten, wenn sie einander im Wäscheraum begegneten. Wenn sie nur daran dachte, vermisste ihn schon. Sie wollte ihn nicht verlieren.

Ihr Blick traf seinen, und es fühlte sich an, als sackte ihr Magen ab. Sie ließ seinen Arm wieder los. »Na gut, vielleicht kein so guter wie ein Jeremy Sauer«, fügte sie hinzu und hoffte, dass es beiläufig klang.

Jonathan lächelte nicht einmal. »Na, großartig.« Er trank von seinem Bier.

Esther fühlte sich überfordert. Offenbar machte sie alles falsch. »Wollen wir gehen?«

Er senkte den Blick und schüttelte den Kopf. »Es war nur ein Date. Es ist egal.«

Aber offenbar war es das nicht. »Sicher?«

»Ja, ist schon okay.« Er zwang sich zu einem Lächeln.

Sie hatte ihm ein Angebot gemacht, und er hatte es abgelehnt. Wenn sie ihn nicht gegen seinen Willen hier rauszerren wollte, musste sie ihn beim Wort nehmen. »Gut«, sagte sie, »ich habe hier nämlich Spaß.« Es überraschte sie selbst, dass das tatsächlich so war.

»Hast du?«

Sie zuckte die Achseln. »Du hast coole Freunde. Wer hätte das gedacht?«

Seine Mundwinkel hoben sich ein wenig. »Hab ich dir doch gesagt.«

»Stimmt.«

Sein Lächeln erreichte jetzt die Augen. »Ich bin froh, dass du mitgekommen bist.«

Sie lächelte zurück. »Ich bin froh, dass du mich gefragt hast.«

Etwas in seinem Gesicht veränderte sich, und die Zeit schien langsamer zu gehen, schwerfällig. Esther fühlte sich plötzlich irgendwie unsicher. Ihre Hand zuckte, suchte nach etwas, um sich abzustützen, aber außer Jonathan war da nichts. Aber sie konnte sich nicht an ihm festhalten, denn seinetwegen war sie ja so aus der Balance geraten.

»Ich brauche noch ein Bier«, sagte er schließlich und schaute weg. »Willst du noch was?«

»Ich komme mit«, sagte sie und folgte ihm in die Küche.

Jonathan war ein hervorragendes Date. Er blieb den ganzen restlichen Abend an ihrer Seite, stellte sie Leuten vor, bezog sie in Unterhaltungen ein, holte ihr etwas zu trinken. Gab mit ihr an. Er liebte es, allen zu erzählen, dass sie Raketenwissenschaftlerin war. Es war stets das Erste, was er sagte, wenn er sie jemandem vorstellte.

Sie hatte ihn noch nie im Kreis seiner Freunde erlebt. Er lächelte viel mehr und wirkte, als fühlte er sich wohl in seiner Haut. Es war, als verwandelte ihn die Party in eine jüngere Version seiner selbst, die sorgloser war. Weniger befangen.

Bis Lacey besagten Jeremy Sauer und seine Freundin anschleppte, um sie ihnen vorzustellen.

»Johnnys Freundin Esther arbeitet für deine Firma«, sagte Lacey zu Jeremy. »Die Welt ist klein, was?«

»Hallo Jonathan«, sagte Melody und sah ihn mit kaum spürbarem Unbehagen an. »Wie geht es dir denn so?«

Er nickte ihr zu, ohne sie direkt anzusehen. »Mir geht es gut. Supergut sogar.«

Esther kannte diesen Ton, so hatte er am letzten Wochenende auch mit Jinny am Pool gesprochen. Der entspannte, lächelnde

Jonathan war verschwunden und durch den Jonathan ersetzt worden, an den sie sich vor ihrer Bekanntschaft erinnerte. Den Jonathan, der missbilligend dreinschaute und das Gesicht verzog, statt zu lächeln.

Die ganze Zeit hatte sie geglaubt, er sei ein arrogantes Arschgesicht, dabei litt er unter Unsicherheit und sozialer Angst. Diese Erkenntnis gab ihr das Gefühl, ihn beschützen zu wollen. Sie hätte ihn am liebsten eingepackt und irgendwo hingebracht, wo er er selbst sein konnte. Irgendwohin, wo er wieder lächelte.

»Oh, ich habe ja ganz vergessen, dass ich euch mal verkuppeln wollte!«, sagte Lacey und grinste begeistert. »Lustig.«

Esther wusste nicht recht, ob sie es wirklich vergessen hatte oder einfach schauen wollte, was passierte, wenn sie aufeinandertrafen. Jedenfalls schien sie eine Menge Spaß zu haben.

»Ja«, stimmte Jonathan zu und warf Lacey einen Blick von der Seite zu. »Sehr lustig.«

Jeremy Sauers Brauen hoben sich ein wenig, und Melody schaute auf ihre Schuhe.

»Ich muss noch ein paar Gäste begrüßen«, verkündete Lacey da und ließ sie allein.

Jap, sie hatte ganz eindeutig mal schauen wollen, was passierte, wenn sie aufeinandertrafen, entschied Esther.

Jeremy wandte sich an sie und schenkte ihr ein Lächeln, das so strahlend war, dass es das ewige Eis geschmolzen hätte. »Schön, dich kennenzulernen. Ich heiße Jeremy, und das hier ist Melody.«

Esther erwiderte sein Lächeln, entschlossen, die angespannte Atmosphäre zu ignorieren. Jonathan hatte sie den ganzen Abend lang beschützt. Jetzt war sie an der Reihe, ihm seine Gefallen zurückzuzahlen.

»Lacey sagt, du seist Raumfahrtingenieurin«, sagte Melody, die offenbar auch dafür sorgen wollte, dass die Atmosphäre sich entspannte.

Esther nickte. »Ich arbeite auf dem El-Segundo-Campus.«

Jeremy wollte wissen, an welchem Projekt sie gerade arbeite, und konnte sich dann sofort zusammenreimen, für welche Telefongesellschaft sie es entwickelten. Esther erfuhr, dass Melody und er beide in der Unternehmenszentrale in Glendale arbeiteten. Melody war Softwareentwicklerin, Jeremy arbeitete direkt unter dem Finanzvorstand des Unternehmens – unter demselben Finanzvorstand, der gerade erst seine Mutter geheiratet hatte. Die Sauers hielten ihr Business wirklich in der Familie.

Sie unterhielten sich, und währenddessen spürte Esther, wie Jonathan neben ihr zusammenschrumpfte. Er war einen halben Schritt zurückgetreten und schwieg düster.

»Habt ihr euch auf der Arbeit kennengelernt?«, fragte Esther, um die Unterhaltung in Gang zu halten.

Melody und Jeremy erzählten daraufhin in allen Einzelheiten, wie sie vor vier Jahren einen One-Night-Stand gehabt und sich dann bei Sauer Hewson wieder getroffen hatten. Dabei beendeten sie auf diese nervige Art, die Paare manchmal an sich hatten, die Sätze des jeweils anderen. Je länger die Geschichte dauerte, desto mehr zog sich Jonathan hinter Esther zurück, blieb dabei jedoch dicht bei ihr stehen, als suchte er Schutz. Melody und Jeremy lächelten einander unterdessen selig an, weil sie einen Scherz gemacht hatten. Esther streckte die Hand nach hinten aus, nahm Jonathans Hand und verschränkte ihre Finger mit seinen. Er drückte ihre Hand dankbar und rückte noch ein wenig näher an sie heran.

»Wie ist es denn mit euch beiden?«, fragte Meolody, als sie die lange Geschichte ihres Kennenlernens endlich zu Ende erzählt hatten. »Wie lange seid ihr schon zusammen?«

Esther spürte, wie Jonathan hinter ihr erstarrte und ihre Hand losließ, als stünde sie in Flammen.

»Eigentlich ...«, fing er an.

»Erst seit ein paar Wochen«, beendete Esther den Satz für ihn. Sie schlang die Arme um seine Taille und kuschelte sich an ihn.

Jonathan schaute überrascht zu ihr herunter, und sie zog die Brauen hoch, damit er nichts tat, was ihre Lüge auffliegen ließ.

»Ähm, ja.« Er wandte sich wieder an Melody und Jeremy, wobei er sie an sich zog. »Wir sind Nachbarn. Sie wohnt in der Wohnung neben meiner.«

»Das ist ja so süß!«, sagte Melody. »Wie im Film.«

»Stimmt«, sagte Esther und drückte Jonathan ein wenig. Von seinem Geruch wurde ihr ein wenig schwindelig. »Genau wie im Film.«

»Wie läuft denn die Schreiberei?«, fragte Melody.

Er räusperte sich. »Ganz okay, glaube ich.« Er legte die flache Hand auf Esthers Schulterblatt, und seine Fingerspitzen streiften die nackte Haut an ihrem Nacken.

»Er ist so bescheiden«, sagte Esther, die sich bemühte, nicht zu erschaudern. Sie begann, begeistert den Inhalt seines Sci-Fi-Drehbuchs zu schildern und wartete, dass er sich einmischte und weitererzählte. Aber er hörte nur leicht verwirrt zu.

Nach ein paar weiteren Minuten höflichen Small Talks, während denen Jonathan kaum ein Wort sagte und den Blick nicht von Esther abwandte, entschuldigten sich Jeremy und Melody, um einen Freund zu begrüßen, der gerade gekommen war.

»Danke«, sagte Jonathan an Esthers Ohr, als sie gegangen waren. »Das hättest du nicht tun müssen.«

Sie schaute zu ihm hoch und spürte wieder diesen Beschützerdrang in sich aufwallen. Sein Haar stand ein wenig nach oben ab, und sie streckte die Hand aus, um es zu glätten. »Dafür hat man Freunde.«

Er blinzelte, Unsicherheit lag in seinem Blick. Er öffnete den Mund, um etwas zu sagen, aber bevor er es herausbrachte, wurden sie unterbrochen.

»Jonathan!«, rief ein junger Mann mit grüner Baseball-Kappe auf dem Kopf und schlug ihm auf die Schulter. »Wie läuft es, Mann?«

Jonathan beugte sich zu ihm hinunter, um ihn zu begrüßen, und Esther fragte sich, was er wohl hatte sagen wollen.

•

Zwei Stunden später unterhielt sich Esther angeregt mit einem von Kelseys Schauspielerfreunden. Er hatte kleinere Rollen in ein paar Filmen gespielt, die sie kannte, und in ein paar Folgen einer Serie. Er kannte haufenweise Klatsch und Tratsch aus Hollywood: welche Schauspieler in Wirklichkeit echte Arschlöcher waren, wer mit wem schlief, so etwas.

Der Typ machte einen netten Eindruck, aber sie hätte lieber mit Jonathan gesprochen. Sie hatten sich getrennt, weil sie auf der Suche nach etwas zu Essen gewesen war, und dann war sie bei den Gemüsesticks mit dem Schauspieler ins Gespräch gekommen.

Jonathan stand am anderen Ende des Raums und redete mit ein paar Freunden aus dem College. Aber dabei schaute er die ganze Zeit zu Esther. Beobachtete sie. Immer, wenn sie zu ihm hinübersah, lag sein Blick auf ihr. Es machte sie ein wenig nervös, aber auf gute Weise. Auf eine kribbelige, schöne, atemlose Weise.

»Willst du was trinken?«, fragte der Schauspieler. Sie erinnerte sich nicht an seinen Namen. Irgendetwas mit B vielleicht.

»Nein, danke.« Sie fühlte sich im genau richtigen Maße entspannt. Noch ein weiterer Drink wäre zu viel. Sie würde die Kontrolle verlieren, und sie mochte das Gefühl nicht.

Der Schauspieler – Bryan? Brandon? – erzählte jetzt von einem berühmten Filmstar, mit dem er zusammengearbeitet hatte. Der Mann, dessen Namen er nicht verraten wollte, habe ein Drogenproblem. Er wollte, dass sie seinen Namen riet. Esther hatte keine Lust auf ein Ratespiel, machte aber dennoch mit.

Jonathan schaute wieder zu ihr. Als er diesmal ihren Blick auffing, hob er ein wenig das Kinn, und ihr Magen schlug einen unerwarteten Purzelbaum.

»Entschuldige bitte«, sagte sie zu dem Schauspieler. »Ich muss mal mit meinem Freund reden.« Sie ging zu Jonathan. »Hey.«

Er drehte den Leuten, mit denen er gerade noch gesprochen hatte, den Rücken zu. »Hey.« Seine Augen unter den schweren Wimpern waren ganz dunkel.

Etwas kribbelte in ihrer Brust. »Ich wollte deine Unterhaltung nicht unterbrechen.«

»Hast du nicht.«

»Okay.« Sie standen sehr nah beieinander. Das Wohnzimmer war jetzt voller Leute, und sie standen praktisch Brust an Brust.

Er beugte sich noch näher zu ihr, um ihr ins Ohr zu säuseln: »Hast du immer noch Spaß?« Die Wärme seines Atems auf ihrer Wange bereitete ihr eine Gänsehaut bis hinunter zu den Armen.

»Ja, habe ich.« Ihr Herz fühlte sich an wie ein Ballon, der bis zum Zerreißen gespannt war. Er konnte jede Sekunde platzen. »Du denn auch?«

Er zuckte die Achseln.

Seine Nähe benebelte ihr das Hirn. Er hatte die ganze Nacht nicht geraucht und roch immer noch so berauschend nach Kiefer. Vielleicht war es auch gar nicht Kiefer, sondern Zeder. Egal, was es war, sie liebte es. Hatte er immer schon so gut geduftet unter dem Zigarettengeruch?

In ihrem Nacken prickelte es heiß. Langsam bekam sie Platzangst in dieser Wohnung. »Willst du hier raus?«, fragte sie in der Hoffnung, dass er Ja sagen würde.

Jonathan sah sie an und ließ sich Zeit, bevor er antwortete. Zwischen ihnen schien die Energie praktisch zu knistern. »Willst *du* denn hier raus?«

»Ja.« Sie schluckte. Ihr Mund war plötzlich ganz trocken. »Das will ich.«

Langsam breitete sich ein Lächeln auf seinem Gesicht aus, und er griff nach ihrer Hand. »Komm mit.«

KAPITEL NEUNZEHN

Auf der Fahrt nach Hause schwiegen sie. Die Luft im Auto schien statisch aufgeladen zu sein, als würde sie einen Schlag bekommen, wenn sie die unsichtbare Barriere zwischen ihnen überwand.

Esther schaute immer wieder verstohlen zu ihm hinüber. Er hatte sich in seinem Sitz zurückgelehnt, um Platz für seine langen Arme und Beine zu schaffen, seine Rechte lag oben auf dem Lenkrad. Immer wieder warf auch er ihr einen Blick zu. Seine Augen glitzerten, und davon wurde ihr ganz flau im Magen.

In seinem Auto roch es nach Kaffee. Es wirkte neu, eine Luxus-Limousine mit Verdeck und Ledersitzen. Sie nahm an, dass seine Eltern es ihm geschenkt hatten – vielleicht, weil sie es nicht mehr brauchten. Auf dem Rücksitz lagen leere Kaffeebecher aus einem Café in Westwood, wo er tagsüber schrieb, wenn er nicht in der Uni war.

Esther verspürte den Drang, sein Handschuhfach zu öffnen, nur um nachzuschauen, was wohl darin war. Moleskine-Notizbücher und Pilot-Stifte vermutlich. Sie wollte eines der Notizbücher herausholen und durch die Seiten blättern, all seine zufälligen Gedanken und gedankenlosen Kritzeleien aufsaugen. Wollte sich durch seine Schichten graben, seine verschiedenen Gesichter sehen. Sie wollte einen Blick auf seine geheimsten, innersten Wünsche erhaschen. Auf die, die er in seinem Herzen verbarg.

Statt dem Impuls zu schnüffeln nachzugeben, hielt sie ihre Hände jedoch brav im Schoß gefaltet und schlug ein Bein über das andere, um sich am Zappeln zu hindern. Warum war sie so nervös? Sie wusste selbst nicht, was sie glaubte, dass passieren würde. Sie war sich nicht einmal sicher, was sie eigentlich passieren lassen *wollte*. Die Wärme in ihrer Magengrube war das eine, aber ihr Hirn sagte ihr etwas anderes.

Das hier *sollte* nicht passieren. Sie wusste genau, was richtig und was falsch war an dieser Situation. Und den Ex der besten Freundin zu verführen, war falsch, selbst, wenn sie nur ein paar Mal miteinander ausgegangen war.

Oder nicht?

Esther stellte ihre Beine wieder nebeneinander und schaute den Rest der Fahrt über aus dem Fenster.

Zehn Minuten später stellte er sein Auto auf seinem Parkplatz zwischen ihrem Prius und einem weißen Metallpfosten ab, der schon ganz abgestoßen war. Er ging ums Auto herum, um ihr die Tür zu öffnen, und folgte ihr, die Hände in die Taschen gesteckt und mit den Schlüsseln klimpernd.

Vor seiner Wohnungstür blieben sie stehen, und sie trat nervös von einem Fuß auf den anderen. Er drehte sich zu ihr um. Sie wollte nicht, dass der Abend schon endete, aber sie fürchtete sich vor dem, was womöglich als Nächstes kommen würde.

»Danke für heute Abend«, sagte sie, um die angespannte Stille zu durchbrechen. Sie hatte Schwierigkeiten, ihm in die Augen zu sehen. Jetzt, da sie nicht mehr in der Enge des Autos saßen, hatte sie auch nicht mehr den Drang, in sein Inneres vorzudringen. Zu sehr fürchtete sie sich davor, was sie dort finden würde. Und sie fürchtete sich davor, dass sie dem womöglich nicht würde widerstehen können.

Er trat näher. »Hattest du wirklich Spaß?« Er ragte über ihr auf, war ein wenig zu nah. Es war nicht richtig, dass ihr das gefiel, aber das tat es.

Statt zurückzuweichen, kam sie näher. Sie konnte nicht anders. Er war warm, er roch gut. Der Duft erinnerte sie an eine Bibliothek in einem alten Haus. Keine echte Bibliothek – darin roch es nach Papier und Staub. Er roch so, wie sie sich als Kind vorgestellt hatte, dass alte Bibliotheken riechen mussten. Voller Geheimnisse und Zauber, wie der Schrank aus *Die Chroniken von Narnia*. Sie hätte am liebsten ihr Gesicht an seiner Brust vergraben. Wäre in den Schrank gekrochen, um nachzusehen, welche Abenteuer vor ihnen lagen.

»Ja, hatte ich.« Sie schaute in seine Augen. Sie waren hell und einladend. Ein Versprechen. »Hatte ich wirklich.«

»Du klingst überrascht.«

»Bin ich auch. Ich hätte nie gedacht, dass ich auf einer Party Spaß haben könnte, auf der ich niemanden kenne.«

»Aber du kanntest *mich*.«

»Das stimmt«, sagte sie und blickte ihm immer noch in die Augen. »Dich kannte ich.« Er hatte unglaubliche Wimpern. Lang und dicht. Jede Frau hätte ihre Seele für diese Wimpern verkauft.

»Willst du reinkommen?«, fragte er.

Ja. Wollte sie. Sie wollte *ihn*. Jede Faser in ihrem Körper vibrierte.

»Was ist denn da drin?«, fragte sie, in dem Versuch, etwas schüchtern zu wirken. Um Zeit zu gewinnen. Es rauschte und knisterte in ihren Ohren, als hätte sie eine Hand voll Knallbrause intus.

»Ich.« Er spielte nicht den Schüchternen. Er schaute unverhohlen auf ihren Mund.

Sie schaute zurück, konnte ihren Blick nicht abwenden. Sein Mund kam näher.

Als sich ihre Lippen trafen, wurde das Rauschen in ihren Ohren lauter. Er schmeckte malzig, nach dem Bier, das er getrunken hatte. Sein Bart war rau, aber seine Lippen samtig weich. Sanft wie ein Flüstern.

Sie war nicht darauf vorbereitet, dass es sich so gut anfühlen würde, ihn zu küssen. Küssen war bisher immer nett gewesen, nicht unangenehm, aber auch nicht aufregend. Normalerweise konnte sie einfach damit aufhören, jemanden zu küssen.

Aber Jonathan zu küssen, war ganz anders. Es war magnetisch. Eine Droge. Sie wollte ihn nur noch weiter küssen, wollte ihn noch *viel heftiger* küssen, war süchtig nach ihm.

Sie krallte die Hände in sein Hemd, seine Handflächen lagen in ihrem Kreuz. Seine Finger waren so lang, dass sie ihre Taille hätten umfassen können.

Esther presste den Mund fester auf seinen, weil sie sich plötzlich nach mehr sehnte. Sie knabberte an seiner Unterlippe. Spielte mit seiner Zunge. Seine Arme umschlangen sie fester, drückten sie an seine Hüfte, und sie stöhnte vor Verlangen. Seine Hand griff in ihr Haar, in ihren Nacken, schickte Schauder ihren Rücken hinunter.

Unanständige Bilder erschienen vor ihrem inneren Auge. Ihr Mund auf seiner Haut: lockend, neckend, leckend. Seine langen Finger, wie sie in sie glitten. Schweißnasse, zitternde Glieder und schwerer Atem.

Ihre Hände fanden ihren Weg in sein Haar. Sie genoss das Gefühl, wie sich ihre Finger in seine seidigen Locken gruben. Es fühlte sich sogar noch besser an, als sie es sich vorgestellt hatte. Alles fühlte sich besser an, als sie es sich vorgestellt hatte.

Er legte die Stirn an ihre, ohne sie loszulassen. Sie atmeten dieselbe Luft, ihre Körper aneinandergepresst. Sie spürte, wie sehr er sie wollte, und sie wollte ihn ebenso. Vielleicht sogar noch mehr.

Er fischte die Schlüssel aus seiner Tasche und ließ Esther gerade lange genug los, um die Tür aufschließen zu können. Dann ließ sie sich von ihm hereinziehen, ihre Blicke ineinander versunken. Sie waren allein. In seiner Wohnung. Das Wissen, dass sein Schlafzimmer nur ein paar Meter entfernt war, brannte in ihrer Magengrube.

Es war dunkel, aber er schaltete das Licht nicht ein. Aus dem Hof drang ein schwacher Schimmer durch die Jalousien, so dass sie Umrisse erkennen konnten. Mit langsamen, bedächtigen Bewegungen nahm er ihr den Schal ab. Sie konnte nur mit Mühe stillhalten, als seine Finger über die Haut in ihrem Nacken strichen.

Er warf den Schal aufs Sofa. Seine Hände legten sich an ihre Hüften, seine Finger gruben sich sanft in ihre Haut, und er zog sie näher an sich. Sie ließ sich in seine Wärme fallen, sich von seinem Duft umgeben.

Es wäre so leicht, sich in seine tröstliche Blase hineinziehen zu lassen. Sich an ihn zu kuscheln und aufzuhören zu denken.

Mit zitternden Fingern strich er ihren Kiefer entlang. Als sie sich seiner Berührung entgegenlehnte, lächelte er ein wenig.

Er beugte seinen Kopf zu ihr, und sie stellte sich auf die Zehenspitzen, um es ihm leichter zu machen. Als ihre Münder aufeinandertrafen, flüsterte eine leise Stimme in ihrem Kopf, dass das hier eine schlechte Idee war. Dass es vermutlich in einer Katastrophe enden würde. Aber sie wollte nicht aufhören. Es fühlte sich einfach zu gut an.

Er wollte sie, und sie brauchte das hier. Brauchte das Gefühl, begehrt und geschätzt zu werden, endlich. Sie brauchte etwas Gutes in ihrem Leben.

Und Jonathan mochte sie. Verdiente sie es nicht, gemocht zu werden? Dieses eine Mal?

Seine Hände glitten wieder an ihre Hüften, und er presste sie gegen die Tür, drängte sich gegen sie. Seine Gürtelschnalle drückte in ihren Bauch, seine Hüften hielten sie an Ort und Stelle.

Sie mochte das Gefühl seines schweren Körpers an ihrem, mochte den Geschmack seiner Zunge in ihrem Mund, das Kratzen seines Barts an ihren Lippen. Sie mochte seinen Geruch, mochte, wie seine Hände über ihren Körper strichen.

Sie mochte *ihn*.

Es war lange her, seit sie jemanden so sehr gemocht hatte. Sie hatte das Gefühl beinahe vergessen. Diesen Rausch. Den Schwindel. Die Lust.

Seine Hände strichen über ihre nackten Arme, dann vergruben sie sich in ihrem Haar, zogen ihren Kopf ein wenig zurück, damit er sie noch tiefer küssen konnte. Esther fingerte an seinem Hemd herum, kämpfte mit den Knöpfen.

Das gelbe Licht von draußen warf einen goldenen Schimmer über seinen nackten Oberkörper. Seine Brust war glatt, abgesehen von einem kleinen Flecken schwarzen Haars, der sich zu einem schmalen Streifen bis hin zu seinem Hosenbund zog. Er stöhnte, als sie mit den Fingern daran entlangfuhr, über seine nackte Haut flatterte.

Ihre Münder trafen sich erneut, diesmal hart und ungebändigt.

Ihre Zähne berührten aneinander. Gierig. Als seine Brille gegen ihre Nase stieß, riss er sie sich herunter und warf sie aufs Sofa.

Ohne die Brille sah er anders aus. Jünger. Verletzlicher. Sie streckte die Hand aus, um an seinem Kiefer entlangzufahren, und spürte seinen Puls unter ihren Fingerspitzen pochen.

Er küsste ihre Stirn, dann ihre Schläfe. »Ich will dich«, murmelte er in ihr Haar. »Ich habe dich immer gewollt, vom ersten Augenblick an, seit ich dich gesehen habe.«

Die leise Stimme in Esthers Kopf wollte zu einer Warnung ansetzen, doch dann war Jonathans Mund wieder auf ihrem, und die letzten Reste ihres Widerstands schmolzen auf seiner Zunge dahin wie Zucker.

Seine Finger zwängten sich in den Bund ihrer Jeans. Er stolperte zurück, zog sie mit sich ins Schlafzimmer. Zu seinem Bett.

Hier war es dunkler. Sie konnte sein Gesicht nun nicht mehr erkennen. Er küsste sie erneut, diesmal zarter, weich wie Seide, so leicht wie ein Lufthauch. Aber sie wollte zart und leicht nicht. Sie wollte hart und leidenschaftlich, wollte ihn verschlingen.

Esther bog sich ihm entgegen, zog seinen Mund auf ihren. Mit den Zähnen packte sie seine Lippen, und er gab ein raues Keuchen von sich, grub seine Finger in ihre Haut. Verzweifelt. Genauso, wie sie sich fühlte.

Sie tasteten in der Dunkelheit nacheinander, erforschten ungeschickt ihre Körper, während sie einander auszogen. Esthers Haut fühlte sich an, als wäre sie von Raureif bedeckt, aber Jonathans Berührungen waren warm und lindernd. Sie wollte ihn überall auf einmal, wollte, dass er sie von innen her wärmte.

Ungeschickt fielen sie aufs Bett, und er schob sich über sie, bedeckte ihren Körper mit einer Spur zarter Küsse. Ihre Hände glitten seine Arme hinauf und über seine Schultern. Er war so fest. So schwer. Seine Muskeln straff unter ihren Fingern.

Sein Mund fand ihren, und sie schloss die Augen, als sie miteinander verschmolzen. Haut an Haut. Als er sich in ihr bewegte, krallte sie ihre Nägel in seinen Rücken, hinterließ Spuren, vermutlich. Sie wollte ihn tiefer in sich spüren – wollte ihn nie wieder loslassen.

•

Esther fuhr hoch, das Herz hämmerte ihr in der Brust. Ihr war zu warm, und etwas Schweres lag über ihrer Taille und hielt sie fest.

Es war Jonathans Arm.

Sie befand sich in Jonathans Bett. *Mit Jonathan.*

Sie hatte mit Jonathan *geschlafen.*

Träge sickerte das Morgenlicht ins Zimmer. Seine Bettdecke war kariert, das sah sie jetzt. Am anderen Ende des Zimmers stand ein Kleiderschrank mit geöffneter Tür und gab den Blick frei auf Bügel um Bügel karierter Hemden.

Hinter ihr rührte er sich, und sein Arm legte sich fester um ihre Taille, zog sie zu sich heran. Ja, er war nackt. Sie waren beide nackt. Weil sie letzte Nacht Sex hatten. Tollen Sex. Atemberaubenden, absolut phantastischen Sex. Sex, der zur Folge hatte, dass sie darüber nachdachte, ihren Job zu kündigen, damit sie den ganzen Tag in seinem Bett verbringen konnte.

»Hey«, murmelte er in ihr Haar.

»Selber hey.« Ihre Stimme klang rau und kratzig.

Seine Lippen fanden ihre Schulter und zogen eine feuchte Spur über ihre Haut.

Sie schloss die Augen, versuchte, es zu genießen, zuckte aber zusammen, als er sich ihrem Hals widmete.

Er hörte sofort auf, sie zu küssen. »Was ist los?«

»Dein Bart kitzelt.«

»Ach?« Er rieb seinen Bart an ihrem Hals, doch sie wand sich aus seiner Umarmung und drehte sich auf den Rücken. Obwohl es ihr vorkam, als herrschten vierzig Grad im Zimmer, zog sie die Decke hoch und bedeckte ihre Brüste. Als hätte er letzte Nacht nicht schon alles gesehen. Als hätte er nicht noch vor ein paar Stunden seinen Mund an ihren Brüsten gehabt.

Jonathan stützte sich auf einen Ellenbogen und schaute auf sie hinunter. »Du siehst wunderschön aus.« Sein Haar war wild zerzaust. Sex-Haar. Es war unfair, wie attraktiv er aussah.

Sie spürte das Make-up von letzter Nacht auf ihren Wimpern krümeln. »Ich bin mir ziemlich sicher, dass ich eher wie Alice Cooper aussehe.«

Er beugte sich vor, küsste sie und lächelte an ihren Lippen.

Einen flüchtigen Moment lang entspannte sie sich, gab sich dem Gefühl hin. Etwas kribbelte in ihrer Brust, und sie fühlte sich ganz leicht, fast, als würde sie schweben.

Er löste sich von ihr. »Du bist immer wunderschön.«

Das schwebende Gefühl verpuffte, und sie landete mit einem Rums auf der Erde.

Seine Augen waren voller Gefühl. Da war *zu viel* Gefühl. So viel, dass es wehtat, ihn anzusehen. Es war, als träte man aus einem dunklen Gebäude ins grelle Sonnenlicht.

In ihrer Brust prickelte es unangenehm. Hastig befreite sie ihre Beine von der Bettdecke. Warum war es hier drin nur so verdammt heiß? Bestimmt bekam sie gleich Hitzepickel.

Er legte seine Hand an ihre Wange und zog ihr Gesicht zu sich, runzelte die Stirn. »Sicher, dass es dir gut geht?«

Sie versuchte zu lächeln. »Ja, alles okay.«

Aber es war ganz und gar nicht alles okay. In diesem Zimmer gab es keine Luft. Sie erstickte fast.

Sein Stirnrunzeln vertiefte sich, während er mit seinen Fingern über ihren Hals strich. »Du bist so angespannt.«

»Es ist einfach zu heiß hier drin.« Sie zerrte die Decke von sich und setzte sich auf die Bettkante, so dass sie ihm den Rücken zuwandte. Dann nahm sie ein Stück Stoff vom Boden, um es anzuziehen.

Es war eins von Jonathans Hemden. Sie ließ es fallen, als wäre es in Säure getränkt.

Da. *Das* da war ihr Oberteil. Sie griff danach und zog es sich über den Kopf.

»Hey«, sagte Jonathan hinter ihr.

Esther drehte sich um. Auf einmal unsicher, weil sie keinen BH trug, verschränkte sie die Arme vor der Brust.

Seine Sorgenfalte war so tief, wie sie sie noch nie gesehen hatte. »Sag mir, was los ist.«

»Nichts.«

Er musste merken, dass sie log.

»Jinny kommt gleich vorbei«, sagte sie. »Ich muss zurück in meine Wohnung.« Das zumindest stimmte. Sie wandte ihm und seinem unfair attraktiven, verstrubbelten Sex-Haar wieder den Rücken zu und sammelte ihre Unterwäsche auf.

»Oh.« Die Enttäuschung in seiner Stimme war unüberhörbar. Die Verletztheit. Sie war froh, ihn nicht ansehen zu müssen. »Sehen wir uns dann später?«

»Ähm.« Ihre Jeans lag am Fußende des Bettes – sie schnappte sie sich. »Ich weiß nicht, wie lange sie bleibt.« Esther verlor das Gleichgewicht und fiel beinahe, als sie versuchte, sich in ihre Hose zu zwängen. Diese blöden Skinny Jeans, die ihren Hintern betonten. Sie hätte sie nie tragen sollen. Auch nicht das tief ausgeschnittene Top. Es musste aussehen, als hätte sie gewollt, dass das hier passierte.

Aber sie hatte es gewollt.

Gib es zu, du begehrst ihn schon seit Wochen.

»Oh«, sagte er erneut.

Sie kickte seine Hose beiseite auf der Suche nach ihren Schuhen, wich dabei seinem Blick aus. »Ich schreibe dir«, sagte sie und hasste den Klang der Worte, die da aus ihrem Mund kamen.

»Okay.«

Auf allen Vieren spähte sie unter das Bett. *Aha!* Sie holte ihre Schuhe hervor und stand wieder auf, sah ihn immer noch nicht an. Ein Stückchen vertraute blaue Spitze, das unter Jonathans Boxershorts hervorschaute, fiel ihr ins Auge. Super. Sie griff nach ihrem BH und stopfte ihn sich in die Hosentasche, um sich dann endlich zu ihm umzudrehen.

Er sah verwirrt aus und ziemlich verletzt.

Ihre Wangen glühten vor Scham, aber sie zwang sich, ihm in die Augen zu sehen. »Letzte Nacht hat Spaß gemacht.«

»Okay.« Sein Mund war jetzt zu einer harten, dünnen Linie geworden. Es war derselbe Gesichtsausdruck, den er hatte, wenn er von seinen Eltern sprach, und sie hasste es, dass sie selbst nun daran schuld war. Dass sie daran schuld war, dass er sich so fühlte.

»Tut mir leid«, sagte sie, obwohl sie sich nicht ganz sicher war, wofür sie sich entschuldigte.

Er schaute weg.

Vor der Tür blieb sie unsicher stehen, umklammerte ihre Schuhe mit den Händen und verschränkte so die Arme vor der Brust. »Ich bin nur ... ich gehe dann mal.«

Er nickte, ohne sie anzusehen.

Esther ging hinaus.

KAPITEL ZWANZIG

Als Esther wieder in ihrer Wohnung war, duschte sie ausgiebig. Fast eine dreiviertel Stunde blieb sie unter dem heißen Wasserstrahl stehen, um das Gefühl der Reue abzuwaschen.

Es klappte nicht.

Sie fühlte sich immer noch schrecklich.

Jonathans Gesichtsausdruck verfolgte sie. Sie hätte es niemals so weit kommen lassen dürfen.

Er wollte mehr von ihr, als sie ihm geben konnte. Sie hatte es in seinem Blick gesehen. Er wollte eine Beziehung. Eine Freundin.

Aber das war nichts für sie. Sie war nicht der Freundinnen-Typ. Er *wusste* das. Und selbst wenn sie daran interessiert gewesen wäre, eine Beziehung zu haben – was sie nicht war –, dann auf keinen Fall mit ihm.

Ein Grund nach dem anderen fiel ihr ein. Sie waren das Gegenteil von kompatibel. Sie hatten nichts gemeinsam. Sie mochte ihn kaum. Und er mochte sie zu sehr.

Außerdem war er mit ihrer besten Freundin zusammen gewesen. Niemals durfte man mit dem Typen schlafen, der mit der besten Freundin ausgegangen waren. Das war eine ganz miese Nummer.

Esther hatte alles vermasselt. Selbstsüchtig hatte sie sich mit-reißen lassen.

Letzte Nacht hätte niemals passieren dürfen. Und es durfte auf keinen Fall noch einmal passieren. Denn es lag auf der Hand, dass Jonathan bereits viel zu tief drinsteckte. Das hier in die Länge zu ziehen, würde ihn nur noch mehr verletzen.

Sie band sich ihr nasses Haar mit einem Gummiband hoch und ließ sich aufs Sofa sinken. Sally legte sich neben sie und begann zu schnurren. Sie mochte es nicht, wenn Esther über Nacht nicht da war.

»Ich habe etwas Schlimmes getan«, sagte sie und kraulte Sally unterm Kinn. »Dein Frauchen ist ein Arschloch.«

Sally stieß ihr Köpfchen in Esthers Handfläche, völlig unbe-kümmert, was menschliche romantische Beziehungen anging. Die Glückliche.

»*Us Weekly* titelt, dass Ben und Jen wieder zusammen sind, und Brad und Angelina auch«, verkündete Jinny, als sie eine Stunde später in Esthers Wohnung rauschte. »Es ist, als wäre wieder 2005, und ich liebe es.«

Esther lächelte schwach. Ihr war speiübel.

Jinny ging in die Küche und öffnete den Kühlschrank. »Ich nehme mir eine Flasche Wasser. Und einen Joghurt.«

Schuldgefühle brannten in Esthers Kehle. Sie musste das alles jemandem beichten. Sie hatte schon viel zu viele Geheimnisse vor Jinny. Es war an der Zeit, reinen Tisch zu machen.

»Warte mal«, sagte Esther. »Bevor wir gehen, muss ich dir was sagen.«

Jinny stellte Joghurt und Wasser ab. »Das klingt aber ernst.«

Esther schaute auf ihre Füße. *Einfach raus damit* war vermutlich die beste Art und Weise. Nichts beschönigen. Wie, wenn man ein Pflaster abriss. Sie schaute zu Jinny hoch und atmete tief durch. »Ich habe mit Jonathan geschlafen.«

Jinny riss die Augen auf. »Mit *meinem* Jonathan?«

Esther schluckte. Nickte. »Mit dem Jonathan, der nebenan wohnt, ja.«

»Aber – aber wie? *Warum*? Du magst ihn doch nicht mal.«

»Ich wollte es auch nicht. Es war ein Unfall.«

»Ein Unfall?« Jinny runzelte die Stirn. »Wie funktioniert das denn? Bist du gestolpert und auf seinen Schwanz gefallen?«

»Nein, er hat mich auf diese Party am Freitag mitgenommen, und ...«

Jinny fiel die Kinnlade herunter. »Wie bei einem *Date*?«

»Nein, kein bisschen so. Mehr als Freunde.«

»Freunde, die miteinander schlafen?«

»Das ist der Teil mit dem Unfall.« Sie konnte nicht einmal behaupten, betrunken gewesen zu sein. Sie hatte es getan, weil sie es gewollt hatte.

Jinny sah verwirrt aus. »Seit wann seid ihr denn überhaupt Freunde? Ich dachte, du kannst ihn nicht leiden.«

Esthers Wangen wurden heiß, und sie schaute zu Boden, die Schultern vor Scham hochgezogen. »Wir haben in letzter Zeit praktisch irgendwie miteinander ... abgehangen.«

»Wie lange geht das schon?«

»Ein paar Monate, glaube ich.«

»Ein paar *Monate*?«

Esther zuckte zusammen. Jinny sah völlig geschockt aus. Zurecht. Sie hatten einander immer alles erzählt.

Aber Esther hatte ihre Freundschaft mit Jonathan nicht geheim halten wollen. Sie hatte nur nicht gewusst, wie sie das Thema anschneiden sollte, ohne Fragen aufzuwerfen. Es war ihr sicherer vorgekommen, es einfach gar nicht zu erwähnen.

Nur, dass dieser Zug jetzt abgefahren war. Es war an der Zeit zu gestehen. Alles.

»Es war – es war ungefähr, als du begonnen hast, mit ihm auszugehen«, sagte Esther. »Er hat mich um Hilfe bei seinen Drehbüchern gebeten.«

Jinnys Blick bohrte sich direkt in Esthers Magengrube. »Damit wir uns richtig verstehen – du hast angefangen, dich mit ihm zu treffen, als er mit mir ausging, und bis jetzt hast du nicht in Erwägung gezogen, mir das zu sagen?«

Esther wand sich. »So war es nicht.«

»Wie war es dann?«

»Er schreibt an diesem Sci-Fi-Drehbuch, und er wusste, dass ich in der Raumfahrt arbeite, und er brauchte Hilfe bei ein paar wissenschaftlichen Aspekten. Es war keine große Sache.«

»Wenn es keine große Sache war, warum hast du es mir dann nicht erzählt? Ich verstehe nicht, warum du geheim gehalten hast, dass du dich mit ihm getroffen hast. *Monatelang.*«

Esther kaufte auf ihrer Unterlippe herum. »Ich habe dir noch etwas verschwiegen.«

Jinny verschränkte die Arme vor der Brust. »Was?«

»Jonathan hat mich gebeten, ihm mit dem Drehbuch zu helfen, bevor er mit dir ausgegangen ist. Ich habe ihm gesagt – also ich habe ihm gesagt, dass ich das nur mache, wenn er mit dir ausgeht.«

»*Was?*«

Esther krümmte sich leicht und wünschte sich, im Boden versinken zu können. »Du hast ja recht.«

»Wie konntest du das tun?« Jinnys Stimme war jetzt eisig.

»Ich hatte Angst, dass du wieder mit Stuart zusammenkommst.« Es klang jämmerlich. Geradezu billig.

»Warum zum Teufel geht dich das was an?«, wollte sie wissen. Ihre Augen funkelten.

»Er war ein Arschloch, Jinny, und du warst kurz davor, wieder zu ihm zurückzukehren. Ich wollte nicht, dass du verletzt wirst. Ich dachte, wenn du mit jemand anderem ausgehst, mit einem Ersatz sozusagen, würdest du über Stuart hinwegkommen. Und du fandest Jonathan süß, also …« Esther war so stolz auf sich gewesen. Sie hatte geglaubt, ihr sei der perfekte Plan eingefallen, um Jinny zu helfen. Was war sie nur für eine Idiotin gewesen.

»Also hast du mich an ihn verkauft.«

»Nein! Ich habe mich selbst verkauft, damit dich ein süßer Kerl, den du mochtest, zu einem Date einlädt.«

Jinny schüttelte den Kopf. »Du hast *ihn* verkauft. *An mich.* Er mochte mich noch nicht mal, oder? Es war alles eine Lüge.«

»Das stimmt nicht! Er fand dich auch süß! Du fandest ihn süß. Es kam mir vor wie ein perfektes Match.« Das stimmte. Ihre Absichten waren gut gewesen. Als ob das jetzt noch zählte.

»Ich kann dir nicht mehr glauben. Das ist genau der gleiche Scheiß, den meine Eltern mit mir abziehen, wenn sie mich dazu bringen wollen, mit Männern auszugehen, von denen *sie* wollen, dass ich sie date. Und du *weißt*, wie ich das finde, aber du hast es trotzdem getan.«

Esther hatte das Gefühl, ihr Magen sacke ihr in die Kniekehlen. »Du hast absolut recht, und es tut mir leid.«

Jinny lief von der Küche zur Wohnungstür und wieder zurück. »O mein Gott, ich kann nicht fassen, dass ich mit diesem Typen auf drei Dates gegangen bin. Ich habe mit ihm *geknutscht*. Und es war alles ein abgekartetes Spiel.«

»Es war kein abgekartetes Spiel. Er mochte dich wirklich.« Was die Tatsache, dass Esther mit ihm ins Bett gegangen war, kein bisschen besser machte.

Jinny schüttelte den Kopf und verzog angeekelt den Mund. »Gott sei *Dank*, habe ich nicht mit ihm geschlafen. Stell dir das nur vor.«

»Es tut mir wirklich und wahrhaftig leid. Ich habe es nicht richtig durchdacht. Ich dachte, dass ich dir damit helfe.« Esther hatte einen Kloß im Hals, der ihre Stimme beben ließ.

»Indem du mich anlügst? Meine explizit ausgesprochenen Wünsche missachtest? Und dich dann umdrehst, um mit dem Kerl zu schlafen, den du dazu gebracht hast, aus Mitleid mit mir auszugehen?« In Jinnys Gesicht lag keinerlei Verzeihen.

»Das ist nicht – so war das nicht.« Die Worte klangen hohl, denn so war es. Es war genau so.

»Ich kann nicht glauben, dass du mir so etwas antust.« Die Kälte in Jinnys Gesichtsausdruck konnte den Schmerz dahinter nicht verbergen.

Esthers Augen brannten, und sie blinzelte. »Jinny, ich …«

»Ich kann dich gerade nicht einmal mehr ansehen. Ich gehe jetzt.« Mit diesen Worten nahm sie ihre Sachen und ging zur Tür.

Aber Esther konnte sie noch nicht gehen lassen. Nicht, bis sie das hier geklärt hatten. Sie musste sie dazu bringen zu verstehen. Sie musste das hier wieder *hinkriegen*. »Jinny, warte. Bitte, ich …«

Sie wartete nicht. Als die Tür hinter ihr zuschlug, fühlte es sich an, als wäre alle Luft aus der Wohnung entwichen.

Esther ließ sich aufs Sofa sinken und drückte die Handflächen gegen die Stirn.

Verdammt. Alles war eine einzige Katastrophe.

Was sollte sie jetzt tun? Sie musste einen Weg finden, um das wieder gerade zu biegen. Damit ihr Jinny vergab. Aber sie wusste nicht, wie. Sie wusste nicht einmal, wo sie anfangen sollte. Sie hatte das Vertrauen ihrer besten Freundin missbraucht und keine Ahnung, wie sie es zurückgewinnen sollte.

Es klopfte an der Tür.

Esther sprang vom Sofa und riss sie auf, in der Hoffnung, dass Jinny zurückgekommen war und ihr eine Chance gab, alles zu erklären.

Nur dass es nicht Jinny war. Es war Jonathan.

»Was?« Es kam schärfer heraus, als sie beabsichtigt hatte.

Er zuckte zusammen. »Ich, ähm … habe gehört, das Jinny und du euch gestritten habt.«

»Oh.« Esther ging zurück zum Sofa und setzte sich wieder, ohne die Wohnungstür zu schließen.

Er folgte ihr und blieb am Ende des Sofas stehen, wo er von einem Fuß auf den anderen trat. »Geht es dir gut?«

Sie schaute weg und schluckte. Das Mitleid in seinem Blick war kaum zu ertragen. »Nicht wirklich.«

»Geht es Jinny gut?«

»*Nein*, gar nicht. Sie ist stinksauer auf mich. Und sie hat jedes Recht dazu.«

»Hast du ihr von …«

»Ich habe ihr *alles* erzählt.«

»Oh.«

Esther vergrub das Gesicht in den Händen. »Scheiße.«

Er kam näher, blieb aber unsicher stehen. »Kann ich irgendwas tun?« Er klang so freundlich. So besorgt. Er hatte keine Ahnung, dass sie sein Herz brechen würde. Sie kniff die Augen zusammen, damit er ihre Tränen nicht sah.

»Esther?« Er kam noch näher.

Sie atmete lang und zittrig aus und schaute zu ihm hoch. »Letzte Nacht war ein Fehler. Das darf nie wieder passieren.«

Jonathan machte einen unsicheren Schritt zurück. »Was?«

»Du bist mit meiner besten Freundin ausgegangen.«

Er zog die Brauen zusammen. »Es ist aber doch nicht so, als ob wir wirklich zusammen gewesen wären.«

»Doch, ist es.«

»Warte mal«, sagte er verwirrt. »Du meinst, weil ich ein paar Fake-Dates mit Jinny hatte ...«

»Das war nicht fake. Es war echt. Du hast sie gemocht und sie dich auch.«

Sein Gesicht wurde jetzt hart. »Aber nicht genug, um weiter mit mir auszugehen.«

»Das ist egal. Sie hat dich zuerst gemocht, also bist du für sie reserviert, für immer. Ich hätte das nie zulassen dürfen.«

»Darf ich etwa nichts dazu sagen, wer mich reserviert und wer nicht?«

»Nein.«

»Meinst du das ernst?« Er wirkte sauer.

»Hör mal, es tut mir leid, okay? Das ist auch für dich nicht fair, das verstehe ich.« Er hatte nichts falsch gemacht. Er war nur zur falschen Zeit am falschen Ort gewesen. Kollateralschaden.

»Also war es das jetzt?« Von der Bitterkeit in seiner Stimme zog sich ihr schmerzhaft der Magen zusammen.

Sie schaute zu Boden und schluckte. »Wir können ja Freunde bleiben.« Sie hasste sich selbst dafür, dass sie das sagte, weil es so offensichtlich eine Lüge war. Sie würden nie wieder dort anknüpfen können, wo sie aufgehört hatten.

»Wow. Echt jetzt?«

Esther schaute zu ihm hoch und bereute es sofort. Er sah aus, als hätte sie ihm gerade einen Tritt versetzt. »Ich habe keine Wahl.« Wenn sie doch nur die Zeit zurückdrehen und die letzten vierundzwanzig Stunden auslöschen könnte. Zurückkehren könnte dorthin, wo Jonathan und sie nur Freunde gewesen waren und Jinny noch mit ihr sprach.

Er verengte mitleidig die Augen. »Natürlich hast du eine Wahl.«

»Habe ich nicht! Wegen Jinny können du und ich nicht ...«

»Das ist Blödsinn. Jinny interessiert sich einen Dreck für mich. Das war schon immer so.«

»Aber es interessiert sie, dass ich sie angelogen habe. Dass ich ihr nicht gesagt habe, warum du mit ihr ausgegangen bist.«

Er schüttelte den Kopf. »Das hat mit uns rein gar nichts zu tun. Das ist nur eine Entschuldigung. In Wirklichkeit hast du Gefühle für mich, und jetzt hast du Angst.«

Esther schob das Kinn vor. »Das ist es nicht.«

»Natürlich ist es das. Du hast einen Riesenschiss davor, jemanden zu mögen.«

Eine Erinnerung an die vergangene Nacht drängte sich in ihr Bewusstsein – wie seine Hand gezittert hatte, als er ihr Gesicht berührte –, und sie schaute weg, wich seinem Blick aus. »Du verstehst das nicht.«

»Ich glaube, ich verstehe es besser als du.«

Sie konnte nicht weiter mit ihm diskutieren. Er würde ihre Sicht der Dinge niemals verstehen, geschweige denn ihre Entscheidung akzeptieren. Jetzt noch länger darüber zu reden, würde ihnen beiden nicht guttun.

»Tut mir leid«, wiederholte sie. Sie fühlte sich mies. »Aber wenn ich mich zwischen Jinny und dir entscheiden muss, wähle ich Jinny. Immer. Sie ist meine beste Freundin.«

Er schwieg.

Esthers Inneres krampfte sich weiter zusammen, wrang sich selbst aus wie ein nasser Lappen. »Verstehst du das? Bitte sag mir, dass du das verstehst.«

Sein Blick war zu Boden gerichtet, als könnte er sie nicht einmal ansehen. Genauso, wie Jinny sie nicht hatte ansehen können. »Das tue ich«, sagte er. »Ich verstehe es.«

»Und ich verstehe es, wenn du mich hasst.« Sie hasste sich ja bereits selbst. Er hatte jedes Recht, dabei mitzumachen.

Er presste die Lippen aufeinander und schüttelte den Kopf. »Ich hasse dich nicht. Das ist ja das Problem.« Seine Stimme war so leise, dass sie kaum noch ein Flüstern war. Sein Blick drang ihr durch Mark und Bein. »Du tust mir leid.«

Als die Tür hinter ihm zuknallte, schluchzte Esther erstickt auf. Sie zog die Knie an die Brust und umschlang sie, und die Tränen, die sie zurückgehalten hatte, strömten jetzt nur so aus ihr heraus.

Sie hatte gewusst, dass das alles in einer Katastrophe enden würde.

KAPITEL EINUNDZWANZIG

Esther starrte auf ihren Computerbildschirm. Das 3-D-Rendering des Teils, das sie entwickeln sollte, sah aus wie eines dieser Escher-Bilder, die eine zusätzliche Dimension zu haben schienen.

Es war kein besonders kompliziertes Teil, sie hatte heute nur Schwierigkeiten, sich zu konzentrieren. Immer, wenn sie es versuchte, schienen die Linien der Graphik auf sie zu oder von ihr weg zu streben, bis sie nur noch ein Knäuel sah statt eines schlichten Drahtgittermodells.

Jinny hatte auf keine der annähernd tausend Textnachrichten und Voicemails geantwortet, die Esther ihr seit gestern geschickt hatte. Als sie heute Morgen ins Büro kam, hatte Esther schon überlegt, bei ihr vorbeizuschauen, dann aber beschlossen, dass die Arbeit vielleicht nicht der beste Ort dafür war, ihr Freundschaftsdrama beizulegen. Wenn Jinny nicht mit ihr reden wollte, würde Esther sicher keine Pluspunkte gewinnen, indem sie eine Klärung vor ihren Mitarbeitern erzwang.

Überdies konnte sie nicht aufhören, an Jonathan zu denken: Sie war sich ganz ehrlich nicht sicher, was sie schlimmer fand – Jinny oder Jonathan verletzt zu haben.

Also saß sie da, fühlte sich hilflos und jämmerlich und versuchte, sich auf die Arbeit zu konzentrieren, ohne Erfolg. Sie musste nur zwei Dinge an diesem Modell anpassen. Es war einfach. Es sollte nur zehn Minuten dauern.

Doch sie starrte bereits eine Stunde lang auf den Bildschirm und war noch kein bisschen weitergekommen.

Yemi trat gegen ihren Stuhl. »Was machst du da?«

Esther drehte sich nicht um. »Ich arbeite an meinem Akku.«

»Nein, das tust du nicht. Du starrst in die Ferne und seufzt ständig.«

»Tue ich das?« Sie hatte gar nicht gemerkt, dass sie seufzte. »Sorry, ich versuche, etwas leiser zu seufzen.«

»Warum seufzt du überhaupt?«

»Ich habe gestern nicht gut geschlafen.« Nämlich so gut wie gar nicht. Sie hatte sich im Bett herumgewälzt und sich die ganze Nacht lang Sorgen gemacht, und jetzt war sie erschöpft und hatte Kopfschmerzen, weil sie so viel geweint hatte.

»Ich dachte, du wolltest mir das heute schicken, damit ich es einem Stresstest unterziehen kann.«

»Ich weiß, mach ich ja.« Esther versuchte, nicht gereizt zu klingen, schaffte es aber nicht. Weswegen sie sich nur noch schlechter fühlte. Yemi verdiente es nicht, so angefahren zu werden. Er wollte nur helfen.

Sie griff nach ihren Kopfhörern und setzte sie auf. Vielleicht war es leichter, sich auf die Arbeit zu konzentrieren, wenn sie dabei Musik hörte. Sie hatte eine ganze Playlist voller beruhigender, unaufdringlicher Songs, die sie gern hörte, wenn sie arbeitete und die Ablenkungen der irdischen Welt ausschließen musste.

Yemi trat erneut gegen ihren Stuhl, und sie nahm die Kopfhörer wieder ab. »Was?« Und wieder klang sie gereizt. Sie drehte sich um und zwang sich zu einem Lächeln, um es wiedergutzumachen.

»Wann gehen wir zum Mittagessen?«

Mist. Mittagessen. Würde Jinny da sein? Würde sie mit ihr reden? Oder würde sie gar nicht in die Kantine kommen, um eine Konfrontation zu vermeiden?

Sie konnte nichts tun, als abzuwarten und zu sehen, was passierte. »Wie immer, denke ich. Um zwölf Uhr.«

»Okay«, sagte Yemi. »Dann haben wir noch zwei Stunden, diese Änderungen einzupflegen. Viel Glück.« Bei jedem anderen hätte sie das für Sarkasmus gehalten, aber Yemi hatte keine einzige sarkastische Faser im Leib. Wenn er einem viel Glück wünschte, dann meinte er es auch so.

Und sie konnte gerade alles Glück der Welt gebrauchen. Esther setzte die Kopfhörer wieder auf und versuchte, sich zu konzentrieren.

Jinny war nicht in der Cafeteria, als Esther und Yemi um kurz nach zwölf dort eintrafen. Sie warteten in der Schlange und setzten sich dann mit ihrem Essen an einen Tisch, aber immer noch keine Spur von ihr.

»Wo ist denn Jinny?«, fragte Yemi, als fünf Minuten vergangen waren.

»Sie geht mir aus dem Weg.« Esther stocherte halbherzig in ihrem chinesischen Hühnchensalat herum. Sie hatte absolut keinen Appetit. Alles schmeckte wie nasses Papier.

Yemi runzelte die Brauen über seiner Brille. »Warum?«

»Sie ist sauer auf mich.«

»Was hast du denn angestellt?«

Natürlich nahm er an, dass es Esthers Schuld war. Was auch stimmte, aber das war nicht der Punkt.

Sie sah ihn finster an. »Ich will nicht darüber sprechen. Ich habe etwas Dummes getan, und jetzt redet sie nicht mehr mit mir. Lassen wir es einfach darauf beruhen.«

»Du solltest dich entschuldigen.« So viel dazu.

»Das habe ich getan.«

»Du solltest dich noch einmal entschuldigen. Du musst dich entschuldigen, bis sie aufhört, sauer zu sein.«

Esther legte ihre Gabel hin und griff nach ihrer Mountain-Dew-Limo. Normalerweise trank sie nicht so viel Koffein, aber heute brauchte sie es. Sie schraubte den Verschluss auf, nahm einen Schluck und verzog das Gesicht, weil es so süß war. »Macht das die Leute nicht nur noch saurer, wenn sie wollen, dass man sie in Ruhe lässt, aber man es einfach nicht tut?«

Sie hatte darüber nachgedacht, ob sie heute Abend zum Strickkurs gehen sollte. Normalerweise verpasste sie den Termin so gut wie nie; er war einer der Höhepunkte ihrer Woche. Aber vielleicht war Jinny da, und Esther war nicht besonders heiß darauf, ihren Streit vor allen anderen fortzusetzen. Die sich mit Sicherheit auf Jinnys Seite schlagen würden. Sie konnte sich ihre Blicke genau vorstellen, wenn sie hörten, was Esther getan hatte. Die Kommentare. Dem konnte sie sich nicht auch noch stellen, zusätzlich zu allem anderen.

Yemi neigte den Kopf zur Seite. »Manchmal. Kommt drauf an, ob sie wirklich in Ruhe gelassen werden wollen oder das nur sagen, weil sie wollen, dass man sich bemüht, sie zurückzugewinnen.«

»Woher weiß man denn, was was ist?«

»Das kann ich dir auch nicht sagen.« Er zuckte die Achseln. »Ich neige oft dazu, es zu verwechseln.«

Esther seufzte und nahm ihre Gabel wieder auf. Yemi war vermutlich nicht der beste Ratgeber. Aber immerhin verurteilte er sie nicht. Sie sah ihn an und erkannte nur Mitgefühl in seinem Blick. Sofort fühlte sie sich ein wenig besser. Bis sie Yemis Brille mit dem dicken Rahmen und seine zusammengezogenen Brauen an Jonathan erinnerten. Schlagartig war das elende Gefühl zurück.

»Du solltest es trotzdem versuchen«, sagte Yemi. »Es ist besser, es zu versuchen und zu scheitern, als gar nichts zu tun.«

»Ist es das?« Esther war sich da nicht so sicher. Genau diese Denkweise hatte sie immerhin erst in diese üble Situation gebracht. Wenn sie gar nichts gemacht und Jinny ihr Liebesleben selbst hätte regeln lassen, wären sie jetzt nicht zerstritten.

Aber dann wären Jonathan und sie nie Freunde geworden. Der Gedanke deprimierte sie nur noch mehr.

Esther ließ den Strickkurs am Montagabend ausfallen. Sie beschloss, dass Jinny jetzt ein wenig Abstand von ihr brauchte. Es würde nicht helfen, eine Konfrontation zu erzwingen, bevor sie bereit war zu reden – und zuzuhören. Jinny konnte es nicht ertragen, bedrängt zu werden, was ja letztlich überhaupt erst zu diesem Streit geführt hatte. Es ging nicht darum, dass Esther mit Jonathan geschlafen hatte; Jinny war sauer, dass Esther sie dazu gebracht hatte, mit ihm auszugehen.

Jinnys Mutter versuchte stets, sie zu kontrollieren: hatte sie seit jeher unter Druck gesetzt, sich auf eine bestimmte Weise zu kleiden, bestimmte Männer zu daten, eine bestimmte Art Mensch zu sein. Sie hatte sie gezwungen, Klamotten zu kaufen, die sie nicht mochte, und Dates für sie vereinbart, denen sie nicht zugestimmt hatte. Einmal hatte sie sogar Jinnys Handtasche durchwühlt und einen Haufen teurer Lippenstifte weggeworfen, die sie für »zu nuttig« erklärt hatte. Esther wusste genau, wie sehr Jinny das verabscheute – und doch hatte sie ihr ganz genau dasselbe angetan. Kein Wunder, dass sie wütend war.

Der Rest der Woche verging, ohne dass Esther ein Wort von Jinny hörte. Wo auch immer Jinny zu Mittag aß – es war nicht in der Cafeteria. Und da sie in unterschiedlichen Teilen des Gebäudes an völlig unterschiedlichen Projekten arbeiteten, war die Cafeteria der einzige Ort, an dem sie sich über den Weg hätten laufen können.

Genauso hatte sich Jinny auch beim letzten Mal verhalten, als sie sich gestritten hatten. Sie hatte sich eine Woche lang zurückgezogen, bis sie sich wieder beruhigt hatte. Dann hatten sie miteinander gesprochen und die Beziehung wieder gekittet. Darauf hoffte Esther. Es würde vielleicht ein wenig Zeit brauchen, aber irgendwann bald würde es sich hoffentlich wieder normalisieren.

Inzwischen rief Esthers Mutter regelmäßig an, um mehr Geld zu erbetteln. Sie rief am Dienstag an und dann wieder am Donnerstag. »Es ist absolut unmöglich, für das Geld irgendwo eine Wohnung zu finden«, jammerte sie. »Du weißt einfach nicht, wie der Wohnungsmarkt aussieht.«

Esther wusste es sehr genau. Sie hatte im Internet nach Wohnungen im Umkreis von Seattle gesucht. Hatte verschiedene Suchparameter eingegeben und versucht, etwas für das Budget ihrer Mutter zu finden, was nicht aussah wie eine Drogenhöhle. Es gab nicht viel. In diesem Fall übertrieb ihre Mutter nicht.

»Ich gebe dir schon so viel, wie ich mir leisten kann«, sagte Esther. Sie fühlte sich elend dabei. Denn das stimmte nicht ganz, aber sie hatte Eric versprochen, so zu reagieren.

Als sie am Freitag von der Arbeit kam, fiel Esthers Blick auf Jonathans Auto neben ihrem. Sie hatte ihn die ganze Woche nicht gesehen. Irgendwie hatte sie immer gehofft, ihm über den Weg zu laufen, aber bisher hatte sie sich mit sehnsüchtigen Blicken auf sein Auto zufriedengeben müssen.

Sie hatte darüber nachgedacht, ihm eine Nachricht zu schicken, aber ihr fiel nichts ein, was sie hätte sagen können. Zumindest nichts, was er hätte hören wollen. Er würde vermutlich im Moment jedes Freundschaftsangebot ablehnen.

Sie schaute nach ihrer Post, und das Herz zog sich ihr zusammen, als sie das Paket sah, das auf sie wartete.

Es war die neue Filterkaffeemaschine, die sie letzte Woche bestellt hatte. Sie hatte vorgehabt, Jonathan bei seinem nächsten Besuch mit einer Tasse anständigem Kaffee zu überraschen. Zwar war sie noch nicht bereit, sich eine Chemex zu kaufen, hatte aber beschlossen, dass es an der Zeit war, sich ein richtiges Gerät zu besorgen. Sie hatte ihn um Kaffeeempfehlungen bitten wollen.

Aber das ging jetzt nicht mehr. Sie konnte ihn nicht fragen, welche Kaffeesorten die besten waren, und sie konnte ihm auch keine Tasse mit ihrer neuen Kaffeemaschine machen, weil er nicht mehr bei ihr vorbeikommen würde.

Esther nahm das Paket und schleppte es hinauf in ihre Wohnung. Weil sie keine Lust hatte, die Maschine auszupacken, ließ sie die Kiste auf dem Esstisch stehen und ging ins Schlafzimmer, um sich den Pyjama anzuziehen.

Ja, sie zog schon um sechs Uhr abends ihren Pyjama an. Warum auch nicht? Es war schließlich nicht so, als ob noch jemand vorbeikommen würde. Die einzigen zwei Menschen, die sie hier besuchten, redeten gerade nicht mehr mit ihr.

Sie sank aufs Sofa und schaltete den Fernseher ein. Sally sprang neben sie und schlief sofort ein. Die Katze hatte wirklich ein hartes Leben. Jeden Tag nur schlafen, um dann abends ein Nickerchen zu halten. Das musste schön sein.

Esther zappte durch die Kanäle und suchte nach etwas, was sie interessierte. Die Kaffeemaschine sah böse vom Esstisch zu ihr herüber. So böse, wie eine unbelebte Pappkiste schauen konnte.

Nach ein paar Minuten stand sie wieder auf, nahm den Karton und stellte ihn ganz unten in die Garderobe, wo sie ihn nicht mehr sehen musste.

Das blöde Ding erinnerte sie viel zu sehr an Jonathan und daran, wie sehr sie ihn vermisste.

Was war nur mit ihr passiert? Wie hatten sich ihre Gefühle für ihn in nur ein paar kurzen Monaten so sehr verändern können? Wie hatte es geschehen können, dass sie ihn erst hasste und dann so schnell dazu übergegangen war, ihn zu mögen? Dass sie sich sogar auf ihn verließ?

Sie vermisste es, ihn draußen warten zu wissen, bis sie von der Arbeit heimkam. Sie vermisste es, ihm von ihrem Tag zu erzählen und von seinem zu hören. Sie vermisste es, zusammen Pizza zu bestellen und sich über Filme zu streiten. Sie vermisste seinen Sinn für Humor, und wie eigen er mit seinem Kaffee war. Sie vermisste es, ihm dabei zuzusehen, wie er sich mit den Händen durch die Haare fuhr, wenn er nervös war, und sein Lächeln, das er nur seinen Freunden zeigte. Sie würde dieses Lächeln vermutlich nie wieder sehen.

Sie war *gern* mit ihm befreundet gewesen, verdammt. Es hatte gutgetan, zu wissen, dass er direkt nebenan war, wenn sie Gesellschaft wollte.

Und sie wollte *jetzt* Gesellschaft, hatte aber niemanden, mit dem sie sprechen konnte.

Das Wochenende drohte, trist und leer. Keine Jinny, kein Jonathan. Nicht einmal der Strickclub am Montag, auf den sie sich hätte freuen können. Nur Esther und ihre Katze.

Sie hatte bisher nie das Gefühl gehabt, ihr Freundeskreis sei klein. Aber heute kam er ihr geradezu mikroskopisch vor. Nichtexistent sogar.

KAPITEL ZWEIUNDZWANZIG

Am Montag war Esther froh, wieder zurück zur Arbeit zu können, um wenigstens ein bisschen menschlichen Kontakt zu haben.

Sie hatte das ganze Wochenende allein in ihrer Wohnung verbracht und versucht, die Geräusche hinter der Wand in Jonathans Wohnung nicht zu beachten. Versucht, sich nicht zu fragen, was er wohl tat oder ob er wohl an sie dachte. *Was* er dachte, wenn er an sie dachte.

Statt sich in Selbstmitleid zu suhlen, hatte sich Esther damit abgelenkt, endlich ihren Kleiderschrank zu sortieren. Sonntagabend hatte sie eine ganze Mülltüte mit Klamotten gefüllt, die sie spenden wollte, und ihr Schrank sah aus wie der einer Zwangsneurotikerin – mit nach Farben sortierten T-Shirts. Es sah so schön aus, dass sie tatsächlich mit dem Gedanken spielte, ein Bild davon zu machen und es an Marie Kondo zu schicken.

Aber dann hörte sie nebenan Jonathans Kaffeemühle kreischen und verbrachte den Rest des Abends auf dem Sofa und damit, Käse zu essen, bis ihr übel war.

Jetzt war Montag, und sie war zurück im Land der Lebenden. Sie saß in einem figurbetonten Shiftkleid mit schicken Schuhen an ihrem Schreibtisch und kam sich vor wie eine Hochstaplerin. Als Ergebnis ihres Schrankausmistens – und als Versuch, aus ihrem Trübsinn herauszukommen – hatte sie sich vorgenommen, sich für die Arbeit schick anzuziehen. Zieh dich an, als hättest du den Job bereits – das sagten die Karriere-Coaches immer. Ein Teil ihres Lebens war vielleicht eine Müllhalde, aber sie konnte sich zumindest darauf konzentrieren, einen anderen Teil zu verbessern. Vielleicht würde sie mehr Respekt bei der Arbeit bekommen, wenn sie sich professioneller kleidete.

Nur dass dieses figurnahe Kleid, das sie trug, ihrer Figur heute deutlich näher war als vor zwei Jahren, als es neu gewesen war. Es war nicht nur unangenehm eng an Brust und Hüften, sondern schob sich auch ständig gefährlich weit ihre Schenkel hinauf. Außerdem juckte es mehr als in ihrer Erinnerung. Vermutlich war das der Grund dafür, dass es ganz hinten in ihrem Schrank gehangen hatte. Statt sich wie eine selbstbewusste, erwachsene Karrierefrau vorzukommen, fühlte sich Esther wie ein zappeliges Kind im kratzigen Sonntagskleid. Ein totaler professioneller Outfitfehlschlag.

»Was ist los mit dir?«, fragte Yemi. »Irgendwie siehst du heute komisch aus.«

»Na vielen Dank«, murmelte sie gereizt. So viel zur Neuen Verbesserten Esther.

Er machte schmale Augen. »Hast du ein Vorstellungsgespräch?«

»Nein, ich versuche nur, mich ein bisschen hübscher anzuziehen.«

»Warum?«

»Einfach so.« Sie zog ihren Rock zum tausendsten Mal an diesem Morgen herunter. »Wann willst du Mittag essen?«

»Ähm.« Yemis Schultern sackten ein wenig nach unten, und sein Blick glitt zur Seite.

»Was ist los?«

»Warum nimmst du an, dass etwas los sei?«

»Du machst dein Schildkrötengesicht.«

»Ich mache nicht – ich habe kein Schildkrötengesicht.«

»Hast du wohl. Immer wenn du etwas nicht tun willst, versucht sich dein Kopf zurück in deinen Körper zu ziehen. Wie bei einer Schildkröte. Was ist es, das du nicht tun willst?«

Er presste die Lippen aufeinander zu etwas, was wahrscheinlich ein Lächeln sein sollte, aber mehr wie ein Ausdruck des Schmerzes aussah. »Ich habe Jinny zugesagt, heute mit ihr Mittag zu essen.«

»Oh.« Esther fühlte sich, als hätte man ihr den Stuhl unterm Hintern weggezogen.

Yemi sah jämmerlich aus. »Es tut mir leid, wenn …«

»Nein. Dafür gibt es keinen Grund.« Sie schüttelte den Kopf. »Du sollst mit Jinny Mittag essen gehen.« Sie waren auch Kollegen. Sie drei hatten den größten Teil des Jahres zusammen Mittag gegessen. Und es war ja nicht so, als hätte Esther ein Monopol auf Yemi.

»Sicher?« Es fiel ihm sichtlich schwer. Es war ihm unangenehm, mit zwischenmenschlichen Dramen umgehen zu müssen. Was übrigens auch nicht gerade Esthers Lieblingsbeschäftigung war.

»Schon in Ordnung«, sagte sie und versuchte, ehrlich zu klingen.

Yemi schaute auf seine Schuhe. »Da gibt es noch etwas, was ich dir wohl sagen sollte.«

Esther sah zu, wie er sich wand, und wartete, dass die nächste Bombe platzte. Was auch immer es war, er schien es *absolut* nicht sagen zu wollen.

»Jinny hat mich letzte Woche um ein Date gebeten. Wir sind also ... irgendwie zusammen, glaube ich.«

»Oh. Wow. Das ist – wow.« Esther fiel nicht Besseres ein. Sie sollte sich für sie freuen. Sie sollte begeistert sein. Vor zwei Wochen wäre sie vor Freude im Büro herumgehüpft. Sie hätte eine Party geschmissen, um das zu feiern. Jetzt fühlte sie sich nur noch leerer und verlassener.

Yemis Mundwinkel bewegten sich unglücklich nach unten. »Das ist ein bisschen schräg, ich weiß.«

»Ist es nicht«, sagte Esther, aber es klang nicht besonders begeistert. »Es ist großartig.« Es war großartig. »Ich freue mich für euch beide.« Sie versuchte es zumindest.

»Du solltest wirklich mit ihr reden.«

»Ich habe es versucht.«

»Vielleicht kann ich ...«

»Bitte nicht. Versuch, dich nicht einzumischen.«

»Wir könnten morgen zusammen Mittag essen«, schlug Yemi vor.

»Ich brauche keine Mitleidsmittagspause.« Die Worte klangen bitter, und Yemi zuckte zusammen. Sie zwang sich zu einem Lächeln. »Ich meine, wir sehen uns ja schon den ganzen Tag, oder? Du solltest die Mittagspause mit Jinny verbringen.«

Yemi wirkte unsicher. »Okay.«

»Schon in Ordnung.« Esther lächelte jetzt breiter. Sie lächelte so breit, dass ihre Wangen schmerzten. Wenn sie so weitermachte, würde ihr Gesicht vielleicht erstarren. »Wirklich. Viel Spaß.«

Sie wandte sich ab, um weiterzuarbeiten. Oder versuchte es zumindest. Tatsächlich aber verbrachte sie den größten Teil des Morgens damit, ins Nichts zu starren und sich selbst zu bemitleiden.

Warum regte sie sich überhaupt so auf. Yemi war nur ein Freund von der Arbeit. Sie trafen sich nicht mal regelmäßig in der Freizeit. Zwischen ihnen musste sich nichts ändern. Sie würden weiter den ganzen Tag nebeneinander sitzen und über Arbeitsangelegenheiten sprechen können.

Und warum fühlte sie sich jetzt, als hätte sie etwas Wichtiges verloren?

Weil Jinny Yemi beanspruchte. Sie hatte ihre Trumpfkarte ausgespielt, die alles schlug, was Esther auf der Hand hatte. Wenn es hart auf hart kam, würde er jetzt Jinny wählen. Was ja auch richtig war.

Um fünf vor zwölf stand Yemi auf, um zum Essen zu gehen. »Bis nachher«, sagte er, und es klang verlegen.

Esther nickte.

Sie ging nicht in die Cafeteria. Stattdessen stellte sie sich ein mageres Essen aus dem Automaten hinten im Flur zusammen. Sie blieb an ihrem Schreibtisch sitzen, mampfte Salt & Vinegar-Chips und Kekse und verrichtete die Arbeit, die sie schon am Morgen hätte tun sollen.

Yemi kam eine Stunde später wieder und sah glücklich aus. Er leuchtete geradezu. Das Leuchten verblasste etwas, als er Esther sah. Sei Blick fiel auf die leere Chipstüte auf ihrem Schreibtisch, und er runzelte die Stirn.

»Wie war das Essen?«, fragte sie und schob den Beweis für ihr eigenes trostloses, einsames Mittagessen in den Mülleimer.

»Die Enchilada war heute ein bisschen fad.«

»Das ist mies.«

»Morgen essen wir beide zusammen zu Mittag«, bot Yemi erneut an. Ein Trostpreis.

Esther wollte ihn nicht. Sie schüttelte den Kopf. »Danke, aber morgen kann ich nicht. Ich habe einen Telefontermin mit einem von den Testteams draußen.« Das war eine Lüge, aber das konnte Yemi nicht wissen. Er würde morgen mit Jinny zum Essen gehen. Und ab dann vermutlich jeden Tag.

Esther packte sich am Dienstag ein selbst gemachtes Mittagessen ein, obwohl in der Cafeteria Kung-Pao-Hühnchen-Tag war. Statt köstliches Kung-Pao-Hühnchen und Frühlingsrollen in Gesellschaft zu genießen, würde sie ein Erdnussbutter-Marmeladen-Sandwich am Schreibtisch essen. Ein trauriges, jämmerliches Essen für eine traurige, jämmerliche Verliererin.

Den Vorsatz, sich künftig zur Arbeit hübsch anzuziehen, hatte sie fallen gelassen. Sie trug nun wieder ihre alten, bequemen Arbeitsklamotten. Wozu auch? Wenn sie schon so jämmerlich war, konnte sie es sich in ihrem Jammer auch gleich *gemütlich* machen.

Um Punkt elf Uhr 55 stand Yemi von seinem Stuhl auf und nickte Esther verlegen zu, um dann zum Mittagessen zu gehen. Sie nickte zurück. Keiner von ihnen sagte ein Wort.

Als er eine Stunde später zurückkam, hatte sich Esther die Kopfhörer aufgesetzt. Sie tat so, als sei sie in ihre Arbeit vertieft, damit sie seinen mitleidigen Gesichtsausdruck nicht sehen musste.

Den Rest des Tages sprachen sie nicht mehr miteinander. Esther behielt die Kopfhörer auf und vergrub sich in einer Tabellenkalkulation. Als es fünf Uhr wurde, packte Yemi seine Sachen und stand auf. Er tippte ihr auf die Schulter und winkte. Sie winkte zurück, und er ging.

Mittwoch war Hackbratentag. Der Hackbraten war nichts Besonderes, aber sie servierten ihn mit Käsemakkaroni. Esther liebte die Käsemakkaroni in der Cafeteria.

Sie fand, dass sie sich nicht ewig vor Jinny und Yemi verstecken konnte, daher fasste sie sich ein Herz, um sich allein dem Gang in die Cafeteria zu stellen.

Sie hatte sich eine Strategie zurechtgelegt. Zuerst wartete sie darauf, dass Yemi ging, dann gab sie ihm fünf Minuten Vorsprung, bevor sie selbst aufstand. Als Esther sich in die Schlange vor die Essensausgabe stellte, saßen Jinny und Yemi bereits allein an einem Tisch.

Es war das erste Mal seit ihrem Streit, dass Esther Jinny wiedersah. Sie und Yemi saßen eng beieinander, unterhielten sich und lächelten einander an – oder strahlten, besser gesagt. Sie waren in ihrer eigenen kleinen Welt. So vertieft, dass sie gar nicht bemerkt hatten, dass Esther hereingekommen war. Jinny schien absolut hingerissen zu sein, und Yemi hatte praktisch Herzchen in den Augen. So hatte Esther ihn noch nie gesehen. Es war eine Offenbarung. Sie hätte ihn niemals für einen solchen Romantiker gehalten.

Sie sahen so glücklich aus.

Als Esther an der Essensausgabe ankam, hatten sie keine Makkaroni mit Käse mehr.

Sie holte sich den Hackbraten zum Mitnehmen und aß allein am Schreibtisch.

Esther hatte wieder Kopfhörer aufgesetzt, als Yemi vom Essen kam. Sie hatte die Überreste ihres kläglichen Essens im Mülleimer der Damentoilette entsorgt. Sie sagte sich, dass sie das tat, damit sie nicht für den Rest des Tages Hackbraten riechen müsse, aber in Wirklichkeit wollte sie nicht, dass Yemi merkte, dass sie am

Schreibtisch gegessen hatte. Warum ihr das so wichtig war, wusste sie selbst nicht. Aber es war ihr wichtig.

Als er sich setzte, schaute sie absichtlich nicht auf. Nach ein paar Minuten trat er gegen ihren Stuhl.

Sie drehte sich auf dem Stuhl um und hob einen Kopfhörer vom Ohr – nur einen, um ihm deutlich zu machen, dass sie nicht reden wollte. Herrje, sie war wirklich kleinlich. Aber irgendwie konnte sie nichts dagegen tun.

Yemi sah sie stirnrunzelnd an. »Du bist sauer auf mich.«

Esther zwang sich zu einem Lächeln, das vermutlich genauso falsch aussah, wie es sich anfühlte. »Nein, bin ich nicht. Ich komme nur mit diesen Anmerkungen hier nicht hinterher.«

Yemi sah jetzt noch finsterer drein. »Bist du wütend, dass Jinny und ich daten?«

»Nein, natürlich nicht.« Esther lächelte jetzt breiter. Sie hatte das Gefühl, ihr Gesicht müsse entzweibrechen, auseinanderfallen und ein scheußliches Reptilienmonster darunter entblößen.

»Was soll ich tun?«, fragte Yemi.

»Ich will gar nicht, dass du irgendwas tust. Du machst ja nichts falsch.«

»Ich könnte mit ihr reden«, bot er erneut an.

»Bitte nicht.« Das Letzte, was Esther wollte, war, verantwortlich für Spannungen in Jinnys neuer Beziehung zu sein. »Es ist besser, wenn du es auf sich beruhen lässt. Ich freue mich, dass ihr zusammen seid. Ich bin froh, dass ihr glücklich seid.«

Die Worte klangen hohl, aber besser bekam sie es nicht hin. Sie wollte sich *wirklich* für sie freuen. Das war etwas Gutes, oder?

Bevor Yemi noch etwas sagen konnte, setzte sie sich die Kopfhörer wieder auf und drehte ihm den Rücken zu.

An diesem Abend rief Penny bei Esther an, um zu sehen, wie es ihr ging. »Du bist jetzt zwei Wochen hintereinander nicht beim Stricken gewesen. Geht es dir gut?«

»Alles okay«, sagte Esther und wischte sich Pizzakrümel von der Pyjamahose.

Es war sieben Uhr, und sie trug bereits ihren Pyjama und aß Pizza auf dem Sofa, wobei sie kitschige Weihnachtsliebesfilme schaute. Weil sie eine Loserin war, die nirgends hinkonnte und daher mit ihrer Katze zu Hause bleiben musste. Nicht, dass sie früher oft an Wochentagen ausgegangen wäre. Aber trotzdem. Was war sie nur für ein Klischee geworden. Sie konnte nicht einmal mehr ihre Lieblingshorrorfilme schauen, weil sie sie zu sehr an Jonathan erinnerten. Stattdessen schaute sie eine herzerwärmende Grässlichkeit mit Melissa Joan Hart und Joey Lawrence. Was im Grunde auch fast ein Horrorfilm war.

»Kommst du denn gar nicht wieder?«, fragte Penny.

»Ist Jinny aufgetaucht?«

Penny zögerte. »Am Montag war sie da.«

»Hat sie euch gesagt, dass sie im Moment nicht mit mir spricht?«

»Sie ... hat vielleicht etwas diesbezüglich erwähnt.«

Esther umklammerte das Handy fester. »Hat sie euch auch erzählt, warum?«

»Ja, und ich schlage mich auf niemandes Seite, aber ich finde, ihr beide müsst euch wieder vertragen.«

»Ich habe es versucht. Sie will nicht mit mir reden.«

»Es ist nicht dasselbe ohne dich. Alle vermissen dich.«

»Jinny nicht.«

»Doch. Auch wenn sie zu stolz ist, es zuzugeben.«

»Na ja, jedenfalls ist sie dran. Ich versuche, ihre Grenzen zu respektieren und ihr ein wenig Luft zum Atmen zu lassen. Weshalb ich ihr das Sorgerecht für euch übertragen habe.«

Es war in Ordnung. Okay, vielleicht fühlte sich ihr Leben gerade wie ein Film über eine einsame Jungfer an, die zur Arbeit ging, ihr Mittagessen allein am Schreibtisch verschlang und die Abende strickend mit der Katze vor dem Fernseher verbrachte – was auch nicht das Gelbe vom Ei war, weil Sally ständig versuchte, auf ihrem Garn herumzukauen.

Letzte Woche hatte sie Jonathans Mütze fertig bekommen, konnte sie ihm aber natürlich nicht schenken, also hatte sie sie ganz unten in ihre Kommode gestopft und mit einem Paar Socken für sich selbst begonnen. Sie strickte kein besonderes Muster, sondern benutzte einfach das übrig gebliebene Sockengarn von ihren vorigen Projekten – all die unterschiedlichen Stücke in verschiedenen Farben. Sie griff blind in ihren Strickkorb und nahm das erste Wollknäuel heraus, das ihr in die Hand fiel, strickte, bis sie keine Lust mehr hatte, und nahm dann ein anderes Knäuel. Dies würden die hässlichsten Socken der Welt werden. Chaotisch und tragisch, genau wie Esthers Leben.

»Ich hasse so was«, sagte Penny unglücklich. »Dieses Drama macht mich fertig.«

Esther schaute finster auf den Bildschirm, auf dem eine Kitschfilmszene zu sehen war. »Ich bin auch nicht wirklich ein Fan davon.«

»Wir sind deine Freunde, und du bist bei uns stets willkommen. Du kannst wiederkommen, wann immer du willst.«

Das war nett, aber Esther konnte sich nicht vorstellen, wieder zum Strickclub zu gehen, solange Jinny nicht mit ihr reden wollte. Sie verdienten es nicht, mit in die Sache hineingezogen zu werden.

»Versprich mir, dass du anrufst, wenn du etwas brauchst«, sagte Penny.

»Mach ich.« Pennys Stimme zu hören, machte Esther bewusst, wie sehr sie die Gruppe vermisste. Vilma war die Mutterfigur, die sie sich immer gewünscht hatte, und die anderen waren wie Schwestern. Sie waren wie eine kleine Familie. Die einzige Familie, die Esther in L.A. hatte. »Ich komme schon irgendwann wieder. Ich nehme mal an, diese Scheidung ist nicht für die Ewigkeit.«

»Ihr lasst euch nicht scheiden«, beharrte Penny. »Ihr bekommt das schon wieder hin.«

Esther wünschte sich sehr, das glauben zu können. Sie hatte nicht erwartet, dass der Streit mit Jinny so lange dauern würde. Es waren schon anderthalb Wochen vergangen. Am Montag hatte sie Jinny erneut geschrieben, praktisch ein Testlauf, aber sie hatte keine Antwort bekommen, wie zuvor.

Sie spielte mit der Idee, zu Jinnys Wohnung zu gehen und zu schauen, ob sie sie hereinlassen würde. Irgendwann würde sie das vermutlich wirklich tun müssen, aber noch schien diese Aktion ein zu hohes Risiko der Zurückweisung zu bergen. Sie würde ihr noch ein paar Tage geben, dann würde sie erneut darüber nachdenken.

Esther legte auf, schaute ihren schrecklichen Kitschfilm weiter und strickte an ihren hässlichen Socken.

Eine Stunde später klopfte es an ihrer Tür.

Ihr Herz setzte einen Schlag aus, als Sally ins Schlafzimmer flitzte. Was, wenn es Jonathan war? Sie konnte gerade nicht mit ihm reden. Nicht jetzt, da sie schon ihren Pyjama trug. Vermutlich hatte sie außerdem Pizzasoße am Kinn, und einen BH trug sie auch nicht.

Sie stand auf und spähte durch den Spion. Niemand da. Gruselig. Genauso begannen Horrorfilme. Sie wartete, lauschte nach dem Geräusch eines Killers in der Nähe. Als sie nichts hörte, öffnete sie die Tür einen Spalt.

Ein brauner DIN-A4-Umschlag lag vor ihrer Tür. In einer vertrauten Schrift und mit einem schwarzen Pilot-Gelstift war ihr Name darauf gekritzelt.

Jonathan hatte ihr etwas hingelegt.

KAPITEL DREIUNDZWANZIG

Das Herz hämmerte in ihrer Brust, als sie sich bückte, um den Umschlag aufzuheben. Keine Spur von ihm. Er musste hastig zurück in seine Wohnung gegangen sein, um sie nicht sehen zu müssen.

Sie nahm den Umschlag mit herein und schloss die Tür. Darin lag ein Exemplar von Jonathans Drehbuch. *American Dreamers*. Die Liebesgeschichte, die er ihr versprochen hatte zu geben, wenn sie fertig war.

Esther setzte sich aufs Sofa und schlug die erste Seite auf. Der Kitschfilm wurde zu einem Hintergrundgeräusch, das sie kaum noch wahrnahm, so vertieft war sie in den Text. Fasziniert von jedem Wort. Gebannt. Verblüfft.

Je weiter sie las, desto lauter hämmerte der Herzschlag in ihren Ohren.

Es ging um sie. Um sie beide.

Jonathan hatte die weibliche Hauptfigur Emily vollkommen anders angelegt, und jetzt ähnelte sie Esther. Statt eines Manic Pixie Dream Girls war sie bodenständig, sarkastisch, pragmatisch und ein wenig verschlossen. Misstrauisch und ohne Lust auf emotionale Bindung. Sie hatte sogar einen Abschluss im Ingenieurswesen und keinen Sinn für guten Kaffee.

Jonas, die männliche Hauptfigur, war dagegen kaum verändert. Er ähnelte immer noch Jonathan, aber einige der nervigen, schrulligen Züge waren herausgestrichen. Statt Straßenmusiker war er jetzt Autor wie Jonathan. Er war weniger selbstgefällig und freundlicher. Verletzlicher. Er trug sein Herz auf der Zunge, verliebte sich schnell und hatte keine Angst, es auszusprechen.

Die ganze Geschichte war überarbeitet worden. Vor allem gab es jetzt einen richtigen Plot. Jonas und Emily trafen sich immer noch auf dieselbe Weise – nur jetzt am Flughafen statt am Bahnhof, so wie Esther es vorgeschlagen hatte –, aber ihre Unterhaltung hatte jetzt Sinn. In dieser Version verliebte sich Jonas schon im ersten Akt Hals über Kopf in Emily und versuchte, sie den Rest des Drehbuchs über davon zu überzeugen, dass es so etwas wie Liebe auf den ersten Blick wirklich gab, während Emily darauf beharrte, dass es Liebe nur in der eigenen Phantasie gebe. Sie nannte sie sogar eine »zeitweilige Verirrung, hervorgerufen durch einen hohen Cortisol- und niedrigen Serotonin-Pegel«, genau wie Esther es ausgedrückt hatte.

Viele der Unterhaltungen im Drehbuch spiegelten Unterhaltungen wider, die sie selbst mit Jonathan geführt hatte. Es war ein wenig so, als lese sie das Tagebuch ihrer Freundschaft.

Im letzten Akt bat Jonas Emily, ihre Reise zu verschieben und noch einen weiteren Tag zu bleiben. Wenn sie ihm nur einen Tag gebe, sagte er, könne er ihr beweisen, dass sie füreinander bestimmt seien. Sie müsse es nur riskieren. Sich für die Möglichkeit der Liebe öffnen.

Das Drehbuch endete mit einem Cliffhanger, kurz bevor Emily – die eindeutig hin- und hergerissen war – ihre Entscheidung traf. Man wusste nicht, ob sie Ja sagen würde.

Die Worte verschwammen vor Esthers Augen, während sie auf die Seite starrte. Jonathan benutzte dieses Drehbuch, um ihr zu sagen, was er fühlte. Auf jeder Seite, in jedem Wort ging es um sie beide. Er bat sie, ihnen eine Chance zu geben.

Esthers Magen schmerzte. Sie hatte das Gefühl, nicht genügend Luft zu bekommen. Womöglich erstickte sie.

Das zwischen uns ist echt, flehte Jonas auf der letzten Seite. *Ich weiß, dass du es auch fühlst. Bitte verlass uns nicht.*

Esther schloss die Augen und wartete, bis ihr Atem wieder regelmäßig ging. Dann nahm sie ihr Handy und scrollte zu Jonathans Namen in ihrem Adressbuch. Sie musste mit ihm sprechen. Er hatte seine Seele entblößt, indem er ihr dieses Drehbuch zu lesen gegeben hatte. Sie konnte nicht darüber hinweggehen. Es wäre grausam. Herzlos. Sie war nicht herzlos. Wenn überhaupt, dann war ihr Herz zu voll, um noch in ihre Brust zu passen.

Er ging nach dem ersten Klingeln ran.

»Esther?« Beim Klang seiner Stimme brannten ihre Augen und ihre Kehle, bis hinunter in ihre Magengrube. O Gott, sie hatte ihn vermisst. *So sehr.*

Sie schluckte und stand auf, um in ihrem Wohnzimmer auf und ab zugehen. »Ich habe *American Dreamers* gelesen.«

»Ja?«, sagte er vorsichtig.

»Ich liebe es.«

Er sagte kein Wort.

Sie blieb stehen. »Jonathan?«

»Ich bin hier.« Seine Stimme war heiser. »Du magst es wirklich?«

»Nein, ich *liebe* es. Es ist so gut. Deine Professorin muss dir dafür eine Eins geben.« Sie ging wieder auf und ab, drehte jetzt Schlenker in ihrer Wohnung – vom Wohnzimmer in die Küche und zurück.

»Es geht darin um dich«, sagte er. »Um uns.«

Sie atmete tief durch. »Ja, das habe ich auch gemerkt.«

»Esther ...«

»Nicht«, sagte sie, und ihre Stimme brach. »Bitte. Ich kann nicht.«

»Du kannst nicht was?«

»Das hier tun. Mit dir.«

»Warum?«

Sie schluckte den Kloß in ihrer Kehle herunter. »Ich kann nicht das sein, was du brauchst. Ich fühle nicht, was du willst, dass ich fühle.« Sie blieb erneut stehen und starrte zu Boden. Suchte nach Worten. »Das Drehbuch war großartig, aber es ändert gar nichts. Es tut mir leid.«

Sie vermisste seine Freundschaft – *so* sehr. Aber sie konnte ihm nicht mehr geben. Und er verdiente mehr. Er verdiente jemanden, der seine Gefühle bedingungslos erwidern konnte. So sehr er auch glaubte, sie zu wollen – sie würde ihn nur noch mehr verletzen. Und sie schuldete es ihm, das nicht zu tun.

Er atmete ebenfalls tief durch. »Okay. Dann war es das wohl.« Er klang leer und kraftlos, wie ein alter Heliumballon.

»Es tut mir leid«, wiederholte sie. Zum letzten Mal. Ein Abschied.

»Warte, leg noch nicht auf.«

Sie wartete.

»Ich vermisse dich.«

Ihr Blick fiel auf die Wand, hinter der seine Wohnung lag. Das Einzige, was physisch zwischen ihnen stand. Nur ein paar Zentimeter Gipskarton und Isoliermasse.

Ihre Stimme zitterte, als sie sagte: »Ich vermisse dich auch.«

»Das, was wir haben, ist echt. Bitte wirf uns nicht weg.« Das war beinahe dasselbe, was Jonas zu Emily gesagt hatte.

Sie legte die Handfläche an die Wand, die sie trennte. Sagte kein Wort. Sie wusste nicht, ob sie das überhaupt noch konnte.

»Ich liebe dich«, sagte Jonathan.

Ihr Magen fühlte sich an, als hätte sie gerade einen Looping in der Achterbahn hinter sich, und sie zog hastig die Hand von der Wand weg.

Niemand, der nicht mit ihr verwandt war, hatte jemals diese Worte zu ihr gesagt. Es fühlte sich an, als hätte der Himmel ihr eine Ohrfeige gegeben. »Was?«, sagte sie und presste sich das Handy ans Ohr.

»Du hast mich gehört.«

»Jonathan.« Es war nur ein ersticktes Flüstern. »Bitte nicht.«

»Bitte nicht lieben oder es bitte nicht sagen?«

»Beides.« Ihr war schwindelig. Sie streckte die Hand aus, um sie wieder an die Wand zu legen und sich zu stützen.

»Ich kann nichts daran ändern, wie ich fühle. Und versuch mir bloß nicht zu sagen, du hättest keine Gefühle für mich, weil ich nämlich weiß, dass das nicht so ist.«

»Natürlich bist du mir wichtig, aber ...« Das war einfach zu viel Druck. Sie fühlte sich wie gelähmt. Nicht in der Lage, irgendetwas zu sagen.

»Aber nicht genug, willst du das sagen?«

Sie starrte auf die Wand, die sie trennte. Sie konnte sich sein Gesicht genau vorstellen. Die dunklen Augenbrauen, zusammengezogen. Diese Falte, die er auf der Stirn hatte, wenn er ernst war. Seine Augen, weich und eindringlich hinter den Brillengläsern.

Sie wischte sich die Tränen vom Gesicht. »Es tut mir leid.«

»Okay«, sagte er. Bitter. Resigniert. »Dann war's das wohl.«

Er legte auf.

Esther sank zu Boden und zog die Knie an die Brust, ohne das Handy loszulassen.

Er liebte sie nicht wirklich. Er liebte nur die Idee, verliebt zu sein. Er suchte schon so lange nach jemandem, der die Leerstelle in seinem Herzen füllen sollte, dass er sich auf den ersten Menschen gestürzt hatte, der vorbeikam. Er hatte sich nur auf sie fixiert, weil sie eben da gewesen war. Weil sie die bequeme Lösung war.

Zumindest versuchte sie, sich das einzureden.

Aber ganz tief in ihrem Inneren wusste sie, dass das eine Lüge war.

KAPITEL VIERUNDZWANZIG

Noch nie hatte sich jemand in Esther verliebt. Kein einziges Mal, in ihrem ganzen Leben nicht. Sie hatte geglaubt, es würde sich irgendwie besser anfühlen. Und weniger Übelkeit erregend.

Vielleicht würde es das auch, wäre sie nur nicht so kaputt. Wenn sie in der Lage wäre, so zu reagieren, wie man auf so etwas reagieren sollte. Normale Menschen bekamen sicher keine Panikattacke, wenn jemand, der ihnen wichtig war, ihnen sagte, dass er sie liebte.

Am nächsten Tag ging Esther ging zur Arbeit und versuchte, nicht weiter darüber nachzudenken. Am Montag würde ein Meeting stattfinden, auf das sie sich vorbereiten musste. Es hatte sich herausgestellt, dass es einen Konflikt zwischen den Unterbaugruppen der Nutzlast und der Energieversorgung gab, und die Teamleiter wollten das Problem analysieren und dann entscheiden, was zu tun war.

Eine Gelegenheit für Esther, sich bei beiden Teams beliebt zu machen. Wenn sie eine Lösung dafür fand und sie die Teams davon überzeugen konnte, sie umzusetzen, stellte sie ihre Kompetenz unter Beweis.

Nur dass sie sich nicht konzentrieren konnte. Immer, wenn sie über das Problem nachdenken wollte, dachte sie stattdessen an Jonathan. Immer wieder ließ sie ihr gestriges Gespräch in ihrem Kopf ablaufen oder rief sich Sätze aus seinem Drehbuch ins Gedächtnis. Und dann begann ihr Magen zu schmerzen, ihre Brust fühlte sich eng an, und sie musste die Augen zukneifen, um die Tränen zurückzudrängen.

In der Mittagspause ging sie hinunter in die Cafeteria, um sich etwas zu Essen zu holen, so, wie sie es jetzt immer tat. Yemi und Jinny saßen schon dort, an einem Tisch ganz hinten in der Ecke. Sie hatten wieder die Köpfe zusammengesteckt und lächelten sich an, als wären sie ganz allein im Saal. Esther beobachtete sie, während sie in der Schlange stand und wartete. Sie liebten einander. Sie wussten es vielleicht noch nicht, aber es war klar und deutlich zu sehen.

Sie wirkten so glücklich, dass ihr Magen sogar noch mehr wehtat. Sie fühlte sich nicht nur ausgeschlossen, begriff sie. Sie war neidisch auf das, was die beiden hatten. Dass sie es zulassen konnten, so geliebt zu werden.

Den Rest des Nachmittags verbrachte sie damit zu versuchen, sich auf die Arbeit zu konzentrieren. Es war eine Erleichterung, als es endlich fünf Uhr war und sie nach Hause flitzen konnte.

Jonathans Auto stand nicht da, als sie nach Hause kam. Sie war enttäuscht. Der tägliche Blick auf seinen Wagen war das Einzige, was sie von ihm zu sehen bekam. Wo er wohl war? Und ging es ihm gut nach ihrer Unterhaltung gestern Abend? Wieder quälten sie die Gewissensbisse.

Sie öffnete gerade die Tür zu ihrer Wohnung, als ihr Handy klingelte. Na toll. Ihre Mutter. Noch eine Stress- und Magenschmerzquelle.

»Du bist ans Handy gegangen«, sagte ihre Mutter. »Du gehst nie ans Handy.«

»Hallo, Mom«, sagte Esther, verzog das Gesicht und warf die Tür hinter sich zu. Sie hatte die Anrufe ihrer Mom neulich ignoriert und es seitdem nicht geschafft, sie zurückzurufen. Noch eine Sache, für die sie sich schuldig fühlen musste.

»Ich weiß einfach nicht, was ich tun soll, mein Schatz.«

Es wäre so schön, wenn ihre Mutter wenigstens einmal anrufen würde, um zu fragen, wie es ihr ging. Oder zumindest fragte, wie es ihr ging, und dann erst über ihre eigenen Probleme redete.

»Eric hat gesagt, dass du heute noch ein paar Wohnungen besichtigst.« Ihr Bruder hatte ihr bei der Wohnungssuche geholfen, aber bisher war nichts dabei gewesen, was sie für passend hielt. Und die Uhr tickte, am Ende des Monats musste sie aus ihrer derzeitigen Bleibe raus.

»Das waren alles Alptraumwohnungen. Eine hatte sogar ein Waschbecken im Schlafzimmer.«

Esther ging in die Küche, um Sally zu füttern. »Ich weiß, dass es schlimm ist, aber vielleicht musst du deine Ansprüche ein wenig runterschrauben.«

»Du hast diese Wohnungen nicht gesehen, Schätzchen. Niemand würde wollen, dass die eigene Mutter in so etwas wohnt.«

Eric hatte Esther die Links zu den Anzeigen geschickt, und sie hatte sie sich online angesehen. So schlimm hatten die Wohnungen nicht ausgesehen. Sie waren im Prinzip ungefähr so wie Esthers Wohnung.

»Wenn ich nur ein bisschen mehr Geld zur Verfügung hätte, könnte ich vielleicht etwas Menschenwürdiges finden.«

Esther ließ sich aufs Sofa sinken und massierte sich die Schläfen. »Ich kann dir nicht noch mehr Geld geben, als ich es schon tue.«

»Aber ich weiß doch, dass du in deinem Job viel verdienst.«

»Ich bin erst zwei Jahre dort, und das Leben in L.A. ist teuer.«

»Na ja, wenn du nach Seattle zurück ziehen würdest ...«

»Seattle ist auch teuer«, fuhr Esther sie an. »Und mein Job ist nun mal in L.A.«

»Du weißt genau, dass ich meine Tochter nicht gern um Geld anbettele.«

Esther biss die Zähne zusammen. »Ich weiß.«

»Du bist unvernünftig. Und ich brauche deine Hilfe.«

»Ich kann dir nicht helfen«, sagte Esther. »Es tut mir leid.«

»Was habe ich dir eigentlich getan? Womit habe ich das verdient? Wieso habe ich eine so gefühllose Tochter? Eines Tages bin ich tot, und dann bereust du es, mich so kalt behandelt zu haben.« Wütend legte ihre Mutter auf. In letzter Zeit legte sie immer wütend auf.

Noch viel mehr davon würde Esther nicht ertragen können. Sie ging in die Küche, um sich ein Bier zu holen, und dann rief sie ihren Bruder an. »Wenn Mom nächstes Mal anruft, biete ich ihr mehr Geld an.«

»Wehe, du tust das.«

»Ich schaffe das nicht mehr. Bitte lass mich diesem Problem Geld hinterherwerfen, damit es weggeht.«

»Wie viel Geld willst du ihr denn in den Rachen werfen? Noch weitere tausend Dollar monatlich? Denn sie glaubt, dass sie so viel braucht. Sie will diese Wohnung in Maple Leaf, die achtzehnhundert Dollar monatlich kostet, weil das Licht dort eine positive Energie hat, oder irgend so ein Feng-Shui-Scheiß.«

Esther konnte sich weitere tausend Dollar monatlich nicht leisten. Nicht, wenn sie in ihrer Wohnung bleiben wollte. Sie konnte höchstens noch ein paar hundert Dollar drauflegen.

»Außerdem«, sagte Eric, »wird es dabei nicht bleiben. Nicht, wenn du jetzt nachgibst. Nächstes Jahr will sie ein bisschen mehr, und das Jahr drauf noch mehr. Und dann finanzierst du sie vollständig. Willst du das? Kannst du dir das leisten?«

»Sie ist unsere Mutter.«

»Sie ist weder krank, noch hat sie eine Behinderung. Sie ist vollkommen in der Lage, ihre eigenen Probleme zu lösen und ihr eigenes Geld zu verdienen. Sie will es nur nicht. Lass dich nicht von ihr manipulieren, Es. Du tust ihr keinen Gefallen, wenn du nachgibst.«

Esther wusste, dass er recht hatte, aber das machte es nicht einfacher. Sie fühlte sich kein Stück nicht besser.

Sie bekam ein Magengeschwür, ganz sicher. Sie spürte die Säure in ihrem Magen brodeln und wie sie sie von innen zerfraß. Immer, wenn ihr Handy die Melodie von »Mother's Little Helper« von den *Rolling Stones* quäkte, reagierte sie körperlich darauf. Ihr Herz begann zu hämmern, ihr Magen stülpte sich praktisch um.

Das war alles zu viel. Vielleicht würde sie besser damit zurechtkommen, wenn sie jemanden zum Reden hätte. Jinny oder die Strickgruppe. Oder Jonathan.

Herrgott, sie vermisste Jonathan so sehr. Er würde genau wissen, was er sagen musste, um sie aufzuheitern. Er würde sie verstehen, weil er selbst Probleme mit seinen Eltern hatte. Er würde die Brauen zusammenziehen, bis sie aussahen wie eine schwarze Linie, und dann mit seinen langen Wimpern über seinen sanften Augen voller Mitgefühl klimpern. Selbst wenn er ihr Problem nicht lösen konnte, würde sie sich einfach deswegen besser fühlen, weil er zuhörte.

Aber Esther hatte Jonathan verloren. Sie hatte ihn von sich gestoßen. Der einzige Mensch, mit dem sie noch sprechen konnte, war Eric, und der war schon gestresst genug. Er war außerdem derjenige, der sie daran hindern wollte, das zu tun, was sie tun wollte.

Es gab noch eine andere mögliche Lösung für das Problem ihrer Mutter, die Esther allerdings erst einmal unter die Lupe nehmen musste. Und sie wusste, dass sie Eric nicht gefallen würde.

Ihr Vater besaß zwei Mietshäuser. Vielleicht konnte man ihn davon überzeugen, ihrer Mutter eine Wohnung darin zu vermieten, zu einem niedrigeren Preis. Das war wohl ein wenig utopisch, aber vielleicht würde er es für Esther tun. Wenn sie erklärte, dass Eric und sie am Ende ihres Lateins seien, dass sie sich deswegen täglich stresste, dann würde er womöglich helfen.

Sie ließ die Idee ein paar Minuten sacken und betrachtete sie von allen Seiten. Dann fasste sie sich ein Herz und rief ihren Dad an.

»Esther?« Er klang überrascht, als er ranging. Kein Wunder. Sie rief ihn fast nie an. Sie hatten seit Monaten nicht mehr miteinander geredet.

»Hey, Dad«, sagte sie und ging in ihrer Wohnung auf und ab.

»Ist alles in Ordnung?« Es war weder ein Feiertag, noch hatte jemand Geburtstag, also nahm er natürlich an, dass etwas passiert war. Oder dass sie etwas brauchte. Was ja stimmte.

Sie behandelte ihren Dad, wie ihre Mutter sie selbst behandelte. Von dieser Erkenntnis wurde Esther noch übler.

»Ja«, log sie. »Alles okay.«

»Was ist los? Du kannst es mir sagen.« Selbst ihr stets abwesender Vater konnte ihre einfache Lüge durchschauen. Sie hatte eigentlich damit beginnen wollen, ihn zu fragen, wie es ihm ging und so zu tun, als interessierte sie sich für sein Leben, aber dafür war es jetzt zu spät.

»Ich, ähm ... ich habe eine Frage zu den beiden Mietshäusern, die du besitzt. In Fremont.«

»Was ist damit?«

»Hast du sie noch?«

»Ja.«

»Es ist nicht zufällig gerade etwas frei, oder?« In dem Moment, in dem sie die Worte aussprach, wusste sie, dass die Idee nur ein Hirngespinst war. Die beiden Häuser hatten je nur acht Apartments. Es wäre ein großer Zufall, wenn just im Moment eine davon frei gewesen wäre. Abgesehen davon, dass ihr Vater vermutlich nur ungern ihre Mutter dort wohnen lassen wollen würde.

»Worum geht es hier?«, fragte er, ungeduldig darauf wartend, dass sie zum Punkt kam.

»Mom verliert ihre Wohnung.«

»Oh. Natürlich.« Seine Stimme war jetzt tonlos. Er distanzierte sich bereits, wie er es immer tat, wenn es um ihre Mutter ging.

Esther redete einfach weiter, obwohl sie wusste, dass es hoffnungslos war. »Sie hat Probleme, eine neue Wohnung für ihr Budget zu finden, und ich habe mich gefragt – eigentlich habe ich gehofft, dass du ihr vielleicht eine von deinen Wohnungen vermieten könntest.«

»Ich bezweifle, dass sie sich die Miete leisten kann.«

»Ich dachte, dass du ihr vielleicht einen kleinen Nachlass gewähren könntest ...« Sie kaute auf ihrer Unterlippe und wartete auf eine Antwort.

»Esther.« Seine Stimme war jetzt sogar noch ausdrucksloser. »Das kann ich nicht machen.«

»Du meinst, du willst es nicht.«

»In diesen Wohnungen wohnen Langzeitmieter. Das sind unbefristete Verträge, ich kann sie nicht brechen.«

»Okay, aber ...«

»Und selbst wenn ich das könnte, würde ich es nicht tun.«

Und da war es wieder. Warum hatte sie auch nur eine Sekunde geglaubt, dass das hier funktionieren könnte? Ihr Vater würde sich niemals die Mühe machen, ihrer Mutter zu helfen.

»Dad, bitte«, sagte sie und startete einen letzten, verzweifelten Versuch. »Bitte tu es für mich. Eric versucht schon die ganze Zeit, eine neue Wohnung für sie zu finden, aber bisher hatte er überhaupt kein Glück. Ende des Monats muss sie schon raus sein. Wir sind völlig fertig.«

»Hör mal, Mausezahn ...« Es nagte an ihr, dass ihr Dad sie immer noch Mausezahn nannte, als wäre sie neun. Was im Grunde kein Wunder war, denn so alt war sie gewesen, als er zuletzt wirklich Zeit mit ihr verbracht hatte. »Dieses Problem muss eure Mutter lösen, nicht du, nicht Eric, und schon gar nicht ich.«

Esther setzte sich aufs Sofa. Ihre freie Hand krallte sich krampfhaft in die Lehne. »Das klingt theoretisch super, aber es schützt Mom nicht davor, auf der Straße zu enden.«

»Deine Mutter schafft das schon. Das tut sie immer. Sobald sie begreift, dass ihr keiner die Arbeit abnimmt, wird sie etwas finden. So tickt sie nun mal.«

»Diesmal ist es anders. Du weißt doch, wie der Immobilienmarkt zurzeit aussieht.«

»Es gibt viele Leute im Zentrum, die von bescheidenen Gehältern leben. Wenn sie will, dass es für sie funktioniert, dann schafft sie das auch.«

»Das sagt einer, der in Laurelhurst wohnt.«

»Deine Mutter hat ihre eigenen Entscheidungen getroffen.«

»Sie hat aber nicht entschieden, dass du sie für deine Dentalhygienikerin verlässt.« Das war ein Schlag unter die Gürtellinie, aber in letzter Zeit schien sich Esther dort mit Vorliebe aufzuhalten.

»Sie hat sehr großzügig Unterstützung von mir bekommen«, erwiderte ihr Vater leise, aber knapp. »Niemand hat sie gezwungen, diesen Maler zu heiraten und sich dann wieder von ihm scheiden zu lassen, wobei sie alles weggeworfen hat. Ebenso hindert sie niemand daran, einen Vollzeitjob anzunehmen, um genug zu verdienen. Das sind alles ihre Entscheidungen, und was ihr jetzt widerfährt, sind die Konsequenzen aus diesen Entscheidungen.«

Esther trat mit dem Fuß gegen den Couchtisch. »Es sind nicht nur die Konsequenzen ihrer Entscheidungen. Es sind auch meine und Erics, weil wir diejenigen sind, die sich jetzt um sie kümmern müssen.«

Ihr Vater seufzte den tiefen Seufzer eines Mannes, der Jahre seines Lebens darauf verwendet hatte, sich um ihre Mutter zu kümmern. »Deine Mutter muss auf ihren eigenen Füßen stehen. Wenn wir sie jedes Mal wieder auf die Beine stellen, nachdem sie gefallen ist, dann schafft sie es nie allein. Was glaubst du denn, wie deine Mutter so geworden ist? Ihre Eltern haben sie ständig betüdelt und überbehütet, und dann musste ich wegräumen, was sie hinterlassen hatten.«

»Und jetzt bin ich diejenige, die sie im Stich lassen soll?« Esther trat wieder gegen den Couchtisch. Diesmal so fest, dass es wehtat.

»Ich sage nicht, dass es fair ist. Aber ja.«

»Du hast leicht reden.«

»Vielleicht hört sich das jetzt so an, aber glaub mir, es ist mir auch nicht leichtgefallen, sie zu verlassen. Es war nicht leicht, mich aus ihrem Netz der Abhängigkeiten zu befreien, aber trotzdem habe ich es getan, und du musst jetzt dasselbe tun.«

»War es leichter oder schwieriger, als mich und Eric zu verlassen?«, sagte sie mit kalter, tonloser Stimme.

»Esther ...«

»Egal, antworte lieber nicht darauf. Danke jedenfalls, Dad.« Sie beendete den Anruf, bevor er noch etwas sagen konnte.

Es war genau, wie sie befürchtet hatte. Sie war ganz auf sich allein gestellt.

KAPITEL FÜNFUNDZWANZIG

Am nächsten Morgen stand Esther auf und machte sich fürs Büro fertig, entschlossen, alles außer der Arbeit aus ihrem Hirn zu verbannen. Sie würde über all die anderen Dinge nicht nachdenken, denn sie konnte ohnehin nichts machen. Stattdessen würde sie sich wie ein Laser auf das Einzige konzentrieren, was sie kontrollieren konnte: ihre Arbeit.

Bis sie aus ihrer Wohnung trat und Jonathan gegenüberstand.

Esthers Herz setzte einen Schlag aus, als sie ihn sah. Eine Flasche Waschmittel hing an seiner Hand; mit der anderen hielt er den Türknauf seiner Wohnungstür umfasst. Er trug Jogginghose und Flipflops, sein Haar war fluffig und zerzaust, sein ausgeleiertes T-Shirt schlotterte an ihm herum.

Er erstarrte und sah sie an. Vor Schreck aufgerissene Augen. Eine Marmorstatue mit dem Titel »ein unliebsames Treffen«.

Sie hatte sich seit Tagen danach gesehnt, ihn wiederzusehen, aber jetzt, da sie einander gegenüberstanden, wollte sie nur noch fliehen. Sie wünschte, sie könnte die Zeit zurückdrehen und noch ein paar Minuten in ihrer Wohnung verbringen, bevor sie ging, so dass sie seinen Blick nicht ertragen musste.

Esther öffnete den Mund – was sie sagen wollte, wusste sie nicht genau –, aber bevor auch nur ein Wort herauskam, hatte er wieder Kontrolle über seine motorischen Fähigkeiten und ging wortlos in seine Wohnung. Als die Tür hinter ihm ins Schloss fiel, sackte sie in sich zusammen wie eine Luftmatratze, der man den Stöpsel zog.

So viel zu ihrem Vorsatz, sich auf die Arbeit konzentrieren zu wollen. Sie schloss ihre Wohnung mit zitternden Händen ab und ging hinunter zu ihrem Auto, den Blick strikt geradeaus gerichtet, als sie an seinem Fenster vorbei ging. Ihr Magen zog sich ein wenig zusammen, als sie seinen Lexus neben ihrem stehen sah. Sie setzte sich in ihren Prius, hielt das Lenkrad mit beiden Fäusten fest und atmete tief durch, bis sie sicher war, auf dem Weg zur Arbeit nicht heulen zu müssen.

Vielleicht sollte sie wegziehen. So nah neben Jonathan zu wohnen, war die reinste Folter.

Eine Stunde später saß sie mit Kopfhörern auf den Ohren an ihrem Schreibtisch, immer noch verfolgt von seinem erschrockenen Gesichtsausdruck.

Er hatte ausgesehen wie jemand, der Qualen ausstand. Als verletzte ihn schon ihr Anblick zutiefst.

Das kam dabei heraus, wenn man sie liebte. Schmerz und Unglück.

Nein. *Es reicht.*

Genug mit dem Selbstmitleid. Sie konnte nichts tun, was Jonathan anging, aber sie konnte verdammt noch mal das Problem mit diesem Projekt lösen.

Sie hatte schon eine Idee, sie musste sie nur noch ein wenig ausarbeiten und ein paar Dinge überprüfen. Es war eine gute Idee. Tatsächlich war sie sogar großartig. Sie würde am Montag bei diesem Meeting verdammt noch mal alle aus den Socken hauen und ihnen beweisen, was sie wert war.

Jetzt brauchte sie nur noch ein paar motivierende Beats, um alles andere auszublenden. Sie startete ihre Rihanna-Playlist, drehte die Lautstärke voll auf und machte sich an die Arbeit.

Sie verbrachte das ganze Wochenende mit der Vorbereitung ihrer Präsentation für das Meeting am Montag. Sie würde das großartig machen. Die Lösung, die sie gefunden hatte, war effizient und innovativ: Sie entwickelte eine einzelne Komponente, die beide Unterbaugruppen an Ort und Stelle halten sollte. Das würde ein wenig teurer werden, aber sowohl Gewicht als auch Platz sparen. Sie hatte eine tolle Power-Point-Präsentation erstellt, um ihren Vorschlag zu illustrieren, außerdem detaillierte Daten, um ihn zu untermauern. Der Einzige, der ebenfalls einen Vorschlag eingereicht hatte, war Dan, und seine Lösung war nicht annähernd so elegant wie ihre.

Esther ging etwas früher in den Konferenzraum und wählte einen Stuhl neben dem Whiteboard. Dan tauchte ein paar Minuten später mit einem Dutzend Donuts auf. Keine billigen Donuts, sondern teure Gourmet-Donuts aus einem Laden in Manhattan Beach. Er hatte sogar dafür gesorgt, ein paar vegane für Bhavin mitzubringen.

»Hey, meine Lieblings-Donuts!«, sagte Dmitri, als er reinkam. Er benahm sich stets zu freundlich und ein wenig schmierig, als wolle er einem ein Auto verkaufen. Die Tatsache, dass er fast immer lächelte, half dabei, seinen litauischen Akzent ein wenig weicher wirken zu lassen, der ihn ansonsten wie Graf Dracula klingen ließ. Er gab Dan einen Klaps auf den Rücken, nahm sich einen

Schoko-Donut aus der Schachtel und stopfte ihn sich halb in den Mund, um sich dann hinzusetzen.

Esthers Vorschlag kam als Erster dran, und sie präsentierte ihn ruhig, unemotional, professionell. Sie beantwortete die Fragen der anderen Entwickler, und als Dmitri sie nach der Erdung fragte, stand sie auf und demonstrierte ihm ihren detaillierten Plan mithilfe des Whiteboards.

Dan sagte kein Wort, stellte auch keine Fragen. Er saß einfach nur schweigend da, diesen ewigen, selbstgefälligen Ausdruck im Gesicht.

»Tja, das ist tatsächlich eine interessante Idee«, sagte Bhavin, als Esther fertig war. »So etwas haben wir noch nie gemacht.«

»Das stimmt«, gab Esther zu. »Aber es ist nicht komplett unerforscht. Es ist nur eine neue Applikation der Prozesse, die wir bereits bei anderen Projekten angewandt haben.«

»Aber die Sache ist die.« Dmitri beugte sich vor und zeigte sein joviales Autoverkäufer-Grinsen. Das Grinsen, das er zeigte, wenn er jemanden so richtig auflaufen ließ. »Wir haben über deine Idee gesprochen, und sie klingt riskant. Es gibt einen Grund dafür, dass wir die Dinge tun, wie wir sie tun.«

Bhavin neben ihm nickte bestätigend mit dem Kopf.

Dmitri stand auf und nahm sich noch einen Donut. »Wollen wir uns anhören, was Dan zu sagen hat?«

Esther klickte den Deckel auf den Whiteboard-Marker und setzte sich wieder. Sie hörte still zu und achtete darauf, einen neutralen Gesichtsausdruck zu bewahren, als Dan seinen Vorschlag erklärte. Er redete souverän und hatte dazu eine beeindruckende Power-Point-Präsentation erstellt, aber es war klar, dass er es mit den wissenschaftlichen Fakten nicht allzu genau genommen hatte.

Sie wartete darauf, dass ihn jemand darauf hinwies, aber das tat niemand. Bhavin hatte zu wenig Ahnung von der Technik, um zu verstehen, dass Dmitri ihm Zucker in den Hintern blies. Dmitri musste es merken, aber offenbar war es ihm egal, weil Dan sein Kumpel war.

Als Dan fertig war, nickte Dmitri. »Vielen Dank, Dan. Ich glaube, jetzt haben wir alles, was wir brauchen.« Er wandte sich an die Versammelten. »Esther, mir gefällt dein innovativer Ansatz, aber in diesem Fall sollten wir bei Dans Lösung mit der verlässlichen Applikation bleiben, die am meisten Geld spart. Alle einverstanden?«

Alle nickten und murmelten zustimmend. Esther saß vollkommen erstarrt da. Das Meeting war beendet, und alle begannen, den Raum zu verlassen.

»Viel Glück fürs nächste Mal«, grinste Dan, als er aus der Tür ging.

»Es war eine gute Idee«, sagte Bhavin und nahm sich den letzten veganen Donut. »Mit einer Menge Eigeninitiative.«

Aber nicht gut genug, als dass man sie hätte verwirklichen wollen. »Dmitri hat gesagt, sie hätten über meinen Vorschlag gesprochen.« Sie musste sich sehr bemühen, ihre Stimme fest klingen zu lassen. »Wann war das?«

»Beim Pubquiz am Freitag«, sagte Bhavin, den Mund voller Donut. »Ich bin mit Dmitri und ein paar von seinen Entwicklern in einem Team.« Er schluckte den Bissen hinunter. »Es war kein echtes Meeting oder so. Es kam nur zufällig das Gespräch darauf.«

Esther nickte. »Und Dan war auch da?«

»Ja. Ich meine, er ist derjenige, der das Team organisiert.«

Natürlich war er das. Es war kein Zufall, dass in dem Pubquiz-Team auch Dmitri und Bhavin waren. Gab es eine bessere Möglichkeit, sich außerhalb der Arbeit bei ihnen einzuschleimen?

Wenn Esther ein Pubquiz-Team organisiert und Dmitri und Bhavin dazu eingeladen hätte, hätten sie dann ihren Vorschlag statt Dans angenommen? Vermutlich nicht. Sie hätten vermutlich nicht einmal bei ihrem Team mitgemacht, einfach, weil sie nicht »einer von den Jungs« war, und das würde sie auch niemals sein. Nicht einmal, wenn sie *Magic: The Gathering* spielte oder sich dazu zwang, sich ernsthaft mit Fantasy Football zu beschäftigen.

Sie hatte geglaubt, das Einzige, was sie in ihrem Leben unter Kontrolle hatte, sei ihr Job, aber jetzt stellte sich heraus, dass das auch nicht stimmte. Egal, wie gut sie war, wie hart sie arbeitete, sie würde niemals wirklich wertgeschätzt werden. So wie bei allem anderen ging es nur darum, gemocht zu werden – und darin war Esther nicht besonders gut.

Sie hatte sich so sehr gewünscht, dass wenigstens eine Sache in ihrem Leben gut lief. Das war doch wohl nicht zu viel verlangt.

Den Rest des Nachmittags brodelte sie an ihrem Schreibtisch leise vor sich hin, mit den Kopfhörern auf den Ohren. Statt um fünf Uhr nach Hause zu gehen, ging sie ins Kino. Sie konnte die Vorstellung von einem weiteren einsamen Abend zu Hause nicht ertragen, immer in dem Bewusstsein, dass Jonathan sich auf der anderen Seite der Wand befand. Es war zu schrecklich.

Im Kino war es warm und stickig und roch schwer nach künstlicher Butter. Sie kaufte sich eine kleine Portion Popcorn, die so groß war wie ihr Kopf, und eine Fünf-Dollar-Flasche Cola light. Ein Abendessen für Heldinnen.

Sie hatte gedacht, der Film würde sie ablenken, aber leider hatte sie sich einen Sci-Fi-Film ausgesucht, und jede Szene erinnerte sie an Jonathan. Sie hatte nie die Endfassung seines Drehbuches lesen können. Sie fragte sich, wie er das Problem des Wendepunktes in Akt zwei wohl gelöst hatte. Jetzt würde sie es nie herausfinden.

Sie stand auf und verließ das Kino noch vor Ende des Films. Man wusste jetzt schon, dass einige Figuren sterben, andere wiederum glücklich bis an ihr Lebensende sein würden, und es war ihr ziemlich egal, wer zu welchem Lager gehörte. Außerdem wurde ihr übel vom Popcorn.

Als sie nach Hause kam, begrüßte Sally sie nicht einmal. Sie war sauer, dass sie so spät erst gefüttert wurde, also ging sie zur anderen Seite des Wohnzimmers, wandte ihr den Rücken zu und putzte sich verdrießlich. *Et tu*, Katze?

Esther gab Sally etwas zu fressen und kletterte ins Bett. Sie zog sich nicht einmal den Pyjama an, schlüpfte aber immerhin aus den Schuhen. Es war doch egal, wenn sie in ihren Klamotten schlief. Das merkte sowieso keiner, und kümmern tat es auch niemanden. Sie war ganz allein auf der Welt. Sie konnte im Schlaf sterben, und man würde ihre Leiche erst nach Tagen finden, vermutlich.

Gott, sie war wirklich erbärmlich.

Esther drehte sich auf die Seite und nahm ihr Handy vom Nachttisch. Es war erst halb zehn.

Sie rief ihren Bruder an.

»Hey«, antwortete er etwas schroff. Der Klang seiner Stimme ließ eine überwältigende Welle Heimweh in ihr aufwallen, und sie drückte sich das Kissen an den Bauch.

Sie hatte es so satt, allein zu sein. Sie hatte das Gefühl, ihr ganzes Leben in L.A. sei auseinandergebrochen. Oder vielleicht hatte sie hier nie ein wirkliches Leben gehabt.

»Mir ist eingefallen, wie ich dir mit Mom helfen kann«, sagte sie. »Wie wäre es, wenn ich wieder nach Seattle ziehe?«

KAPITEL SECHSUNDZWANZIG

Esther *musste* schließlich nicht in L.A. bleiben. Sie war erwachsen und hatte ihr Schicksal selbst in der Hand, und sie hatte in Seattle Familie, die sich freuen würde, wenn sie in der Nähe wäre. Eric, Heather, Gabe, selbst ihre Mutter. Wenn sie zurück nach Hause zöge, könnte sie sie öfter sehen. Sie könnte miterleben, wie ihr Neffe aufwuchs und ein echter Teil seines Alltagslebens sein, statt einer Randfigur, die er nur ein paar Mal im Jahr zu sehen bekam. Sie konnte Teil einer Familie sein, statt allein.

»Wie viel Uhr ist es?« Eric klang benommen. Benebelt.

»Es ist halb zehn. Hast du geschlafen?«

»Ich bin eingeschlafen, als ich Gabe ins Bett gebracht habe.«

Genau deswegen musste sie wieder nach Hause zurückziehen. Um Eric ein wenig das Leben zu erleichtern. Er hatte alle Hände voll zu tun mit seiner eigenen Familie. Er sollte nicht auch noch Moms Probleme lösen müssen. Esther konnte ihm etwas davon abnehmen und außerdem noch bei der Betreuung von Gabe helfen. Es war eine Win-Win-Situation.

Am anderen Ende der Verbindung raschelte etwas. »Was redest du da von hierherziehen?« Er klang jetzt ein wenig wacher.

»Um dir zu helfen. Um Mom zu helfen. Um dir dabei zu helfen, Mom zu helfen.«

»Sei nicht albern.«

»Ich würde meinen Neffen öfter sehen. Dich und Heather natürlich, aber vor allem ist mir dein Sohn wichtig.«

»Du ziehst nicht hierher.«

»Gabe geht jetzt aufs Töpfchen, ich habe also den unangenehmsten Teil schon verpasst. Es ist der perfekte Zeitpunkt, aufzutauchen und die nachgiebige Tante zu spielen.«

»Was ist los?« Eric hatte heute Abend keine Geduld für ihr Schwadronieren.

Sie seufzte und rollte sich wieder auf den Rücken. »Ich habe Dad angerufen und ihn gebeten, Mom in einer seiner Wohnungen wohnen zu lassen.«

»Das war dumm.« Er musste gar nicht fragen, wie Dads Antwort gelautet hatte.

Eric war etwas älter gewesen, als ihr Vater die Familie verlassen hatte. Er hatte mehr Erinnerungen an sie alle als Familie – und weniger Illusionen darüber, wie es wirklich gewesen war. Esther hatte noch die Hoffnung, dass ihr Vater eines Tages ihre Nähe suchen würde. Eric hatte recht – sie war dumm.

»Du hattest auch keine bessere Idee. Ich dachte, es wäre einen Versuch wert.«

»Das ist es nie bei Dad.«

Sally drückte ihren Kopf an Esthers Hand und verlangte Aufmerksamkeit. Esther kraulte sie hinter den Ohren. »Was machen wir jetzt?«

»Ich habe dir ja gesagt, dass ich mir etwas ausdenken werde. Du musst dir keine Sorgen machen.«

»Leichter gesagt, als getan.«

Er seufzte. »Ich weiß.«

Sie vermisste ihren Bruder. Er war die einzige *echte* Familie, die sie hatte – die einzige Familie, auf die sie sich immer hatte verlassen können. Es wäre schön, wieder bei ihm in der Nähe zu wohnen. Heather und Gabe besser kennenzulernen. Menschen um sich herum zu haben, die sie liebten, egal, wie sehr sie alles vermasselte. Egal, wie sehr sie sie von sich zu stoßen versuchte.

»Ich habe noch ein paar Wohnungsanzeigen gefunden«, sagte Eric. »Irgendwas davon wird schon funktionieren.«

Esther kaute an ihrem Daumennagel. »Bis zum Ende des Monats?«

»Sonst müssen wir eben ihren ganzen Kram ein paar Wochen lang zwischenlagern, und dann bleibt sie bei uns, bis sie eine neue Wohnung findet.«

Das war eine fürchterliche Idee. »Eric ...«

»Schon in Ordnung.«

Aber es war nicht in Ordnung. Sein Haus war viel zu klein. Mom würde ihn verrückt machen. Sie würde Heather verrückt machen.

»Ihr habt doch nicht einmal ein Gästezimmer.«

»Dann kann sie es sich auch nicht allzu gemütlich machen. Es wird sie motivieren weiterzusuchen.«

»Ja, ganz genau.« Ihre Mutter war wie ein Flussneunauge. Eine Fischart, die sich mit dem Maul an ihrer Beute festsaugte und sie nie wieder losließ. Wenn man ihrer Mutter nur einen Zentimeter nachgab, dann würde sie auch noch einen zweiten fordern. Und dann einen dritten, vierten, bis man keine Zentimeter mehr übrig hatte.

Sie hatte schon seit Gabes Geburt darauf spekuliert, bei Eric und

Heather einzuziehen. Und sobald sie es sich in ihrem Haus eingerichtet hatte, würde sie nie wieder ausziehen. Die Aussicht darauf, dass man sich um sie kümmerte, war einfach zu verlockend. Sie würde anfangen herumzunörgeln, dass sie sich ein größeres Haus kaufen sollten. Sie würde vorschlagen, das Geld zusammenzulegen und für immer zusammenzuziehen. Er würde sie dann nie wieder loswerden. Allein schon, um Erics mentale Gesundheit zu schützen – und auch Heathers –, durfte Esther das auf keinen Fall zulassen.

»Vergiss es, ich ziehe zurück. Ich kann mich von der Firma aus nach Seattle versetzen lassen, mir eine Wohnung mit Gästezimmer besorgen und Mom dort einziehen lassen.« Sie schuldete es Eric nach allem, was er für sie getan hatte. Er war nach dem College nach Seattle zurückgegangen und hatte sich um Mom gekümmert, so dass Esther in einen anderen Bundesstaat ziehen und ihr eigenes Leben hatte aufbauen können. Jetzt war sie an der Reihe. Es war an der Zeit, ihren Teil beizutragen.

»Auf keinen Fall.«

Sie wusste, dass Eric immer noch Schuldgefühle hatte, weil er sie während seines Studiums allein mit ihrer Mom zurückgelassen hatte. Esther hatte drei Jahre in der Highschool und das erste Jahr ihres Studiums allein mit ihrer Mutter zurechtkommen müssen, während Eric in einem anderen Bundesstaat studiert hatte. Seitdem hatte er sich diese dumme Selbstbestrafung auferlegt.

»Du bist nicht mein Chef. Ich kann tun, was ich will.«

»Sag mir, was wirklich los ist«, sagte Eric. »Wovor willst du weglaufen?«

Sie beschloss, sich dumm zu stellen. »Was meinst du?«

»Das tust du immer, wenn die Dinge zu schwierig werden. Du läufst weg.«

»Ich versuche gerade, auf ein Problem zuzurennen, nicht davor weg.«

»Du liebst es, in L.A. zu wohnen. Du hast da ein Leben.«

»Hatte ich. Ja, habe ich.« Sie versuchte, es leichthin zu sagen, aber ihre Worte waren schwer wie Bleigewichte.

»Was hat sich geändert?«

Sie verschränkte störrisch die Arme vor der Brust, obwohl er es nicht sehen konnte. »Nichts. Ich versuche nur, das Richtige zu tun.«

Aber Eric kaufte es ihr nicht ab. »Sis.«

»Was?«

»Ich merke immer, wenn du versuchst, mir etwas zu verschweigen. Schieß los, bevor ich wieder einschlafe.«

Esther seufzte und starrte die rau verputzte Zimmerdecke an. Sie hatte diesen Putz schon immer gehasst. Den würde sie definitiv nicht vermissen, wenn sie hier wegzog. »Los Angeles ist schön. Aber es hält mich nicht mehr so viel hier wie früher.«

»Was soll das heißen?«

»Ich weiß nicht. Mein Job läuft nicht so, wie ich es mir erhofft habe, meine beste Freundin redet nicht mehr mit mir, und all meine anderen Freunde haben sich auf ihre Seite geschlagen.«

»Was ist zwischen dir und Jinny passiert?«

Esther berichtete ihrem Bruder, was geschehen war. Er hörte schweigend zu, bis sie die ganze traurige Geschichte erzählt hatte.

»Also ging es um einen Typen«, sagte er, als sie fertig war.

»Es ging nicht um den Typen, es ging um Vertrauen.«

»Klingt aber so, als ginge es doch um diesen Typen.«

»Ist ja auch egal. Die Sache ist nur die, dass mich niemand hier vermissen würde, wenn ich nach Hause käme.« Es klang bockig und patzig, wie ein kleines Kind.

»Also ist deine Lösung, wieder vor deinen Problemen davonzulaufen?«

»Mom ist auch mein Problem. Du übernimmst schon mehr, als du bewältigen kannst, und du hast außerdem noch deine eigene Familie. Ich habe keine.«

»Aber das macht dein Leben nicht weniger wichtig als meins.«

Sie drückte das Handy fester ans Ohr. »Vielleicht ist ein Neuanfang ganz gut für mich.«

Eric gab ein grunzendes Geräusch von sich. »Für dich gibt es hier oben keinen Neuanfang. Ich kriege das mit Mom schon hin. Nimm uns nicht als Ausrede. Du musst deinen eigenen Mist regeln.«

»Kann ich nicht. Ich habe versucht, mit Jinny zu reden, aber sie nimmt meine Anrufe nicht an. Ich weiß nicht, wie ich sie dazu bringen soll, mir zu verzeihen.«

»Du kannst die Leute nicht herummanagen, so dass sie tun, was du willst.«

»Aber das tue ich ja gar nicht.«

»Das tust du immer. Deswegen ist sie doch überhaupt sauer auf dich, oder nicht?«

Sie hasste es, wenn ihr Bruder recht hatte. »Dann sag mir, was ich tun soll. Denn es funktioniert offenbar nicht, ihr Zeit zu geben.«

»In der ganzen Zeit, die ihr nun schon befreundet seid – hast du ihr da je gesagt, wie du zu ihr stehst – wie wichtig sie dir ist?«

»Das sage ich ihr die ganze Zeit.«

»Ich meine, *wirklich* gesagt. Indem du Worte benutzt.« Eric kannte sie einfach zu gut. Es war absolut nervtötend.

»Sie weiß, wie sehr ich sie mag«, sagte Esther, die das Gefühl hatte, sich verteidigen zu müssen.

Ihr Bruder seufzte. »Hör mal, ich weiß, dass du allergisch dagegen bist, deine Gefühle auszudrücken, und ich weiß auch, woran das liegt – sogar besser als jeder andere. Aber manchmal brauchen es Menschen, dass man ihnen einfach mal sagt, wie man sich fühlt. Ich glaube nicht, dass du weißt, wie sehr du die Leute von dir fernhältst.«

Das tue ich gar nicht, wollte Esther widersprechen. *Nicht bei Jinny. Nicht bei meinen Freunden.*

Aber vielleicht tat sie es doch.

Ihr Bruder hatte recht damit, dass sie nicht besonders gut darin war, ihre Gefühle auszudrücken. Warum sollte man über seine Gefühle sprechen, wenn man sie auch tief in sich vergraben konnte? Einfach ruhig bleiben und weitermachen. Wie Queen Elizabeth.

Aber das bedeutete noch lange nicht, dass sie kalt war oder keine Gefühle hatte. Sie zeigte es den Menschen, die ihr wichtig waren, durch ihre Handlungen. War das nicht überhaupt viel besser? Etwas zu zeigen, statt nur darüber zu reden? Deshalb kümmerte sie sich gern. Sie war die »Mama-Freundin«. Diejenige, auf die man zählen konnte, wenn man in der Klemme war. Aber das hielt doch niemanden auf Distanz, oder?

Nur … Jinny hatte gar nicht bemuttert werden wollen. Sie bekam genug davon von ihrer eigenen Mutter.

»Bist du noch da?«, fragte Esther. »Also … wenn ich ihr sage, wie wichtig sie mir ist, dann vergibt sie mir wie von Zauberhand?«

»Wahrscheinlich nicht, aber du solltest es ihr trotzdem sagen. Sie verdient es, das zu hören.«

»Und was hat das dann für einen Sinn? Wenn sie mir sowieso nicht verzeiht?«

»Der Sinn ist, dass du dann etwas getan hast, was jemand anderem etwas bedeutet, obwohl es dir schwerfällt. Zeig ihr deine verletzliche Seite. Das bedeutet viel mehr, als sich zu entschuldigen.«

»Und wenn sie mir dann immer noch nicht verzeiht? Wenn sie einfach nicht mehr meine Freundin sein will?«

»Dann eben nicht. Aber immerhin hast du es versucht. Und du hast etwas dabei gelernt. Du rappelst dich wieder auf, findest neue Freunde und wiederholst nicht dieselben Fehler.«

»Du sagst das, als wäre es ganz einfach.«

»Ich weiß, dass es nicht einfach ist, aber du bist zäh. Du kommst damit zurecht.«

»Aber Mom ...«

»Das mit Mom wird schon werden. Nimm Moms Probleme nicht als Ausrede, deine eigenen zu ignorieren. Räum du deinen Mist auf, und lass Mom ihren wieder in Ordnung bringen. Ich weiß, dass du gern anderer Leute Probleme löst, aber sie wird nie lernen, auf eigenen Beinen zu stehen, wenn wir ihr jedes Mal wieder aufhelfen, wenn sie fällt.«

Das war beinahe derselbe Rat, den auch ihr Dad ihr gegeben hatte. Esther überlegte kurz, Eric das zu sagen, entschied sich dann aber dagegen. Er hatte sich schon vor langer Zeit damit abgefunden, dass ihr Vater seine Rolle nur begrenzt ausgefüllt hatte, und sie musste jetzt nicht daran rühren.

»Ich gehe ins Bett«, sagte Eric. »Triff keine dummen Entscheidungen, während ich schlafe.«

»Gut«, murmelte Esther.

»Gute Nacht.«

»Hey«, sagte sie, bevor er auflegen konnte.

»Was?«

»Danke.«

»Das wird schon alles, Es. Wirst sehen.«

Sie war nicht überzeugt, aber es war trotzdem schön, es jemanden sagen zu hören.

Nachdem sie das Handy weggelegt hatte, lag Esther im Bett, streichelte Sally und dachte darüber nach, was ihr Bruder gesagt hatte. Dass sie die Menschen in ihrem Leben auf Distanz hielt. Was hatte er gesagt? Dass sie allergisch auf Gefühle reagierte.

Da lag er nicht ganz falsch. In ihrer Familie hatten sie einander nie besonders viel Zuneigung gezeigt – abgesehen von ihrer Mutter. Aber Esther hatte schon sehr früh gelernt, dass die Zuneigung ihrer Mutter immer mit Hintergedanken einherging. Sie zeigte sie nur, wenn sie etwas wollte. Sie war ein Mittel zum Zweck. Sie lobte und wickelte Menschen ein, um sie zu manipulieren. Wenn sie nichts von einem wollte, kam es ihr nicht in den Sinn, der Person auch nur ein Kompliment zu machen.

War es da also Esthers Schuld, dass sie offenen Zuneigungsbekundungen nicht traute? Dass sie Angst hatte, ihre Gefühle zu zeigen? Dass sie verschlossen und kühl war? Herrje, sie war innerlich wirklich ziemlich kaputt. Sie brauchte vermutlich eine Therapie, aber allein beim Gedanken daran wäre sie am liebsten gestorben. Sich einem Fremden zu öffnen, über all ihre innersten Gefühle und tiefsten Ängste reden zu müssen – lieber würde sie sich die eigene Haut abziehen.

Sie erinnerte sich daran, was Eric darüber gesagt hatte, sich verletzlich zu zeigen. Zu zeigen, dass jemand einem wichtig war, indem man etwas tat, was einem schwerfiel.

Jinny war ihre beste Freundin, und bei der Vorstellung, ihr zu sagen, wie wichtig sie ihr war, juckte es Esther überall, als bekäme sie einen Ausschlag. Wie durchgeknallt war das bitte?

Die Tatsache, dass es ihr so viel Angst machte, bedeutete vermutlich, dass sie genau das tun musste. Sie musste Jinny sagen, wie wichtig sie ihr war. Vielleicht würde Jinny ihr noch nicht verzeihen, trotzdem schuldete sie ihr das. Sie musste um sie kämpfen.

Aber wie? In ihrem Büro vorbeischauen und mit allem herausplatzen? Ihr einfach ihre ganzen Gefühle in den Schoß kotzen, mitten im Büro? Das klang wie eine ganz furchtbare Idee.

Wie sollten sie miteinander reden, wenn Jinny ihre Anrufe ignorierte? Sie konnte unangekündigt zu ihr nach Hause gehen. Aber was, wenn ihr Jinny die Tür vor der Nase zuschlug?

Esther dachte an Jonathans Drehbuch. Dass er es vor ihre Tür gelegt hatte. Und wie sie sich fühlte, als sie all diese Worte las, die er für sie – über sie – geschrieben hatte. Niemand hatte so etwas je für sie getan.

Esther konnte kein Drehbuch schreiben, aber sie konnte einen Brief für Jinny verfassen. Eine E-Mail würde Jinny vielleicht löschen, ohne sie zu lesen. Aber wenn Esther einen echten Brief schickte, würde Jinny ihn ganz sicher lesen – mindestens aus Neugier.

Das würde sie tun. Sie würde einen Brief schreiben.

Jetzt musste sie sich nur noch darüber klar werden, was sie sagen wollte.

Esther schob Sally von ihrer Brust und rollte sich auf der Seite zusammen. Sie dachte über Sätze und Gefühle nach. Sie komponierte immer noch Passagen, als sie eine Stunde später endlich in den Schlaf sank.

Am nächsten Morgen wachte sie vor dem Wecker auf und setzte sich mit ihrem Briefpapier an den Esstisch. Ihre Großmutter hatte ihr in der Highschool einen Stapel davon geschenkt; ein nicht gerade dezenter Hinweis, ihr öfter zu schreiben. Esther hatte das Papier nie benutzt; sie hatte ihrer Großmutter stattdessen E-Mails geschickt.

Das Briefpapier war mit Erdbeeren am Rand verziert. Sie starrte sie an und umklammerte den Stift in ihrer Hand. Wie gelähmt.

Fang einfach an. Sag etwas. Irgendwas. Die Worte mussten ja nicht gut sein, sondern nur ehrlich.

Sie begann zu schreiben.

Es war Jahre her, seit Esther einen Brief geschrieben hatte. Oder überhaupt mehr als ein paar Worte mit der Hand. Sie hatte die Handschrift einer Drittklässlerin.

Jedes Wort, das sie auf die Seite kratzte, fühlte sich tausend Pfund schwer an. Als wäre es vom Grund eines tiefen, dunklen Brunnens geholt worden. *Als presste man Blut aus einem Stein.* So hatte Jonathan seinen Schreibprozess einmal beschrieben. Sie hatte das für übertrieben gehalten, aber jetzt verstand sie es. Sie verteilte ihr Herzblut auf dem Papier, schüttete Jinny ihr Innerstes aus. Jeder Tropfen war eine Qual, aber sie machte weiter, schrieb ein Wort nach dem anderen.

Am Ende der ersten Seite begann ihre Hand zu schmerzen, aber sie hörte nicht auf, bis sie alles gesagt hatte, was sie sagen wollte. Bis sie völlig ausgeblutet war. Sie hatte sechs ganze Seiten gefüllt, als sie fertig war.

Es war keine Poesie, aber ehrlich. Ehrlicher, als sie je gewesen war, vielleicht.

Als sie alles noch einmal durchlas, zitterten ihr die Hände. Sollte sie das wirklich an Jinny schicken? Was, wenn sie es las und Esther für irre hielt? Was, wenn es sie nur noch weiter auseinandertrieb?

Scheiß drauf. Dann hatte sie es immerhin versucht, oder? Sie hätte dann gesagt, was in ihrem Herzen war, und wenn es nicht ausreichte, dann war es eben so. Aber sie hätte es versucht.

Sie fühlte sich ganz ausgelaugt, war aber auch zufrieden mit sich. Fühlte sich leichter. Vielleicht half es doch, wenn man seine Gefühle ausdrückte.

Esther brauchte fünf Minuten, in denen sie jede Schublade in ihrer Wohnung durchforstete, bis sie eine Briefmarke gefunden hatte. Sie schrieb Jinnys Adresse auf den Umschlag und überlegte dann weitere fünf Minuten, ob sie einen Absender draufschreiben sollte. Was, wenn Jinny ihn sah und den Brief dann ungelesen wegwarf? Andererseits, was, wenn sie dachte, es sei Werbung, weil kein Absender angegeben war?

Schließlich schrieb sie ihren Namen und ihre Adresse rechts oben in die Ecke. Es ging ja bei dieser Übung letztlich darum, offen und ehrlich zu sein. Keine Umwege mehr. Keine Manipulation. Wenn Jinny sah, dass der Brief von ihr war und ihn nicht lesen wollte, dann konnte Esther nichts daran ändern.

Auf dem Weg zur Arbeit fuhr sie an der Post vorbei und hielt vor einem Briefkasten. Als sie den Brief in den offenen Schlund des Briefkastens hielt, bekam sie beinahe kalte Füße. Wenn sie ihn losließ, konnte sie ihn nicht zurückholen. Dann war er fort. Dann hatte sie keinen Zugriff mehr darauf.

Na und? Dann war das so.

Was hatte sie schon zu verlieren? Man konnte nichts verlieren, was man schon verloren hatte.

Aber vielleicht konnte man es zurückbekommen.

Sie ließ den Brief in den Schlitz fallen und fuhr zur Arbeit.

KAPITEL SIEBENUNDZWANZIG

Esther nahm an, dass es ein paar Tage dauern würde, bis der Brief Jinny erreichte. In der Zwischenzeit musste sie auf der Arbeit Schadensbegrenzung betreiben.

»Hi«, sagte sie zu Yemi, als sie an diesem Morgen zu ihrem Schreibtisch ging.

Er schaute hoch und nickte. »Hallo.« Dann machte er sich wieder an die Arbeit. So hielten sie es in letzter Zeit. Sie waren grundsätzlich höflich und taten ansonsten so, als wären sie Fremde.

Esther setzte sich an ihren Schreibtisch und richtete sich ein. Dann drehte sie sich auf ihrem Stuhl um und trat gegen seinen. »Hey.«

Er drehte sich ebenfalls um, um sie anzusehen. Sein Blick war höflich, aber verhalten. »Ja?«

»Es tut mir wirklich leid«, sagte sie.

Er blinzelte hinter dicken Brillengläsern. »Was denn?«

»Dass ich dir letzte Woche aus dem Weg gegangen bin.«

»Oh.« Er nickte und rutschte auf seinem Stuhl herum, als wüsste er nicht mehr, wie man saß. »Okay. Danke.«

»Bist du sauer auf mich?«

»Ich dachte, du wärst sauer auf mich.«

»War ich nicht.«

»Und warum bist du mir dann aus dem Weg gegangen?«

Esther hatte keine richtige Antwort darauf. *Weil ich ein riesiges Baby mit verletzten Gefühlen bin,* war kein überzeugendes Argument, um ihn zurückzugewinnen. »Ich wollte nicht zwischen euch stehen«, sagte sie. »Ich wollte nicht, dass du zwischen mir und Jinny wählen musst.«

»Also hast du einfach für mich gewählt?«

Sie ließ den Kopf hängen. »So ziemlich.«

»Das hättest du aber nicht tun sollen.«

»Ich weiß.«

Er schob sich die Brille hoch und runzelte die Stirn. »Ich kann mit Jinny zusammen und trotzdem mit dir befreundet sein.«

Esther starrte auf ihre Hände. »Ich war mir nicht sicher, ob du das wollen würdest.«

Er trat gegen ihren Stuhl, damit sie wieder hochschaute. »Doch, tue ich.« Seine Augen blickten so warm und freundlich, dass sie sich noch schlechter fühlte, weil sie ihn weggestoßen hatte. Sie hätte ihn nicht so einfach aufgeben sollen. Sie hätte wissen müssen, dass er trotzdem für sie da sein würde, denn so war er nun mal.

»Ich war dumm, und es tut mir leid«, sagte sie. »Können wir wieder Freunde sein?«

Ein Lächeln breitete sich auf seinem Gesicht aus. »Das würde mich sehr freuen.«

Sie lächelte zurück. »Mich auch.« Jetzt fühlte sie sich schon viel leichter. Als wäre etwas von dem Gift in ihr abgeflossen.

Sein Lächeln verschwand. »Wir müssen uns jetzt aber nicht umarmen, oder?«

Esther lachte. »Gott, ich hoffe doch nicht.«

Danach lief alles besser. Sie erzählte Yemi, was bei dem Meeting am Montag passiert war, und er fand ebenfalls, dass es dumm und unfair war. Jemanden auf ihrer Seite zu wissen, machte die Situation viel erträglicher.

Jetzt, da sie wieder mit Yemi reden konnte, dachte sie nicht mehr ganz so ununterbrochen an Jonathan. Nur jede Viertelstunde ungefähr, statt alle dreißig Sekunden. Immerhin ein Fortschritt.

Die Abende waren jedoch etwas anderes. Wenn sie zu Hause war, dachte Esther geradezu besessen an Jonathan. Es war schwierig, es nicht zu tun, zumal er ja so nah war. Sie hörte seine Kaffeemühle durch die Wand und sein Windspiel auf dem Balkon. Sie ging mindestens zweimal täglich an seinem Fenster vorbei. Und fragte sich, ob sie ihm über den Weg laufen würde.

Sie versuchte, nicht an Jinny oder den Brief zu denken. Versuchte, sich nicht zu fragen, ob und wann er wohl ankäme. Ob sie ihn lesen würde. Ob er etwas ändern würde.

Es würde geschehen, wenn es geschehen sollte. Oder auch nicht.

Zwei Tage später, eine Stunde, nachdem Esther nach Hause gekommen war, rief Jinny an.

Sie starrte auf das Display ihres Handys, erleichtert und gleichzeitig erschrocken. Sie brauchte bis zum dritten Klingeln, bis sie den Mut gefasst hatte, ranzugehen. »Hi.«

»Du hast mir einen Brief geschrieben«, sagte Jinny.

»Ja.« Esthers Mund war ganz trocken. Es war schwierig, etwas herauszubringen.

Beide schwiegen. Dann sagte Jinny: »Wer schreibt heute überhaupt noch Briefe?«

»Niemand.«

»Übrigens ist deine Handschrift schrecklich.« In diesem Augenblick wusste Esther, dass alles wieder gut werden würde. Wenn Jinny sie auf den Arm nahm, dann konnte sie nicht allzu wütend sein. Jinny war erbarmungslos nett zu Leuten, die sie nicht ausstehen konnte. Leuten Beleidigungen ins Gesicht zu sagen, war etwas, das strikt für Freunde reserviert war.

»Ich weiß«, sagte Esther und atmete zittrig durch. »Das ist sie wirklich.«

»Ich musste weinen.«

»Wegen meiner Handschrift?«

»Nein, du Dummchen, wegen des Briefs.«

Esther blinzelte gegen das Brennen in ihren Augen an. »Es tut mir so leid, Jinny. Ich wünschte, ich könnte die Zeit zurückdrehen und alles anders machen.«

Wieder schwiegen beide, dann sagte Jinny: »Möglicherweise habe ich ein wenig überreagiert. Zwei Wochen Schweigestrafe hattest du nicht verdient.«

Esther atmete erleichtert auf. »Kann ich vorbeikommen, damit wir darüber reden können?«

»Klar, natürlich.«

Sie trug schon Pyjamahosen, also musste sie sich wieder die Draußen-Hosen anziehen. Sie wählte die erstbeste Jeans, die sie finden konnte, dann irgendeinen BH und fuhr direkt zu Jinny.

Jinnys Wohnung war neuer als ihre. Sie hatte einen Eingangsbereich und einen Flur, der nicht draußen lag und in dem es nach Desinfektionsmittel roch. Esther klopfte an ihre Tür und wartete.

Ihr Magen schien sich in einen komplizierten Seglerknoten zu verdrehen.

»Das ging aber schnell«, sagte Jinny. Sie sah fast genauso nervös aus, wie sich Esther fühlte.

»Ich habe womöglich ein, zwei Stoppschilder übersehen.« Esthers Magen schmerzte so sehr, dass sie sich am liebsten wie ein Embryo zusammengerollt hätte. Es war das eine, die eigenen Gefühle in einem Brief auszudrücken, aber jetzt, da sie Jinny in die Augen schaute und über eben jene Gefühle reden musste, war sie nur noch angsterfüllt. Und zwar mindestens ich-habe-gerade-die-ersten-fünf-Minuten-des-original-*Halloween*-Films-gesehen-angsterfüllt. Sie fragte sich, ob man daran sterben konnte, über seine Gefühle zu sprechen. Denn ihr Magen fühlte sich so an, als wollte er Selbstmord begehen.

Jinny sagte kein Wort. Sie stand einfach in der Tür und sah sie an, und Esther wusste nicht, ob sie sie reinlassen würde oder ob sie hier im Flur miteinander reden sollten.

Gerade, als Esther den Mund öffnete, um sich erneut zu entschuldigen, machte Jinny einen Schritt nach vorn und umarmte sie. Fest.

Esther klammerte sich an sie und vergrub ihr Gesicht in Jinnys Haar. Sie roch nach Lavendelwaschmittel und Tory-Burch-Parfüm. Wie Jinny eben.

»Ich dachte, es wäre dir egal, dass wir nicht mehr miteinander reden«, sagte Jinny an Esthers Schulter.

Esther drückte sie noch fester an sich. Sie konnte nicht glauben, dass Jinny so etwas denken würde. »Es war mir überhaupt nicht egal, glaub mir. Es hat mir wirklich etwas ausgemacht.«

»Mir auch.«

Esther schniefte. Direkt in Jinnys Haar, aber Jinny schien das nicht zu kümmern. »Ich dachte, du wolltest mich nie wieder sehen.«

»Ich will dich doch immer sehen«, sagte Jinny. »Selbst wenn ich sauer bin auf dich.«

»Ich hätte dich nicht mit Jonathan verkuppeln und dich auch noch deswegen anlügen dürfen. Das war richtig scheiße. Du hattest jedes Recht, so wütend zu sein.«

Jinny ließ sie los und wischte sich die Tränen weg. »Ich hätte deine Anrufe annehmen sollen. Nicht ranzugehen, war auch ziemlich scheiße.«

Esther blickte auf den zerkratzten Linoleumboden hinunter und trat von einem Fuß auf den anderen. »Ich bin in letzter Zeit in mich gegangen und bin zu dem Schluss gekommen, dass ich ein paar entscheidende Probleme habe und ziemlich kaputt bin. Wahrscheinlich sollte ich in Therapie gehen.«

»Wahrscheinlich«, stimmte Jinny zu. »Aber kaputt bist du nicht.«

Esther schaute vorsichtig hoch. »Meinst du?«

Jinny zuckte die Achseln. »Auch nicht kaputter als ich.«

»Sind wir wieder okay?«, fragte Esther.

»Ja«, sagte Jinny und nickte. »Zwischen uns ist alles in Ordnung.«

Esther atmete zittrig aus. Jinny war immer noch ihre Freundin. Alles würde wieder gut werden.

»Na komm.« Jinny nahm ihre Hand und zog sie in die Wohnung. »Rein mit dir, bevor unsere Nachbarn uns wie zwei verrückt gewordene Frauen im Flur heulen sehen.«

Sie redeten bis spät in die Nacht und machten reinen Tisch. Jinny ließ alles raus, Esther ebenfalls. Es war schmerzhaft, aber es fühlte sich auch gut an. Wie wenn man den Eiter aus einer Wunde drückte. Zum ersten Mal seit Wochen – zum ersten Mal, seit sie sich kennengelernt hatten, eigentlich – redeten sie *wirklich*. Offen und ehrlich. Über alles.

Nicht nur über ihre Freundschaft, sondern auch über ihre Beziehungen zu Männern und über ihre Mütter. Darüber, dass Esther Verlassensängste hatte, die sie dazu brachten, die Menschen in ihrem Leben auf Distanz zu halten, und über Jinnys niedriges Selbstwertgefühl. Wie Jinnys Mutter Jinny dazu gebracht hatte, es zu hassen, wenn man ihr ihr Leben organisierte, und wie Esthers Mutter ihr das Gefühl gegeben hatte, allen anderen das Leben organisieren zu müssen. Und dass sie an all dem arbeiten und einen Weg hinaus würden finden müssen.

Esther war erst gegen zwei Uhr nachts nach Hause gekommen und dann so aufgedreht gewesen, dass sie eine Stunde gebraucht hatte, bis sie einschlafen konnte.

Das Klingeln ihres Weckers um halb sieben war wie ein Hammer, der ihr auf die Schädeldecke schlug.

Stöhnend schob sie Sally von ihrer Brust, stellte den schrillen Alarm aus und taumelte aus dem Bett. In der Küche schluckte sie zwei Ibuprofen mit einem ganzen Glas Wasser herunter, gefolgt von einer Tasse Kaffee aus ihrer neuen Filterkaffeemaschine.

Sie gewöhnte sich daran, sich jeden Tag Kaffee zu machen, obwohl er ein wenig bitter schmeckte, weil er sie an Jonathan erinnerte und daran, wie sehr sie ihn vermisste. Aber es half, dass sie Jinny wiederhatte. Heute Morgen war da nur ein Teelöffel Traurigkeit in ihrem Kaffee statt wie sonst ein gehäufter Esslöffel.

Yemi schaute hoch, als Esther ins Büro kam. »Du kommst sechs Minuten später als sonst«, sagte er und grinste sie seltsam an.

»Die Ampel auf der Overland war wieder kaputt. Und warum grinst du so?«

Er drehte sich um 360 Grad auf seinem Stuhl herum und grinste noch breiter. »Weil Jinny und du euch wieder vertragen habt.«

»Das hat sie dir schon erzählt?«

»Sie hat mich gleich heute Morgen angerufen.«

Natürlich hatte sie das. Sie war seine Freundin. So machten das Leute in einer Paarbeziehung – sie redeten über die Menschen in ihren Leben.

Esther versuchte, das nicht allzu komisch zu finden, aber es war unbekanntes Territorium für sie. Sie war noch nie mit einem von Jinnys Freunden befreundet gewesen. Unwillkürlich fragte sie sich, wie viel Jinny ihm wohl genau erzählt hatte. Hatte sie die ganze Unterhaltung wiedergegeben – einschließlich aller saftigen Details und tränenreichen Geständnisse – oder nur die zusammengefasste Version? Wie viel von Esthers innersten Ängsten kannte Yemi jetzt?

»Ich freue mich, dass ihr euch zusammengerauft habt«, sagte er. »Ich fand es schrecklich, dass ihr beide nicht mehr miteinander geredet habt.«

»Ich auch.« Esther beschloss, dass es ihr egal war, wenn Jinny mit Yemi über sie redete. Es war nur wichtig, dass sie alle wieder Freunde waren. Den Rest würden sie schon irgendwie hinbekommen.

»Du solltest wirklich die Autobahn nehmen«, sagte Yemi und wandte sich wieder seinem Computer zu.

Esther lächelte seinen Hinterkopf an. »Ich werde es in Erwägung ziehen.«

Sein Handy vibrierte auf dem Schreibtisch, und er blickte auf das Display. »Jinny will wissen, wann wir Essen gehen.«

»Was gibt es denn heute?«

»Lasagne.«

»Dann gehen wir am besten um viertel vor zwölf.«

»Gut«, sagte Yemi, der bereits eine Antwort zu tippen begonnen hatte.

Esther lächelte noch, als sie den Computer hochfuhr und sich an die Arbeit machte.

Am Samstag kam Jinny vorbei, um mit Esther am Pool zu sitzen, genau wie früher. Sie tranken Mimosas, um ihre Versöhnung zu feiern.

»Du darfst nicht nach Seattle ziehen, um dich um deine Mutter zu kümmern«, sagte Jinny und holte den Orangensaft aus dem Kühlschrank. »Das verbiete ich.«

Esther holte die Sektflöten aus dem Schrank. »Keine Sorge, mach ich auch nicht.« Die Gläser waren so lange nicht benutzt worden, dass sie schon leicht angestaubt waren. Sie stellte sie in die Spüle und ließ Wasser darüber laufen.

»Ich kann kaum glauben, dass das überhaupt eine Option für dich war. Sie würde dich vollkommen verrückt machen.« Jinny schüttelte den Kopf und knibbelte an der Folie um den Sektkorken herum.

»Na gut, aber im Ernst, was soll ich tun? Gar nichts? Soll sie einfach ihre Wohnung verlieren?«

»Dein Bruder hat recht. Sie ist eine gesunde Erwachsene. Ihre Kinder sollten sich nicht um sie kümmern müssen. Sie ist noch nicht so alt. Der Teil kommt später, wenn sie alt und gebrechlich ist. Sie fordert die Rückzahlungen zu früh ein.«

»Sie ist meine Mutter. Da gibt es keine Rückzahlungen.«

»Für alles muss man irgendwann bezahlen.« Jinny zuckte zusammen, als sie den Korken der Sektflasche knallen ließ. Immer wenn sie das tat, machte sie ein Gesicht wie Buddy in dieser Szene aus *Buddy, der Weihnachtself*, als er die Springteufel testet.

Esther ging ins Badezimmer, um die Sonnencreme zu holen. Sie trug Shorts und ein Tanktop, um ein bisschen Farbe auf ihre papierweiße Haut zu bekommen, aber sie wusste, dass sie sofort krebsrot werden würde, wenn sie sich nicht fingerdick mit Sonnencreme einschmierte. »Du sagst das, als tätest du nicht immer ganz genau das, was deine Mutter von dir will«, rief sie über die Schulter und wühlte im Schrank unter dem Waschbecken herum.

»Ich kann das sagen, *weil* ich genau das tue, was meine Mutter von mir will«, rief Jinny zurück. »Ich erkenne eine Meistermanipulatorin zehn Kilometer gegen den Wind.«

Esther kam wieder aus dem Badezimmer und stopfte die Sonnencreme in die Tasche mit den Handtüchern. »Da wir gerade von deiner Mutter sprechen, wie findet sie denn Yemi?«

Jinny verzog den Mund. »Du meinst, weil er Schwarz ist?«

»Ich hätte es nicht so direkt sagen wollen, aber ja.«

»Erstaunlicherweise scheint sie das in Ordnung zu finden.«

»Wirklich?« Jinnys Mutter hatte keinen der Männer gemocht, mit denen Jinny bisher zusammen gewesen war. Die einzigen Männer, die ihren Ansprüchen gerecht zu werden schienen, waren koreanische Ärzte und Rechtsanwälte.

»Ich glaube, es liegt daran, dass er katholisch ist.« Jinny zuckte die Achseln. »Vielleicht hat sie es endlich aufgegeben, mich mit einem netten koreanischen Jungen zu verkuppeln. Vielleicht nimmt sie jetzt einfach, was sie kriegen kann.«

»Du musst aber zugeben, dass Yemi nach den vielen Volltrotteln, mit denen du zusammen warst, wirklich ein Upgrade ist.« Esther erstarrte, als die Worte ihren Mund verlassen hatten, weil sie fürchtete, zu weit gegangen und einen wunden Punkt getroffen zu haben. Vielleicht waren sie noch nicht so weit, Witze über Jinnys Männergeschmack zu machen.

»Mein Gott, du bist so eine Zicke«, sagte Jinny und grinste breit. »Ich hab dich schrecklich vermisst.«

Esther lächelte zurück. »Ja, ich dich auch.«

»Bist du bereit runterzugehen?«

»Mmmhmm.« Esther nahm die Tasche und die beiden Gläser, Jinny den O-Saft und den Sekt.

Als sie im offenen Flur an Jonathans Tür vorbeigingen, versuchte Esther, nicht durch die Jalousien an seinem Fenster zu spähen – die in letzter Zeit immer heruntergelassen waren. Jedes Mal, wenn sie daran vorbeigehen musste, war es die reinste Qual, und sie beeilte sich, es so schnell wie möglich hinter sich zu bringen.

Nur dass sich diesmal Jonathans Tür öffnete und er in den Gang hinaustrat. Direkt vor Esther und Jinny.

Sie alle drei erstarrten vor Peinlichkeit. Keiner von ihnen schien zu wissen, was er sagen sollte. Oder sich rühren zu können.

Und dann kam eine Frau hinter Jonathan aus der Wohnung.

KAPITEL ACHTUNDZWANZIG

Die Frau, die aus Jonathans Wohnung trat, war wunderschön. Hochgewachsen, schlank, mit makelloser, honiggoldener Haut. Sie hatte sich das Haar zu einem perfekt-unperfekten Dutt hochgebunden und trug ein gestreiftes, ärmelloses T-Shirt-Kleid, das ihre ebenso perfekte Figur betonte.

Esther hatte das Gefühl, als hätte man ihr in die Kniekehlen getreten. Ihre freie Hand tastete nach dem Geländer, um sich zu stützen.

Die Frau lächelte Esther und Jinny an, und sie bemerkte den Sekt und die Gläser. »Hallo.« Sie hatte ein strahlendes Lächeln, leuchtend vor Vitalität. Sie trug kein Make-up und schaffte es trotzdem, wie ein Nivea-Model auszusehen.

Jonathan wandte sich ab und schloss seine Wohnungstür.

»Hi«, sagte Jinny und lächelte, als wäre dies hier ein ganz normales Gespräch und keinesfalls vorbelastet mit Peinlichkeit oder Groll.

»Komm, wir gehen«, sagte Jonathan zu der Frau. Er legte ihr den Arm um die Schultern und führte sie zur Treppe, ohne sich auch nur umzusehen.

Esther schaute ihnen hinterher und klammerte sich dabei ans Geländer. Sie spürte den beinahe körperlichen Drang, ihnen zu folgen, als hätte man ihr ein Seil um den Bauch geschlungen und zöge daran. Dann verschwand Jonathan am Ende des Gangs aus ihrem Blickfeld, und das Seil riss. Ihr Magen fiel zurück an seinen Platz, und sie fühlte sich wie ein betrunkener Teenager auf fünfzehn Zentimeter hohen Absätzen.

»Das war richtig peinlich«, sagte Jinny neben ihr.

»Ja«, brachte Esther hervor.

»Wer war denn die Frau bei ihm?«

»Ich weiß nicht.« Esthers Magen vibrierte noch vor Schock. Er fühlte sich an wie eine Schüssel Wackelpudding bei einem Erdbeben.

»Geht er mit jemand anderem aus?«

»Ich weiß es nicht«, wiederholte Esther.

Jinny sah sie mit gerunzelter Stirn an. »Alles in Ordnung mit dir?«

Nichts war in Ordnung mit ihr. Jonathan hatte eine Frau in seiner Wohnung. Am Samstagmorgen. Und eine Ich-bin-gerade-erst-aus-dem-Bett-gefallen-Frisur.

Er war bereits über sie hinweg. Hatte sie ausgetauscht. Und er … er hatte leider jedes Recht, das zu tun. Immerhin hatte sie ihm in aller Deutlichkeit klar gemacht, dass es für sie beide keine Zukunft geben würde. Und dennoch hatte sie nicht erwartet, dass er tatsächlich so schnell weiterziehen würde. Sie hatte gedacht und vielleicht auch gehofft, dass er ein wenig Zeit brauchte, um seine Wunden zu lecken, bis er jemand anderen in sein Bett ließ.

Für Jinny zwang sie sich zu einem Lächeln. »Es geht mir gut. Warum auch nicht?«

»Ich weiß es nicht«, sagte Jinny, die immer noch die Stirn runzelte. »Sag du's mir.«

Esther ging in Richtung Treppenhaus. »Es gibt nichts zu sagen.«

»Du verhältst dich komisch«, bemerkte Jinny und ging hinter ihr her.

»Wie du schon sagtest, es war peinlich.« Esthers Flipflops klatschten auf das Metall, als sie die Treppe hinuntergingen. »Ich bin wohl momentan nicht gerade sein Lieblingsmensch.«

»Du hast ihn aber nicht abserviert, oder?«

Esther ließ ihre Tasche auf eine der Liegen fallen und vermied es, Jinny anzusehen. »Ich habe Schuldgefühle. Ich habe Mist gebaut, und jetzt hasst er mich, und wir müssen trotzdem weiter nebeneinander wohnen.«

Obwohl sie sich geschworen hatte, von jetzt an ehrlicher zu Jinny zu sein, brachte sie es nicht über sich, ihr von Jonathan zu erzählen. Es tat einfach zu sehr weh.

Esther wechselte das Thema, bevor Jinny weiter nachfragen konnte. »Was machen Yemi und du heute Abend?«

Bei seinem Namen hellte sich Jinnys Gesichtsausdruck auf. »Er kocht für mich.«

»Yemi kocht?«

Sie nickte glücklich. »Yemi kocht. Er ist praktisch perfekt.«

Jinny erzählte Esther Geschichten von Yemis großartigen Partner-Qualitäten – zum Glück nur von den jugendfreien –, und Esthers Gedanken wanderten zurück zu Jonathan und der geheimnisvollen Frau.

War es etwas Ernstes zwischen ihnen? Oder war sie nur ein One-Night-Stand?

Es war vermutlich ernst. Jonathan war nicht der Typ für One-

Night-Stands. Abgesehen von Esther, natürlich, aber das war ja nicht seine Entscheidung gewesen.

Wie lange lief das schon? Wo hatten sie sich kennengelernt? Sie sah gar nicht aus wie eine Autorin. Sie sah eher aus wie eine Schauspielerin. War er jetzt mit einer Schauspielerin zusammen? Würde sie von jetzt an ständig da sein? Denn wenn das so war, dann musste Esther wirklich ausziehen.

»Hey«, sagte Jinny. »Hörst du mir überhaupt zu?«

»Ja«, sagte Esther und trank einen Schluck Mimosa. »Absolut.«

Jonathan mit einer anderen Frau zu sehen, war schwieriger für Esther, als sie erwartet hatte. Sie hatte gedacht, langsam ihren Frieden mit der Tatsache gefunden zu haben, dass sie ihn nicht mehr in ihrem Leben hatte, bis sie diese Frau aus seiner Wohnung hatte treten sehen. Der Anblick von ihm mit diesem hübschen, schlanken Alptraum auf zwei Beinen hatte die Wunden alle wieder weit aufgerissen.

Sie verbrachte den Sonntag im Pyjama, strickte vor dem Fernseher und bestrafte sich selbst mit noch mehr Kitschfilmen. Mit schrecklich süßlichen, inspirierenden, schlecht produzierten Filmen, in denen C-Promis gestelzte Dialoge aufsagten. Es war wie eine Saftkur für ihre Gefühle. Zumindest hatte sie es sich so gedacht. Einen Tag lang wollte sie sich in ihren Gefühlen suhlen und es alles aus sich herausschwemmen, um sich dann wieder zusammenzureißen und weiterzumachen.

Nur dass es nicht funktionierte. Das mit dem Suhlen lief sehr gut; es war das Weitermachen, das irgendwie nicht klappen wollte. Als sie endlich den Fernseher ausschaltete und ins Bett ging, lag sie ewig in der Dunkelheit und ging wieder und wieder jede Sekunde ihres kurzen Zusammentreffens mit Jonathan und dieser Frau durch. Und dabei fühlte sie sich immer elender.

Jonathan hatte sie also ersetzt. Na und? Esther hatte ihn aufgegeben. Freiwillig auch noch. Was hatte sie erwartet? Natürlich war er jetzt über sie hinweg. Das war ja genau das, was sie auch tun sollte.

Was sie tun musste. Über ihn hinwegkommen.

Und warum konnte sie es dann nicht?

So deprimiert war sie noch nie wegen eines Mannes gewesen. Mit diesem Freund-mit-gewissen-Vorzügen auf dem College war es noch am ehesten vergleichbar. Aber das war längst nicht so schlimm gewesen.

Fühlte sich so Liebe an? Denn sie fühlte sich richtiggehend krank. Schmerzen, Übelkeit, Appetitlosigkeit. Schlaflosigkeit. Kopfschmerzen. Es fühlte sich fast so an, als würde sie sterben.

O Gott.

Sie hatte einen schrecklichen Fehler gemacht.

Sie hatte genau das getan, was sie laut Jinny immer tat: Sie hatte Jonathan von sich gestoßen, bevor er ihr zu nahekommen konnte. Esther hatte sich selbst eingeredet, dass sie es deswegen getan hatte, weil sie ihm nicht das geben konnte, was er von ihr wollte, aber das war eine Lüge. Sie konnte ihm eine Menge geben, weil er ihr wirklich wichtig war. Viel zu wichtig. So wichtig, dass es ihr Angst gemacht hatte. Es war zu real geworden, also war sie davongelaufen.

Sie war nicht unfähig zu lieben. Sie hatte nur zu viel Angst davor. Sie hatte solche Angst davor, zurückgewiesen zu werden, dass sie dafür gesorgt hatte, ihn als Erste zurückzuweisen.

Jonathan war anständig und freundlich, und er hatte sie wirklich gemocht. Und sie hatte ihn ebenfalls gemocht. Sie war nicht nur von ihm angezogen gewesen, sie hatte seine Gesellschaft wirklich genossen. Sie hätte ihn vermutlich lieben können, wenn sie es zugelassen hätte. Aber stattdessen hatte sie alles zwischen ihnen zerstört. Ihre Freundschaft weggeworfen, indem sie mit ihm geschlafen hatte, und dann hatte sie jede Chance auf mehr zunichte gemacht, indem sie ihn von sich gestoßen hatte.

Sie hatte solche Angst, verletzt zu werden, dass sie sich selbst verletzt hatte.

Und jetzt war es zu spät, den Schaden zu reparieren. Selbst wenn er ihr jetzt noch verzeihen wollte – eine Vorstellung, die ziemlich weit hergeholt zu sein schien –, würde es nicht funktionieren, weil er mit jemand anderem zusammen war. Jede Chance, ihn wiederzubekommen, war verloren.

KAPITEL NEUNUNDZWANZIG

Am Montagmorgen starrte Esther auf den Computerbildschirm und versuchte, sich daran zu erinnern, dass nicht alles schlimm war. Das mit Jinny und Yemi war wieder in Ordnung. Sie würde heute zum ersten Mal nach drei Wochen wieder zum Strickkurs gehen. Sie hatte einen Job, ein Dach über dem Kopf und eine gute Krankenversicherung. Mal ganz abgesehen davon hatte sie auch ihre Katze. Sie konnte für eine Menge Dinge dankbar sein.

Okay, ihre Mutter stand kurz davor, wohnungslos zu sein, und Esther hatte vermutlich ihre beste Chance auf echte Liebe seit Jahren achtlos weggeworfen, aber das Leben war nun mal nicht vollkommen. *Du kannst eben nicht alles wieder in Ordnung bringen*, sagte sie sich. *Konzentrier dich auf die Dinge, die du kontrollieren kannst.* Das war der Weg zum Glück. Oder zumindest zum Überleben.

Zunächst versuchte sie, sich auf die Datei auf ihrem Bildschirm zu konzentrieren. Sie arbeitete an Teilen für Dans Unterbaugruppe, und um die Schaltpläne richtig einzusetzen, musste sie das 3-D-Modell auf die nächsthöhere Ebene heben, um zu sehen, wie ihr Teil in das große Ganze passte. Das taten die Entwickler nicht oft, weil die Datei riesig war und es ewig dauerte, bis sie geladen war.

Esther drehte das Modell herum und betrachtete das Stück, in das ihre Teile eingepasst werden sollten. Dann beugte sie sich vor und blinzelte, um genauer erkennen zu können, was sie da auf dem Bildschirm sah.

Das ... war nicht richtig. Oder? Sie drehte das Modell weiter, sah es sich genauer an und las alle Notizen dazu.

Das würde nicht funktionieren.

Dans Vorschlag hatte einen gravierenden Fehler. Um zum größeren Bauteil zu passen, mussten die Datenkabel länger sein. Was bedeutete, dass sie elektromagnetisches Rauschen aufnehmen würden, das wiederum über die Antenne nach unten geleitet und den Output weniger nutzbar machen würde. Und das Funkspektrometer, das sie benutzten, hatte eine geringe Stromaufnahme, die das Signal besonders anfällig machte.

Esther lehnte sich zurück. Yemi hatte ein Telefonmeeting und trug deswegen seine Kopfhörer. Es würde sicher noch ein paar Stunden dauern. Wenn sie seine Meinung zu der Sache hören wollte, würde sie warten müssen.

Aber eigentlich brauchte sie seine Meinung nicht. Sie wusste, was sie da sah. Sie wusste, dass sie recht hatte. Wenn die anderen ihre Komponenten in das Modell einbauten, würden es auch ihnen auffallen.

Esther hatte zwei Möglichkeiten. Die erste: nichts zu tun. Einfach abzuwarten, bis Dan seine Teile hochlud und einfügte und jemand anders ihn darauf hinwies, dass er es vermasselt hatte. Er würde vor dem ganzen Team inkompetent wirken, und Dmitri und Bhavin würden beide dumm aus der Wäsche gucken, weil sie ihn mit seiner schlampigen Entwicklung hatten durchkommen lassen.

Dann war da Möglichkeit zwei: zu Bhavin zu gehen und ihm sagen, was sie bemerkt hatte, damit Dan seinen Fehler berichtigen konnte, bevor ihn die anderen bemerkten.

Möglichkeit eins war ungeheuer verführerisch. Es würde sich so gut anfühlen, ihnen allen dabei zuzusehen, wie sie sich wanden, nachdem sie ihren Vorschlag so rundheraus abgelehnt hatten – bei dem dieses Problem im Übrigen gar nicht hätte auftreten können.

Das Dumme war, dass es noch Wochen dauern konnte, bis sie den Fehler bemerkten. Und wenn sie ihn identifizierten, würden sie ihn ausmerzen müssen, was sogar noch mehr Zeit kosten würde. Womöglich würden sie dann ihren Fertigstellungstermin nicht halten können und damit sogar das ganze Projekt verlieren.

Das wäre dann auch Dans Schuld, und alle würden es wissen. Es wäre Rache. Süße, süße Rache.

Esther musste sich fragen, ob sie willens war, das ganze Projekt scheitern zu lassen, nur um allen zu beweisen, dass sie recht gehabt hatte.

Sie seufzte tief und ging hinüber zu Bhavins Schreibtisch. »Kann ich dir mal was zeigen?«, fragte sie.

Er ging mit ihr zurück in ihre Nische, und sie öffnete die Datei. Er tippte nervös mit den Fingern auf seinem Schenkel herum, als sie das Modell für ihn drehte und auf das Problem deutete, und immer noch, als sie ihn die Dokumente mit den Auflagen lesen ließ. Als er alles verdaut hatte, zuckte seine Hand so stark, dass man sie kaum noch erkennen konnte.

»Ich muss mit Dmitri reden«, sagte er und ging.

Esther setzte sich wieder an ihren Schreibtisch und versuchte, an etwas anderem zu arbeiten, während sie darauf wartete zu hören, was sie diesbezüglich tun würden. Als Yemi seine Telefonkonferenz endlich beendet hatte, erzählte sie ihm, was sie herausgefunden hatte.

»Du hast das Richtige getan«, sagte er zu ihr.

»Ich weiß«, entgegnete sie. »Aber ich wollte *wirklich* so sehr das Falsche tun. Was sagt das über mich aus?«

Er schüttelte den Kopf und schob sich die Brille hoch. »Nichts. Jeder hat diese Impulse. Es kommt darauf an, wie man damit umgeht.«

Um vier Uhr kehrte Bhavin zurück und kam direkt zu Esther. »Gut aufgepasst«, sagte er. »Du hast uns allen den Arsch gerettet.«

Eine Dreiviertelstunde später schickte Dmitri eine E-Mail an beide Teams und setzte den Projektmanager und die Vizepräsidentin der Firma in CC. Darin verkündete er, dass sie die bisherigen Unterbaupläne fallen lassen und stattdessen Esthers Vorschlag umsetzen würden. Ohne Namen zu nennen, erklärte er den Fehler, der zu dieser Entscheidung geführt hatte, und wies die Entwickler nochmals darauf hin, wie wichtig es sei, alle Vorgaben zu checken und auch die anderen Systeme auf ihre Kompatibilität zu überprüfen.

In der E-Mail wurde Esther namentlich dafür gelobt, das Problem erkannt zu haben, bevor das Projekt in die kritische Phase getreten war, und dafür, dass sie bereits eine elegante Lösung entwickelt hatte. Er benutzte sogar den Ausdruck »Team Player«.

Nimm dies, Diane.

Esther war noch immer großartiger Stimmung, als sie am Abend zum Strickkurs kam.

Jinny war schon da und hatte bereits verkündet, dass Esther und sie sich wieder vertragen hatten. Esther wurde mit offenen Armen empfangen, und sie erzählten ihr alles, was in der Zwischenzeit geschehen war. Vilmas jüngster Sohn hatte es ins Fußballteam der Schule geschafft. Pennys Cousine hatte ihr Baby bekommen, und eine andere Cousine war schwanger. Cynthia hatte ihre winzigen Tierpullis fertig gestrickt und reichte Fotos vom Shooting herum. Und Olivia hatte sich ein Paar durchsichtige Converse-All-Star-Turnschuhe gekauft, die sie offenbar dringend Esther zeigen wollte.

»Sie sind perfekt, um darin handgestrickte Socken zu tragen, weil man sie durch die Schuhe hindurch sehen kann!« Sie hielt ihre Füße hoch, damit alle einen Blick darauf werfen konnten. »Sind die nicht ultracool?«

Esther bestätigte, dass sie wirklich ultracool seien, und sagte, sie müsse sich unbedingt auch ein Paar besorgen.

Die Frauen um sie herum plauderten angeregt miteinander, und in Esther breitete sich ein Gefühl der Zugehörigkeit aus. Sie beugte sich vor, um sich einen der Erdnussbutterkekse zu nehmen, die Penny mitgebracht hatte, und fühlte Dankbarkeit dafür, diese Frauen in ihrem Leben zu haben – mit jeder Faser ihres Körpers.

Freundschaften waren wichtig, und sie musste sich mehr Mühe mit den Freunden geben, die sie hatte. Esther setzte diesen Punkt auf die Liste der Dinge, die sie an sich selbst verbessern wollte, direkt unter *Hör auf, die Leute von dir zu stoßen, denen du wichtig bist.* Und *Zeig deinen Freunden, dass sie dir wichtig sind.* Bisher hatte ihre Liste nur zwei Punkte, aber sie dachte über *Sei ein netterer Mensch* nach. Vielleicht das. Sie musste noch ein wenig weitergrübeln.

Esther wollte sich nicht mehr selbst im Weg stehen. Sie hatte die Sache mit Jonathan vermutlich unwiederbringlich vermasselt, aber zumindest wollte sie daraus lernen. Sie würde versuchen, ein besserer Mensch zu werden. Ein weniger kaputter Mensch.

Zwei Stunden später, als sie alle zu ihren Autos gingen, schloss Cynthia zu Esther auf. »Was ist denn jetzt eigentlich genau zwischen dir und diesem Typen vorgefallen?«

Esther nahm an, dass sie Jonathan meinte, und schaute hinüber zum Parkplatz, wo Jinny gerade in ihr Auto stieg. »Gar nichts ist da vorgefallen.«

Cynthia warf ihr einen Erzähl-keinen-Scheiß-Blick zu. »Es ist etwas vorgefallen.«

»Das ist jetzt auch egal.«

»Wirklich?«, sagte Cynthia, die ihr das eindeutig nicht abkaufte.

Sie standen jetzt vor Esthers Auto, und sie öffnete die Tür und stopfte ihre Tasche hinein, um sich dann zu Cynthia umzudrehen. »Ich habe es vermasselt. Aber jetzt ist es vorbei. Wir sind alle darüber hinweg.«

Cynthia verengte die Augen zu Schlitzen. »Das sieht dir gar nicht ähnlich.«

»Doch, natürlich«, sagte Esther. »Ich habe die ganze Zeit One-Night-Stands – ich meine, nicht die *ganze* Zeit, aber ...«

»Davon rede ich gar nicht.« Cynthia winkte ab. »Hör mal, ich kann ja nachvollziehen, warum du dachtest, du müsstest Jinny dazu bringen, mit diesem Typen auszugehen. Wir wussten alle, dass Stu echt ein Mistkerl war und sie tatsächlich zu ihm zurück wollte. Ich sage nicht, dass du damit recht hattest, aber ich verstehe immerhin den Impuls. Aber dann schläfst du mit diesem Typen? Obwohl du weißt, dass das Jinny vielleicht wehtut? *Das* ist es, was dir gar nicht ähnlich sieht.«

»Na ja, also.« Esther blickte auf ihre Füße.

Cynthia berührte ihren Arm. »Du bist doch gar nicht der Typ, der den Kopf wegen eines Mannes verliert. Wenn du also wegen dieses Typen den Kopf verlierst, solltest du dich vielleicht fragen, warum das so ist. Was ist so besonders an ihm?«

Esther wusste ziemlich genau, was so besonders an diesem Typen war. Aber sie war nicht bereit, das Cynthia oder sonst wem zu beichten. Die Neue Verbesserte Esther war noch in Arbeit. Sie hatte sich noch nicht so richtig von ihrer Aussprache mit Jinny erholt. Es würde noch eine Weile dauern, bis sie sich wieder so verletzlich würde zeigen können.

Außerdem war es jetzt sowieso egal, weil Jonathan bereits alles überwunden hatte. Es war toll, dass sie so verliebt gewesen war, aber ihr Leben war nun mal keine romantische Komödie. Sie würde dem Typen nicht hinterherlaufen und ihn mit Liebesbekundungen zurückzugewinnen versuchen. Es war am besten, die Sache zu vergessen und einfach weiterzuleben.

»An ihm ist nichts Besonderes mehr«, sagte Esther und sah Cynthia direkt an.

Cynthia zog zweifelnd eine Braue hoch. »Mmmhmm.« Sie ging zu ihrem Auto und hob zum Abschied die Hand. »Wir sehen uns nächste Woche«, rief sie über die Schulter hinweg.

Esther stieg in ihren Prius und verdrängte die Unterhaltung mit Cynthia sofort. Es war sinnlos, über Jonathan nachzudenken. Das brachte ihr nur Schmerz. Und sie würde sich auf keinen Fall in eine Frau verwandeln, die den Rest ihres Lebens damit vergeudete, über den Mann nachzudenken, den sie hatte gehen lassen. Sie würde niemals zu einem solch tragischen Fall werden.

Heute war ein guter Tag gewesen. Darauf sollte sie sich konzentrieren, nicht auf die Dinge in ihrem Leben, die beschissen waren. Sie tippte auf ihre Rihanna-Playlist und drehte die Lautstärke auf, um auf der Fahrt nach Hause schief mitzusingen, und es war ihr völlig egal, dass die anderen Autofahrer sie dabei sehen konnten.

Gerade, als sie auf ihren Parkplatz fuhr, rief ihr Bruder an. Als sie sein Gesicht auf dem Display sah, beschlich sie eine böse Ahnung. In zwei Wochen war der Monat zu Ende, und ihre Mom hatte immer noch keine neue Wohnung.

»Hallo, Bruder«, sagte sie und schulterte ihre Tasche, um aus dem Auto zu steigen. Ihr Blick fiel auf Jonathans Lexus, der neben ihrem stand. Er stand in einem etwas anderen Winkel als heute Morgen, und in der Konsole stand ein Kaffeebecher, der vorher nicht da gewesen war.

Sie musste eindeutig an ihrer krankhaften Stalkerei arbeiten, wenn sie ernsthaft über ihn hinwegkommen wollte.

»Du wirst es nicht glauben«, sagte Eric.

»Was denn?« Esther riss den Blick von Jonathans Auto los und ging in Richtung Stufen.

»Mom hat eine Wohnung gefunden.«

»*Was*? Wie? Wo?« Ihre Stimme hallte im Treppenhaus wider.

»Kennst du den Handwerker, den der Vermieter immer schickt, wenn es was zu reparieren gibt?«

Ein vages Bild von einem dickbäuchigen Mann mit langem grauem Haar und einer Vorliebe für Batik-T-Shirts erschien vor ihrem inneren Auge. »Jake?«

»Blake.«

»Na, egal.« Sie hatte ihn nur einmal gesehen, als er ihren Abfluss repariert hatte.

»Sie zieht bei ihm ein.«

Esther blieb wie vom Donner gerührt stehen. »*Was?*« Das Wort hallte von den Wänden wider.

»Sie sagt, sie seien verliebt, wobei ich allerdings ziemlich sicher bin, dass sie eher in seine Fähigkeit verliebt ist, die Miete zu bezahlen.«

»Aber ...« Esther wusste nicht, was sie sagen sollte. Sie wusste ja nicht einmal, wie sie das finden sollte.

»Eben«, sagte Eric.

Sie versuchte, sich daran zu erinnern, wie Jake – Blake – war. Er hatte kein besonders einprägsames Äußeres; sie wusste nicht einmal mehr, wie sein Gesicht aussah. Aber er hatte ... nett gewirkt? Zumindest, soweit sie sich erinnerte. Heiter. Höflich. Er hatte keine Alarmglocken schrillen lassen oder wie ein Serienmörder gewirkt. Natürlich hatte sie ihn da auch noch nicht als potenziellen Lebenspartner ihrer Mutter gesehen. Er war da nur der Typ gewesen, der den neuen Siphon installiert hatte.

»Ist das – findest du das in Ordnung?«, fragte sie Eric und ging die Treppen hinauf.

»Ich finde es in Ordnung, dass Mom jetzt nicht potenziell auf meinem Sofa schlafen muss. Ich habe beschlossen, dass mich der Rest nichts angeht.«

»Im Ernst?«

»So lautet meine Meinung, und ich halte mich daran.«

»Wie läuft es denn bislang so?« Sie verlangsamte ihre Schritte, als sie in die Nähe von Jonathans Wohnung kam, zerrissen zwischen der Furcht vor einem erneuten Zusammentreffen und der Hoffnung darauf. Die Jalousien vor dem Fenster waren wieder heruntergelassen, aber in der Wohnung brannte Licht. Sie fragte sich im Vorbeigehen, was er wohl heute Abend machte und mit wem er es machte. War diese neue Freundin jetzt da drin? Trank sie seinen Kaffee und las seine Drehbücher? Hatte sie Sex mit ihm im selben Bett, in dem Esther geschlafen hatte?

»Hör mal, Mom tut eben, was sie tut«, sagte Eric, als Esther ihren Schlüssel aus der Tasche holte und aufschloss. »Selbst wenn ich etwas dagegen hätte, würde es nichts nützen.«

Das stimmte, beschloss Esther, als sie in ihre Wohnung trat und das Licht einschaltete. Wenn sich ihre Mutter etwas in den Kopf gesetzt hatte, dann war es fast unmöglich, es ihr wieder auszureden. Als sie verkündet hatte, dass sie diesen Künstler Ian heiraten würde, hatte Esther erklärt, dass sie dadurch ihren Unterhalt verlieren würde. Außerdem kenne sie Ian noch nicht so lange. Dass es vielleicht besser sei, noch ein wenig abzuwarten, nur um sicherzugehen, dass das wirklich das sei, was sie wolle. Ihre Mutter war daraufhin nach Las Vegas durchgebrannt. Die Ehe hatte gerade mal ein Jahr lang gehalten.

»Um ehrlich zu sein, mache ich mir um Blake am meisten Sorgen«, sagte Eric. »Ich glaube, er weiß gar nicht, worauf er sich da einlässt.«

»Was weißt du denn eigentlich über ihn?« Esther legte ihre Tasche auf den Esstisch und ging in die Küche, um Sally zu füttern. »Ist er ein anständiger Mann?«

»Er wirkt ganz in Ordnung. Du kennst ja den Typ Mann, auf den Mom steht. Vermutlich ist er ganz nett.«

Ihre Mutter hatte eine Vorliebe für Männer, die sich um sie kümmern wollten. Sie waren meist freundlich, pflichtbewusst und nachgiebig. Empfänglich für ihren Charme und leicht zu manipulieren. Ian war so gewesen, ihr Vater ebenfalls. Bis sie irgendwann ihre Grenze erreicht hatten und sich ein Rückgrat hatten wachsen lassen. Nur dass ihr Vater dafür dreizehn Jahre länger gebraucht hatte als Ian.

»Und das ist jetzt einfach so?«, fragte Esther und füllte Sallys Schüssel mit Katzenfutter. »Wir lassen das zu?«

»Mit Zulassen hat das wenig zu tun. Sie ist ja erwachsen. Sie trifft ihre eigenen Entscheidungen.«

»Bis sie sich selbst ein Loch gräbt, aus dem sie nicht mehr herauskommt. Dann will sie, dass wir ihr helfen.« Esther wanderte ins Wohnzimmer, zog die Schuhe aus und setzte sich aufs Sofa. »Was passiert, wenn die Beziehung kaputtgeht und sie wieder auf der Straße sitzt?«

»Dann wird sie sich etwas anderes überlegen müssen. Ich bin durch damit. Das habe ich ihr auch so gesagt.«

Esther glaubte nicht recht, dass sich Eric daran halten würde, aber es war immerhin gut, dass er so dachte. »Okay. Dann ist die Krise wohl abgewendet.«

Also hatte sich das Problem, dass sie wochenlang belastet hatte, einfach … in Luft aufgelöst, ohne dass sie irgendetwas unternommen hatte. *Siehst du? Du musst nicht immer zur Stelle sein und anderer Leute Probleme lösen. Manchmal klappt etwas einfach so, ohne dass du eingreifst.*

»Ich habe dir doch gesagt, dass sie sich irgendwie selbst hilft, wenn wir es nicht tun.«

»*Ich habe dir doch gesagt* ist kein guter Satzanfang, Bruder.«

»Freu dich doch. Du musst dir um Mom keine Sorgen mehr machen.«

»Fürs Erste.« Sie würde sich immer Sorgen um ihre Mutter machen müssen. Sie würde sich immer verantwortlich für sie fühlen. Das war etwas, was sie nicht so leicht abschütteln konnte. Aber vielleicht konnte sie versuchen, sich nicht mehr ganz so sehr davon einnehmen zu lassen.

»Wie läuft denn alles andere so?«, fragte Eric. »Hast du dich mit Jinny vertragen?«

Esther lehnte sich zurück und legte die Füße auf den Sofatisch. »Ja, wir sind wieder versöhnt.«

»Wusste ich's doch.«

Sie sagte ihm nicht, dass sie seinem Rat gefolgt war, weil er schon jetzt so unerträglich selbstzufrieden klang. Den Gefallen wollte sie ihm nicht tun.

»Und wie ist es bei der Arbeit?«, fragte er weiter. »Du denkst doch nicht mehr darüber nach, dich versetzen zu lassen, oder?«

»Nein, bei der Arbeit läuft es auch besser. Ich bin von einem der Teamleiter gelobt worden.«

»Hey, ich gratuliere. Das ist toll.«

»Stimmt.«

»Klingt doch, als wäre alles in Butter. Ist es nicht lustig, wie sich die Dinge so schnell drehen können?«

»Ja. Lustig.« Esther dachte an Jonathan, das einzige Thema, das nicht besser geworden war und auch nicht besser werden würde.

»Was ist mit dem Typen?«, fragte Eric prompt, als könnte er ihre Gedanken lesen.

»Da gibt es keinen Typen.« Sie musste wirklich dafür sorgen, dass die Leute sie nicht ständig nach Jonathan fragten. So fiel es ihr noch schwerer, über ihn hinwegzukommen.

»Ich meine den Nachbarn. Du weißt schon, der, um den Jinny und du gekämpft haben.«

»Wir haben nicht um ihn gekämpft«, sagte sie ein wenig zu heftig. »Er ist kein Thema.«

»Sicher?«

»Ja, sicher.« Er war nicht mehr in ihrem Leben. Es würde viel einfacher sein, das zu akzeptieren und weiterzumachen, wenn alle anderen nicht ständig das Gespräch darauf brachten. Sie wollte nicht mehr über ihn nachdenken.

»Wenn du es so sagst.«

Sie sagte es so.

KAPITEL DREISSIG

»Hier steht, der beste Lippenstiftton für dich hat die Farbe deiner Brustwarzen.« Jinny war wieder bei Esther zu Besuch, lag auf dem Sofa und blätterte durch ein *InStyle*-Magazin, das so dick war wie ein Schulbuch.

Esther faltete auf dem Esstisch ihre Wäsche. »Weißt du, was ich noch nie gemacht habe? Ernsthaft über die Farbe meiner Brustwarzen nachdenken.«

»Ist vielleicht auch ein bisschen schwierig, das im Laden zu überprüfen, das gebe ich zu.« Jinny griff nach dem Frappuccino, den sie mitgebracht hatte. Er hatte dieselbe pink-violette Farbe wie ihre Nägel und sah eklig aus.

Der Timer auf Esthers Handy klingelte. »Das ist jetzt die letzte Ladung.«

Sie wollten etwas trinken gehen, sobald Esthers Wäsche fertig war, und danach mit Yemi essen gehen. Er musste seinen Eltern noch im Haus helfen.

Jinny winkte nur ab und saugte geräuschvoll an ihrem Strohhalm.

Esther nahm ihren Wäschekorb und machte sich auf den Weg in

den Keller. Heute wollte sie zum ersten Mal mit Jinny und Yemi gemeinsam ausgehen, seit sie zusammen waren. Sie würde das erste Mal das fünfte Rad am Wagen sein. Eigentlich war sie deswegen nicht nervös – sie wusste, es würde trotzdem schön werden. Aber sie war doch froh, dass Jinny und sie vor dem Treffen mit Yemi noch etwas Zeit für sich hatten. Der Alkohol würde dafür sorgen, dass sie weniger befangen sein würden.

Mrs. Boorstein lauerte ihr im Hof auf, daher kam Esther eine Viertelstunde später als geplant zurück in die Wohnung. Jinny saß auf dem Sofa und las Jonathans Drehbuch.

Esther blieb erstaunt stehen. »Wo hast du das denn gefunden?«

Jinny schaute auf. »Unter einem J.Crew-Katalog in deinem Schlafzimmer. Fast so, als wolltest du, dass ich darauf stoße.«

»Na ja, ich wollte es nicht.« Esther ließ ihre Wäsche fallen, trat zu Jinny und riss ihr das Drehbuch aus der Hand.

»Hey!« Jinny sprang auf, schnappte es sich zurück und wedelte vorwurfsvoll damit. »Warum hast du mir davon nichts erzählt?«

»Weil es nichts ist.« Esther nahm ihren Wäschekorb und trug ihn ins Schlafzimmer. »Ist nicht mehr wichtig.«

Jinny folgte ihr auf dem Fuße, immer noch mit dem Drehbuch wedelnd. »Das hier ist nicht nichts.«

»Ich will nicht drüber reden.« Esther stellte ihren Wäschekorb aufs Bett und ging zum Schrank, um Kleiderbügel herauszuholen.

»In diesem Drehbuch geht es um dich.«

»Ja, ich weiß.« Esther konzentrierte sich aufs Wäschesortieren. Sie wollte dieses Gespräch nicht führen.

»Er hat dich so perfekt eingefangen, das ist wirklich unglaublich. Wer hätte gedacht, dass dieser Typ ein so guter Autor ist?«

Esther sagte kein Wort.

»Esther.«

»Was?« Als sie hochschaute, hatte Jinny die Stirn in Falten gelegt.

»Jonathan hat ein ganzes Drehbuch über dich geschrieben. Darüber, wie sehr er dich liebt.«

Esthers Blick glitt schuldbewusst zur Seite. »Das ist jetzt keine große Sache.«

»Es ist eine *riesengroße* Sache. Du hast mir ja gar nicht gesagt, dass er in dich verliebt ist.« Ihr Ton klang vorwurfsvoll und ein bisschen verletzt.

Sie hatten bei ihrer Aussprache nicht viel über Jonathan geredet. Sie hatten zwar um das Thema *herumgeredet*, es aber ansonsten vermieden. Jinny hatte angenommen, dass Esther nur einen betrunkenen One-Night-Stand mit ihm gehabt hatte, und Esther war das ganz recht gewesen.

»Weil er das nicht ist.« Selbst wenn er in sie verliebt gewesen war, war er es jetzt eben nicht mehr. Es war müßig, darüber zu reden.

»Er ist es ganz eindeutig. Diese Emily hier im Drehbuch, das bist ganz eindeutig du, und die Figur, die ihr seine Liebe gesteht, ist ganz eindeutig er. Man schreibt so etwas nicht über jemanden, in den man nicht verliebt ist. Man gibt ihm davon *vor allem auch kein Exemplar*, wenn man nicht will, dass derjenige es weiß.«

Esther nahm eine ihrer Blusen fürs Büro aus dem Wäschekorb und hängte sie auf einen Bügel. »Das ist nur eine Geschichte.«

Jinny atmete entnervt durch. »Ich weiß, dass du nicht so naiv bist, wie du gerade tust. Glaubst du das im Ernst?«

»Ist doch egal. Es ist aus zwischen uns beiden. Er will nichts mehr mit mir zu tun haben.«

Jinny schüttelte den Kopf und setzte sich neben Esthers Wäschekorb aufs Bett. »Ich kann nicht glauben, dass ich das nicht gesehen habe.«

»Was denn?« Esther konzentrierte sich darauf, die Socken zusammenzustecken, um Jinny nicht in die Augen schauen zu müssen.

»Ich dachte, dass du meinetwegen so komisch mit Jonathan warst, aber es ging dabei gar nicht um mich. Es ging um ihn. Du magst ihn wirklich, oder?«

Esther starrte auf die Socken in ihrer Hand. »Ist doch egal«, wiederholte sie.

»Nein, ist es nicht. Sag mir die Wahrheit.« Jinny hatte ihre Strenge Schuldirektorinnen-Stimme aufgelegt, gegen die jeder Widerstand zwecklos war.

»Ich habe ihn gemocht«, gab Esther schließlich zu. Ihre Stimme klang ganz dünn und zittrig. »Ich mag ihn.«

»Esther!« Jinny packte sie beim Arm und strahlte sie an. Ihr Gesicht leuchtete wie eine dieser Lampen, die man gegen Winterdepression benutzte.

Esther zuckte zusammen. »Was?«

»Du bist verliebt!«, sagte Jinny und lächelte noch strahlender. Woher nahm sie nur das ganze Licht? Das hatte nichts mehr mit Physik zu tun.

Esther schüttelte den Kopf. »Ich bin ...« Sie hielt inne. Sie hatte sagen wollen, sie sei nicht mehr in ihn verliebt. Aber ... warum? Warum war sie so finster entschlossen, so zu tun, als stimmte es nicht?

»Ich kann es nicht fassen!« Jinny stand auf und umarmte sie.

Esther erstarrte verwirrt und ließ sich von einer Wolke Tory-Burch-Parfüm einhüllen. »Was passiert hier gerade?«

Jinny trat einen Schritt zurück und nahm erneut Esthers Arm. »Du musst es ihm sagen.«

O nein. Nein, nein, nein. Esther schüttelte den Kopf. Sie hätte sich losgemacht, aber Jinnys winzige Hände hatten sie fest gepackt.

»Du musst Jonathan sagen, was du fühlst«, sagte Jinny. »Du musst ihn dir zurückholen.«

Panik stieg Esther in die Kehle. Sie riss die Augen auf wie ein Reh im Scheinwerferlicht. »Du musst«, beharrte Jinny.

Esther packte die Unterwäsche in die oberste Schublade ihrer Kommode, ohne sie zusammenzulegen. Die Schublade war bereits voll, und sie musste sie hineinstopfen. Sie musste demnächst wirklich ihre Unterwäscheschublade ausräumen.

»Ich meine es ernst.« Das war wieder Jinnys Strenge Schuldirektorinnen-Stimme.

»Das wird aber nicht passieren.«

»Esther.«

Sie spürte Jinnys Blick auf sich. Sie starrte in ihre Unterwäscheschublade, wollte ihr nicht in die Augen sehen. »Ich kann nicht mit einem Typen zusammen sein, mit dem du zusammen gewesen bist. Das ist eklig. Es ist ein Verstoß gegen den Freundinnen-Code.«

»Das ist doch vollkommener Blödsinn«, erwiderte Jenny. »Ich bin gar nicht richtig mit ihm zusammen gewesen. Und außerdem fand das alles unter Vorspiegelung falscher Tatsachen statt, also zählt das eigentlich gar nicht.«

Esther drehte sich um. »Also noch ein Grund, es nicht zu tun.«

Jinny hatte jetzt die Hände in die Hüften gestemmt. Sie wirkte dadurch größer, als sie war. Ihre Präsenz war tatsächlich furchteinflößend für jemanden, der kaum eins sechzig groß war. »Mir ist dein Glück aber wichtiger als irgendein blöder Code, den du dir gerade ausgedacht hast. Mir ist die Tatsache wichtig, dass wir seit zwei Jahren befreundet sind und ich während dieser Zeit noch nie miterlebt habe, dass du dich wirklich verliebt hättest. Jetzt, da das endlich passiert ist, werde ich nicht zulassen, dass du es einfach so wegwirfst. Und ganz besonders nicht meinetwegen. Auf keinen Fall.«

»Du hast das aber nicht zu bestimmen. Falls du es bereits vergessen hast: Er ist schon drüber weg.«

»Man schreibt so etwas nicht einfach und ist dann drüber weg.«

»Er schon. Du hast sie ja selbst gesehen.« Esther traten bei der Erinnerung daran die Tränen in die Augen.

Jinny ging auf sie zu, ihr Gesichtsausdruck war jetzt ganz weich. »Wer auch immer diese Frau war, so ernst kann es nicht sein. Noch nicht, jedenfalls. Und deswegen musst du jetzt schnell sein.«

Esther schüttelte den Kopf, aber Jinny achtete gar nicht auf sie.

»Du musst es ihm sagen und zwar, bevor er wirklich über dich hinweg ist.«

»Das mache ich nicht.«

»Doch, tust du.« Jinny verschränkte die Arme vor der Brust, und Esther wusste, dass sie verloren hatte. Mit Tornado-Jinny war nicht zu spaßen. Sie war eine Naturgewalt, der man sich nicht entgegenstellen durfte. Sie bekam, was sie wollte, auf die eine Art oder die andere.

»Was, wenn es nicht funktioniert?«, fragte Esther, der ein wenig schwindelig war. »Er war richtig sauer auf mich. Was, wenn ich ihm sage, was ich fühle, und er will nichts mehr mit mir zu tun haben?« Sie war sich nicht sicher, ob sie das würde überleben können. Es würde sie vermutlich an Ort und Stelle umbringen.

»Dann hast du es zumindest versucht. Er hat all diese wunderbaren Dinge über dich geschrieben. Du musst es zumindest versuchen. Er verdient es.«

Sie hatte recht, obwohl Esther das nur sehr ungern zugab. Jonathan hatte sich aus dem Fenster gelehnt, und sie hatte ihn gestoßen. Er verdiente die Chance, sie ebenfalls zu stoßen. Selbst, wenn es sie umbringen würde.

Esther atmete lang und zittrig durch. »Du bist richtig gemein, weißt du das? Du bist ein wahrhaft gemeines Stück.«

Ein Lächeln breitete sich auf Jinnys Gesicht aus. »Du bist meine beste Freundin, und ich will, dass du glücklich bist.«

»Ich muss keine Beziehung haben, um glücklich zu sein.«

»Natürlich nicht. Aber das bedeutet nicht, dass du niemanden lieben sollst. Je mehr Menschen du liebst, desto glücklicher und erfüllter wird dein Leben sein.«

Esther konnte das nicht richtig glauben. Menschen waren unzuverlässig. Wenn man herumlief und irgendwem seine Liebe schenkte, erhöhte man das Risiko, verletzt zu werden. Sie hatte Jinny bereits ihre verletzliche Seite gezeigt. Hatte sie damit nicht ihre Quote fürs Erste erfüllt?

Jinny nahm ihre Hände. »Er liebt dich, Esther, und ich bin mir ziemlich sicher, dass du ihn ebenfalls liebst. Das ist zu selten, als dass man es einfach so wegwerfen dürfte. Versprich mir, dass du mit ihm redest.«

Esther öffnete den Mund, aber es kam nichts heraus.

Jinny machte schmale Augen und drückte Esthers Hände. »Versprich es mir, sonst klopfe ich an seine Tür und sage es ihm selbst.« Esther wusste genau, dass ihr das absolut und jederzeit zuzutrauen war.

»Gut«, sagte Esther. »Ich mache es. Aber wann ich will und wie ich es will.«

Jinny ließ ihre Hände los. »Du hast eine Woche. Wenn du es bis nächsten Samstag nicht getan hast, tue ich es.«

Na super. Noch eine Woche bis zu ihrem sicheren Tod. Dann war es wohl das Beste, schon mal das Testament aufzusetzen.

Die nächsten fünf Tage verbrachte Esther damit, sich wegen des bevorstehenden Gesprächs mit Jonathan zu quälen und sich damit echte Magenschmerzen heranzuzüchten. Sie ging all die verschiedenen Dinge im Kopf durch, die sie zu ihm sagen wollte, und stellte sich einhundert unterschiedliche Reaktionen vor – die meisten davon beinhalteten, dass er ihr sagte, dass er nie wieder etwas mit ihr zu tun haben wollte.

»Hast du schon mit ihm geredet?«, fragte Jinny jeden Tag auf der Arbeit.

»Noch nicht«, antwortete Esther jeden Tag.

»Du musst aber.«

»Mach ich ja auch.«

»Du hast noch drei Tage«, erinnerte sie Jinny am Mittwoch.

»Ich weiß«, sagte Esther.

»Nur noch zwei Tage«, sagte Jinny am Donnerstag.

»Ich *weiß*«, sagte Esther. Es war ihr durchaus bewusst, wie schnell die Zeit verging.

Sie musste es unbedingt heute tun.

Wenn Jonathan mit jemand anderem zusammen war, dann war er Freitagabend vielleicht nicht zu Hause. Vielleicht ging er dann mit *ihr* aus. Oder schlimmer – vielleicht war sie dann bei ihm in seiner Wohnung. Wenn Esther mit ihm reden wollte, war es sicherer – und besser –, es heute Abend zu tun. Sonst würde sie vielleicht ihre Chance verpassen. Und dann würde Tornado-Jinny auf Festland treffen.

Als Esther am Abend nach Hause kam, stand Jonathans Auto auf seinem Parkplatz. Sie war gleichzeitig erleichtert und enttäuscht. Ihr Puls beschleunigte sich, als sie an seinem Fenster vorbeiging. Wenn das hier nicht so lief, wie sie es sich wünschte, musste sie auf jeden Fall umziehen. Um ihr Herz zu schonen und auch für ihren Seelenfrieden.

Sie ging in ihre Wohnung, zog sich aber nicht um. Sie musste ihren BH anlassen, wenn sie nach nebenan ging und versuchte, mit Jonathan zu sprechen. Stattdessen legte sie ihre Sachen ab, fütterte Sally und – nach ein paar Minuten, in denen sie nervös auf und ab ging – zwang sie sich, wieder hinauszugehen.

Ihr Magen fühlte sich an wie zusammengeknotet, als sie vor Jonathans Tür stand. Ihre Innereien waren wie ein verunglücktes Strickprojekt, das man irgendwann genervt liegen gelassen hatte.

Das Gute an der Sache war, dass sie auf die eine oder die andere Weise bald vorbei sein würde.

Esther atmete tief durch und hob die Hand, um zu klopfen.

Ihre Hand erstarrte mitten in der Luft.

Vielleicht sollte sie doch bis morgen warten. Vielleicht war das besser. Wenn er nicht zu Hause war, weil er mit jemand anderem zusammen war, würde es die ganze Übung überflüssig machen. Sie würde Jinny sagen können, dass er auf einem Date war, und das war es dann. Problem gelöst.

Aber Jinny würde sie damit niemals durchkommen lassen.

Sie würde weiter darauf bestehen, dass Esther mit ihm redete. Das, oder sie würde selbst mit ihm reden.

Esther musste das hier durchziehen. Jinny hatte recht. Sie musste mutig sein und sich ihrer Zurückweisung stellen wie eine Frau.

Man kann nichts verlieren, was man bereits verloren hat, sagte sie sich. Aber vielleicht – ganz vielleicht – gab es ja doch eine Chance, es wieder zurückzubekommen.

Bevor sie den Mut aufbringen konnte zu klopfen, wurde Jonathans Tür vor ihrer Nase aufgerissen.

KAPITEL EINUNDDREISSIG

Jonathan sah sie finster an, vorsichtig und ohne zu lächeln. »Was machst du denn hier draußen?« Er blockierte mit seinem Körper die Tür, die Hand auf dem Türknauf, falls er ihr die Tür wieder vor der Nase zuschlagen musste.

Esther schluckte trocken. »Hallo.«

»Hallo.« Er klang kein bisschen froh, sie zu sehen, was eigentlich keine Überraschung war, aber mehr wehtat, als sie erwartet hatte.

»Können wir reden?« Ihre Stimme klang kleinlaut und papierdünn. Ganz genau so, wie sie sich fühlte.

Er schaute zu Boden, und sie starb tausend kleine Tode, während sie auf seine Antwort wartete. Nach ein paar Sekunden nickte er und trat einen Schritt zurück.

Esther ging an ihm vorbei in die Wohnung. Er war so weit zurückgetreten, dass zwischen ihnen eine große Lücke entstand und sie ihn auf keinen Fall zufällig berühren konnte. Er schloss die Tür hinter ihr und wartete, ohne sich zu bewegen. Bereit, sie sofort wieder rauswerfen zu können.

Sie wurde unter seinem Blick ganz nervös. Sie war nicht daran gewöhnt, dass er sie so ansah.

»Und?«, fragte er ungeduldig. Genervt. »Du hast gesagt, du wolltest mit mir reden. Also rede.«

Esther hatte keinen echten Plan. Sie hatte zwar die ganze Zeit Angst vor diesem Gespräch gehabt, sich aber nicht zurechtgelegt, was sie sagen wollte. Wie sie am besten anfangen sollte. Und jetzt, da sie hier war und er sie so ansah, war sie wie gelähmt.

Was *konnte* sie überhaupt sagen? Was konnte das wiedergutmachen, was sie ihm angetan hatte? Warum war sie eigentlich hier? Er war über sie hinweg, hatte sie das vergessen? Er hatte jetzt eine Freundin. Er brauchte sie nicht – und er wollte sie nicht mehr. Das lag auf der Hand.

Sie stand da und ruderte innerlich hilflos herum. Da fiel ihr Erics Rat wieder ein: *Zeig dich verletzlich.*

»Ich hatte unrecht«, sagte sie. »Ich hatte ja so dermaßen unrecht.«

Jonathans Gesichtsausdruck veränderte sich nicht. »Womit genau?«

»Mit allem.«

Sein Haar war zerzaust und fiel ihm in die Stirn und in die Augen. Ihre Finger wollten es unbedingt zurückstreichen. Sie machte einen vorsichtigen Schritt auf ihn zu, doch er wich zurück und drückte sich an die Tür. Eine Erinnerung daran, dass sie hier nicht mehr willkommen war.

Esthers Herz zog sich schmerzhaft zusammen. Die Hand, die so gern sein Haar hatte berühren wollen, fummelte jetzt an ihrem Blusenkragen herum.

»Ich wollte dir nicht wehtun«, sagte sie.

Er reagierte nicht. »Okay«, sagte er dann.

»Tut mir leid. Und du hattest recht.«

Jonathan verzog das Gesicht und rieb sich den Nacken. »Womit?«

»Ich hatte Angst davor, mir selbst einzugestehen, dass ich Gefühle für dich habe.«

Sie erhaschte einen Blick auf ... *etwas* in seinen Augen, bis sein Blick von ihr weg glitt. Hoffnung, vielleicht. Sie hoffte, dass es Hoffnung war.

»Hast du eine Freundin?«, fragte sie, voller Angst vor der Antwort.

Er würde sicher Ja sagen, und das war es dann. Dann konnte sie nur noch gehen. Und sie wollte nicht gehen.

Er sah sie verwirrt an. »Was?«

»Die Frau, mit der du letzte Woche zusammen warst ...«

Sein Mund zuckte. »Meine Schwester.«

Ein paar der Knoten in Esthers Magen lösten sich. »Das war deine Schwester?«

Er nickte. Das Mundzucken wurde zu etwas, was nicht ganz ein Lächeln war, aber vielleicht der Anfang eines Lächelns. Praktisch ein Lächel-Embryo. »Ich habe keine Freundin.«

Esther öffnete den Mund und schloss ihn wieder. Sie atmete tief und zittrig durch und sagte: »Gibst du mir noch eine Chance?«

Das Embryo-Lächeln verschwand. »Wofür?« Er war argwöhnisch. Sie hatte ihn schon einmal verletzt, und er hatte Angst, dass sie es wieder tun würde.

»Um dir zu zeigen, dass du mir wichtig bist. Ich weiß, dass ich Probleme habe und in so was nicht gut bin, aber ich versuche, besser zu werden, weil ich dich wirklich mag.« Sie brachte es einfach nicht über sich, das Wort *Liebe* zu benutzen. Dafür war noch zu viel in ihr kaputt. »Und ich vermisse dich.«

Als sie all diese Worte herausgebracht hatte, hielt sie den Atem an und wartete.

Jonathans Mund zuckte erneut. »Möchtest du dich setzen?«

»Was ist eigentlich mit deiner Tutorin passiert? Hast du deine Drehbücher eingereicht?« Sie saßen an entgegengesetzten Enden des Sofas. Die Polsterung fühlte sich auf Esthers Haut an wie Sandpapier. Es war kein besonders großes Sofa. Zwischen ihnen war kaum genügend Platz für eine weitere Person. Aber es fühlte sich an wie ein riesiger Abstand. Mindestens wie der Grand Canyon.

Jonathan nickte, ohne ihr in die Augen zu sehen. Er starrte geradeaus, die nackten Füße auf die Truhe gestellt, die er als Sofatisch benutzte. »Ich habe eine Eins bekommen. Das Herbstsemester beginnt Montag in einer Woche.«

Esther lächelte breit. »Das ist doch phantastisch!«

Er war ihr nah genug, dass sie den Zigarettenrauch roch, außerdem einen Hauch von dem holzigen Jonathan-Duft darunter. Sie hatte diesen Geruch vermisst. Sie wollte ihr Gesicht darin vergraben, aber sie glaubte, das nicht mehr zu dürfen. Sie wollte so vieles – ihn umarmen, seine Hand halten, ihm die Seele aus dem Leib knutschen –, aber sie hatte das Gefühl, dass eine unsichtbare Wand zwischen ihnen stand. Eine physische Barriere, die sie nicht überwinden durfte.

Er warf ihr einen Blick zu, dann wandte er sich wieder ab. »Was ist eigentlich mit Jinny passiert?«

Esthers Lächeln verschwand. »Wir haben uns wieder vertragen. Sie hat mir verziehen – endlich.«

»Hätte sie nichts dagegen ...« Er machte eine unbestimmte Geste.

»Sie hat mir ihren Segen gegeben.«

Er schaute finster hinunter in seinen Schoß. »Toll.« Sie wollte nicht, dass er so finster dreinschaute. Vor allem wollte sie nicht der Grund für diesen finsteren Blick sein.

»Jonathan.« Ihre Kehle zog sich zu, als sie seinen Namen aussprach.

Sein Blick hob sich, und er sah ihr ins Gesicht.

»Es tut mir leid«, wiederholte sie. Hilflos.

Er schüttelte den gesenkten Kopf. »Schon in Ordnung. Ich verstehe das.«

»Wirklich?«

»Ja, tatsächlich.« Er zuckte die Achseln. »Das hat es ja so schwierig gemacht. Ich konnte nachvollziehen, warum du es getan hast, aber trotzdem hat es nicht weniger wehgetan. Ich konnte dich deswegen nicht einmal hassen.«

»Ich weiß nicht«, sagte Esther. »Ich glaube, ich war ein ganz schönes Arschloch. Du darfst mich absolut hassen, wenn du willst.«

»Ich will dich nicht hassen.« Sein Blick fing ihren auf und wurde weich. »Ich mag dich zu sehr.«

Etwas flatterte in ihrer Brust. Er hatte zwar nicht Lieben gesagt, aber Mögen war ja auch schon ziemlich gut, wenn man mal die Umstände in Betracht zog. Mögen nahm sie gern an. »Immer noch?«

»Immer noch.« Er legte eine Hand mit der Handfläche nach oben zwischen sie. Eine Einladung.

Esther verschränkte ihre Finger mit seinen und drückte dankbar seine Hand.

So saßen sie da, schwiegen und hielten Händchen. Zwischen

ihnen hatte sich eine Möglichkeit aufgetan, und es brauchte Zeit, sich daran zu gewöhnen. Ihr Daumen strich über sein Handgelenk, suchte nach seinem Puls. Er raste beinahe so schnell wie ihrer.

Auf seinem Zeigefinger war ein schwarzer Tintenfleck. Sie wollte ihn küssen, aber vielleicht war das noch zu früh. Kleine Schritte.

»Willst du mit mir auf ein Date gehen?«, fragte sie.

Er lächelte auf ihre verschränkten Hände hinunter. »Ja. Gern.«

KAPITEL ZWEIUNDDREISSIG

Sie gingen auf ein Date. Auf ein *echtes* Date. Sie hatten sich gleich für den nächsten Abend verabredet: Freitag.

Heute Abend.

Esther konnte sich nicht daran erinnern, wann sie das letzte Mal auf ein waschechtes Date gegangen war. Normalerweise lernte sie einen Mann kennen, flirtete ein, zwei Stunden mit ihm und ging dann mit zu ihm nach Hause – immer zu ihm, nie zu ihr nach Hause. So war es einfacher, am nächsten Morgen schnell wieder zu verschwinden und peinlichen Pancakes-zum-Frühstück-Versuchen auszuweichen.

Aber das war die Alte Esther. Die Neue Esther ging nicht nur heute Abend auf ein Date, sondern musste es auch noch planen, weil sie schließlich darum gebeten hatte. Sie hatte noch nie ein Date planen müssen. Aber sie hatte den ganzen Tag darüber nachgedacht und wusste jetzt genau, was zu tun war.

»Wie findest du das hier?«, fragte sie und hielt ein Kleid vor ihre Handykamera. Jinny half ihr per FaceTime dabei, sich für das Date fertig zu machen.

»In Gelb siehst du aus, als hättest du Malaria.«

Okay. Kein gelbes Kleid. Esther warf es in die Ecke auf den Haufen fürs Rote Kreuz.

»Das blaue oder das violette«, sagte Jinny. »Das sind die schönsten.«

Das blaue passte besser, aber das violette brachte ihre Oberweite mehr zur Geltung. Esther erinnerte sich daran, wie sehr Jonathan sie in dem tief ausgeschnittenen Top gemocht hatte, das sie auf der Party getragen hatte. »Dann also violett.«

»Gute Wahl. Trag dazu die nudefarbenen Schuhe.«

Die nudefarbenen Schuhe hatten Absätze. Esther war kein großer Fan von Absätzen, aber sie sahen tatsächlich am besten zu dem violetten Kleid aus. »Haare hoch oder offen?«

»Offen.«

Esther runzelte die Stirn. »Bist du sicher?«

»Ich finde es so süß, wie nervös du bist. Ganz niedlich.«

»Mist, soll ich ihm Blumen besorgen? Ich habe keine Blumen besorgt.«

»Jetzt übertreib mal nicht. Du willst ihn doch nicht entmannen.«

»Das ist patriarchale, toxische Männlichkeitsscheiße, und ich weigere mich, dazu beizutragen.«

Jinny verdrehte die Augen. »Willst du wirklich in den nächsten fünfzehn Minuten noch rauslaufen und Blumen kaufen?«

Esther schaute auf die Uhr. »Nein, dazu habe ich keine Zeit.«

»Dann also keine Blumen.«

»O Gott«, sagte Esther und schaute in ihre Make-up-Schublade.

»Was denn?«

»Wie soll ich mich bloß für einen Lippenstift entscheiden? Ich habe viel zu viele.«

»Entspann dich. Nichts zu Glänzendes oder Klebriges.«

»Die sind alle klebrig.«

»Du brauchst etwas Mattes für den maximalen Kusserfolg. Wie den, den du gekauft hast, als ich dich letztes Mal zu Sephora geschleppt habe.«

Esther legte das Handy auf die Küchenarbeitsfläche und durchwühlte ihre Lippenstiftkollektion auf der Suche nach dem Lip Tint, zu dem sie Jinny überredet hatte. »Das ist doch schräg, oder? Du hilfst mir dabei, Make-up auszusuchen, um einen Typen zu verführen, den du geküsst hast.«

»Erstens verführst du ihn nicht mit deinem Make-up, du Verrückte. Zweitens, ja, das ist vielleicht ein bisschen schräg ... aber jetzt auch nicht so schräg, dass man nicht darüber hinwegkommen könnte.«

Esther schaute in die Kamera und lächelte. »Was würde ich bloß ohne dich tun?«

Jinny lächelte auf dem Display zurück. »Du wärst eine Katastrophe, meine Liebe. Eine verdammte Katastrophe.«

Um genau sieben Uhr trat Esther aus ihrer Wohnung und schloss hinter sich ab. In ihrem Magen ging es zu wie auf einem Schiff bei Unwetter. Sie war sich nicht sicher, ob sie jemals so nervös gewesen war, nicht einmal, als sie ihr Examen gemacht hatte.

Als sie gestern Abend bei Jonathan gewesen war, hatte sie ihn so sehr küssen wollen, und er hatte fast so ausgesehen, als hätte er es auch gewollt. Aber als sie versucht hatte, sich zu ihm zu beugen, hatte er den Kopf weggedreht.

Ihr Stolz war noch immer ein wenig verletzt. Aber sie konnte es ihm nicht verdenken, dass er ihr nicht so richtig traute. Natürlich musste sie sich noch ordentlich ins Zeug legen, um ihn zurückzugewinnen. Das war auch okay. Sie war bereit, alles zu tun, um sein Vertrauen zu verdienen. Darum ging es ja bei diesem Date heute Abend. Ihm zu zeigen, wie sehr sie dazu entschlossen war, ihre Beziehung wieder aufzubauen.

Sie fragte sich, ob sie ihn heute Abend wohl würde küssen dürfen. O Gott, sie hoffte es so sehr.

Während der vier Meter zu seiner Tür klang das Klackern ihrer Absätze wie Pistolenschüsse auf dem Zementboden des Gangs, was ihre Nerven nicht gerade beruhigte. Er musste sie gehört haben – vermutlich hatte das gesamte Wohnhaus sie gehört –, denn er öffnete die Tür, bevor sie klopfen konnte.

»Hallo«, sagte er und lächelte schüchtern.

Ihr Herz schwoll bei seinem Anblick geradezu an. Sie hatte ihn beinahe vierundzwanzig Stunden lang nicht gesehen, und sie hatte ihn *vermisst*. Die letzten Wochen ohne ihn waren die reinste Qual gewesen. Jetzt, da sie wieder bei ihm sein durfte, wollte sie unbedingt mehr. Es war, als hätte man jemandem ein Stück Schokokuchen vor die Nase gehalten, der auf Diät war. Ihr lief das Wasser im Mund zusammen, so sehr wollte sie ihn.

»Hallo«, sagte sie und lächelte ihn an. Wegen ihrer Absätze stand sie etwas höher, aber sie musste dennoch zu ihm hinaufschauen. »Du siehst gut aus.«

Er hatte sein Haar mit irgendeinem Haargel gezähmt und trug ein gestreiftes Hemd, schmale graue Hosen und dieselben Stiefel, die er auf der Party getragen hatte. Heute war er wieder Date-Jonathan. Sie liebte Date-Jonathan.

»Du siehst auch gut aus.« Sein Blick blieb an ihrem Gesicht hängen, er beachtete ihren Ausschnitt gar nicht. Was für ein unpassender Moment für Ritterlichkeit.

Er hatte die Autoschlüssel in der Hand und ließ sie klimpernd um den Zeigefinger kreisen. »Wie lautet der Plan? Soll ich fahren?«

»Nein, heute mache ich dir den Hof. Du musst dich nur zurücklehnen und genießen.«

Er lächelte noch breiter. »Okay.«

Esther wartete, bis er seine Wohnungstür abgeschlossen hatte, dann gingen sie durch den offenen Gang zum Treppenhaus. Er versuchte nicht, ihre Hand zu halten, also tat sie es auch nicht. Obwohl sie gern seine Hand gehalten hätte.

Aber als sie zum Treppenhaus kamen und sie schwankend auf ihren hohen Absätzen die Stufen hinunterstakste, bot er ihr an, sie zu stützen. »Danke«, sagte sie und hielt sich dankbar an ihm fest.

Aber kaum waren sie unten angekommen, ließ er sie schon wieder los. Verdammt.

Esther schloss ihr Auto auf, sie stiegen ein. Er saß zum ersten Mal in ihrem Wagen und musste den Beifahrersitz ganz nach hinten schieben, um genügend Platz für seine Beine zu schaffen. Kurz wünschte sie sich, sie hätte das Auto noch aufgeräumt, aber dann erinnerte sie sich an den Müllhaufen in seinem Auto. Ein wenig Staub auf dem Armaturenbrett würde ihn sicher nicht stören.

»Wohin fahren wir denn?«, fragte er und schnallte sich an.

Esther überprüfte ihre Spiegel und manövrierte aus der Parklücke heraus. »Dinner und Kino. Eigentlich Kino und dann Dinner, weil der Film schon um halb acht anfängt.«

»Welcher Film denn?«

Sie lächelte. »Überraschung.« In einem Programmkino von L.A. wurde heute *Blood Simple – Eine mörderische Nacht* gezeigt. Sobald sie ihn im Programm entdeckt hatte, hatte sie gewusst, dass sie da mit ihm reinmusste.

»Spannend.«

»Er wird dir gefallen, keine Sorge.«

»Daran zweifle ich nicht.« Sie warf ihm einen Blick zu, und er lächelte. So weit, so gut.

Esther hatte den ganzen Abend durchgeplant. *Blood Simple* im alten Aero-Kino um halb acht, gefolgt von einem Abendessen in einem beliebten Restaurant in Santa Monica um die Ecke. Es war perfekt.

Oder, besser gesagt, es wäre perfekt gewesen, wenn es nicht auf der Autobahn, die sie nur genommen hatte, weil Yemi ihr ständig gesagt hatte, dass sie dann viel schneller ankäme, einen Unfall mit Blechschaden gegeben hätte. Deswegen waren die beiden rechten Spuren gesperrt, und sie krochen langsam vorwärts, blieben immer wieder stehen und schafften eine Höchstgeschwindigkeit von acht km/h. Die Minuten vergingen, und Esther wurde immer nervöser.

»Wir kommen zu spät«, sagte sie und packte das Lenkrad so fest, dass ihre Finger taub wurden. »Tut mir leid.«

»Ist schon okay«, sagte Jonathan. »Das macht doch nichts.«

»Doch. Wir verpassen den Anfang des Films.«

Er streckte die Hand aus, legte sie auf ihr Bein und drückte es sanft. »Der Film ist mir egal.«

Jetzt, da sie seine Hand auf ihrem Oberschenkel spürte, schwer und warm, war ihr der Film plötzlich auch nicht mehr so wichtig. Sie nahm eine Hand vom Lenkrad, verschränkte ihre Finger mit seinen und versuchte, sich ein wenig zu entspannen.

Es war fünf Minuten nach halb acht, als sie endlich am Kino ankamen. Jonathan grinste, als er die Anzeigetafel las. »Wir schauen *Blood Simple*?«

»Das war immerhin der Plan. Tut mir leid, dass ich es vermasselt habe.« Zum Glück hatte sie die Tickets online vorbestellt, so dass sie sich keine Sorgen machen musste, keine mehr zu bekommen.

»Zuerst zeigen sie Werbung. Wir schaffen das.«

Nur dass es noch fünf Minuten dauerte, bis sie einen Parkplatz gefunden hatten, und weitere fünf Minuten, vom Auto zum Kino zu laufen. »Tut mir leid«, wiederholte sie, als sie um viertel vor acht in die Lobby humpelte und diese blöden hohen Schuhe verfluchte, die sie angezogen hatte.

Er zuckte die Achseln. »Ich habe den Film schon gesehen.«

Der Kartenabreißer sah sie strafend an. Der Film hatte tatsächlich schon begonnen. »Tut mir leid«, flüsterte Esther zum dritten Mal, als sie endlich in ihre Sessel sanken.

»Hör auf, dich ständig zu entschuldigen«, flüsterte Jonathan zurück. Er lehnte sich zurück, schaute auf die Leinwand und griff über die Armlehne hinweg nach ihrer Hand.

Okay, vielleicht hatte sie das Date doch nicht ruiniert.

Er hielt den ganzen Film über ihre Hand und streichelte abwesend ihre Fingerknöchel. Immer, wenn eine Gewaltszene kam, hielt er ihre Hand noch fester. Zu ihrem Glück gab es extrem viele Gewaltszenen im Film.

Esther musste immer wieder zu Jonathan hinüberschauen. Die Sorgenfalten auf seiner Stirn. Der kleine Höcker auf seinem Nasenrücken. Der einladende Schwung seiner Lippen.

Er war hinreißend. Sie konnte kaum glauben, dass sie so viel Zeit damit verbracht hatte, ihn nicht zu mögen, hätte sie in dieser Zeit doch seinen Anblick genießen können. Sie hätte ihn sich von Anfang an reservieren sollen, das hätte allen eine Menge Ärger erspart.

Sie blieben noch bis zum Ende des Abspanns sitzen und warteten, bis das Licht wieder eingeschaltet wurde, um sich dann auf den Weg hinaus zu machen. Esthers Füßen hatte die Pause gutgetan, aber es gefiel ihnen gar nicht, dass sie jetzt wieder stand. Sie würde eindeutig eine Blase bekommen. Vielleicht sogar zwei.

»Was kommt als Nächstes?«, fragte Jonathan, als sie aus dem Kino traten.

»Abendessen«, antwortete sie. Ihr Magen gab ein peinliches Pterodaktylus-Kreischen von sich.

Er grinste und bot ihr seinen Ellenbogen. »Dann führen Sie mich hin, meine Dame.«

Sie hielt sich mit beiden Händen an seinem Arm fest und genoss die Gelegenheit, ihm nahe zu sein. So machten sie sich auf den Weg zum Restaurant. Seit ihrer schicksalhaften Nacht waren sie einander nicht mehr so nah gewesen, und ihr Herz schlug schneller, als sie seinen Geruch wahrnahm. Er roch heute Abend nicht nach Zigarettenrauch. Er roch göttlich. Sie schmiegte sich noch näher an ihn.

Das Restaurant, in das sie ihn einladen wollte, war nur noch einen Block entfernt. Aber als sie näher kamen, sah sie, wie eine Menschenmenge aus der Tür auf den Bürgersteig quoll.

»Scheint wohl ein bisschen voll zu sein«, bemerkte sie enttäuscht.

Es stellte sich heraus, dass sie eine Stunde würden auf einen Tisch warten müssen. Ihr Magen gab noch einen Dino-Schrei von sich, als sie berieten, ob sie bleiben oder gehen sollten.

»Wir finden etwas anderes«, sagte Jonathan und zog sie aus dem Restaurant. »Ich glaube, wir müssen dich füttern, bevor du zum unterzuckerten Hulk wirst.«

Zum Missfallen ihrer Füße wanderten sie weiter. Das nächste

Restaurant, das auf ihrem Weg lag, war ebenso voll wie das letzte. Verdammtes L.A. und seine vielen Foodie-Hipster.

Endlich, drei Häuserblocks weiter, stießen sie auf ein indisches Restaurant, das einen Platz für sie hatte. Alle Tische waren besetzt, so dass sie nebeneinander an der Bar sitzen mussten. Das war nicht ganz das romantische Candlelight-Dinner, das sich Esther erhofft hatte, aber immerhin saßen sie und würden etwas zu essen bekommen.

Als sie bestellt hatten, erstarb ihre Unterhaltung. Esther rutschte auf ihrem Hocker herum, um eine bequeme Haltung zu finden. Ihre Füße baumelten in der Luft, und ihre Fersen glitten immer wieder aus den Schuhen.

»Das war also neulich deine Schwester«, sagte sie, auf der Suche nach einem Gesprächsthema. »War es die Investmentbankerin oder die Medizinstudentin?«

Jonathan warf ihr einen Blick zu und schaute dann auf den Tresen vor sich. »Die Medizinstudentin, Sarah.«

»Wie ist sie denn so?«

»Ehrgeizig. So schlau, dass es schon nervt. Perfekt sozusagen.« In seinem Ton schwang einiges an Bitterkeit mit.

»All das und dann auch noch wunderschön. Klingt wie ein echter Alptraum.«

Er lächelte dünn. »Eigentlich ist sie toll. Es ist nur wirklich nicht schön, ständig mit ihr verglichen zu werden.«

Esther wackelte auf ihrem Hocker herum, um sich ihm zuwenden zu können. »Wie viel älter als du ist sie denn?«

»Vier Jahre. Und Rachel ist vier Jahre älter als Sarah. Meine Eltern wollten Abstand zwischen uns haben.« Ein Schatten glitt über sein Gesicht, wie immer, wenn er seine Eltern erwähnte.

»Ich wette, deine Schwestern haben dich ständig bemuttert.«

»Da liegst du richtig.« Sein Knie wackelte unter dem Tresen, als wäre er rastlos. Oder als langweilte er sich. »Was ist denn mit deinem Bruder? Wie viel älter ist er?«, fragte er.

»Drei Jahre.«

»Hat er denn versucht, dich zu erziehen?«

»Wir haben uns praktisch gegenseitig erzogen. Eric und ich, das war immer wir beide gegen den Rest der Welt. Bis er aufs College gegangen ist. Danach war ich fast immer allein.«

Jonathans Blick hinter den Brillengläsern wurde weich. »Das war bestimmt schwierig.«

Esther zuckte die Achseln, sie bereute es schon, dieses Thema angeschnitten zu haben. »Damals war ich schon daran gewöhnt, für mich allein zu kämpfen. Es ist irgendwie lustig – du bist praktisch mit drei Müttern aufgewachsen, ich mit keiner.«

Eigentlich war es überhaupt nicht lustig, und Jonathan nickte allerhöchstens halbherzig. Wieder drohte das Gespräch zu ersterben, aber dann sagte er: »Du bist in Seattle aufgewachsen, oder?«

Sie nickte. »Ich bin nach dem College hergezogen, weil ich den Job bei Sauer Hewson bekommen habe.«

»Wie ist Seattle denn so? Ich war da noch nie.«

»Regnerisch.« Sie vermisste den Regen. Es gab viele Argumente für das Wetter in Los Angeles, aber Regentage waren etwas Besonderes. »Wie ist es denn so in Newport Beach?«

Er schaute auf seine Hände, die er im Schoß gefaltet hatte. »Wie L.A., nur weißer.«

Wieder erstarb die Unterhaltung. Sie sprachen nicht mehr so entspannt miteinander wie vorher. Beide rutschten sie auf ihren

Hockern herum und starrten überall hin, nur um sich nicht ansehen zu müssen.

Das hier lief überhaupt nicht so, wie Esther es sich ausgemalt hatte. Es war immer so einfach gewesen, sich mit Jonathan zu unterhalten. Was war nur geschehen? Hatte sie alles ruiniert? Was, wenn es nicht wieder so wurde, wie es gewesen war? Was, wenn sie das hier unwiderruflich kaputtgemacht hatte?

Das Essen war fad und mittelmäßig. Aber sie waren beide ausgehungert und dankbar für die Ablenkung, also aßen sie, als wäre es ein Fünf-Sterne-Menü.

Als die Rechnung kam, wollte Jonathan danach greifen, aber Esther schnappte ihm den Zettel weg. »Ich habe dich eingeladen, erinnerst du dich? Das hier geht auf mich.«

»Wir könnten die Rechnung teilen«, bot er an, als wäre es eine Art Geschäftsessen.

Sie wollte die Rechnung nicht teilen. Sie wollte ihn umwerben, und Umwerben funktionierte nicht, wenn man die Rechnung teilte. »Lass mich das übernehmen. Bitte.«

Er ließ sie ohne weiteren Protest bezahlen.

Esthers Füße beschwerten sich lautstark, als sie vom Hocker glitt und sie wieder in die Schuhe steckte. Sie hatte mittlerweile nicht nur Blasen an beiden Fersen, sondern außerdem auch angeschwollene Füße, weil sie so lange auf diesem gottverdammten Hocker gesessen hatte. Ihre Schuhe fühlten sich schrecklich eng an.

Die Nacht schien noch dunkler zu sein, als sie aus dem Restaurant traten. Noch trostloser.

»Alles okay mit dir?«, fragte Jonathan, als sie ihre Wanderung die sechs Häuserblöcke entlang bis zum Auto begannen.

Sie zwang sich zu einem Lächeln und bemühte sich, nicht allzu stark zu humpeln. »Ja, alles klar.«

»Sieht aber so aus, als täten dir die Füße weh.«

»Ich hätte diese blöden Schuhe nicht anziehen sollen. Ich wollte hübsch aussehen, aber ich kriege darin Blasen.«

Er griff nach ihrer Hand und drückte sie tröstend. »Du hättest auch in allen anderen Schuhen hübsch ausgesehen.«

Ihr stockte das Herz in der Brust, und sie drückte seine Hand zurück. Hielt sie ganz fest, für den Fall, dass er irgendwie darüber nachdachte, sie wieder loszulassen. »Selbst in meinen flauschigen Chewbacca-Puschen?«

Er grinste. »Selbst in deinen flauschigen Chewbacca-Puschen.«

Seine Hand halten zu können, linderte die Schmerzen etwas, aber als sie beim Auto angekommen waren, humpelte sie wie Quasimodo. Sie ließ sich auf den Fahrersitz fallen und stöhnte vor Erleichterung, als sie sich die Schuhe von den Füßen zog.

»Autsch«, sagte er und zuckte vor Mitgefühl zusammen, als er ihre Blasen sah. »Soll ich lieber fahren?«

»Nein, jetzt, da ich diese blöden Schuhe ausziehen kann, geht es mir schon viel besser.« Sie warf sie über die Schulter auf den Rücksitz. Noch mehr Material für ihren Rotes-Kreuz-Haufen.

Auf dem Weg nach Hause floss der Verkehr problemlos. Jonathan rutschte auf dem Sitz neben ihr herum und schaute aus dem Fenster. Keiner von ihnen sagte ein Wort. Als sie auf ihren Parkplatz fuhr, war Esther fest davon überzeugt, dass der ganze Abend ein Reinfall gewesen war. Das hier war ihre Chance gewesen, ihn zurückzugewinnen, und sie hatte sie vermasselt. Sie war offenbar ein schlimmes Date.

»Bleib mal hier«, sagte Jonathan, als sie den Motor abgestellt

hatte. Er sprang aus dem Sitz, ging um den Wagen herum und öffnete ihre Tür. Dann er reichte ihr die Hand, um sie auf die Füße
zu ziehen, und Esther dachte, er sei nur wieder ritterlich. Doch da
drehte er ihr den Rücken zu und sagte: »Hüpf rauf.«

Sie starrte seinen Nacken an. »Was?«

»Ich nehme dich die Treppe hinauf huckepack. Hüpf rauf.«

»Ernsthaft?«

»Ich kann dich nicht barfuß über den Parkplatz laufen lassen.
Das ist unhygienisch.«

»Ich bin doch viel zu schwer für dich.«

Er wandte den Kopf, um die Augen zu verdrehen. »Bitteee.«

»Na gut, also schön.« Sie wollte schließlich nicht ewig protestie-
ren, wenn sie schon die Chance bekam, ihn wie ein Turnierpferd
zu besteigen.

Er bückte sich, stützte die Hände auf den Knien ab, und Esther
packte ihn bei den Schultern und kletterte auf seinen Rücken. Er
richtete sich geschmeidig auf, als wäre sie leicht wie eine Feder,
und legte die Hände unter ihre Schenkel, um sie zu stützen. Seine
bloßen Hände. Auf ihre bloßen Schenkel unter ihrem Rock.

Wärme breitete sich in ihrer Magengrube aus, als sie die Arme
um seine Schultern schlang und die Oberschenkel gegen seine
Taille drückte. Natürlich für besseren Halt. Auf keinen Fall, weil
sie das Gefühl liebte, ihn zwischen ihren Schenkeln zu haben.

»Alles gut?«, fragte er.

»Mmmmm.« Sie drückte ihr Gesicht in seinen Nacken und atmete ihn ein. Sein Haar roch nach Rosmarin und Minze, und der
Duft überlagerte den exquisiten Zedergeruch seiner Haut. So
viele Duftnoten, so viel Gutes. Das hier war das Beste des ganzen
Abends.

Esther klammerte sich fest, als er sie die Treppe hinaufschleppte, an seiner Tür vorbei und zu ihrer Wohnung. Es war wirklich eine Tragödie, dass sie wieder von ihm herunter und ihn loslassen musste. Ihr wurde ganz kalt, weil sie seinen warmen Körper nicht mehr spürte.

Als er sie sicher abgestellt hatte, drehte er sich zu ihr um und machte einen kleinen Schritt rückwärts. Um ein wenig Abstand zwischen sie zu bringen.

Der Boden des Gangs fühlte sich kalt an unter ihren Fußsohlen, und sie trat von einem Fuß auf den anderen wie eine Grundschülerin, die dringend auf Toilette muss. »Danke für den Transport.«

Er nickte und steckte die Hände in die Hosentaschen. Der Blick unter seinen zusammengezogenen Brauen war finster.

Esther wurde flau im Magen. Seine Brillengläser reflektierten das Licht im Flur, so dass sie seine Augen nicht richtig sehen konnte. Die Luft kam ihr plötzlich sehr schwer vor, so als würde gleich etwas Schlimmes geschehen. Sie war nicht bereit, den Abend enden zu lassen. Sie brauchte mehr Zeit, um alles wiedergutzumachen.

»Es tut mir leid«, platzte sie heraus, bevor er etwas sagen konnte. »Ich wollte, dass heute Abend etwas ganz Besonderes wird, und stattdessen ist es schrecklich gewesen.«

Er schaute jetzt noch finsterer. Man hätte einen Bleistift zwischen seine Stirnfalten klemmen können. »Es war nicht schrecklich.«

»Wir haben den Anfang des Films verpasst, das Essen war furchtbar, und ich bin den ganzen Abend auf blutigen Füßen herumgehumpelt, weil ich mich offenbar noch nicht mal wie eine Erwachsene anziehen kann.«

Jetzt sah er bestürzt aus. »Aber all das ist mir völlig egal – ich meine, natürlich ist es mir nicht egal, wenn dir die Füße wehtun –, aber der ganze Rest ist mir völlig egal.« Er kam näher, und jetzt reflektierten seine Brillengläser nicht mehr so sehr, und sie konnte seine Augen sehen. Sie leuchteten silbrig. »Ich habe den Abend sehr genossen.«

Hoffnung keimte in ihr auf. »Wirklich?«

»Ich war mit dir zusammen. Es war perfekt.«

Der Keimling blühte auf und verwandelte sich in Freude. Er kam noch näher und legte eine Hand an ihre Wange. Sie schmiegte sich an ihn und ließ seine Finger ihre Haut wärmen.

Seine Wimpern senkten sich, und er neigte den Kopf leicht. Sie musste all ihre Willenskraft aufbringen, nicht das Kinn zu heben. Sie wollte seine Lippen so sehr fühlen, aber sie hatte Angst, ihn zu küssen, weil er gestern Abend den Kopf abgewandt hatte.

Als sie nur noch einen Zentimeter entfernt waren, hielt er inne. Ihre Nasen berührten einander. Ihr Atem vermischte sich. Er hielt ihren Blick, während er mit dem Daumen über ihren Wangenknochen strich. »Esther.«

Das Wort löste sich zwischen ihnen auf, weich wie Puderzucker.

»Bitte«, flüsterte sie in schmerzlicher Erwartung. Die Verzweiflung machte sie ganz weinerlich. Ihre Brust zog sich zusammen, und sie hielt den Atem an und wartete. Sein Gesicht verschwamm, weil ihr die Tränen in die Augen traten.

Jonathan berührte ihre Lippen mit seinem Mund. Zärtlich. Zerbrechlich. Ein Hauch von einem Kuss.

Ein bedürftiges Wimmern entfuhr ihr, und sie krallte die Finger in sein Hemd. Zog ihn näher zu sich heran. Jede Faser in ihrem Körper sehnte sich nach ihm.

»Schsch«, murmelte er und küsste sie erneut.

Sie schauderte unwillkürlich, seufzte und ließ sich endlich fallen. Er schmeckte sogar noch besser, als er roch. Besser, als sie es in Erinnerung hatte. Eine Hand glitt in ihr Haar, dann in ihren Nacken, er vertiefte den Kuss. Sein anderer Arm umschlang ihre Taille, seine Handfläche lag auf ihrem Rücken und zog sie näher.

Sie löste die Finger von seinem Hemd und strich mit den Händen über seine Brust und seine Schultern, um sie dann in seinen Nacken zu legen. Als sie ihren Körper an seinen drückte, fühlte sie, dass er lächelte, und er stieß leise den Atem aus.

Sie berührte sein Gesicht, voller Verwunderung, dass sie das durfte. Als ihre Fingernägel durch seinen Bart fuhren, lächelte er sogar noch mehr, und seine blauen Augen funkelten im Dämmerlicht. Sie hätte sein Lächeln am liebsten verschlungen und sich einverleibt. Esther stellte sich auf die Zehenspitzen und legte ihren Mund auf seinen.

Jeder Muskel in ihrem Körper zitterte, als sie ihn küsste. Ihre Zungen trafen sich langsam, feucht – ernst, konzentriert und ein wenig verzweifelt. Ihre Zähne stießen aneinander, ihr Atem ging im Stakkato. Sie legte alles, was sie hatte, in diesen Kuss, füllte ihn mit Versprechen.

Sie wollte nicht, dass dies hier ein Gutenachtkuss war. Sie wollte, dass er der Anfang von etwas war, nicht das Ende.

»Esther«, murmelte er, als sie endlich Atem schöpften. Seine Finger fuhren durch ihr Haar, sie spürte seinen Atem in ihrem Gesicht.

Sie schaute zu ihm hoch und leckte sich die Lippen, all ihre Nervenenden knisterten. Erwartungsvoll. Hoffnungsvoll. Nervös.

Das Lächeln erschien wieder, und es ließ ein ganzes Gesicht aufleuchten. »Willst du mich gar nicht hineinbitten?«

KAPITEL DREIUNDDREISSIG

Esther drückte sich an ihn, ihr Herz sang vor Erleichterung, und sie drückte ihre Lippen auf seine. Gerade, als sein Mund sich ihrem öffnen wollte, zog sie sich zurück, grinste und drehte sich weg.

Ihre Schlüssel. Sie brauchte ihre Schlüssel.

Hinter ihr atmete er geräuschvoll aus – frustriert? Voller Vorfreude? Etwas von beidem? Fahrig durchwühlte sie ihre Tasche und rief triumphierend »Aha!«, als sich ihre Finger um die Schlüssel schlossen.

Sie steckte einen von ihnen ins Schloss, als Jonathan hinter sie trat und seinen Körper an ihren drückte. Eine seiner Hände stützte er am Türrahmen neben ihrem Kopf ab, die andere legte er an ihre Taille.

»Oh«, stöhnte sie, als seine Finger über ihren Bauch glitten und sie enger an sich zogen. An jeden festen Zentimeter seines Körpers.

Ein Schauder lief ihr den Rücken hinunter, als er seine Nase in ihr Haar grub. Er drückte ihr mit offenen Lippen einen Kuss auf die Schulter, dann auf den Nacken und hinterließ dort eine feuchte

Spur, die in der kalten Nachtluft kribbelte. Als sie spürte, wie sich seine Zähne in das Fleisch zwischen Nacken und Schulter gruben, wurden ihr die Knie ganz weich, drohten unter ihr nachzugeben. Aber seine Hand auf ihrem Bauch hielt sie an Ort und Stelle, seine Finger krallten sich in ihre Taille, und er setzte seinen köstlichen Angriff auf ihren Nacken fort.

»Ich dachte ...« Sie verstummte und seufzte, als er die zarte Stelle hinter ihrem Ohr fand.

»Hmmmm?«, raunte er. »Du hast was gedacht?«

Ihr Kopf sank nach vorn. Es war einfach zu schwierig, über irgendetwas anderes als seine Nähe und seine Zunge auf ihrer Haut nachzudenken. »Ich dachte, du wolltest reinkommen?«, brachte sie schließlich hervor.

Ohne ein Wort legte er seine Hand auf ihre, und sie drehten zusammen den Schlüssel im Schloss. Er griff nach dem Knauf, die Tür öffnete sich, und er schob sie in die Wohnung.

Esther drehte sich zu ihm um und ließ Schlüssel und Tasche zu Boden fallen. Jonathan stieß die Tür hinter ihnen zu und schob den Riegel vor. Er sah sie hungrig an, bevor sie sich wieder aufeinander stürzten und sich auf halber Strecke in einem gierigen Kuss trafen.

Ihre Nase stieß vor lauter Eifer seine Brille herunter, und sie löste sich von ihm, um sie ihm abzusetzen. Sie legte sie auf den Tisch neben der Tür. Er blinzelte, weil er sich erst daran gewöhnen musste, ohne Brille zu sehen.

Sie lächelte und fuhr mit den Fingern in seinen Bart. Er schmiegte sich in ihre Berührung und gab einen schnurrenden Laut von sich, der nicht viel anders klang als Sally, wenn Esther sie an derselben Stelle kraulte. *Merken: Er mag es, wenn man ihm den Bart krault.*

Er strich ihr das Haar aus dem Gesicht und sah sie unter schweren Lidern an. »Ich habe den ganzen Abend daran gedacht, dich zu küssen.«

Vor Überraschung blieb ihr der Mund offen stehen. »Hast du?«

Sein Daumen strich über ihre Unterlippe, der Blick dunkel und schwelend. »Ich konnte an nichts anderes denken. Immer, wenn ich dich angesehen habe, konnte ich mich nur auf deinen Mund konzentrieren und darauf, wie sehr ich dich schmecken wollte.«

Esthers Magen machte einen angenehmen Sturzflug, als er sich hinunterbeugte, um sie zu küssen. Seine langen Finger streichelten ihre Wange, und er neigte ihren Kopf, um sie besser erreichen zu können und sie zu genießen wie eine kostbare Köstlichkeit.

Sie war aufs Neue verblüfft, wie zärtlich er war. Wie vorsichtig. Sie fragte sich, ob es daran lag, dass er fürchtete, ihr wehzutun, oder daran, dass er fürchtete, sie könnte ihn verletzen.

Wieder überkam sie das schlechte Gewissen. Sie packte seine Arme fester und zog ihn an sich. Von einem unstillbaren Sehnen getrieben, machte sie sich an den Knöpfen seines Hemds zu schaffen.

Seine Haut strahlte Wärme aus, ihre Hände strichen über seinen Oberkörper. Sie fand seinen Herzschlag und drückte ihre Lippen darauf, atmete seinen vertrauten Geruch ein, und Zuneigung wallte in ihr auf, brannte in ihrer Kehle. Esther schloss die Augen, schlang die Arme um seine Taille und legte ihre Wange an seine nackte Brust. Sein Atem stockte verräterisch, als sie ihn an sich zog.

»Hey.« Sanfte Hände fuhren in beruhigenden Bewegungen über ihren Rücken. »Was ist los?«

»Ich habe dich so vermisst«, sagte sie, und ihre Stimme klang ganz rau. »Manchmal hatte ich das Gefühl, gar nicht mehr atmen zu können, so sehr habe ich dich vermisst.« Sie klammerte sich an ihn, als gäbe es keine Schwerkraft. Als wäre er das Einzige, was sie daran hinderte, in das leere Vakuum des Alls zu fliegen.

»Schsch.« Er drückte ihr einen Kuss auf den Scheitel. »Jetzt bin ich ja hier.«

Sie krallte sich noch fester an ihn. »Ich dachte, ich hätte dich verloren.«

»Du hast mich nicht verloren. Ich gehe nirgendwo hin.« Sanft lockerte er ihren Griff und drehte sich ein wenig in ihren Armen. »Sieh mich an.« Er legte einen Finger unter ihr Kinn und hob es ein wenig an.

Sie blinzelte, überwältigt von dem, was sie in seinem Gesicht las – aber auch voller Scham über ihren plötzlichen Gefühlsausbruch und peinlich berührt, weil sie die Stimmung gekillt hatte, obwohl es der Beginn einer sehr heißen Nacht hätte sein können.

Er beugte sich zu ihr hinunter und küsste sie mit einer solchen Zärtlichkeit, dass sie glaubte, ihr Herz müsse platzen. »Du *hast* mich. Wenn du mich willst.«

Sie löste ihre Arme von seiner Taille und nahm sein Gesicht zwischen beide Hände. »Ich will dich«, sagte sie so feierlich, als leistete sie einen Eid.

Sie spürte seinen Puls unter ihren Fingerspitzen. Er sah sie unter diesen unglaublichen, glänzenden Wimpern an, und seine Lippen bebten kaum merklich. »Gut.«

Er war so wunderschön. Es tat weh, daran zu denken, wie sehr sie ihn verletzt hatte. Wie sehr sie sich bemüht hatte, ihn wegzustoßen. Sie vergrub ihre Finger in seinem Haar und zog sein Gesicht zu ihrem, so dass sie Nasenspitze an Nasenspitze standen. Stirn an Stirn. »Ich wollte dir nicht das Herz brechen.«

Sie spürte, wie er den Kopf schütteln wollte. »Ist egal, Hauptsache, ich habe dich jetzt.«

»Wenn es dir hilft: Es hat mir auch das Herz gebrochen.«

Er löste sich von ihr, sein Blick ganz weich, und streichelte ihre Wange. »Ich will nicht, dass du ein gebrochenes Herz hast. Ich will dich nur glücklich machen.«

»Das tust du.«

Unsicherheit flackerte über sein Gesicht. »Wirklich?«

Sie drückte einen Finger auf die Stelle zwischen seinen Augenbrauen, um die Falte dort zu glätten. »Niemand hat mich je so glücklich gemacht.« Sie schaute zu, wie sich die Haut um seine Augen kräuselte, um ihn dann zu küssen. Langsam und tief. Sie versuchte, alles aus ihrem Herzen in diesen Kuss fließen zu lassen. *Du bist mir wichtig*, flüsterten ihre Lippen still. *Ich brauche dich. Ich liebe dich.*

Ein paar verträumte Minuten verbrachten sie damit, sich zu küssen. Die Nähe des anderen zu genießen, ihren Geschmack. Dann strich Esther ihm das Hemd von den Schultern. Er schlang die nackten Arme um sie, strahlte Wärme und Sicherheit aus. Sie seufzte glücklich.

Seine Finger strichen über ihren Rücken, bis sie den Reißverschluss ihres Kleides fanden. Sie bog sich ihm entgegen, als er ihn aufzog. Er atmete schwer und schob ihr das Kleid erst von der einen Schulter, dann von der anderen. Sie spürte, wie er sich zurückhalten musste, der aufkommenden Begierde nachzugeben, die sich in seinen eckigen, angespannten Bewegungen zeigte, mit denen er ihr das Kleid hinunterzog.

Als es auf ihren Hüften war, hielt er inne und atmete tief durch. Seine brennenden Blicke verschlangen sie geradezu. Sie half ihm, indem sie das Kleid über die Hüften schob und es zu Boden fallen ließ. Ihre Hände fanden seine Hose, sie genoss es, dass sich seine Bauchmuskeln bei ihrer Berührung anspannten. Schnell löste sie seinen Gürtel und öffnete seine Hose, um sie hinunterzuziehen.

Er zog sich Schuhe und Socken aus, trat aus dem Haufen Stoff zu seinen Füßen und zog sie an sich. Ihre Körper schienen überall dort Funken zu sprühen, wo sich ihre Haut berührte.

Zärtliche Hände streichelten sie. Seine Handflächen glitten über ihre Brüste, dann nach unten und umfassten ihren Hintern. Ihr Atem stockte, als sie vom Boden gehoben wurde. Sie schlang Arme und Beine um ihn, und er trug sie ins Schlafzimmer.

Jonathan blieb am Fuß ihres Bettes stehen. »Weg da, Katze. Ich brauche das Bett.«

Esther lachte auf, als er sich schwungvoll umdrehte. Dann ließ er sich mit ihr auf dem Schoß auf die Matratze sinken, die sich unter ihrem gemeinsamen Gewicht durchbog. Sally Ride flitzte davon.

Jonathan vergrub das Gesicht in Esthers Halsbeuge, und sie griff in sein Haar und bog sich ihm entgegen. Seine Hände strichen über die Innenseiten ihrer Oberschenkel, sein Mund wanderte zu ihren Brüsten und erkundete ihre Haut mit der Zunge.

Gerade, als sie ungeduldig nach mehr verlangen wollte, öffnete er ihren BH. Er sog scharf den Atem ein und umfasste ihre nackten Brüste. Dann glitten seine Hände ihren Körper hinunter, und er hob sie erneut hoch, um sie sanft aufs Bett zu legen.

Er zog sich die Boxershorts aus. Sie wand sich unter ihm, als er sich an ihrem Slip zu schaffen machte. Seine Hände auf ihrer Haut weckten ein beinahe unerträgliches Begehren in ihr.

Sie zog ihn zu sich aufs Bett. Sie musste ihn fühlen. Wollte ihn überall.

Er murmelte leise ihren Namen, während seine Hände ihr keuchende Laute entlockten. Als er in sie eindrang, sah sie vollkommen wehrlos in seine wunderschönen blauen Augen. Überwältigt von Gefühlen. Von einer Welle der Seligkeit davongetragen.

Ich liebe ihn, dachte Esther, als sie in Jonathans Armen lag. Das Wissen brannte in ihrer Brust wie eine Supernova. Es war gleichzeitig wundersam und beängstigend. Ein Teil von ihr wollte diese Worte unbedingt laut aussprechen, aber ein anderer, noch viel größerer Teil erbebte allein bei dem Gedanken daran.

Sie traute ihren eigenen Gefühlen nicht, und auf keinen Fall traute sie dieser neuen Sache, die da zwischen ihnen geschah. Dieser *Beziehung*. Sie hatte keine Beziehungen. Sie wusste nicht einmal, wie so was funktionierte. Sie hatte beziehungstechnisch keinerlei Erfahrungen, an die sie sich hätte halten können.

Was, wenn sie das L-Wort nie würde sagen können? Oder was, wenn sie es sagte und es ihn verschrecken würde? Was, wenn er sie nicht zurückliebte? Er hatte ihr vor ein paar Wochen gesagt, dass er sie liebte, aber das war gewesen, nachdem sie ihn zurückgewiesen hatte. Vielleicht ein Versuch, sie zurückzugewinnen. Vielleicht hatte er es nicht so gemeint. Oder vielleicht auch doch, aber jetzt nicht mehr. Dass er es seitdem nicht mehr gesagt hatte, konnte bedeuten, dass ihr gegenüber nicht mehr so empfand.

»Hey.« Er drückte die Nase in ihren Nacken.

»Hmmm?«

»Du bist so angespannt. Alles in Ordnung?«

»Ja.«

Er stützte sich auf einen Ellenbogen und rollte sie auf den Rücken, um im sanften Licht der Lampe ihr Gesicht zu betrachten. Die Falten zwischen seinen Brauen waren wieder da. »Du drehst jetzt aber nicht durch. Du bereust es doch nicht etwa, oder?«

Sie drückte wieder die Fingerspitze auf seine Stirnfalten, und sie schmolzen unter ihrer Berührung. »Ich bereue nichts.« Sie wollte nicht, dass er glaubte, sie würde wieder weglaufen. Denn das würde sie nicht tun. Wenn sie das hier vermasselte, würde sie zweifellos einen anderen Weg finden. Einen, auf den sie beide nicht vorbereitet waren.

»Hast du Angst?« Er kannte sie viel zu gut. Wann war das passiert?

»Vielleicht ein bisschen.« Es war ein großes Geständnis für sie. Sie bemühte sich wirklich. »Aber nicht vor dir.«

»Wovor dann?«

Vor mir selbst. Dass sie hierfür nicht gemacht war. Dass sie vielleicht nicht in der Lage sein würde, ihm zu geben, was er brauchte. Dass er irgendwann begriff, dass er mehr wollte, und sie dann verließ. Dass sie sich ihm öffnen und am Ende allein dastehen würde.

Ihr Blick wich seinem aus. »Ich fühle mich nur ... überwältigt, glaube ich. Das ist alles so neu für mich.«

Er lag auf der Seite, den Kopf in eine Hand gestützt. Seine Finger verschränkten sich mit ihren auf ihrem Bauch. »Was denn?«

»Dass mir jemand wichtig ist.«

Sein Gesicht hellte sich auf. Über sein Lächeln würde sie niemals hinwegkommen. »Oh, na ja, so schwierig ist das gar nicht.« Er zog ihre Hand an seine Lippen. »Du hast doch einen guten Instinkt. Du lernst das schon.«

Sie spürte, wie sich ihr Herz weitete, wenn sie ihn ansah. So dass noch mehr Platz darin war. Irgendwie war er in ihre dunkelsten Winkel gekrochen, hatte die Spinnweben dort weggeputzt und all ihre scharfen Kanten mit seiner Zärtlichkeit abgepolstert. Vielleicht würde alles gut werden. Vielleicht würden sie das hier zusammen hinbekommen.

Sie drehte sich zu ihm um und legte eine Hand an seine Wange. Seine Lider flatterten und schlossen sich, als sie über seinen Bart strich. *Wie eine Katze.*

»Du siehst ganz anders aus ohne Brille.«

Seine Augen öffneten sich erneut. »Anders gut oder anders schlecht?«

»Gut. Ich habe das Gefühl, den Geheimen Jonathan zu sehen. Dein wahres Ich, das sonst niemand sehen darf.«

Er beugte sich zu ihr, um ihre Lippen mit seinen zu streifen. »Ich kann es immer noch nicht glauben ...« Er verstummte, lächelte und schüttelte den Kopf.

»Was denn?«

»Nichts.« Jetzt sah er selbstzufrieden aus. Wie jemand, der ein Geheimnis hegte.

»Sag es mir. Was kannst du nicht glauben?«

Seine Finger fuhren ihren Kiefer entlang. »Weißt du eigentlich, wie lange ich dich schon küssen will?«

»Wie lange?«

»Seit ich dich zum ersten Mal gesehen habe. Ich wette, du erinnerst dich nicht einmal mehr daran.«

Sie öffnete den Mund, überlegte und versuchte, ihrer Erinnerung auf die Sprünge zu helfen. Aber erfolglos. Sie hatte das Gefühl, er sei immer schon da gewesen, im Hintergrund ihres Lebens, seit sie nach L.A. gezogen war. Sie hätte nicht sagen können, wann sie ihn genau zum ersten Mal gesehen hatte.

»Ich gebe dir einen Tipp«, sagte er. »Du hast mich angeschrien.«

»Natürlich habe ich das getan.« Sie schüttelte lachend den Kopf. »Ich fürchte, du wirst mir noch einen Tipp geben müssen.«

Er rollte sich auf den Rücken, und sie rutschte an ihn heran, um sich an seine Brust zu kuscheln. »Es war einen Tag, nachdem du hierhergezogen bist«, sagte er und schlang den Arm um ihre Schultern. »Ich habe die Umzugshelfer gesehen, die deine Möbel heraufgebracht haben, und dich, wie du mindestens ein Dutzend Mal an meinem Fenster vorbei gegangen bist.« Er lächelte bei der Erinnerung. »Ich fand dich so schön.«

Sie spürte, wie ihre Wangen ganz heiß wurden. »Ach, hör doch auf.«

»Doch wirklich! Am nächsten Tag saß ich auf meinem Balkon und sah, wie dein Auto unten hielt. Ich habe mir meine Schlüssel geschnappt und bin nach unten gerannt, damit ich dir ›zufällig‹ über den Weg laufen und mich dir vorstellen konnte.«

»Das ist so süß.« Sie hätte sich gern daran erinnert, fand aber in ihrem Hirn kein einziges Bild.

»Ich bin zu meinem Auto gegangen, während du deine Einkäufe ausgeladen hast, und habe es aufgeschlossen, als wollte ich wegfahren.« Er spielte gedankenverloren mit ihrer Hand, streichelte ihre Knöchel mit dem Daumen. »Und als du aufgeschaut hast, habe ich gesagt: ›Hallo, ich heiße Jonathan. Ich wohne neben dir in Apartment sechs.‹ Und du hast gesagt: ›Du solltest dein Auto innerhalb der Linien parken, nicht darauf.‹«

Esther brach in Lachen aus. »O mein Gott! Das habe ich nicht gesagt!« Sie vergrub ihr Gesicht an seiner Brust.

»Doch.«

»Ich bin schrecklich! Wie konntest du mich danach bloß noch mögen?«

Er legte eine Hand auf ihr Haar und küsste ihren Scheitel. »Ich konnte nicht anders. Ich glaube, irgendwie habe ich dich danach sogar noch mehr gemocht.«

Sie hob den Kopf, um ihn anzusehen. »Das ist schräg. Das weißt du, oder?«

Er zuckte die Achseln. »Ich erinnere mich noch daran, dass ich dachte: *Das habe ich wohl vermasselt. Jetzt findet sie mich scheiße und geht bestimmt nie mit mir aus.*«

»Da siehst du mal, wie falsch du lagst.« Sie küsste seine Brust und legte dann wieder ihren Kopf darauf. Sie spürte seinen Herzschlag an ihrer Wange. »Aber ich fand dich gar nicht *scheiße*.«

»Lügnerin. Ich weiß, dass du mich scheiße fandest. Du hast es nicht einmal versteckt.«

Ihre Finger spielten mit der zarten schwarzen Linie, die seinen Unterleib hinunter führte. »Das liegt daran – und das weißt du vielleicht schon über mich –, dass ich manchmal einfach zu direkt bin. Beizeiten sogar aggressiv.«

Er gluckste, zog sie näher an sich heran und vergrub die Nase in ihrem Haar.

»Ich fand dich nicht *scheiße*«, beharrte sie und lächelte an seiner Haut. »Ich habe dich nur … nicht besonders gemocht.«

»Oh, okay. Das ist natürlich viel besser.« Er rollte sie wieder auf den Rücken, damit er sie küssen konnte.

»Ich kannte dich ja nicht. Als ich dich erst mal kennengelernt hatte, warst du unwiderstehlich.«

»Ja, genau.« Er neigte den Kopf, um ihren Nacken zu küssen.

»Doch, das ist wahr.«

Ihre Finger krallten sich in seine Locken. Sie liebte sein Haar. Liebte es, dass sie ihre Finger hindurchgleiten lassen konnte, wann immer sie wollte. »Ich wollte dich *wirklich* nicht mögen, aber ich konnte nichts dagegen tun. Du hast mich völlig hilflos gemacht.«

Er neigte den Kopf und schaute unter seinen langen Wimpern zu ihr hinauf. »Ich kann mir überhaupt nicht vorstellen, dass du jemals hilflos sein könntest.«

»Bin ich aber, was dich betrifft. Du würdest nicht glauben, wie sehr ich mich nach dir gesehnt habe. *Ich*. Ich sehne mich nicht. Nie. Aber nach dir schon.«

Er lächelte. Dieses vertrackte, sexy, unwiderstehliche Lächeln. Gott, wie sie es liebte. »Ehrlich?«

»Ja. Es war erbärmlich.«

Er küsste ihre Nasenspitze und ließ sich wieder auf den Rücken fallen, um sie in seine Arme zu ziehen. »Ist es falsch, dass mir die Vorstellung gefällt, dass du dich nach mir sehnst?«

Sie legte den Kopf in die perfekte Mulde an seiner Schulter. »Nein, ich glaube nicht.«

Er umarmte sie fester. »Ich habe mich auch nach dir gesehnt, weißt du.«

»Wir waren beide erbärmlich.«

»Und was sind wir jetzt?«

Ihre Fingerspitzen fanden seinen Herzschlag. »Glücklich.«

»Das klingt gut«, sagte er und gähnte.

Sie kuschelte sich enger an ihn und sog die zufriedene Stimmung ganz tief in sich auf. Sie wollte für immer hier in seinen schützenden Armen liegen. Zuhören, wie sein Atem immer langsamer und regelmäßiger wurde, bis er schließlich eingeschlafen war. Jeden seiner Herzschläge zählen.

Hier gehörte sie hin. Dies war alles, was sie je gewollt hatte.

Es war keine Katastrophe. Es war ein Wunder.

KAPITEL VIERUNDDREISSIG

Als Esther aufwachte, war sie allein. Staubpartikelchen tanzten im graugelben Licht, das sich durch die Jalousien stahl. Es war Morgen.

Einen flüchtigen Moment lang glaubte sie, dass die letzte Nacht nur ein Traum gewesen war. Im Halbschlaf versuchte sie, die Phantasie von der Realität zu trennen. Hatten sie sich gestern wirklich ausgesprochen? Waren sie überhaupt auf einem Date gewesen? Oder hatte sie sich das eingebildet? Hatte ihr Hirn das alles produziert, nur um sie zu quälen?

Sie hörte, wie in der Küche eine Schranktür klapperte, und ihre Gedanken ordneten sich wieder so weit, dass sie den Duft von Kaffee in ihrer Wohnung wahrnahm. Kaffee und ... etwas anderes. Was auch immer es war, es duftete himmlisch.

Sie schlug die Decke zurück, schnappte sich ein altes T-Shirt und ging in die Küche.

Jonathan stand an der Küchenzeile, gekleidet in nichts weiter als seine Brille und Unterwäsche, und verquirlte etwas in einer Schüssel. Das war kein Traum. Es war besser. Ein paar Sekunden lang stand Esther still da und schaute zu, nahm seinen Anblick in sich auf. Prägte sich den Moment ein.

Er schaute in ihre Richtung, und ein Lächeln erschien in seinem Gesicht. »Du hast eine richtige Kaffeemaschine gekauft.«

Sie trat an ihn heran, stellte sich auf die Zehenspitzen und drückte ihm ihre Lippen auf den Mund. »Ja, habe ich.«

Er legte ihr den Arm um die Taille und zog sie an sich. Das Lächeln auf seinem Gesicht wurde breiter. »Guten Morgen.« Er gab ihr einen sanften, langen Kuss. Und lächelte die ganze Zeit dabei.

»Dir auch einen guten Morgen.« Esther konnte sich nicht daran erinnern, dass sie in ihrem Leben jemals so viel gelächelt hatte. Ihre Wangen taten schon weh, wahrscheinlich weil sie ihre Lächelmuskeln so wenig benutzt hatte, dass sie sich schon zurückgebildet hatten.

Sein Mund verzog sich zu einem Grinsen. »Ist natürlich nicht so gut wie meine Chemex.«

»Natürlich nicht.«

»Aber für eine Anfängerin ist sie schon in Ordnung.«

»Ich bin ja so froh, dass sie dein Zustimmungssiegel bekommt. Und lasse diese Anfängerin-Bemerkung mal unkommentiert.«

Er grinste immer noch, ließ sie los und wandte sich wieder seiner Schüssel zu. Sie war randvoll mit dickflüssigem Teig. Butter brutzelte in einer Pfanne auf dem Herd.

»Du hast Peinliche Pancakes gemacht«, sagte sie erfreut.

Er runzelte amüsiert die Stirn. »Peinliche Pancakes?«

»So habe ich es immer genannt, wenn ein Typ, mit dem ich geschlafen hatte, am nächsten Tag versucht hat, mit mir zu frühstücken.«

Jonathan zog die Augenbrauen hoch. »Ach, wirklich?«

»Ja, aber das hier sind keine echten Peinlichen Pancakes, weil ich *wirklich* hier sein und deine Pancakes essen möchte.«

Sein Mund verzog sich. »Ist das ein Euphemismus?«

»Nein, aber das sollte es auf jeden Fall sein. Oh, warte!«, sagte sie, denn sie erinnerte sich plötzlich daran, dass sie ihm vor Wochen eine Mütze gestrickt hatte. »Ich hab was für dich.«

Sie lief ins Schlafzimmer und durchwühlte ihre Kommode. Als sie zurück in die Küche kam, hatte Jonathan den Kopf in den Kühlschrank gesteckt. »Hast du vielleicht Sirup?«

»Vorratsschrank.«

Er tauchte wieder aus dem Kühlschrank auf, und sein Blick glitt zu der Strickmütze in ihrer Hand. »Was ist das?«

»Ich habe dir eine Mütze gestrickt«, sagte sie und hielt sie ihm hin.

»Du hast die gemacht?« Bewunderung lag in seinem Blick, während er die Mütze in den Händen drehte und wendete.

Sie schnappt sie ihm weg und setzte sie ihm auf, wobei sie ihm das Haar nach hinten und aus seiner Stirn strich. Sie hatte recht gehabt – das graue Garn passte wirklich ausgezeichnet zu seinen blauen Augen.

Er beugte sich zu ihr hinunter und küsste sie. »Danke, dass du mir eine Mütze gestrickt hast.«

»Du musst sie nicht tragen, wenn sie dir nicht gefällt.«

»Machst du Witze? Ich liebe sie. Ich werde sie von jetzt an jeden Tag tragen.«

»Du musst sie wirklich nicht jeden Tag tragen.«

»Nein, meine Freundin hat mir eine Mütze gestrickt. Ich setze sie nie wieder ab.«

Bei dem Wort *Freundin* hatte sie ein merkwürdiges Gefühl im Magen. Er wandte sich wieder seinem Teig zu. »Wie viele Pancakes möchtest du?«

Sie hatte sich wieder erholt. »Findest du es schlimm, wenn ich vier sage?«

Er grinste sie an und gab noch etwas Butter in die Pfanne. »Nein.«

»Dann will ich fünf.«

Er lachte und griff nach dem Pfannenwender. »Kommt sofort.«

Es war beinahe unerträglich, wie sehr sie ihn liebte und wie aufgeschmissen sie ohne ihn wäre. Die Worte kamen aus ihrem Mund, bevor sie sich ihrer überhaupt bewusst war: »Ich liebe dich.«

Die Hand, in der er den Pfannenwender hielt, erstarrte in der Luft. »Weil ich dir Pancakes mache?«

»Nein. Ich meine, ich liebe es auch, dass du mir Pancakes machst – aber nein. Ich liebe dich mit und ohne Pancakes.«

Der Blick, mit dem er sie ansah, war leuchtend hell. »Du liebst mich?«

»Ja«, sagte Esther und spürte, wie sich ein Gewicht von ihren Schultern hob. »Ich liebe dich. Ich liebe dich schon eine ganze Weile, hatte aber zu viel Angst, es dir zu sagen.«

Jonathan legte den Pfannenwender hin und zog sie in seine Arme. »Man sollte keine Angst haben, jemandem zu sagen, dass man ihn liebt.«

»Ja, aber weißt du, du musst bedenken, dass ich ziemlich kaputt bin.«

Er rieb seine Nase an ihrer. »Ob du es glaubst oder nicht, das habe ich tatsächlich bereits bemerkt.«

»Vielleicht möchtest du lieber noch mal darüber nachdenken, ob du dich auf mich einlassen willst oder nicht. Du kennst mich noch nicht so gut, und ich weiß nicht, ob du weißt, wie …«

»Ich liebe dich auch«, sagte er.

Ein ganzes Gefühlsfeuerwerk explodierte in ihrer Brust, und sie musste grinsen. »Na, jetzt sitzt du aber so richtig in der Grütze.«

»Gott, das hoffe ich doch sehr.« Seine Hände packten ihren Hintern, und er hob sie auf seine Hüften.

Sie lachte, ihr war etwas schwindelig, als er sie herumwirbelte und auf die Arbeitsfläche setzte, wobei der Messbecher herunterfiel.

»Ich liebe deine ganze Kaputtheit«, sagte er. »Ich liebe alles an dir. Ich liebe es sogar, wie du mit mir streitest.«

»Du weißt schon, dass es so richtig nach hinten losgeht, wenn du mir so etwas sagst, oder?«

Er schaute ihr in die Augen und strich dabei mit beiden Händen über ihre Oberschenkel. »Ich liebe es, dass du zu allem eine Meinung hast und dass du so furchtlos tust, auch wenn du innerlich vor allem Angst hast. Ich liebe es, wie du die Stirn runzelst, wenn du mich herumkommandierst. Ich liebe es, wie wichtig dir deine Freunde sind und wie du dich um sie kümmerst. Ich liebe dich, Esther Abbott, jede durchgeknallte Faser von dir, und ich will mich so um dich kümmern, wie du dich um alle anderen kümmerst.«

Was hatte sie nur getan, um ihn zu verdienen? Sie nahm sein Gesicht zwischen die Hände, als wäre es etwas Wertvolles und Zerbrechliches. »Ich liebe dich, Jonathan Brinkerhoff.«

Er schloss ihre Lippen mit einem Kuss, der unglaublich süß und zart war. Er schmeckte nach Kaffee und Sicherheit. Nach bedingungsloser Liebe.

Eine Gänsehaut bildete sich auf ihrer Haut, als sein Mund zu ihrer Halsschlagader glitt. Sie neigte den Kopf in den Nacken und bot ihm ihren Hals dar.

Ein beißender Geruch nach Verbranntem zerstörte den Moment des Glücks. »Ich glaube, die Pancakes brennen an.«

»Die sind mir völlig egal«, murmelte er zwischen ihren Brüsten.

»Aber mir nicht.«

Er hob den Kopf gerade genug, um sie anzusehen und die Brauen hochzuziehen, aber seine Finger strichen noch immer über die Innenseite ihrer Schenkel. »Sind dir die Pancakes in diesem Moment wirklich wichtig?«

»Nein, absolut nicht«, sagte sie und schauderte vor Lust. »Solange du mir versprichst, mir hinterher noch welche zu machen.«

Ohne sie loszulassen, streckte er die Hand aus, um den Herd auszuschalten. »Ich mache dir alle Pancakes der Welt. Ich bringe sie dir zum Mittagessen ins Büro, ich …«

»Okay, das reicht. Jetzt bitte Sex.«

Er stürzte sich auf sie. Ihre Hände glitten über seinen Oberkörper, und er gab einen zittrigen Atemzug von sich, als sie die Finger unter den Bund seiner Boxershorts schob.

»Fuck«, sagte er und erstarrte.

»Genau das versuche ich ja gerade.«

Sein Kopf senkte sich schwer auf ihre Schulter. »Ich muss heute zu meinen Eltern.«

Esther nahm ihre Hand aus seiner Hose. »Wann?«

Er richtete sich auf und seufzte. »Gleich. Meine Mutter will, dass ich zum Mittagessen komme, und die Fahrt dauert ziemlich lang.«

»Oh.« Er wirkte so bedrückt, dass sich in ihr alles zusammenzog. Sie zog seinen Kopf zu sich herunter, um seinen Kummer wegzuküssen. »Wir können den Sex auch verschieben.«

»Vermutlich wirst du nicht …« Er biss sich auf die Unterlippe, plötzlich ganz verlegen.

»Was denn?«

In seinen Augen glomm eine vorsichtige Hoffnung. »Du willst nicht zufällig mit mir kommen?«

»Zu deinen Eltern?« Das hatte sie nicht erwartet.

Sein Gesichtsausdruck verdunkelte sich. »Ich weiß, es ist ja auch viel zu früh. Ich hätte gar nicht fragen sollen.«

»*Soll* ich denn mit dir kommen?«

»Ich will immer, dass du mit mir kommst.«

Ihre Knie wurden ganz weich, aber sie schüttelte das Gefühl ab. Es gab jetzt größere Probleme. »Ja, aber deine Eltern kennenlernen? Bist du dazu bereit? Und sind sie dazu bereit?«

»Bist du es denn?«

Sie streichelte seine Schultern. »Ist es schwieriger oder einfacher für dich, wenn ich dabei bin?«

»Einfacher. Ganz klar einfacher.«

Sie streichelte jetzt seinen Hals und küsste ihn. »Dann komme ich mit.«

»Wirklich?« Sein erleichterter Seufzer an ihren Lippen schmeckte so süß wie Zuckerwatte.

»Natürlich. Das mache ich gern.« Ihr war alles recht, wenn er nur nicht traurig war. Sie würde vermutlich einen Bären niederringen, wenn sie ihm dadurch ein Lächeln aufs Gesicht zaubern konnte. Einem weißen, angelsächsischen Protestantenehepaar entgegenzutreten, war dagegen ja gar nichts.

Sie spürte seinen Puls unter ihren Fingern. »Sicher? Meine Eltern sind nämlich kein Spaziergang. Und ich bin sehr schlechte Gesellschaft, wenn ich bei ihnen bin.«

»Ich gehe ja auch nicht mit, um Spaß zu haben, sondern um dich zu unterstützen. Dafür sind Freunde da.«

Er zog eine Augenbraue hoch, eine sehr sexy Augenbraue. Er trug immer noch die Mütze, die sie für ihn gestrickt hatte, und sah so hinreißend aus wie nie. »Freunde?«

»Freunde, die einander lieben.« Sie streichelte seinen Bart. »Das ist das Ziel, oder?«

Seine Mundwinkel kräuselten sich. »Das ist das Ziel.« Die Augen hinter den Brillengläsern waren weich und tief.

Ihre Lippen fanden seine, sehnten sich danach seine Süße und Verletzlichkeit zu schmecken. Wenn sie ihn lange und leidenschaftlich genug küsste, dann würde vielleicht etwas davon auf sie abfärben.

Seine Finger gruben sich sanft in ihre Haut, als er sich über sie beugte und seinen Mund für sie öffnete. Sie hätte den ganzen Tag hier sitzen bleiben und ihn küssen können. Aber wenn sie mit zu seinen Eltern fahren sollte – bald –, dann hatte sie noch einiges zu erledigen.

Esther löste sich von ihm und ignorierte sein Proteststöhnen. »Was soll ich denn anziehen? Wird das eher lässig oder formell?«

Jonathans Mundwinkel senkten sich bei der Erinnerung an ihre Verabredung. »Meine Eltern sind ganz eindeutig nicht lässig. Wir gehen vermutlich in den Club, daher solltest du dich ein wenig schick machen.«

Sie strich mit den Fingern seine Sorgenfalten glatt, bis er wieder lächelte. »Es gibt da einen Club?«

»Es gibt da einen Club.«

»Ich war noch nie in einem Club.«

Er küsste ihre Fingerspitzen. »So interessant ist das nicht. Meine Eltern übrigens auch nicht.«

Ihr Herz strahlte so hell in ihrer Brust, dass sie das Gefühl hatte, damit die ganze Welt erleuchten zu können. »Ist mir egal. Hauptsache, ich bin mit dir zusammen.«

Esther schlang die Arme um ihn und schwor sich, ihn nie wieder gehen zu lassen.

DANK

Wie immer muss ich zuerst meiner Familie danken. Eure Liebe und Unterstützung haben dieses Buch erst möglich gemacht.

Ein besonderer Dank geht an:

Meine wunderbare Lektorin Julia für ihre einwandfreie Beratung und ihr scharfes Auge fürs Detail und dafür, dass sie über meine Witze lacht.

An Nicole, die mir sehr geduldig erklärt hat, was eine Raumfahrtingenieurin wirklich macht. Alle Ungenauigkeiten sind selbstverständlich auf meinem Mist gewachsen und nicht ihre Schuld.

An Joanna, die Fehler aufspürt, die jedem anderen entgehen; an Lisa, der besten Cheerleaderin und Faktenüberprüferin, was Los Angeles angeht, die sich eine Autorin wünschen kann; und an Jenny, die all meine Fragen zu Seattle beantwortet hat.

An Mer, Jaimie, Kat und Bethany, die mir das gesagt haben, was ich hören musste, um diese Geschichte besser zu machen.

An Genie und Jen, die alles getan haben, um mein letztes Buch zu unterstützen.

Und zu guter Letzt: an meine treuen Freundinnen Mikaela, Lisa, Dena und Tammy. Ich liebe euch alle bis zum Mond und zurück.

Ali Hazelwood
Not in Love – Die trügerische Abwesen-
heit von Liebe
Roman
Aus dem Amerikanischen von Anna Julia Strüh
479 Seiten. Klappenbroschur
ISBN 978-3-352-01007-1

In der Liebe und der Wissenschaft ist alles erlaubt – oder etwa nicht?

Rue Siebert hat sich ihre stabile, ruhige Welt mit einem Job als Biotech-Ingenieurin beim Food-Startup Kline hart erkämpfen müssen. Bis der Versuch einer feindlichen Übernahme durch den geradezu offensiv attraktiven Eli alles aus dem Gleichgewicht zu bringen droht. Eli Killgore und seine Geschäftspartner wollen Kline. Und Eli ist ein Mann, der bekommt, was er will. Mit einer Ausnahme: Rue. Die Frau, die für ihn absolut tabu ist. Bald entfacht zwischen Rue und Eli nicht nur eine echte Übernahmeschlacht – sondern auch eine heiße, heimliche Affäre …

Spicy und verletzlich wie nie: die erste aus zwei Perspektiven erzählte Lovestory von Romance-Queen Ali Hazelwood

Regelmäßige Informationen erhalten Sie über unseren Newsletter.
Jetzt anmelden unter: www.aufbau-verlage.de/newsletter